DIE KRÄUTERSAMMLERIN

Heidrun Hurst hat sich, nach der Veröffentlichung eines Sachbuches, auf das Schreiben historischer Romane konzentriert. Zu ihrer Spezialität gehören gut recherchierte Geschichten, die unter die Haut gehen und sich einfühlsam mit dem Schicksal der einfachen Leute beschäftigen. Von Rezensenten werden ihre Romane als ergreifend, atemberaubend und abseits des Klischees beschrieben. Sie lebt mit ihrer Familie in Kehl am Rhein.

Heidrun Hurst

Die
Kräuter-
sammlerin

—————•••—————

HISTORISCHER
SCHWARZWALDKRIMI

emons:

© Emons Verlag GmbH
Cäcilienstraße 48, 50667 Köln
info@emons-verlag.de
Alle Rechte vorbehalten
Umschlagmotiv: Jean Francois Humbert/Arcangel Images
Umschlaggestaltung: Nina Schäfer
Gestaltung Innenteil: César Satz & Grafik GmbH, Köln
Lektorat: Christine Derrer
Druck und Bindung: sourc-e GmbH, Köln
Printed in Europe 2026
Erstausgabe 2019
ISBN 978-3-7408-0637-8
Historischer Schwarzwaldkrimi
Originalausgabe
3. Auflage

Unser Newsletter informiert Sie
regelmäßig über Neues von emons:
Kostenlos bestellen unter
www.emons-verlag.de

Dieser Roman wurde vermittelt durch die
litmedia.agency, Offenburg.

Für Jochen,
Freund, Gefährte, Lieblingsmensch

PROLOG

Mühsam schleppte sich das Mädchen durch den Wald. Sie war müde – so müde –, und sie fror. *Du hast zu viel Blut verloren,* dachte sie, *und nun bist du so schwach wie ein Säugling.* Ihre Knie waren weich wie Butter. Sie versuchte das Zittern, das so unaufhaltsam wie fließendes Gewässer durch ihren Körper strömte, nicht weiter zu beachten. Bei den Krämpfen, die von Zeit zu Zeit ihre Muskeln blockierten, war das schon schwieriger.

Wie hatte sie nur so dumm sein können? Vermutlich war sie dem ältesten Trick seit Menschengedenken aufgesessen – und dennoch hatte ihre Gutgläubigkeit sie in die Falle tappen lassen. Doch nun war es zu spät, sich deswegen Vorwürfe zu machen. Sie musste fort von hier. Fort von dem Entsetzlichen, das ihr zugestoßen war.

Bisher hatte sie kaum glauben können, dass Menschen zu so etwas fähig waren, doch die letzten Tage hatten sie eines Besseren belehrt. Nun wollte sie nur noch eines: nach Hause, wo sie in Sicherheit sein würde, ganz gleich, wie sehr Mutter mit ihr schimpfen sollte. Selbst die Prügel ihres Vaters würde sie ertragen. Alles war besser als das, was sie erlebt hatte. Wenn sie nur wüsste, in welcher Richtung ihr Zuhause lag ...

Verzweifelt drehte sie sich um ihre eigene Achse und entdeckte nichts als Bäume. Wald, so weit das Auge reichte. Zu allem Unglück kroch die Dämmerung aus Senken und Spalten, legte sich über das frische Grün des Waldbodens, das die Kruste aus Erde und altem Laub durchbrochen hatte. Die Farben des Tages verblassten und tauchten den steil abfallenden Berghang zu ihrer Linken in unergründliche Düsternis. Selbst die Bäume veränderten sich unter dem schwindenden Licht und ragten wie schwarze dämonische Gestalten über ihr auf.

Entsetzlicher Hunger brannte in ihrem Magen. Ihr Körper

gierte nach Milch und Fleisch, etwas, das Kraft verlieh. Nach *Leben!* Doch hier gab es nichts von alledem. Nur ihren Durst hatte sie an den Bächen, die den Gebirgswald durchzogen, stillen können.

Du wirst dich davon nicht beirren lassen, sagte sie sich, während sie ihre Füße dazu zwang weiterzugehen. Noch einen Schritt und noch einen, obwohl es immer dunkler wurde. *Du bist erst fünfzehn Jahre alt. Eine Jungfrau, erst vor Kurzem erblüht. Du wirst heiraten und Kinder bekommen – du wirst erfahren, wie es sich anfühlt, eine Frau zu sein.*

Allerdings hatte sie auch von Liebe geträumt. Einer romantischen Liebe, die sie unvorsichtig werden ließ und in diese Situation gebracht hatte. Mutter hatte sie in den Wald geschickt, um nach jungem Farn zu suchen, dessen gekochte Triebe das wenige ergänzen sollten, das ihnen als Nahrung diente. Doch sie war nicht die Einzige, die darin weilte, und diese Begegnung war ihr zum Verhängnis geworden. Zum Glück hatte sie fliehen können, aber es war noch nicht vorbei.

Die plötzliche Regung eines Schattens ließ sie herumfahren. Was war das? Jähe Furcht schärfte ihre Sinne. Ihre Augen wanderten rastlos umher. Hatte man sie entdeckt? Möglicherweise waren die Hunde ihrer Spur gefolgt. Der Schauder, der ihren verängstigten Körper durchlief, vermischte sich mit dem beständigen Zittern ihrer Glieder. Dann straffte sie ihren Rücken. Sie würde nicht an diesen schrecklichen Ort zurückkehren. Auf gar keinen Fall würde sie noch einmal solch eine Tortur über sich ergehen lassen. Lieber starb sie hier auf der Stelle!

Dann sah sie einen weiteren, huschenden Schatten – und noch einen. Sie versteckten sich vor ihr. Aufatmend stellte sie fest, dass sie nichts Menschliches an sich hatten. Dafür waren sie zu klein. Für Hunde hingegen waren sie groß genug. Ein plötzliches Knurren trieb ihren Herzschlag zu einem rasenden Tempo an. Sie hatten sie tatsächlich gefunden! Panisch sah sie sich um. Immer mehr Schatten bewegten sich zwischen den dunklen Umrissen des Waldes. Sie versuchte zu rennen, doch es nützte nichts. Nach nur wenigen Schritten umzingelte sie ein Ring aus Leibern. Sie waren nun so nah, dass sie erkennen konnte, dass das, was da auf sie zukam, nicht das kurze hellbraune Fell der Hunde besaß, die sie kannte. Der üppige Pelz und die aufgestellten Ohren deuteten auf andere Tiere hin. Wölfe! Und vermutlich hatten sie ebenso großen Hunger wie sie!

Der Schreck ließ sie erstarren. Sie stand so still wie die Bäume um sie herum, unfähig, auch nur einen Schritt zu tun. Hoffnungslosigkeit saugte die letzte verbliebene Kraft aus ihrem Körper. Es hatte keinen Sinn mehr wegzulaufen. Es waren zu viele. Ihr Herz protestierte rasend gegen die erzwungene Untätigkeit. *Lauf weg*, schien es zu schreien.

Das drohende Knurren wurde lauter. Mit weit aufgerissenen Augen sah sie zwei der schlanken Tiere kommen. Sie duckten sich wie Katzen vor dem Sprung. Ihre gelben Augen flackerten unbarmherzig im verblassenden Licht des Tages.

»Gegrüßet seist du, Maria, voll der Gnade«, betete sie. »Der Herr ist –«

Weiter kam sie nicht. Die Wölfe setzten zum Sprung an – und dann waren sie über ihr.

1. KAPITEL

Schiltach, 1343

»Ist schon gut, Symon.« Johanna, eine junge Frau mit langen goldbraunen Locken, bemühte sich um einen mütterlichen Tonfall. »Wir wollen dir nur helfen.«

Der Mann, der auf dem Hocker vor ihr gefährlich schwankte, stöhnte schmerzerfüllt auf. Weder der klagende Laut noch die unschickliche Berührung, die seinen Hinterkopf gegen ihre Brust drückte, drangen tiefer in ihre Gedanken. Mit einer matten Drehung seines Halses versuchte er, ihren Fingern zu entkommen, die sacht über einen gänseeigroßen Bluterguss oberhalb der rechten Schläfe tasteten. Viel zu schwach für einen starken Mann wie Symon, der normalerweise Bremser auf einem der Flöße war, die wertvolle Baumstämme ins Rheintal transportierten.

Sein letzter Auftrag war nicht gut für ihn ausgegangen. Nach dem Verlassen des Kirchweihers war er im Schwellwasser des nächsten Wehres bei voller Fahrt vom hinteren Gestör gestürzt, wie die aneinandergebundenen Floßtafeln aus mehreren Baumstämmen genannt wurden. Womöglich war er auf der glatten, entrindeten Fläche ausgerutscht und hatte sich an den Griffen des Eichenstammes, der als Bremse fungierte, nicht mehr halten können. Burckhart, der mit ihm den schweren Stamm bediente, bemerkte es zu spät. Die beiden waren ganz hinten auf dem langen Floß, und bei dem rasanten Tempo durch das tosende Wasser richteten sich die Blicke der anderen nach vorn. Da Burckhart allein nicht mehr in der Lage gewesen war, den schweren Stamm in den Grund des Flusses zu rammen, hatte sich das flexible Gefüge verschoben. Die hinteren Gestöre liefen auf die vorderen auf und hatten dafür gesorgt, dass das gesamte Floß sich verkeilte. Zum Glück gab es außer ein paar kleineren Platzwunden, einem verstauchten

Knöchel und geprellten Rippen keine größeren Verletzungen. Nur Symon hatte es härter erwischt. Seine Kameraden hatten den Besinnungslosen aus dem Wasser gezogen und ihn so vor dem Ertrinken gerettet. Eine dicke Beule am Kopf ließ darauf schließen, dass er gegen die Befestigung des Wehres aus schweren Flusssteinen gestoßen war. Seither dämmerte Symon in einem seltsamen Zustand dahin.

Johannas Finger glitten über die Erhebung auf seiner Schädeldecke. Ihr tiefes Rot grenzte sich scharf von der weißen empfindlichen Kopfhaut ab, die unter dem Haar des Flößers zum Vorschein gekommen war. Sie hatte die kräftigen dunkelbraunen Strähnen an dieser Stelle abrasiert und zwei Blutegel angesetzt, die leider nicht allzu viel bewirkten. Die Geschwulst war immer noch da, und die verfärbte Haut ließ sich fast so leicht eindrücken wie eine mit Flüssigkeit gefüllte Blase. Der Knochen darunter schien immer noch beruhigend fest zu sein, dennoch musste mehr dahinterstecken. Bei einem harmlosen Schlag auf den Kopf wäre Symon schon längst wieder bei Sinnen. Doch er lag nun schon einen ganzen Tag fast apathisch auf seinem Bett, einem großen mit Brettern eingefassten Strohsack, über den man ein Leintuch gebreitet hatte. Immer wieder stöhnte er auf, wie unter schrecklichen Schmerzen. Ab und zu öffnete er die Lider und sah Johanna aus so trüben Augen an, als nähme er sie gar nicht wahr. Einmal hatte sie ein Talglicht vor sein Gesicht gehalten und so bemerkt, dass die Pupillen unterschiedlich groß waren, was darauf hindeutete, dass das Gehirn Schaden genommen hatte. Da blieb nur noch eines: Sie musste etwas dagegen tun, bevor es zu spät war.

Johannas Augen huschten zu Margaret, Symons Weib, hinüber. Auf ihr knappes Nicken hin spannten sich die Muskeln der Frau an. Gemeinsam keilten sie Symons Kopf mit ihren Körpern und Armen ein. Mit einem raschen Schnitt durchtrennte Johanna die zähe Kopfhaut am Rand der Erhebung und schnitt sie der Länge nach auf. Symon gab einen lang gezogenen Laut von sich, doch fehlte es ihm an Kraft, um sich gegen die Behandlung zu wehren.

Gut so, dachte Johanna, *das wird die folgende Prozedur erleichtern.* Allerdings kostete es auch erhebliche Mühe, ihn in einer aufrechten Position zu halten. Dickflüssiges Blut quoll aus der Wunde, das in frappierender Weise an die Konsistenz ungekochter Blutwurst erinnerte. Nur die Speckstückchen fehlten … Johanna schob den unziemlichen Gedanken beiseite. Wie konnte sie in dieser Situation an Essen denken?

Sanft tupfte sie das klumpige Blut mit einem Lappen fort und setzte einen weiteren daumenlangen Schnitt, der sich quer über die verfärbte Haut zog. Symon wimmerte kläglich. Anscheinend war er wacher, als sie vermutet hatte. Allerdings hatte er sich auch willenlos aus dem Bett auf den Hocker befördern lassen, auf dem er nun mehr hing als saß.

All ihre Sinne richteten sich auf das schmale Messer, ein Vermächtnis ihrer Mutter, mit dem sie vorsichtig die Kopfhaut zur Seite faltete. Was sie darunter entdeckte, ließ sie die Luft mit einem zischenden Geräusch durch die Zähne ziehen.

»Was ist?«, fragte Margaret besorgt.

Johanna warf ihr einen bedeutungsvollen Blick zu. »Der Schlag muss wirklich heftig gewesen sein. Ein kleines Knochenstück ist abgesplittert.«

Vorsichtig zog sie das Gebilde, so groß wie ihr Daumennagel, hervor. Scharfe Abbruchkanten markierten die Ränder. Nachdem sie die Wunde ein weiteres Mal gesäubert hatte, entdeckte sie rechts und links von der Absplitterung zwei feine Risse, die sich in einer roten Linie über den Knochen zogen. Trotz dieser Verletzungen war der Schädel noch so stabil wie ein frisch gebrannter Tonkrug.

»Der Knochen ist nicht vollständig durchbrochen. Vermutlich ist das Gehirn darunter geschwollen und hat nun zu wenig Platz.«

Margaret gab einen unglücklichen Laut von sich. »Du lieber Herrgott! Was machen wir denn jetzt?«

»Bei solch einer Verletzung gibt es nur einen Weg: Ich muss den Schädel öffnen, damit der Druck aus Symons Kopf entweichen kann. Wenn alles gut verläuft, wird es ihm bald besser gehen.« Die Folgen möglicher Komplikationen behielt Johanna lieber für sich.

»Den Schädel öffnen? Bist du verrückt?«, stieß Margaret hervor.

Johanna schnaubte. »Das bin ich nicht. Es funktioniert tatsächlich. Natürlich gibt es keine Garantie, dass der Eingriff gelingt, aber wenn ich es nicht tue, wird diese Verletzung frappierende Folgen haben.« Sie hielt einen Moment inne. »Vermutlich wird Symon dann nie wieder gesund werden, schlimmstenfalls wird er daran sterben.« Wobei die Aussicht, dass er seiner Arbeit nicht mehr nachgehen konnte, ebenso erschreckend war.

»Woher weißt du das?« Ein deutlicher Zweifel lag in Margarets Stimme.

»Von meiner Mutter. Ich habe sie dabei beobachtet, wie sie solche Eingriffe durchgeführt hat.« Einmal hatte sie ihr sogar dabei geholfen.

Die Flößerei war gefährlich, und das Holzschlagen im Winter forderte ebenfalls den einen oder anderen Tribut. Da blieb es nicht aus, dass ihre Mutter alle Hände voll zu tun hatte.

»Bist du nicht viel zu jung dafür?«, fragte Margaret mit dünner Stimme.

Johanna erahnte ihre unausgesprochenen Gedanken: Würde das, was sie von ihrer Mutter gelernt hatte, genügen? Oder würde ihre Unerfahrenheit Symon umbringen? Margaret und Symon hatten drei Kinder, die sie allein durchbringen musste, falls etwas schiefging.

»Willst du nun, dass ich ihm helfe, oder nicht?«, entgegnete Johanna ungehalten. Die hervorschießenden Tränen in Margarets Augen zügelten ihr aufbrausendes Temperament. »Margaret«, sagte Johanna nun erheblich sanfter, »ich werde mein Möglichstes tun, damit es mir gelingt – aber es sollte bald geschehen. Jede weitere Stunde wird das Gehirn deines Mannes schädigen, bis es irgendwann zu spät dafür ist.«

Margaret war eine unscheinbare Frau Mitte zwanzig, deren Gesicht viel zu verhärmt für ihr Alter war. Viele Frauen sahen so aus wie sie. Es war ein hartes Leben, das sie in der kleinen Stadt unterhalb der Schiltacher Burg führten. Doch es hatte ihr auch eine robuste Beharrlichkeit beschert, bereit, den Schwierigkeiten ins Auge zu schauen und auf nüchterne Weise zu handeln. So war es nur eine Sache von wenigen Minuten, bis Margaret über Johannas Worte nachgedacht hatte und ihre Tränen trocknete. »Dann tu es!«

Johanna atmete erleichtert auf. Die erste Runde ging an sie. Doch sie hatte auch Margarets Hoffnung auf eine mögliche Heilung ihres Mannes geweckt. Sie durfte jetzt nicht versagen! Ihr Herz begann schneller zu schlagen, als sie mit raschen Fingern die Dinge zurechtlegte, die sie brauchte. Zum Glück hatte sie an alles gedacht und musste nicht erst nach Hause eilen. Das verschaffte ihr nun wertvolle Zeit. Sie war ein paar Jahre jünger als Margaret. Vor ein paar Wochen war ihr neunzehnter Geburtstag gewesen. Eine vorwitzige goldbraune Strähne hing ihr in die Stirn, was sie daran erinnerte, ein Tuch um ihren Kopf zu binden. Danach reinigte sie den Bohrer, der aus einem hölzernen Schaft mit einer scharfen Metallspitze und einem kleinen Bogen bestand.

Bist du wahnsinnig, dich auf solch einen gefährlichen Eingriff einzulassen?, mahnte sie eine innere Stimme, die dem besorgten Ton ihrer Mutter glich. *Wenn er misslingt, wird Symon zum Krüppel werden, und du wirst die Verantwortung dafür tragen. Man wird dich anklagen, und das Geringste, was dir passieren kann, ist, dass sie dich aus der Stadt jagen und den Gefahren des Waldes überlassen.*

Dennoch muss es getan werden, widersprach Johanna im Stillen. Es lag nicht in ihrer Natur, die Hände in den Schoß zu legen und auf den Willen Gottes zu warten. Sicher lenkte Gott die Geschicke der Menschen, aber er gab ihnen auch den Verstand und stattete sie mit einem Streben nach Wissen aus. Er schenkte ihnen Pflanzen und Dinge, die einen Menschen gesund machen konnten – sie war bereit, beides einzusetzen. Und hatte nicht auch der Herr selbst ein tiefes Bedürfnis zu heilen?

»Mach die Tür auf«, wies Johanna Margaret an, während sie Symons Rücken fest an ihren Bauch presste. »Ich brauche so viel Licht, wie ich kriegen kann.« Die kleinen Fenster des Hauses, das Symon und Margaret bewohnten, boten zu wenig davon. Draußen war Frühling. Eine warme Maisonne beschien die Berge, erhellte den Himmel bis zum Horizont. Ihre Strahlen würden genügen, um ihr den Weg zu weisen.

Margaret befolgte Johannas Wunsch. Anschließend eilte sie wieder zu ihrem Mann zurück, um ihn zu stützen.

»Halt seinen Kopf fest.« Johannas Hände zitterten leicht, als sie die Bogensehne ergriff. Diese bestand aus einer starken Schnur, die sie nun um eine Kerbe im Schaft des Bohrers wickelte. »Nicht bewegen jetzt«, sagte sie knapp.

Ihre Augen verengten sich konzentriert, dann setzte sie den Bohrer auf die Stelle, wo der Knochen bereits abgesplittert war. Mit kräftigen Bewegungen zog sie den Bogen vor und zurück und trieb damit die Spitze des Bohrers an, die auf diese Weise immer tiefer in den Knochen vordrang. Sie musste auf der Hut sein. Wenn sie zu tief bohrte, würde sie das Gehirn verletzen. Lediglich die Schädeldecke musste durchbrochen werden, um Symon zu helfen.

Aus seinem Mund quoll ein lang gezogenes Stöhnen. Sie konnte es ihm nicht verdenken. Die sich rasch verbreiternde Spitze schabte wie ein Spatel über die freigelegte Oberfläche des Knochens. Mit Sicherheit war diese Prozedur nicht angenehm, doch wenn erst einmal ein Ausgang geschaffen war, würde der Druck in Symons Kopf nachlassen. Mehr als einmal hatte Johanna erlebt, wie sich die Schmerzen so rasch besserten, dass die Kranken vor Erleichterung weinten. Es war wie bei einer Geburt. Zuerst kam der Schmerz, danach die Freude.

Warum sollte ein Mann so etwas nicht auch einmal erleben dürfen?, dachte sie in einem Anfall von Boshaftigkeit. Die meisten Frauen durchlitten dieses Martyrium viele Male – und keinen Mann kümmerte es. Wurden die Schmerzen bei der Geburt doch als gerechte Strafe für Evas sündiges Verhalten im Paradies angesehen, die alle Frauen zu tragen hatten. Nun, das mochte ja sein, aber was war mit Adam? Immerhin war er dumm genug, die Frucht vom Baum der Erkenntnis aus ihren Händen zu nehmen – und das, obwohl man die Männer gemeinhin für den klügeren Teil der Menschheit hielt.

Symon knirschte nun so laut mit den Zähnen, dass sie fürchtete, sie könnten zerbrechen. Sein ganzer Körper war bis aufs Äußerste gespannt.

Eine plötzliche ruckartige Bewegung, mit der er sich zu befreien versuchte, brachte Johanna aus dem Takt. Fast wäre ihr der Bohrer aus der Hand gefallen.

»Halt still!«, presste sie zwischen den Zähnen hervor. »Du hast es gleich geschafft.«

Dennoch nahm Johanna den Bohrer für eine Weile fort, um Symon eine Verschnaufpause zu gönnen. Sie schaute sich das Ergebnis ihrer Bemühungen an: Eine kreisförmige Vertiefung prangte nun inmitten der knöchernen Erhebung. Noch ein wenig mehr und der Schädel war durchbrochen. Ein seltsamer Geruch hing in der Luft, der von der raschen Drehung der scharfen eisernen Spitze durch Blut und Knochen stammte.

Sie setzte den Bohrer wieder an und ignorierte das hohe Fiepen, das mehr zu einer verängstigten Maus als zu dem stattlichen Mann passte, den sie zwischen sich eingekeilt hatten. Margaret fixierte Symons Kopf mit beharrlicher Kraft.

Johannas Mund verzog sich zu einem Lächeln. So wie es aussah, hatte Margaret das Prinzip des Heilens verstanden, das anfangs oft eine gewisse Rücksichtslosigkeit erforderte, um dem Verletzten die größtmögliche Erleichterung zu verschaffen.

Endlich quoll etwas Flüssigkeit aus der Wunde, und Johanna wusste, dass es Zeit wurde, aufzuhören. Ein kirschgroßes Loch war entstanden, aus dem ein rötliches Rinnsal strömte, als Johanna den Bohrer absetzte. Symon fiel wie eine geplatzte Schweinsblase in sich zusammen.

»Was ist mit ihm?«, fragte Margaret, hin- und hergerissen zwischen Angst und Freude, als sie das entspannte Gesicht ihres Mannes betrachtete.

»Es scheint ihm besser zu gehen.« Johanna massierte ihre verkrampften Finger, während sie Symons Rücken weiter mit ihrem Körper stützte. »Wir werden ein Weilchen warten, bevor ich die Wunde verschließe.«

In der Zwischenzeit überließ sie Symon der Fürsorge seiner Frau und zerdrückte in einem Mörser die Kräuter, die sie in der Früh gesammelt hatte: Spitz- und Breitwegerich und etwas Beinwell. Danach leuchtete sie mit einem Talglicht in Symons Augen. Er brummte und hob abwehrend die Hände, um sich vor dem grellen Licht zu schützen.

»Sch, sch«, säuselte Margaret sanft. »Johanna will dir nur helfen.«

Symon verzog den Mund, ließ aber die Arme sinken, um Johanna einen Blick auf seine Pupillen zu gewähren, die erfreulicherweise dabei waren, sich einander anzugleichen.

»Das sieht gut aus«, sagte sie zufrieden. Johanna nahm einen sauberen Lappen, tupfte noch einmal alles behutsam damit ab und begann die Haut mit einem gewachsten Hanffaden zu nähen. Nur noch wenig Flüssigkeit drang aus dem Loch im Knochen, das erst allmählich zuwachsen würde. Auf diese Weise würde es dafür sorgen, dass der Druck durch das geschwollene Gehirn weiter ausgeglichen werden konnte.

Vielleicht ist es ja auch die rötliche Flüssigkeit, die solche Schmerzen verursacht? Ganz genau wusste Johanna es nicht. Sie verließ sich auf das, was ihre Mutter ihr beigebracht hatte – und das war eine ganze Menge. Von ihr hatte sie auch gelernt, die entstandene Wunde mit einer Naht zu verschließen, statt lediglich einen Lappen oder eine Münze daraufzupressen.

Symon protestierte lautstark unter den flinken Stichen, mit denen Johanna die Kopfhaut zusammenfügte. Margaret hatte nun alle Mühe, ihn zu bändigen. Nachdem Johanna den Brei aus zerdrückten Kräutern aufgetragen und das Ganze mit einem Verband aus handbreiten Tuchstreifen fixiert hatte, ließ er sich bereitwillig zu seinem Bett führen. Seufzend ließ er sich darauf nieder. Mit jeder Minute wurde Symon wacher.

Johanna atmete auf. »Du solltest ihm eine gute Brühe ko-

chen«, wandte sie sich an Margaret. »Das wird ihn stärken.«
Danach konnte Symon einen Sud aus Weidenrinde trinken.
Dieser würde die Schmerzen der überstandenen Tortur lindern. Doch Symon hatte schon seit mehr als einem Tag nichts mehr gegessen, bloß etwas Wasser hatten sie ihm einflößen können. Weidenrinde rief auf nüchternen Magen oft Bauchschmerzen hervor. Das Risiko, ihm dadurch noch mehr Schaden zuzufügen, war zu groß. Wenn er erst einmal etwas zu sich genommen hatte, würde ihm der Sud besser bekommen.

Margaret beugte sich über ihren Mann und gab ihm einen vorsichtigen Kuss auf die Nasenspitze. »Ich werde sofort damit anfangen«, sagte sie eifrig. »Ruh dich inzwischen ein wenig aus.«

Ihre Worte zauberten ein Lächeln auf Symons Lippen.

Johanna fiel eine Last von der Seele. Erleichtert breitete sie eine Decke über ihn. Es sah ganz danach aus, als ob ihre Behandlung geglückt war.

Margaret drückte ihren Arm. »Ich danke dir.«

»Ich habe getan, was in meiner Macht stand. Jetzt muss Gott ihn heilen«, erwiderte sie lächelnd.

Als Margaret sich an die Arbeit machte, füllte Johanna frisches Wasser in einen Becher und hob Symons Kopf ein wenig an. »Komm, trink etwas.«

Er trank mit gierigen Schlucken.

»Langsam, langsam. Sonst kommt dir alles wieder hoch.«
Sie nahm den Becher fort und ließ seinen Kopf vorsichtig auf das Kissen sinken.

Erschöpft schloss Symon die Augen.

»Schlaf ein bisschen. Ich komme gleich wieder«, sagte sie und wandte sich zur Tür.

Draußen hielt Johanna ihr Gesicht den goldenen Strahlen der Sonne entgegen, die den Wald auf den umliegenden Bergen in einen Flickenteppich aus Grüntönen tauchten. Wie die meisten Flößerfamilien wohnten Symon und Margaret außerhalb der Stadtmauern. Johannas eigenes Häuschen lag nur ein paar Schritte entfernt, und auch die Gerber und Müller hatten sich hier, wo die Schiltach in die Kinzig mündete, angesiedelt.

Selbst die Kirche befand sich außerhalb der schützenden Befestigung.

Der Ort, den seine Bewohner liebevoll »das Städtle« nannten, trug den Namen des Flusses: Schiltach. Er lag in einer Senke, an der engsten Stelle des Kinzigtals. Die hohen Mauern des Städtles ragten nicht weit entfernt vor ihr auf. Es war nicht groß, aber dennoch etwas Besonderes. Im Grunde hatten sie dies den Römern zu verdanken, wie der Sonnenwirt hin und wieder betonte, wenn Johanna ihm ein Mittel gegen seine Gicht zukommen ließ. Der Wirt unterhielt sich gern mit seinen Gästen und hatte so im Laufe der Zeit ein enormes Wissen angesammelt. Und da er dieses Wissen großzügig teilte, erfuhr Johanna so einiges, was ihr sonst verschlossen geblieben wäre.

Jene Römer hatten schon vor Urzeiten eine Straße gebaut, die sich, von Straßburg kommend, lange Zeit auf ebener Fläche durch das Kinzigtal zog. Doch irgendwann hatte auch diese Bequemlichkeit ein Ende, und man musste den Schwarzwald überqueren, um über die Höhen vom Kinzigtal ins Neckartal zu gelangen. Innerhalb weniger Meilen musste ein gewaltiger Höhenunterschied bewältigt werden. Schon weit vor Schiltach wurde es bergiger, in der Ortsmitte des Städtle stieg der Weg aber besonders steil an. Aus diesem Grund hatte ein Vorfahr der Tecker Herzöge, lange vor Johannas Geburt, an der engsten Stelle des Kinzigtales eine Burg gebaut und aus einer bereits bestehenden Ansiedlung ebendiese Stadt gegründet. Innerhalb der Stadtmauern befand sich alles, was zur Versorgung Reisender notwendig war. In den Gaststätten konnte man Ochsen und Pferde mieten, die den Aufstieg gewohnt waren. Auch Wagner, Schmiede und einen Schuhmacher gab es hier, falls Fahrzeuge und Schuhwerk repariert werden mussten, was relativ oft vorkam. Hinter den meisten Reisenden lag ein weiter Weg. Die stark frequentierte Verbindungsstraße, die sie zuvor bewältigt hatten, war in keinem guten Zustand. In der Zwischenzeit luden die Gaststätten zum Verweilen ein. Ein Knochenhauer bot Fleisch zur Ergänzung des Reiseproviants an, und nicht selten dauerte der Aufenthalt länger als vorgesehen, was den Wirten einen hübschen Gewinn bescherte sowie allen anderen, die an diesem Geschäft beteiligt waren. Davon und von dem Zoll, der hier erhoben wurde, profitierten die Burgherren nicht minder.

Auch die Flößerei entwickelte sich zu einem neuen aufstrebenden Gewerbe, das immer mehr an Bedeutung gewann. Bislang hatte sie sich im vorderen Kinzigtal rund um Gengenbach abgespielt. Nun rückte sie immer weiter vor und hatte nach Wolfach auch Schiltach erreicht.

Johanna schloss versonnen die Augen und lauschte dem Zwitschern der Vögel, das sich mit dem Rauschen der beiden Flüsse vermischte. Ein überschwängliches Glücksgefühl strömte durch ihren Körper, drang bis in ihre Seele. Das Heilen Kranker und Verletzter war alles, was sie je hatte tun wollen. Das war es, wozu sie bestimmt war. In Symons Fall hatte sie viel gewagt, und ihr Mut wurde belohnt. Er machte einen deutlich besseren Eindruck als vor ihrer Behandlung. Doch der Kampf war noch nicht zu Ende. Die Wunde konnte sich immer noch entzünden. Sie musste auf der Hut sein. Wenn nötig auch andere Kräuter einsetzen, damit alles gut verheilte.

Vielleicht würde sie experimentieren müssen, aber waren es nicht gerade diese Herausforderungen, die sie liebte?

»Du siehst sehr zufrieden aus«, drang eine bekannte Stimme an ihr Ohr. Unwillig öffnete sie die Augen.

»Lukas. Hast du nichts Besseres zu tun, als dich hier herumzutreiben?«, fragte sie schroff.

»Nun, was gibt es Schöneres, als deinen schmeichelhaften Worten zu lauschen«, erwiderte er. Seine Stimme war sanft und umfing sie wie warmer Sommerregen. Ein verschmitztes Grinsen umspielte die vollen Lippen. Es verlieh ihm eine charmante Jungenhaftigkeit, der man sich nur schwer entziehen konnte.

»Eigentlich wollte ich wissen, wie es Symon geht.« Er musterte sie mit übertriebener Aufmerksamkeit. »Nach deinem Gesichtsausdruck zu urteilen, scheint sich sein Zustand zu bessern.«

»Das tut er tatsächlich«, entgegnete Johanna etwas milder. Der hochgewachsene junge Flößer verschränkte die Arme vor der Brust und betrachtete sie. »Das ist schön. Bei dir ist er in guten Händen.«

Sein helles, kurz geschnittenes Haar hatte einen goldenen Schimmer und passte gut zu dem warmen Ton seiner haselnussbraunen Augen, die mit ihren langen Wimpern fast mädchenhaft wirkten. Er hatte es hinter die Ohren gestrichen, was seine kantigen Wangenknochen vorteilhaft zum Vorschein brachte. Alles in allem war er ein gut aussehender Mann, der unter den fadenscheinigsten Gründen immer wieder bei ihr auftauchte. Jedenfalls besuchte er Johanna öfter, als ihr lieb war. Sie ahnte, was ihn dazu bewegte. Er war im heiratsfähigen Alter und schien sich sonderbarerweise in sie verliebt zu haben. Ausgerechnet in sie!

Noch immer war sie unverheiratet, und wenn es nach ihr ging, würde dies auch so bleiben. Ihre Mutter hatte darauf bestanden, dass sie sich mit Hans, einem Flößer, verlobte, damit sie nach ihrer Heirat versorgt war. Er hatte sich auf der Stelle zu ihrem Beschützer aufgeschwungen – im Grunde war sie an diesem Tag in seinen *Besitz* übergegangen, den er ständig kontrollierte. Noch nie hatte Johanna sich so eingeengt gefühlt wie in dieser Zeit. Um dem Unausweichlichen zu entgehen, hatte sie immer wieder einen Vorwand gefunden, der die Hochzeit hinauszögerte, und nach Mutters Tod hatte sie dem Ganzen ein für alle Mal ein Ende gesetzt. Sie hatte nicht vor, zur Sklavin eines Mannes zu werden, der über ihr Leben bestimmte. *Ja, mein Gemahl. Zu Befehl, mein Gemahl. Soll ich dir den Hintern wischen, mein Gemahl?* Das hätte ihr gerade noch gefehlt. Sie kam gut allein zurecht. Ganz sicher brauchte sie niemanden, der sie herumkommandierte und ihr erklärte, was sie zu tun hatte. Hans hatte sich schnell getröstet und nach wenigen Wochen eine andere geheiratet. Sie weinte ihm keine Träne nach.

Mutter! Obwohl Johanna ihren Tod vor einem halben Jahr bedauerte, kam sie nun in den seltenen Genuss der Freiheit.

Ihren Vater hatte sie nie gekannt. Er war ein Spielmann gewesen, der ihre Mutter vor Johannas Geburt verlassen hatte. Da es auch sonst keine Verwandten gab, zwang niemand sie zu heiraten. Aber es würde auch niemanden kümmern, wenn sie verhungerte, denn außer dem kleinen Haus vor der Stadtmauer und zwei Ziegen gab es nichts, was ihr gehörte – wenn man von Töpfen und Tiegeln und einem umfangreichen Wissen über die Heilkunst einmal absah. Es würde nicht leicht sein, zu überleben, doch sie war frei, und diese Freiheit war kostbarer als alles andere.

»Nun, da du weißt, wie es um Symon steht, kannst du ja wieder gehen«, wandte sie sich an Lukas.

Sein Mund verzog sich zu einem Strich. »Was soll ich nur mit dir machen?«, erwiderte er leicht gekränkt. »Kannst du nicht *einmal* nett zu mir sein?« Er warf ihr einen so treuherzigen Blick zu, dass Johanna lachen musste.

»Ein anderes Mal. Und jetzt geh, ich muss wieder nach drinnen.« Sie deutete mit dem Daumen auf den offenen Türspalt, aus dem ein verführerischer Duft nach gekochtem Gemüse und etwas Salzfleisch drang.

Ein sonderbares Gefühl ergriff Johanna, als sie hinter Lukas hersah, der ihrer Bitte mit einem leisen Seufzen gefolgt war. Seine breiten Schultern zogen sich entmutigt nach unten. *Es ist besser so*, sagte sie sich, dann wandte sie sich zur Tür, um nach Symon zu sehen.

2. KAPITEL

Johanna schlug schläfrig die Augen auf, als die beiden Ziegen zu meckern begannen. Eine Zicke und ihr Junges. Die braunen Tiere waren typisch für den Schwarzwald. Sie setzten wenig Fleisch an, gaben aber auch bei kargem Futter genügend Milch. Ihr Stall lag, durch eine Holzwand getrennt, im hinteren Teil des Hauses. Es war schlicht und klein, aber durchaus annehmbar.

Johannas Bett stand im Hauptraum, der mit dem Stall die gesamte Fläche des Häuschens einnahm. In einer Ecke des Raumes befand sich ein einfacher Herd aus gemauerten Feldsteinen. Ein Tisch, zwei kleine Bänke, ein Holzschemel und eine Truhe vervollständigten die Einrichtung, neben mehreren Haken für das langstielige Kochgeschirr und Regalborden, vollgestopft mit einem Durcheinander aus Tiegeln, Spanschachteln und kleinen Säckchen.

Johanna rekelte sich genüsslich, bevor sie die Decke zurückwarf und ihre nackten Füße auf den kalten Boden setzte. Das Feuer im Herd war heruntergebrannt. Rasch schlüpfte sie in eine hellbraune Cotte und den Surcot, ein dunkleres ärmelloses Überkleid von derselben Farbe.

Ihr Bett bestand aus einem mit Brettern eingefassten Strohsack, auf dem zwei Lammfelle lagen, und einer dicken Decke. Früher hatte sie es mit ihrer Mutter geteilt. Noch heute vermisste sie die menschliche Wärme, die von ihr ausgegangen war. Die beiden Felle, die kräftig nach ihren einstigen Trägern rochen, waren nun das Einzige, was sie vor der nächtlichen Kälte schützte. Trotz der üppigen Zeichen des Frühlings war es immer noch empfindlich kalt, sobald es Nacht wurde.

Einer der Flößer hatte ihr einmal erzählt, dass die Natur im Rheintal deutlich früher erblühte. Sie konnte dies kaum glauben, aber sie war auch noch nie dort gewesen. Hier war ihr Zuhause, und sie verspürte nicht den Drang, in die weite Welt hinauszugehen und sich der Gefahr des Reisens auszusetzen. Obwohl ihr Großvater aus einem anderen Holz geschnitzt war.

Während Johanna die Ziegen versorgte, die Mutterziege molk und ein schnelles Frühstück aus einem Kanten Brot und einem Becher Ziegenmilch zu sich nahm, verlor sie sich in Erinnerungen. Sie hatte ihren Großvater nie gekannt, aber ihre Mutter Afra hatte viel von ihm erzählt. Er hatte dem fahrenden Volk angehört, war als reisender Bader durch das Land gezogen. Sein Weib war schon vor vielen Jahren im Wochenbett gestorben, lediglich Afra ging aus dieser Verbindung hervor. Er hatte sie viel Nützliches gelehrt, doch er hatte auch immer gern den Mund ein wenig zu voll genommen, um an Geld für Bier und Wein zu kommen, die ihn über den Verlust des geliebten Weibes hinwegtrösteten. Eines Tages hielten sie in einem Dorf, wo er einen jungen Mann behandelte, dem ein Pferd in den Bauch getreten hatte. Es war der einzige Sohn des Vogts, der über dieses Gebiet herrschte und auf einer der zahlreichen Burgen wohnte, die man überall dort finden konnte, wo es etwas zu holen gab. Ihr Großvater hatte reichen Lohn gewittert und den jungen Mann mit dem Versprechen geködert, er würde wieder vollständig genesen. Doch das Schröpfen und die verabreichten Tränke halfen nicht. Am nächsten Morgen war der Junge tot.

Unglücklicherweise führte der Vogt dies auf die Behandlung des fahrenden Baders zurück. Zornentbrannt scharte er seine Männer um sich. Sie zerrten den schlafenden Großvater, der in tiefem Schlummer seinen letzten Rausch ausschlief, aus dem Wagen. Afra entging den Schergen nur, weil sie zum Fluss gegangen war, um Wasser zu holen. Dort traf sie einen Spielmann, der sie schon tags zuvor beobachtet hatte. Er war ebenfalls auf der Durchreise, jung und ansehnlich. Sein Name war Wentzel. Wie Afra gehörte er zu jenen, die umherzogen, um ein Auskommen zu haben. Er war auf die Burg eingeladen worden, um seine Lieder, begleitet von einer Laute, vorzutragen. Da er dort übernachten durfte, hatte er das Drama um den Jungen miterlebt. Anscheinend gefiel Afra ihm, denn er machte sich sofort auf den Weg, um sie zu warnen. Für ihren Vater kam seine Hilfe zu spät. Verborgen hinter dichtem Gebüsch beobachteten sie, wie die Männer ihn schlugen und dann mit sich schleppten.

Afra brachte es nicht fertig, ihn sterben zu sehen, und so floh sie mit dem jungen Spielmann, bevor man sich daran erinnerte, dass der reisende Bader noch eine Tochter gehabt hatte. Anfangs war Wentzel ihr Beschützer gewesen. Afra dankte es ihm, indem sie sein Eheweib spielte, das mit dem Hut umherging, sobald sie in eine Ansiedlung kamen, in der er seine Musik zum Besten geben konnte. Er war galant und sang wunderschön gedrechselte Verse von nie endender Liebe und ewiger Treue. Und so blieb es nicht aus, dass sie seiner gekonnten Verführung erlag. Afra hatte an die große Liebe geglaubt, wie in den Versen, die Wentzel sang, doch ihr Glück währte nicht lange. Bald wurde er ihrer überdrüssig, und nachdem Wenzel sie geschwängert hatte, war er eines Tages fort.

Ihre Mutter sah ihn nie wieder. Eine schwangere, allein umherziehende Frau war schutzlos einer Vielzahl von Gefahren ausgeliefert. Überall gab es Wegelagerer und andere Abscheulichkeiten. Ohne ein Auskommen konnte sie sich nur von dem ernähren, was die Natur ihr bot. Hin und wieder bettelte sie, doch mehr als einmal vertrieb man sie, hungrig und elend, aus einem der Dörfer, die ihren Weg kreuzten.

Als die Geburt näher rückte, fand Afra in einer Klause im nahe gelegenen Witticher Tal eine Zuflucht. Dort, wo wegen des Bergbaus alles kahl geschlagen war und sich die aufgegebene Burg Wittichen befand, hatte die Begine Luitgard mit dreiunddreißig weiteren Frauen eine Klause gegründet. Kurz darauf wurde die Klause als Kloster anerkannt. Und so wurde Johanna, entstanden aus der sündigen Beziehung eines Spielmanns mit der Tochter eines Baders, auf heiligem Boden geboren. Luitgard von Wittichen, nun die Äbtissin des Klosters, erkannte Afras Gabe, Kranke zu heilen. Doch sie spürte auch, dass das Kloster nicht der richtige Ort für sie war.

Nach Johannas Geburt lud sie Afra dennoch ein, eine Weile zu bleiben. In dieser Zeit überzeugte sie die junge Frau, die nach den schrecklichen Ereignissen und dem Tod ihres Vaters geschworen hatte, nie wieder jemanden zu heilen, und es trotzdem nicht lassen konnte, dass dies eine falsche Entscheidung war. Wegen der besonderen Beziehung zu dem Herrn der nahe gelegenen Schiltacher Burg – immerhin war sie die Taufpatin eines seiner Kinder – erwirkte sie bei Herzog Hermann II. von Teck eine Bleibe für die alleinstehende Mutter. Afra bekam ein Haus im Gerberviertel des Städtchens, das nach dem Tod seiner Bewohner leer gestanden hatte. Ganz am Rand der Vorstadt, ein wenig abseits von den anderen Häusern, mit einem kleinen Garten und den nötigsten Einrichtungsgegenständen. Hier konnte man schalten und walten, wie man wollte. Da Afra bewiesen hatte, dass sie sich auf das Behandeln von Verletzungen verstand, und es Nonnen und Mönchen verboten war, operative Behandlungen durchzuführen, überredete Luitgard von Wittichen den Herzog, es Afra zu gestatten. Die Entscheidung des Burgherrn war nicht ganz so selbstlos, wie sie aussah. Chirurgische Eingriffe und einiges mehr waren eigentlich den Badern vorbehalten, doch da es in dieser Gegend keine gab und sich auch kein Wundarzt nach Schiltach verirrte, erhielt sie die Erlaubnis. Auch die Bewohner der Burg profitierten von Afras Heilkunst, ebenso wie die Flößer, die übrige Stadtbevölkerung und die Bauern der Lehenshöfe, die sich auf Tälern und Höhen rund um das Städtle verteilten. In gewisser Weise sorgte der Herzog so dafür, dass diejenigen, über die er herrschte, schneller wieder arbeiten konnten und ihm den größten Gewinn brachten.

Also war Afra in dieses Häuschen gezogen. Und wenn sie auch ihrem Schwur nicht treu blieb, so hatte sie eines aus dieser Sache gelernt: Nie würde sie falsche Versprechungen machen oder gar lügen, nur um den Leuten das Geld aus der Tasche zu ziehen, wie es ihr Vater getan hatte. Überdies nahm sie nur dann etwas an, wenn eine Behandlung geglückt war – und es mussten keine Münzen sein. So kamen sie zu

Mehl, Honig, Früchten, sogar die beiden Bettfelle waren auf diese Weise in ihren Besitz gelangt. Auch Johanna befolgte die Prinzipien ihrer Mutter und war bisher nicht schlecht damit gefahren.

Nach dem Frühstück machte sie sich auf, um nach Symon zu sehen. Hoffentlich ging es ihm gut! Johanna schluckte schwer. Nicht auszudenken, wenn Symon die Nacht nicht überlebt hätte.

Margaret öffnete auf ihr Klopfen und scheuchte die Kinder, einen Jungen und zwei Mädchen, von denen das älteste acht Jahre alt war, aus dem Haus. Symon lag noch immer im Bett, doch seine Augen waren klarer. Er sah ziemlich munter drein, als Johanna bei ihm ankam.

»Wie geht es dir?«

Der stattliche Mann verzog den Mund zu etwas, das wie ein Lächeln aussah. »Besser, aber ich fühle mich immer noch wie ein gefällter Baum. Ich kann mich kaum erheben, um meine Notdurft zu verrichten.«

»Alles hat seine Zeit. Das steht schon in der Heiligen Schrift. Du bist schwer gestürzt. Und nun brauchst du Ruhe, damit die Verletzung heilen kann. Bald wirst du wieder kräftig genug sein.«

Sie leuchtete ihm mit der Flamme eines Talglichts in die Augen und fand zwei gleich große Pupillen vor, die sich vom Licht geblendet zusammenzogen. Das war gut.

Nachdem sie frischen Kräuterbrei auf die Wunde gelegt und Margaret mit einem Beutel zerkleinerter Weidenrinde versorgt hatte, verabschiedete sie sich.

»Ich glaube, er wird wieder ganz gesund«, raunte ihr Margaret zu, als sie Johanna zur Tür brachte.

»Nun, das hoffe ich doch. Du hingegen siehst heute ganz und gar nicht gut aus.« Besorgt betrachtete Johanna Margaret. Sie erwiderte den Blick aus dunkel umschatteten Augen. Der Rest des Gesichts war bleich wie ein Leintuch.

»Ach, es ist nichts.«

Die gequälte Miene ließ Johanna erahnen, dass dies nicht ganz der Wahrheit entsprach.

»Es war wohl alles ein wenig zu viel für mich.« Margaret stockte für einen Moment, als ob sie etwas loswerden wollte, das ihr peinlich war.

Johanna hob die Hand und strich ihr beruhigend über den Oberarm. »Nun komm schon. Du kannst es mir ruhig erzählen. Ich bin einiges gewohnt.«

»Es ist ... nun ja ... meine Blutung hat heute Nacht eingesetzt, und ich habe schreckliche Krämpfe.«

»Hast du das jedes Mal?«

Margaret nickte.

»Das haben viele Frauen«, sagte Johanna erleichtert darüber, dass Margaret wohl nicht schwerer erkrankt war. »Es gibt ein gutes Mittel dagegen. Leider habe ich nichts mehr davon. Ich werde sehen, dass ich es finde und es so schnell wie möglich vorbeibringe. Du musst dir einen Sud davon kochen, und schon nach dem ersten Becher wirst du merken, wie die Schmerzen nachlassen.«

»Das wäre schön.« Margaret seufzte. »Es ist nicht einfach, die Kinder, den Haushalt und einen kranken Mann zu versorgen.«

»Das kann ich mir vorstellen.« Johanna pries im Stillen ihre Entscheidung, ledig zu bleiben. »Ich komme bald wieder vorbei. Ruf mich, wenn in der Zwischenzeit etwas sein sollte.«

Zufrieden mit sich und der Welt schlenderte Johanna nach Hause. Ein leichter Wind wehte weiße Schäfchenwolken über einen zartblauen Himmel. Im Frühling zeigte sich das Kinzigtal von seiner schönsten Seite. Malerisch, weich und freundlich lag es vor ihr. Man konnte sich zum Leben kaum einen schöneren Ort vorstellen. Im Winter sah es dagegen oft ganz anders aus, doch daran wollte sie jetzt nicht denken. Heute vergoldete die Sonne die hohen, bewaldeten Bergkuppen und ließ die Mauern der Schiltacher Burg erstrahlen, die auf dem Sporn des Schlossberges hoch über der Stadt thronte. Seit ein paar Jahren wohnte neben den Herzögen von Teck auch Herzog Reinold von Urslingen hier, der eine Tochter des alten Teckers geheiratet hatte. Neben einem Wachturm schützten auf drei Seiten steil abfallende Berghänge den viereckigen Bergfried und einen Palas. Auf der vierten Seite, wo man hinaufsteigen konnte, hielt ein Graben mit einer Zugbrücke mögliche Angreifer von der Wehrmauer fern, die halb so hoch wie der Bergfried war. Die gesamte Anlage der edlen Geschlechter – ein hohes, trutziges Gebilde – blickte majestätisch und abweisend auf die Stadt und das Tal. Dort oben war kein Platz für die einfachen Leute – es sei denn, sie hatten in der Burg ihre Arbeit zu verrichten.

Laute, kehlige Rufe ließen Johannas Augen zum nahe gelegenen Kirchweiher schweifen, wo gerade ein Floß in die Kinzig entlassen wurde. Ein langes Ungetüm mit einer schmalen Spitze, das sich zur Mitte hin verbreitete, schwamm in dem aufgestauten Weiher. Nur sechs Flößer waren nötig, um es durch den Fluss zu lenken, der an manchen Stellen nicht viel breiter als das Floß selbst war. Johanna blieb einen Moment stehen und beobachtete, wie sich die Kraft des Wassers entlud, als das Wehr geöffnet wurde. Mit einem kräftigen Schwall schossen die miteinander verbundenen Stämme durch den offenen Schlund. Der Fahrer an der Spitze des Floßes hatte alle Hände voll zu tun, um es sicher durch die entstandene schmale Schneise zu lenken, während die beiden Bremser an dessen Ende auf der Hut waren, um nötigenfalls die Geschwindigkeit zu drosseln, und die anderen es mit langen Stangen im Fahrwasser hielten. Diese Arbeit erforderte einiges an Kraft und Geschick. Ganz sicher war sie nichts für Schwächlinge und Kranke. In seinem gestrigen Zustand wäre Symon vermutlich nie wieder mit einem Floß gefahren. Nun bestand zumindest Hoffnung.

In ihrem Häuschen packte Johanna ein Säckchen Mehl neben einem leeren Beutel in einen Korb, zusammen mit einem Tiegel, der eine Salbe aus Kräutern und Gänseschmalz enthielt, und den Rest des Brotes, das ihr noch geblieben war. Sie sollte dringend neues backen, doch das konnte warten. Zunächst galt es, andere Dinge zu erledigen. Das gute Wetter würde ihr dabei von Nutzen sein. Wer wusste schon, wie lange es noch hielt.

Entschlossen machte sie sich in die Richtung der Wiesen und Felder auf, die man auf einem breiten gerodeten Streifen rings um die Stadt angelegt hatte. Das Schnattern von Gänsen wies ihr den richtigen Weg. Kurz darauf sah sie Peter, einen etwa zehnjährigen Jungen, der als Hirte auf seine Schützlinge aufpasste. Zumindest sollte er das. Im Moment jedoch lag er in der Sonne und döste vor sich hin.

»Gott zum Gruße, Peter«, rief sie ihm zu.

Der Junge schoss in die Höhe und stieß erleichtert die Luft aus den Lungen. »Johanna! Ich dachte schon, meine Mutter wäre hier, um nachzuschauen, ob ich meine Arbeit gut verrichte.«

»Und, hast du?«

Peter sah schuldbewusst drein. Langsam schüttelte er den Kopf. »Du wirst mich doch nicht verraten, oder?«, fragte er ängstlich.

Johanna lächelte. »Ganz gewiss nicht. Ich suche nur etwas.«

»Na, dann ist es ja gut, sonst hätte es heute Abend eine Tracht Prügel gegeben.« Er betrachtete Johanna, die ihre Augen prüfend über den Rand der Weide schweifen ließ. »Was suchst du denn?«

»Gänsefingerkraut«, murmelte Johanna. Und dann entdeckte sie es. Dort, wo die Gänse es in Ruhe gelassen hatten, reckten kleine buttergelbe Blüten ihre Köpfchen zwischen sattgrünen Blättern hervor. Sacht strich sie über die gezackten Blätter, auf deren Unterseite ein Flaum aus silbrigen Haaren wucherte. Irgendjemanden mussten sie an Finger erinnert haben. Sonst hätte die Pflanze diesen Namen nicht bekommen. Jedenfalls würde es Margaret helfen, die Krämpfe loszuwerden, die ihr zusetzten. Rasch pflückte Johanna, was sie brauchte, und stopfte es in den leeren Beutel.

Nachdem sie der erleichterten Margaret die Blätter gebracht und ihr erklärt hatte, wie sie den Sud bereiten sollte, machte sie sich auf in den Wald. Dieses Mal überquerte sie Wiesen und Felder. Das bergige Land dahinter hatte man den Bäumen überlassen. Hier gab es jede Menge davon.

Das Gelände stieg an, sobald Johanna den Saum aus Büschen und Bäumen hinter sich gelassen hatte. Ein schmaler Weg führte sie immer tiefer unter das dichte Geflecht aus Laub- und Nadelbäumen, das hauptsächlich aus Fichten, Tannen und Buchen bestand. Still war es hier und dennoch voller Leben. Hier und da knackte es, das Geräusch flüchtender Tiere, denen sie zu nahe gekommen war. Ein vielstimmiges Zwitschern drang an ihr Ohr. Zu ihrer Linken erklang das warnende Schnarren eines Eichelhähers, und in der Ferne erschallte der typische Ruf eines Kuckucks. Eigentlich hätte sie sich fürchten sollen. Es war für eine Frau nicht ganz ungefährlich, allein in den Wald zu gehen. Doch sie liebte die Ruhe und die Abgeschiedenheit, die sie hier fand. Den nachgiebigen moosigen Boden unter ihren weichen Schuhsohlen. Das sanfte Atmen der Bäume. Hier konnte sie ganz sie selbst sein, ohne das Gefühl zu haben, beobachtet zu werden – und sie fand vieles von dem, was sie brauchte. Jetzt aber hatte sie noch etwas anderes vor.

Johanna musste eine ganze Weile gehen, bevor sie zu einer kleinen Siedlung kam, die idyllisch an einem plätschernden Bach lag, der vom Gebirge herabströmte. Der äußere Schein trog. Die Menschen, die hier wohnten, genossen diesen malerischen Rückzugsort nicht. Man hatte sie abgesondert, sie zu Ausgestoßenen erklärt, damit ihre Krankheit nicht auf die Gesunden übersprang. Hier hausten die armen Kinder Gottes, die Leprosen, wie sie sonst noch genannt wurden. Sechs Männer und drei Frauen waren es, die ein karges, einsames Leben getrennt von ihren Familien fristeten. Wenn sie Glück hatten, wurden sie von denen versorgt, die sie liebten. Sobald der Ernährer jedoch fehlte, hatte es die Familie selbst schon schwer genug. Dann waren die Kranken auf die Barmherzigkeit anderer angewiesen, und auch Johanna trug ihren Teil zu diesen Almosen bei.

Eine Welle des Mitleids überflutete sie, als sie die Glocke des Tores betätigte, dem einzigen Einlass in einer hohen Palisade. Die Einfriedung aus angespitzten Baumstämmen schnitt die Siedlung vollkommen von der übrigen Welt ab. Ein unnatürlich heller Ton störte die Ruhe, als der Klöppel auf den Klangkörper traf. Danach war es wieder still.

Kurz darauf öffnete sich eine Klappe. Das Gesicht eines Mannes mittleren Alters erschien in der Öffnung.

»Sei gegrüßt, Michel.«

Michel warf ihr ein Lächeln aus einem verschorften Mund zu, der nur einer Gesichtshälfte erlaubte, eine natürliche Mimik anzunehmen. Rötliche Knoten bevölkerten die andere Seite, umgeben von fahler, schuppiger Haut. »Gott zum Gruße, junge Maid«, sagte er mit vollendeten Manieren. Michel war früher Kaufmann gewesen und viel in der Welt herumgekommen. Wahrscheinlich sah er damals ganz passabel aus, was man nun nicht mehr behaupten konnte.

Johanna betrachtete ihn unauffällig, während er das Tor öffnete und nun in voller Größe, wenige Schritte entfernt, vor ihr stand. Seine Kleidung war einfach und sauber. Doch nicht alle schienen darauf Wert zu legen. Hinter ihm versammelte sich der neugierige Rest der Bewohner, die in zwei etwa gleich großen Hütten hausten. Einige von ihnen wirkten zerlumpt und ungewaschen. Ihre schmutzigen Tücher verhüllten Verstümmelungen an Händen und Gesicht, dort, wo die Krankheit schon weit fortgeschritten war. Die meisten musterten sie freundlich, doch sie bemerkte auch drei junge Männer, die ihren Körper gierig mit den Augen verschlangen. Johanna schluckte nervös. Für sie schien es nicht einfach zu sein, hier wie Mönche zu leben. Mit dem Eintritt in die Siedlung hatten sie das Gelübde der Keuschheit abgelegt. Ganz gewiss hatten sie das nicht freiwillig getan.

Ihr Blick schweifte weiter. Zum Schutz des Seelenheils gab es dicht bei der Palisade eine kleine Kapelle, im hinteren Teil der eingefriedeten Fläche befand sich ein Friedhof.

»Dein Besuch ehrt uns«, nahm der stets höfliche Michel das

Gespräch wieder auf. Ein süßlicher Fäulnisgeruch ging von ihm aus. Ohne darüber nachzudenken, wich Johanna einen Schritt zurück, was er mit einem betrüblichen Schnauben kommentierte.

»Es tut mir leid. Ich wollte nicht –«

»Ist schon gut«, fiel er ihr ins Wort. »Vielleicht ist es besser so.«

Johanna senkte verlegen die Lider. Leprosen galten als lebende Tote, und in gewisser Weise waren sie das auch. Wie schrecklich musste es sein, von anderen als ekelerregend empfunden zu werden und hier wie in einem Kerker zu hausen.

Noch immer war Michel ein stattlicher Mann, doch die Krankheit hatte ihn gezeichnet. »Hast du uns etwas mitgebracht?« Er beäugte ihren Korb voll Interesse.

»Äh, ja«, antwortete sie, immer noch betroffen von dem Leid, das sich hier offenbarte. »Etwas Mehl und eine Salbe. Haben die Kräuter, die ich euch letztes Mal gebracht habe, eine Wirkung gezeigt?«

Michels Mund verzog sich zu einer Grimasse. »Siehst du irgendetwas davon?«

Sie biss sich auf die Lippe. Genau genommen hatte sich nicht das Geringste verändert. Wenn sie doch nur allen so helfen könnte wie Symon. »Versucht es hiermit«, sagte sie so zuversichtlich, wie es ihr angesichts der ernüchternden Tatsachen möglich war. Um Michel nicht zu berühren, ging sie in die Hocke, stellte den Tiegel vor ihm auf den Boden und legte das Säckchen mit Mehl daneben.

»Ich danke dir«, sagte er aufrichtig.

Sie blickte ihn scheu von unten an.

»Nein, wirklich. Ich weiß, dass du es gut mit uns meinst – und vielleicht findest du ja eines Tages etwas, das uns helfen wird.«

»Vielleicht«, flüsterte Johanna. »Ich wünsche dir noch einen guten Tag. Der Segen Gottes sei mit euch allen.« Dann erhob sie sich und flüchtete in den Wald, fort von der Siedlung und ihrem Elend.

Sie brauchte eine ganze Weile, um sich von den schweren Gedanken, die ihre Seele bevölkerten, zu erholen. *Konzentriere dich auf das Wesentliche*, ermahnte sie eine innere Stimme, die auf frappierende Weise der ihrer Mutter glich. *Es nützt niemandem, wenn du in Mitleid versinkst. Welche Kräuter könnten Michel und den anderen Leprosen helfen?*

Johanna ging eine ganze Reihe an Heilpflanzen durch, mit denen sie es noch nicht versucht hatte. *Vielleicht sollte ich das nächste Mal Gundkraut in die Salbe rühren, wie es Mutter bei schlecht heilenden Wunden tat?*

Wie wäre es mit Huflattich, den man neben der Behandlung von Husten auch bei Brandwunden benutzen kann?, fuhr die Stimme in ihr fort. *Auch Kamille, Ringelblume und Vogelmiere wären möglich. Ich werde die Wirksamkeit jedes einzelnen Krauts überprüfen. Irgendwie muss diese schreckliche Krankheit doch aufzuhalten sein.* Die meisten davon entfalteten im Frühjahr ihre Wirkung. Andere würde sie später sammeln müssen. Und einige würde sie im Wald nicht finden. Mit gesenktem Kopf ging sie weiter, sammelte, was ihr nützlich erschien, bis sie plötzlich überrascht den Kopf hob.

Ihr war gar nicht aufgefallen, wie weit sie schon gegangen war. Vor ihr erstreckte sich eine Lichtung, nicht mehr als ein kleines Oval, gesäumt von Farn und Buchen. In ihrer Mitte lag ein Blütenteppich aus weißen Buschwindröschen, zwischen feinem Gras mit Halmen so zart wie Feenhaar. Sie kannte diese Lichtung gut. Schon als Kind war sie gern hierhergekommen. An ihrer Stirnseite erhob sich der Fuß eines Berges. Dort befand sich eine Höhle, eine Kaverne, die aussah, als wäre sie schon vor Urzeiten erschaffen worden. In Wirklichkeit war sie eher ein aufgelassener Stollen, in dem einst Bergmänner nach Silber oder Eisen geschürft hatten. Wie immer hockte ihr Bewohner am Eingang des tiefen Dunkels, das hinter ihm wie eine große Wunde im Berg klaffte. Eines Tages war er einfach da gewesen, hatte sie in Besitz genommen, als ob sie ihm gehörte – und niemand hinderte ihn daran. Behutsam kam Johanna näher. Sein Geist schien nicht in dieser Welt zu weilen. Er reckte sein Gesicht mit geschlossenen Augen der Sonne entgegen, die einen Weg durch die Baumkronen gefunden hatte. Seine verträumte Miene und die gefalteten Hände ließen darauf schließen, dass er vollständig in ein Gebet versunken war. Dennoch bemerkte er das leise Rascheln des Grases, das sich in Johannas Röcken verfangen hatte.

Unwillig öffnete er ein Auge. »Oh, du bist es. Gott zum Gruße, Johanna.« Er schenkte ihr ein strahlendes Lächeln. »Was treibt dich in diese Gegend?«

Johanna erwiderte sein Lächeln. Wenn man ihn so sah, wäre man nie auf die Idee gekommen, dass es sich um einen Mönch handelte. Unter den verschlissenen Ärmeln seiner Kutte ragten kräftige Unterarme hervor, und eine mächtige Brust spannte sich unter dem schwarzen Habit, der ihn als Benediktiner auswies.

»Der Herr sei mit dir, Pius. Ich habe dir etwas zu essen mitgebracht.« Eigentlich war der Rest des Brotes für sie bestimmt gewesen, doch sie würde es mit ihm teilen.

Pius lächelte dankbar. »Du bist eine wahrhaft gottesfürchtige Frau.«

»Bin ich das?«

Pius nahm das Brot aus dem Korb, brach ein Stück davon ab und schob es mit einem genüsslichen Lächeln in seinen Mund. »Sicher bist du das«, sagte er zwischen zwei Bissen. »Einen echten Christen kann man daran erkennen, dass er großzügig ist – und das bist du –, vor allem, wenn er nur sehr wenig Essen bei sich trägt.«

Johanna lächelte. »Das ist nicht der einzige Grund, weshalb ich hier bin«, sagte sie, um dem unerwarteten Lob zu entfliehen. »Es ist Frühling, und er bringt die ersten Heilkräuter hervor. Ich muss dringend meine Vorräte auffüllen.«

Pius wohnte nun schon mehrere Jahre in dieser Höhle. Ein stets freundlicher, aber dennoch seltsamer Mann, den große Not oder eine besondere Gottesfürchtigkeit in den Wald getrieben hatte. Johanna wurde nicht ganz schlau aus ihm. Beklommen dachte sie daran, dass sie Pius aus diesem Grund schon heimlich dabei beobachtet hatte, wie er auf den Knien lag und so inbrünstig betete, als müsse er für eine große Schuld büßen, die auf ihm lastete. Nun, vielleicht tat er das auch, aber im Grunde ging sie das nichts an. In seinem Kloster – wo immer es gewesen sein mochte, denn darüber verlor er nie ein Wort – war er der Infirmarius gewesen. Er wusste eine Menge über die Heilkunst, und da Johanna der gleichen Leidenschaft frönte, war es ein Vergnügen, mit ihm über Krankheiten und die verschiedenen Heilungsmethoden zu diskutieren.

»Um ehrlich zu sein, war ich gerade bei den Leprosen«, gestand Johanna zerknirscht. »Ich habe festgestellt, dass ich ihnen wieder nicht helfen konnte.«

Pius sah sie nachdenklich an. »Es ist allein Gottes Wille, dies zu tun. Wenn er es für richtig hält, wirst du eines Tages das geeignete Mittel gegen diese Krankheit finden.«

»Und wenn er es nicht tut?«

»Dann werden sie sterben«, entgegnete er in aller Logik.

Johanna fühlte, wie Zorn in ihr aufstieg. »Genügt es nicht, ein Mensch zu sein? Du hast mir gesagt, dass wir nach dem Bilde Gottes geschaffen sind. Ist es dann nicht seine Pflicht, uns zu helfen?«

Pius sah ihr lange in die Augen, ehe er antwortete. »Wir leben in einer gefallenen Welt, und die Sünde lauert überall«, sagte er traurig. »Gottes Wege sind nicht unsere Wege. Allein mit unserem Verstand können wir sie nicht begreifen. Erst nach unserem Tod werden wir erkennen, wozu dies oder jenes gut war.«

Während sie aßen, dachte Johanna über seine Worte nach. War es eine Ausrede oder die Wahrheit, die hinter diesen Worten steckte? Sie wollte nicht akzeptieren, dass es so war. Um Pius nicht zu verletzen, behielt sie ihre Meinung lieber für sich.

»Wie dem auch sei«, sagte sie, nachdem sie das Brot vertilgt und es mit Wasser aus einer nahen Quelle hinuntergespült hatten. »Ich muss jetzt nach Hause.«

»Was hast du vor?«

»Brot backen«, erwiderte sie verschmitzt. »Sonst habe ich nichts mehr zu essen.«

»Johanna«, rief ihr Pius hinterher, als sie schon ein paar Schritte gegangen war. Überrascht drehte sie sich um. »Wir alle brauchen die Gnade und Vergebung unseres Herrn. Vergiss das nicht.«

Gedankenverloren trat sie den Heimweg an. Der Weg führte nun stetig bergab. Sie orientierte sich an einer Riese, einer Rinne, auf der im Winter die geschlagenen Stämme den Berg hinunter ins Tal schossen. Nun diente sie ihr als Wegweiser. Johanna konnte ihr nicht direkt folgen. Dort war es zu steil, doch sie behielt sie im Auge. Wie alle Riesen führte sie am Ende aus dem Wald hinaus.

Ein Vogel flog auf und lenkte ihre Aufmerksamkeit in die Richtung eines kleinen Hügels. Ein großes Tier mit langen Beinen und braun gesprenkeltem Gefieder schwang sich mit kräftigen Flügelschlägen in die Luft. In seinem gebogenen Schnabel hing etwas. Johannas Augen verengten sich zu konzentrierten schmalen Schlitzen. Sah sie das Richtige? Ihr schien, als hätte sich das Tier einen Brocken Fleisch geschnappt. Neugierig trat sie näher.

Um die Verwerfung aus Laub und Erde war der Waldboden deutlich zerwühlt, so als ob Tiere darin gescharrt hätten. Überall entdeckte sie verstreute blanke Brocken, die man von ihrem Mantel aus Moos, Nadeln und Laub befreit hatte.

Seltsam, dachte sie, als sie langsam darauf zuging. Es sah aus, als ob es hier einen Kampf gegeben hätte. Vielleicht hatte aber auch jemand die Riese repariert? Nein. Sie war zu weit davon entfernt. Zwischen der aufgewühlten Erde und der im Boden eingelassenen Rinne gab es keine Verbindung. Dann entdeckte sie Wolfsspuren, die man in dem weichen Untergrund deutlich erkennen konnte. Johanna trat noch dichter heran.

Was sie dort zwischen einem Wust alten Laubes fand, halb bedeckt mit feuchten braunen Klumpen, verschlug ihr den Atem. Vor ihren Füßen lag der Leichnam einer jungen Frau!

Der Mund in dem hübschen Gesicht war wie zu einem Schrei geöffnet. Mit weit aufgerissenen Augen starrte sie zu den Baumkronen hinauf.

Johanna bekreuzigte sich stumm, während der Schock wie eine heiße Welle durch ihren Körper jagte. Sie wollte weglaufen, doch der jämmerliche Anblick nagelte ihre Füße an den Boden. Ängstlich sah sie sich um. Niemand schien in der Nähe zu sein. Weder Mensch noch Tier. Die Glieder des Mädchens waren grotesk verrenkt, ihr Kleid zerrissen. Erst jetzt erkannte Johanna die Bisswunden an ihrem Körper. Sie sah aus, als ob sie von Wölfen halb zerfleischt worden wäre. Dennoch bluteten die Wunden kaum. Johanna berührte sacht einen unversehrten Arm. Die wächserne Haut war ganz kalt. Wie lang mochte die Tote wohl schon hier liegen? Noch nicht sehr lange. Es gab nur wenige Maden, die auf ihr herumkrochen. Allerdings war es im Wald auch tagsüber immer noch recht kühl, was vermutlich nur wenige Schmeißfliegen unter die Bäume lockte. Eine schorfige, kaum verheilte Wunde in der Armbeuge zog Johannas Aufmerksamkeit an. Sie sah aus wie ein kleiner Schnitt.

Sie passt nicht zu den anderen Verletzungen. Johannas Hand fuhr nach unten und blieb an sonderbaren Quetschungen am Handgelenk der Toten hängen, die sich bläulich von der milchweißen Haut abhoben. Kein einziger Biss verunstaltete diese Stelle.

Johanna untersuchte den Rest des anderen Armes, an dem ein Stück fehlte. Die Totenstarre schien bereits verflogen zu sein. In der Armbeuge fand sie dieselbe Spur. *Was ist bloß mit dir geschehen?*

Obwohl das Mädchen bereits tot war, erwachte die Heilerin in ihr. Es war offensichtlich, dass sich Wölfe über sie hergemacht hatten. Das bewiesen die Fährten, die sie im Waldboden fand. Dennoch stimmte hier etwas nicht.

An den Fußgelenken entdeckte Johanna die gleichen Quetschungen. Mit dem Rest war nicht mehr viel anzufangen. Hier hatten die Wölfe ganze Arbeit geleistet. Warum gab es kaum

Blut? Hatten die Tiere es aufgeleckt? Ratlos senkte sie den Kopf.

Ich muss von hier weg. Die Leute müssen erfahren, welch Unheil hier geschehen ist!

Hastig erhob sich Johanna, und dann rannte sie, so schnell sie konnte, den Berg hinunter.

3. KAPITEL

Johanna kam nicht weit, als eine von tiefen Rinnen durchzogene Straße ihren Weg durch den Wald kreuzte. Plötzlich hörte sie fröhlichen Gesang. Jemand war hier! Der Schreck fuhr ihr erneut in die Glieder. Panisch sah sie sich um. Sollte sie sich hinter dem Stamm einer hohen Tanne –?

Jäh bog ein Pferd um die Ecke, gefolgt von einem bunten Planwagen. Der junge Mann, der arglose Weisen vor sich hin trällerte, richtete sich ebenso erschrocken wie sie auf seinem Kutschbock auf. Er fasste sich jedoch schnell wieder und zügelte sein Pferd, bis es vor ihr stehen blieb.

»Was führt dich in den Wald, holde Maid?«, fragte er mit einem charmanten Lächeln.

Johanna hatte keine Zeit für solcherlei Geplänkel, überdies sah der Kerl recht harmlos aus. Vielleicht war es ganz gut, dass er hier auftauchte. Er konnte ihr helfen, den Leichnam in die Stadt zu bringen. »Ich brauche Eure Hilfe«, sagte sie kurz angebunden.

Erst jetzt schien der Fremde zu erkennen, dass Johanna vollkommen außer Atem war. Seine dunklen Augen musterten sie mit einer Intensität, die ein unangenehmes Brennen in ihrer Magengrube hervorrief. Sie kannte ihn nicht. War sie zu impulsiv gewesen? Konnte sie ihm trauen? Allerdings waren ihre Nerven angesichts des kürzlich erlittenen Schocks nicht mehr die besten. Wahrscheinlich war es ganz normal, jedem zu misstrauen, der einem nach solch einem Fund über den Weg lief.

Behände schwang der Mann sich vom Kutschbock und kam auf sie zu. Sein schmales Gesicht, in dem eine etwas zu große Nase prangte, wirkte nun besorgt. »Was ist geschehen?«

»Eine Tote«, stieß Johanna zwischen zwei Atemzügen hervor. »Ich habe den Leichnam eines Mädchens gefunden. Es ist nicht weit von hier.«

»Den Leichnam eines Mädchens«, echote er. »Bist du dir sicher?«

Johanna nickte. »Ihr müsst mir helfen, sie zu bergen.«

Trotz der ernsten Lage umspielte ein halbes Grinsen seinen Mund. »Wie Ihr befehlt. Was muss ich tun?«

Sie erklärte es ihm und führte ihn zu der Stelle, an der die Tote lag.

Der Mann wich entsetzt ein paar Schritte zurück, als das ganze Ausmaß der Misere zu seinen Füßen lag. »Was für eine Sauerei!«

Johanna bemerkte, wie ihn die entstellte junge Frau vor Schreck erstarren ließ.

Sein betroffener Blick glitt über den geschundenen Körper und den aufgewühlten Boden um ihn herum. »Sie ist wohl von Wölfen zerfleischt worden.« Es war mehr eine Feststellung als eine Frage.

Johanna bestätigte seine Vermutung mit einem knappen Nicken.

Der Mann wirkte nun längst nicht mehr so unbeschwert wie zuvor. Er schien sogar ernsthaft nachzudenken. »Du hast recht. Wir sollten sie mitnehmen, bevor die Tiere zurückkommen und sich den Rest holen.« Mit einem Ruck wandte er sich ab. »Warte hier. Ich werde eine Decke holen.«

Dann floh er mit großen Schritten den Berg hinunter. Kurz darauf vernahm Johanna ein Würgen und ahnte, dass der Fremde sich übergab. Nun, das war gewiss nicht verwunderlich. Die nüchternen Konsequenzen dieses gewaltsamen Todes waren nur schwer zu ertragen. Es war ohne Weiteres nachvollziehbar, dass die verstörende Hässlichkeit sein Innerstes nach außen kehrte.

Obwohl Johanna selbst im Zusammenhang mit ihrer Tätigkeit schon einige üble Dinge gesehen hatte, hinterließ der aufgebrochene Leib des Mädchens auch in ihr eine ganze Reihe an unangenehmen Empfindungen. Mit bebenden Nasenflügeln nahm sie einen schwachen Verwesungsgeruch wahr. Der Körper fing langsam an, sich zu zersetzen. Um dem Gedanken daran zu entgehen, heftete sie ihren Blick auf das unversehrte Gesicht der Toten. Inzwischen war es Nachmittag, und die Bäume überschatteten ihre milchigen Augen, die sich noch immer starr auf die belaubten Kronen richteten. Jegliches Strahlen, das einst in ihnen wohnen mochte, war erloschen. Wer war sie? Johanna hatte sie noch nie gesehen. Welche Geschichte verbarg sich hinter diesem kurzen Leben? War sie einst glücklich gewesen, oder hatte sie sich mit dürftigeren Bedingungen begnügen müssen? Und was hatte sie an diesen verhängnisvollen Ort geführt? Auf all das wusste Johanna keine Antwort. Nur eines war klar: Die Tote musste schnellstens nach Schiltach gebracht werden. Vielleicht konnte einer der Stadtbewohner all diese Geheimnisse lüften?

Darüber hinaus fragte Johanna sich gerade, ob der Mann, der ihr helfen sollte, sie zu transportieren, sich aus dem Staub gemacht hatte. Er war nun schon eine ganze Weile fort. Sie hielt ihn nicht für einen Feigling, aber ein solch schrecklicher Anblick konnte gewiss die unterschiedlichsten Reaktionen hervorrufen. Ungeduldig lief sie umher, suchte noch einmal nach Anhaltspunkten. Wieder fiel ihr auf, wie wenig Blut den Boden um den Leichnam benetzte, wo sie doch wusste, dass ein Körper sehr blutete, wenn er solche Verletzungen erlitt.

Johannas Aufmerksamkeit richtete sich auf die kleinen, kaum verheilten Schnitte in den Armbeugen des toten Mädchens. Waren sie dafür verantwortlich? Wer hatte dem Mädchen diese Verletzungen beigebracht? War sie es selbst? Es sah so aus, als ob sie zur Ader gelassen wurde. Ein Medicus vielleicht? Nein, dafür wirkte ihre Kleidung zu ärmlich. Selbst ein Bader würde zu viel kosten. Ganz zu schweigen davon, dass es in dieser Gegend weder den einen noch den anderen gab. Auch ein fahrender Bader war schon lange nicht mehr vorbeigekommen.

Endlich tauchte der Fremde mit einer Decke unter dem Arm wieder auf.

Nun, das war immerhin etwas.

Es kostete beide einiges an Überwindung, den zerstörten

Leib des Mädchens auf die alte Decke zu hieven, die nach der Meinung des Mannes entbehrlich war. Schließlich hatten sie es geschafft und benutzten die Zipfel, um sie den Berg hinunterzutragen.

Kurze Zeit später lag die Tote, zwischen Kochgeschirr, Bettzeug und einigen anderen Dingen, in dem bunten Wagen.

»Mein Name ist übrigens Clewin«, sagte der Mann, während er sich auf seinen Kutschbock schwang und ihr bedeutete, neben ihm Platz zu nehmen. »Und wie heißt du?«

»Johanna.« Eigentlich war sie nicht zum Plauschen aufgelegt, doch das schien er geflissentlich zu ignorieren.

»Weißt du, wer sie ist?«

»Nein. Ich habe sie noch nie zuvor gesehen.«

»Sie war hübsch. Ein Jammer, dass sie Wölfen zum Opfer gefallen ist.«

»Ich bin mir nicht sicher«, sagte Johanna gedankenverloren.

»Was? Dass sie hübsch war oder von Wölfen erlegt wurde?«

»Nun, ihr Fleisch haben sie auf jeden Fall gefressen, aber ob sie sie auch getötet haben?«

Überrascht hob er die Brauen. »Wie kommst du darauf?«

Johanna zuckte mit den Schultern. Sie hatte keine Lust, dem Fremden ihre Erkenntnisse mitzuteilen. »Und du? Was tust du in dieser Gegend?« Da er sie nun schon seit einiger Zeit beharrlich duzte, sah sie keinen Grund, ihn weiterhin förmlich anzureden.

»Ich bin ein Spielmann. Ich ziehe mit meinen Liedern umher. Heute bin ich hier und morgen dort und nirgendwo besonders lange.« Sein Lächeln war betörend.

Johanna erwiderte es nicht. Stattdessen brummte sie etwas Unverständliches und dachte an ihren Vater, der ebenfalls ein Spielmann gewesen war. Sie hielt nicht viel von derlei windigen Gestalten.

»Was ist mit dir?«, nahm er den Gesprächsfaden wieder auf. »Hast du deinen Liebsten hier im Wald getroffen, oder was führt dich sonst an diesen gefahrvollen Ort?«

»Ich wüsste nicht, was dich das angeht.«

Er hob abwehrend die Hände und musterte sie erstaunt von der Seite. »Schon gut. Ich werde dich nicht weiter mit meinen Fragen belästigen.« Wieder hoben sich seine Mundwinkel zu diesem fast anzüglichen Lächeln, das ihm eine besondere Attraktivität verlieh. Er schien ganz genau zu wissen, wie es auf andere wirkte.

Du willst mir den Wind aus den Segeln nehmen. Du Wicht! Dennoch kam sie nicht umhin, den Fremden von der Seite zu mustern. Alles an ihm war dunkel. Von der olivfarbenen Haut, den dunkelbraunen gewellten Haaren bis zu den durchdringenden Augen, die sich nun auf das Pferd richteten. Sein hageres Gesicht konnte man, trotz der etwas zu groß geratenen, leicht gekrümmten Nase, durchaus als anziehend bezeichnen. Er schien etwas älter als Lukas zu sein, vielleicht vier oder fünf Jahre, nicht mehr, aber von ganz anderer Gestalt. Im Gegensatz zu dem jungen Flößer war dieser hier schlank wie eine Feder, doch seine geschmeidigen Bewegungen verliehen ihm eine gewisse Eleganz.

Er hat die Anmut eines Raubtieres, schoss es Johanna durch den Kopf. *Eines großen Jägers!* Wie einer der Wölfe, die sich über das Mädchen hergemacht hatten. Der Gedanke jagte einen Schauer über ihren Rücken. Was, wenn Clewin etwas mit dem Tod der jungen Frau zu tun hatte? Allerdings sprach das vernehmliche Würgen, als er zum Wagen gelaufen war, eine andere Sprache. Das hoffte sie jedenfalls. *Nur noch ein kleines Stück Weg, dann sind wir im Städtle, und ich bin in Sicherheit.*

Bald darauf erreichten sie die Wiesen und Felder, auf denen das Leben ein friedliches Bild bot. An einem der zahlreichen Bäche suhlten sich Schweine in morastiger Erde. Einige lagen, von zwei Sauhirten bewacht, unter den Büschen des Waldsaumes. Etwas weiter entfernt grasten Kühe auf einer Weide, und auf den Feldern sprießte zartes Grün.

Der idyllische Eindruck befremdete Johanna. *Alles geht seinen gewohnten Gang. So als wäre nichts geschehen.* Fast war sie empört über diese Tatsache. Doch dann musste sie sich eingestehen, dass bisher nur sie wusste, was passiert war.

Nur ich und der Spielmann, korrigierte sie sich und warf einen kurzen Blick auf die Gestalt neben sich.

Peter bewachte noch immer die Gänse und sah Johanna verwundert nach, als er sie auf dem Kutschbock des bunten Wagens entdeckte.

Kurz vor der Stadt kreuzte die von Straßburg kommende alte Römerstraße ihren Weg. Sie reihten sich in einen Zug aus beladenen Fuhrwerken und Reitern ein, Kaufleuten, wie Johanna an der Beschaffenheit ihrer Kleidung erkannte. Wahrscheinlich würden sie im Städtle übernachten. Der nahende Abend und die darauf folgende Dunkelheit verwehrten den steilen Aufstieg in das Gebirge. Die Wirte der Gasthäuser würden sich freuen und ein paar frische Münzen in ihrem Säckel zum Klimpern bringen.

Dann trafen sie auf den steinernen Bogen des unteren Stadttores, eine der drei Pforten in der Mauer, die tagsüber Einlass in das Städtle gewährten. Von hier aus führte die ansteigende Straße direkt auf den Mittelpunkt Schiltachs zu.

»Fahr einfach hinter den anderen her«, wies sie Clewin auf seine fragende Miene hin an. »Sie lenken die Pferde zur Mitte des Marktplatzes. Da halten sich die meisten Leute auf, und dort finden wir auch den Schultheiß.«

Der dreieckige Marktplatz, dessen von Fachwerkhäusern gesäumte Fläche nicht eben und gerade war, wie man es erwartet hätte, begann gleich hinter dem Tor. Bereits hier verfügte der Platz über eine beträchtliche Steigung, die zur Schiltacher Steige und somit zur Straße nach Rottweil hin immer mehr anstieg.

Ein stetes Hämmern drang aus den ihren Weg säumenden Schmieden und Wagnereien. Der Geruch von Feuer vermischte sich mit den verlockenden Düften, die von den Wirtshäusern zu ihnen herüberwehten. Einer der Wagner nahm soeben das Rad eines Fuhrwerks in Empfang, an dem zwei Speichen gebrochen waren. In der Nähe des Brunnens schüttelten Reisende den Staub von ihren Mänteln. Pferde wurden ausgeschirrt und zu einer Tränke geführt. Die Wirte hatten ihre Schankmägde auf die Straße geschickt, um die frisch Angekommenen in die Schankräume zu locken. Das Weib des Schuhmachers pries dessen Dienste an. Auf der Fleischbank vor dem Haus des Knochenhauers lag frisches Fleisch. Quer darüber hingen geräucherte Würste an einer Stange, deren wunderbarer Duft in Johannas Nase zog. Wie gern hätte sie davon gekostet, doch sie hatte kein Geld, um sich welche zu kaufen. Außerdem hatte sie zu Hause noch drei Würste im Rauch hängen, die ihr Duretta, das dankbare Weib eines Bauern, geschenkt hatte, nachdem sie eines ihrer Kinder gesund gepflegt hatte.

Johannas Augen schweiften zu den Marktweibern, die frisch gebackenes Brot, gefärbte Wolle, geflochtene Körbe und vieles mehr feilboten. Eine von ihnen war ihre Freundin Elen, die sie ungläubig betrachtete.

Clewin bahnte sich mit seinem Wagen einen Weg durch das Gedränge, was ihm ein paar derbe Flüche einbrachte. Doch darauf konnten sie jetzt keine Rücksicht nehmen. Schließlich gelangten sie zur obersten Spitze des Marktlatzes, wo sich das Rathaus befand.

Gegenüber erhob sich ein prächtiges Fachwerkhaus, an dessen Giebel eine Reihe von Neidköpfen prangte. Die Kombination aus menschlichen und tierischen Fratzen wirkte abschreckend. Sie streckten Neidern die Zunge heraus und sollten gleichzeitig alles Böse abwehren, das den Schultheiß Lenz und seine Familie ereilen mochte. Er war ein wohlhabender, einflussreicher Mann, der diesen Schutz gewiss nötig hatte. Neben seiner Funktion als städtischer Schultheiß betrieb er noch eine Gaststätte, wie das hölzerne Schild neben der Haustür bewies. Die bemalte Tafel, die man mit einer Stange an der Wand befestigt hatte, zeigte ein schlankes weißes Pferd, das sich auf den Hinterbeinen aufbäumte, weshalb das Wirtshaus »Zum weißen Rössel« genannt wurde. Es handelte sich dabei um eine Schildwirtschaft, die sich deutlich von den Gassenwirtschaften abgrenzte, denen nur das Ausschenken von Getränken vorbehalten war.

»Am besten hältst du gleich hier.« Behände sprang Johanna

vom Kutschbock, noch bevor das Pferd vollends hielt, und eilte zur Tür des Gasthauses.

Der Geruch nach Rauch, einem gegarten Mahl und verschwitzten Leibern schwang Johanna wie eine Dunstglocke entgegen, als sie die Tür öffnete. Der große Schankraum wies eine beeindruckende Zahl an Tischen und Bänken auf, die fast bis auf den letzten Platz mit Reisenden gefüllt waren. Erschöpfte Neuankömmlinge beugten sich über Schüsseln mit dampfendem Eintopf, der verlockend nach Kaninchen roch, während diejenigen, die schon etwas länger hier verweilten, sich mit der Senkung des Bierpegels in den hohen Krügen vor ihrer Nase beschäftigten. Ein vielstimmiges Lachen und Schwatzen hallte von dunklen holzgetäfelten Wänden wider, die dem Raum eine gewisse Eleganz verliehen, ihm aber auch ein düsteres Erscheinungsbild gaben.

Lenz, ein gedrungener Mann mit ergrautem Haar und einem stattlichen Bauch, stand hinter dem Ausschank, wo er Krüge mit frischem Bier befüllte, damit seine Mägde es an die Gäste verteilen konnten.

Johanna eilte über den freien Mittelgang auf ihn zu.

»Ah, Johanna. Sei mir gegrüßt«, rief er ihr gut gelaunt entgegen. »Was führt dich in unser hoch geschätztes Haus?« Die Freude über den regen Besuch und das damit verbundene gute Geschäft war ihm deutlich anzusehen.

Dein Frohsinn wird dir bald vergehen, dachte Johanna, bevor sie vor der großen Theke, die aus dem gleichen dunklen Holz wie die Wände zu sein schien, stehen blieb und zu einer Antwort ansetzte. »Nichts Gutes, fürchte ich.«

Er stutzte, als er ihr ernstes Gesicht bemerkte. »Ist etwas passiert?«

»Das ist es in der Tat. Du musst mit mir kommen«, presste Johanna hervor. »Ich habe eine Tote gefunden.«

»Nun, das ist nichts Ungewöhnliches«, erwiderte Lenz nüchtern. »Es gibt hin und wieder Tote in unserem Städtle. Wir alle müssen einmal sterben. Das solltest du doch am besten wissen.«

»Aber nicht auf diese Weise.« Johannas Gesicht verdüsterte sich noch mehr. »Sie ist übel zugerichtet worden.«

Betroffen hielt er in seiner Arbeit inne. »Übel zugerichtet, sagst du?« Seine Worte zogen eine ganze Reihe neugieriger Blicke auf sich. »Dann werde ich sie mir wohl ansehen müssen.« Widerwillig stellte er den frisch gefüllten Krug in seinen Händen auf die Anrichte und folgte Johanna.

Auf dem Weg nach draußen bedrängte sie das Gemurmel der Gäste wie ein nervöser Wespenschwarm. »Eine Tote ... übel zugerichtet!«, wisperte es Lenz und Johanna hinterher. Die Nachricht sprang von Tisch zu Tisch, bis die ersten Neugierigen sich erhoben und den beiden nach draußen folgten, wo Johanna gerade erklärte, was sich zugetragen hatte.

»Sie liegt hier im Wagen.« Mit diesen Worten schlug sie die Plane zurück.

»Herr im Himmel«, stieß Lenz hervor. Er legte erschrocken eine Hand vor den Mund, als der zerstörte Körper der jungen Frau vor ihm Gestalt annahm. »Was für ein schrecklicher Anblick!«

»Kennst du sie?«

Betreten schüttelte er den Kopf. »Ich habe sie noch nie gesehen.«

Johanna deutete auf die bloßen Füße des Mädchens. »Sie hat seltsame Flecke an den Gelenken, auch an einem ihrer Handgelenke.«

»Wahrscheinlich sind es nur Totenflecke. Nichts, das uns beunruhigen sollte«, sagte der Schultheiß entschlossen, nachdem er die Stellen betrachtet hatte. Er kratzte sich nachdenklich am Kopf. »Es wird wohl das Beste sein, wenn wir sie aus dem Wagen holen und auf dem Marktplatz aufbahren. Vielleicht kennt sie einer der Leute.«

»Das wäre mir ganz recht«, schaltete sich Clewin ein, der abgestiegen und zu ihnen geschlendert war. »Mein Wagen ist nicht der richtige Ort für eine Tote.«

Lenz nickte verständnisvoll, noch immer bestürzt über den entstellten Leichnam des Mädchens. »Sie scheint kaum älter als meine eigene Tochter zu sein.« Er seufzte.»Das arme Ding! Der Tod ereilte sie viel zu früh. Wartet einen Moment. Ich hole eine weitere Decke. Nicht jeder muss sehen, wie zerschunden sie ist.« Seine Worte verhallten fast ungehört unter dem Ansturm der Schaulustigen, die sich nun immer dichter um den Wagen drängten.

Entschlossen bahnte sich der Schultheiß einen Weg durch die Menge.»Du da«, rief er, während er sich mit Hilfe seiner Ellbogen vorankämpfte.»Und du da«, wobei er zwei seiner Stallknechte meinte.»Holt den großen Tisch aus der Scheune.« Dann war er verschwunden.

Johanna bedeckte den Körper des Mädchens so gut es ging mit der bereits vorhandenen Decke, die jedoch mehr als Unterlage diente.»Kennt jemand von euch diese junge Frau?«, nutzte sie die Gunst der Stunde, um Antworten auf ihre Fragen zu bekommen. Ohnehin schien nichts die Leute davon abzuhalten, ihre Neugier zu befriedigen.

Niemand meldete sich zu Wort, stattdessen stand plötzlich Lukas neben ihr.»Johanna! Was soll dieser Aufruhr?«, fragte er gepresst.»Und was ist das für ein Mann, mit dem du hierhergekommen bist?« Er schnappte nach Luft, weil er sich wie der Schultheiß durch die Schaulustigen gekämpft hatte. Eine dicke Strähne seines hellen Haares hing ihm in die Stirn. Die haselnussbraunen Augen blitzten vor Empörung, als er Clewin von oben bis unten musterte.

Johanna schnaubte überdrüssig.»Ich habe jetzt keine Zeit, mit dir zu streiten. Siehst du denn nicht, was hier geschehen ist?«

Erst jetzt schaute er in den Wagen.»Jesus, Maria und alle Heiligen«, stieß Lukas hervor.

Inzwischen kam Lenz mit der Decke und den beiden Stallknechten zurück. Sie sahen nicht sehr erfreut aus, als er sie anwies, den Leichnam aus dem Wagen zu holen und auf den Tisch zu befördern, den sie herbeigeschleppt hatten.

Die erschreckende Tatsache eines von Wölfen zerfleischten Leichnams machte rasch die Runde. Immer mehr Menschen scharten sich um das aufgebahrte Mädchen, dessen geschundener Leib nun eine Decke gnädig verhüllte. Sie schien hier vollkommen fremd zu sein. Niemand wusste, wer sie war, noch, zu wem sie gehörte.

»Nun denn«, sagte Lenz schließlich. »Bringen wir sie in den Eiskeller. Ich werde mich umhören, ob sie aus einem Nachbarort oder von einem der umliegenden Höfe stammt. Mehr können wir im Moment nicht tun.«

Johanna nickte. Es war wohl das Beste so. Der aufregende Tag forderte seinen Tribut. Jetzt, da es nichts mehr für sie zu tun gab, fühlte sie sich plötzlich müde und ausgelaugt.

»Komm«, sagte Lukas, der zu spüren schien, wie schlecht sie sich fühlte, »ich bringe dich nach Hause.« Seine Stimme duldete keinen Widerspruch, und so ergab sich Johanna seiner Fürsorge.

»Ade, Clewin«, verabschiedete sie sich. »Ich danke dir für deine Hilfe.«

Clewin bedachte Lukas mit einem vielsagenden Blick, bevor er sich galant verbeugte. »Es war mir eine Ehre«, erwiderte er mit honigsüßer Stimme.

Johanna hörte, wie der junge Flößer neben ihr schneidend die Luft einsog.

»Der Schultheiß hat mich eingeladen, heute Abend in seiner Gaststätte zu spielen. Meine Lieder sollen die Gäste auf angenehmere Gedanken bringen«, fuhr Clewin fort. »Ich bin also noch ein Weilchen in der Stadt, falls du meine Hilfe benötigen solltest«, fügte er mit einem schelmischen Lächeln hinzu.

Dieses eine Mal erwiderte Johanna sein Lächeln. Die harmlose Geste schadete nicht, sie würde ihn ohnehin nicht wiedersehen. Und im Nachhinein betrachtet waren seine ungewohnten Schmeicheleien doch sehr charmant.

Lukas packte sie am Arm und zog sie mit sich. »Höchste Zeit, von hier zu verschwinden«, sagte er mit mühsam unterdrückter Wut. »Von dem schmalztriefenden Gehabe dieses Kerls wird mir sonst noch übel.«

»Du bist doch nicht etwa eifersüchtig?« Johanna sah ihn mit unschuldigen Augen an.

»Ich? Wie kommst du denn darauf? Ich will nur nicht, dass du dich von diesem eitlen Gecken täuschen lässt. Auf einen wie ihn ist kein Verlass. Wahrscheinlich hat er an jedem Ort ein Mädchen, dem er die Ehe versprochen hat.«

»Keine Sorge, ich lasse mich von niemandem an der Nase herumführen. Nicht einmal von dir. Und nun lass uns noch schnell bei Elen vorbeigehen. Ich brauche dringend ein Brot.«

Zum Backen war es längst zu spät.

4. KAPITEL

»Nun mal ernsthaft, Johanna. Musstest du ausgerechnet diesen Spielmann um Hilfe bitten?« Lukas' Gesicht rötete sich vor Empörung.

»Was hätte ich denn sonst tun sollen?«

»Du hättest nach Hause laufen und jemanden holen können – mich zum Beispiel.«

»Woher soll ich wissen, wo du steckst? Womöglich bist du mit einem Floß unterwegs, und er … er war eben gerade da. Außerdem komme ich auch ohne dich ganz gut zurecht.«

Lukas zog ein beleidigtes Gesicht, doch dann schien er einzusehen, dass es nichts nützte, ihr Vorhaltungen zu machen. »Wo hast du sie eigentlich gefunden?«

Johanna erklärte ihm die Stelle, unweit der Riese, die dort ins Tal führte. Wenn im Winter die Flöße ruhten, ging Lukas in den Wald, um Holz zu schlagen, und wie alle Holzfäller kannte er die Standorte der Riesen.

Schweigend liefen sie weiter, während die Sonne wie ein loderndes Feuerrad am westlichen Horizont des Kinzigtales versank. Johanna hatte bei Elen ein Brot erstanden – genau genommen hatte Elen es ihr geschenkt. Der Markttag war zu Ende, und die restlichen Laibe würden ohnehin keine Abnehmer mehr finden. Inzwischen hatten die beiden die Mauern Schiltachs verlassen und waren zur Vorstadt unterwegs, in der Johanna wohnte.

Es schadet nichts, Lukas unter die Nase zu reiben, dass ich die Dinge sehr gut allein regeln kann. Doch dann besann sie sich. Er schien sich deutlich um sie zu sorgen, und da war noch etwas, das ihr keine Ruhe ließ. Vielleicht war es ganz gut, ihre Erkenntnisse mit ihm zu teilen. »Ich glaube nicht, dass es allein die Schuld der Wölfe war, dass das Mädchen zu Tode gekommen ist.«

Lukas horchte auf. »Wie kommst du darauf?«

»Ich habe sie untersucht, nachdem ich sie fand. Sie hatte merkwürdige, kaum verheilte Schnitte in den Armbeugen und Quetschungen an Hand und Fußgelenken, jedenfalls an denen, die noch da waren.«

Lukas schluckte bedrückt. »Und was schließt du daraus?«

»Irgendetwas muss zuvor geschehen sein, obwohl ich nicht weiß, was es war. Womöglich wurde sie gefesselt und hat sich gewehrt? Bei ihrem Leichnam war viel zu wenig Blut. Je länger ich darüber nachdenke, desto mehr glaube ich, dass sie durch die Schnittwunden jede Menge davon verloren hat. Natürlich könnten es die Wölfe auch aufgeleckt haben, aber …«

»Nun mal langsam«, erwiderte Lukas verblüfft. »Selbst wenn es so war. Wer könnte so etwas tun?«

»Was weiß ich?«, entgegnete sie aufbrausend. »Jeder könnte dafür in Frage kommen.« Inzwischen waren sie an Johannas kleinem Häuschen angelangt.

»Das sind schwere Anschuldigungen, die du da vorbringst.«

»Ich weiß.« Johanna seufzte. »Der Schultheiß hielt die Quetschungen ohnehin für Totenflecke. Die Schnitte hatte ich in der Aufregung ganz vergessen zu erwähnen. Vielleicht entdeckt er sie noch. Falls nicht, werde ich ihm ein wenig auf die Sprünge helfen. Auf jeden Fall sollten wir Augen und Ohren offen halten.«

Lukas' haselnussbraune Augen starrten sie grübelnd an. »Jetzt, wo ich es mir recht überlege, ist mir vorhin etwas aufgefallen.«

»Was denn?« Johanna musterte ihn aufmerksam.

»Conrad, der Gassenwirt, stand direkt vor mir. Da war etwas in seinem Gesichtsausdruck, ein erkennendes Flackern in seinen Augen, als er die Tote betrachtete. Ich kann mich natürlich täuschen, aber vielleicht weiß er mehr, als er zugibt?«

Johanna gab einen überraschten Ton von sich. »Eine erstaunliche Beobachtung!«

»Möglicherweise wäre es gut, ihm einmal auf den Zahn zu fühlen?« Lukas warf einen prüfenden Blick zum Himmel, wo sich die Dämmerung nun auf leisen Sohlen heranschlich.

»Ich könnte mir in seiner Schenke einen abendlichen Trunk genehmigen.«

»Tu das.« Johanna klopfte ihm aufmunternd an die Brust. »Und morgen erzählst du mir, was du herausbekommen hast.«

Lukas' Schultern strafften sich. »Also dann, auf zum ›Grünen Kranz‹. Ein paar Krüge Bier werden nicht schaden.«

Johanna lächelte. »Sieh nur zu, dass du deinen eigentlichen Vorsatz nicht darüber vergisst.«

»Ganz bestimmt nicht. Gott schenke dir eine gesegnete Nacht.«

»Dir auch, Lukas.«

»Johanna.« Er war schon ein paar Schritte gegangen, als er sich plötzlich noch einmal umdrehte, bevor sie in der Tür verschwand. Ihre fragende Miene wandte sich ihm zu. »So ganz ohne mich kommst du wohl doch nicht zurecht.« Ein breites Grinsen überflog sein Gesicht, dann verschwand er im Zwielicht.

Lukas lächelte auf seinem Weg zum Zentrum des Städtle zufrieden vor sich hin. Natürlich kam Johanna nicht ohne ihn zurecht. Sie brauchte einen Mann. Da war er sich ganz sicher. Jemanden, zu dem sie gehörte, der sie beschützte, und solange sie nicht ins Kloster ging und Nonne wurde, war es ganz normal, dass sie heiratete. Warum nur sah sie das nicht ein? Womöglich lag es an ihm? Er war der zweite Sohn eines einfachen Bauern, dem nicht einmal der Grund und Boden gehörte, den er beackerte. Im Lauf der Jahre hatte seine Mutter sechzehn Kinder geboren, wobei es ein Glück war, dass nur drei die frühe Kindheit überlebt hatten. Mehr hätte ihr Vater mit dem, was neben den Abgaben für Burgherrn und Kirche von dem bescheidenen Hof abfiel, nicht durchbringen können.

Ihn selbst brachte die Arbeit über die Runden. Die Flößerei war ein gedeihendes Gewerbe. Noch gab es nicht viele von ihnen. Lange Zeit hatte es nur das Triften von Brennholz gegeben. Das im Wald gehauene Holz wurde zu Scheiten gespalten und von Holzknechten an die Kinzig gebracht. Schon als Junge war er morgens vor Sonnenaufgang aufgestanden, um als Erster am Weiher zu sein, wo die ungebundenen Brennholzscheite ins Wasser geworfen wurden, um in schwankenden Wogen die Kinzig hinabzuschwimmen. Er tat es nicht nur der Münze wegen, die er dafür ergatterte und die ihm zu Hause gleich wieder abgenommen wurde. Es bereitete ihm Freude und erschien ihm aufregender als die tägliche Eintönigkeit der Hütedienste, die Arbeit in einem stinkenden Stall und die störrischen Haustiere, vor denen man so manches Mal auf der Hut sein musste.

Der Handel mit gutem Bauholz, das holzarme Städte wie Straßburg zum Bau von Häusern, Türmen, Klöstern und dem Münster benötigten, war noch recht neu. Inzwischen kamen immer mehr Zimmerleute aus der Stadt herauf, um danach Ausschau zu halten.

Er hatte für seine Stellung gekämpft, wofür er die Erlaubnis der Tecker benötigt hatte. Wenn er sich anstrengte, konnte er es womöglich zu etwas bringen, und obwohl auch er zum Unterhalt der Familie beitragen musste, gelang es ihm, einen Teil seines Lohns auf die Seite zu legen. Vielleicht wartete Johanna dennoch auf etwas Besseres? Hübsch genug war sie ja.

Lukas stieß einen tiefen Seufzer aus. Der schmalztriefende Spielmann war ganz sicher nicht reicher als er. Zumindest hatte Johanna jetzt seine Hilfe angenommen, nun lag es an ihm, etwas daraus zu machen. Womöglich war Conrad der erste Anhaltspunkt in diesem Rätsel.

Nun hör schon auf, ermahnte ihn eine innere Stimme, *du tust dies alles nur, weil Johanna dir gefällt – und weil du ihr gefallen willst.* Doch sie hatte auch einen scharfen Verstand, und ihr geschultes Auge entdeckte Dinge, die so manchem verborgen blieben. Diese Augen hatten ihn verzaubert, als er letztes Frühjahr zum ersten Mal richtig hineingesehen hatte. Ihre smaragdgrüne Farbe, begrenzt von dunklen Rauchringen, die ihnen etwas Geheimnisvolles verliehen. Nun, geheimnisvoll war sie ganz gewiss. Sie ließ niemanden allzu nah an sich heran. Selbst die gelöste Verlobung mit Hans passte zu ihr, obwohl *ihn* diese Tatsache über alle Maßen freute. Sie war eine schöne junge Frau – wie geschaffen für die Liebe. Er würde nichts unversucht lassen, sie für sich zu gewinnen, auch wenn er dem Kranzwirt dafür ein paar unangenehme Fragen stellen musste.

Auf dem Marktplatz hatte der Betrieb inzwischen deutlich abgenommen. Nur ein paar Zechbrüder schlenderten gut gelaunt zu einem feierabendlichen Trunk. Nicht weit vom »Weißen Rössel« stockten Lukas' Schritte vor einem unscheinbaren Gebäude, das längst nicht so herausgeputzt war wie das Gasthaus des Schultheißen.

An der Eingangstür hing ein Kranz aus frischen grünen Zweigen. Das schlichte Zeichen wies darauf hin, dass der Wirt nur das Schankrecht besaß und auch kein Bett für die Nacht anbieten konnte. Hier gab es lediglich etwas zu trinken, weshalb nur wenige Reisende sich die Mühe eines Besuches machten. Conrads Gassenwirtschaft war eher etwas für durstige Flößer, Knechte und Handwerker, die hier ihren sauer verdienten Lohn versoffen. Ein gutes Einkommen für den Wirt. Zudem hatte ihm der Tecker vor nicht allzu langer Zeit erlaubt, einen Teil des Holzhandels zu übernehmen. Bei diesem Geschäft gab es mehrere Beteiligte: den Adel und die Kirche, denen der Wald gehörte. Die Holzhändler erwarben die Stämme von ihnen und mussten deshalb über genügend Kapital verfügen. Die Flößer wiederum dienten dazu, sie sicher und unbeschadet zu den Käufern zu bringen.

Lukas starrte überrascht auf den Kranz an der Tür. Jemand musste ihn ausgetauscht haben. Vor Kurzem hatte er noch aus alten Tannenzweigen bestanden, denen im Laufe des Frühjahrs immer mehr Nadeln abhandengekommen waren. Man musste in den Wald gehen, um frische Zweige zu holen. Im Städtle gab es keine Tannen.

»Was ist? Willst du hier Wurzeln schlagen?«, drang eine ungeduldige Stimme an sein Ohr.

Der Flößer, in dessen wettergegerbtes Gesicht Lukas nun

sah, war unbemerkt hinter ihn getreten. Ungeduldig wurde er zur Seite geschoben. Es war offensichtlich, warum der Mann es so eilig hatte. Heute prangte ein sechszackiger Stern an der Hauswand der Schenke, was darauf hinwies, dass es frisch gebrautes Bier gab, eines der besten in ganz Schiltach.

Lukas trat hinter ihm ein und wurde von Gelächter und einem vielstimmigen Chor begrüßt. Für einen Moment hielt er inne und ließ seinen Blick durch den kargen Raum schweifen. Etwa zwei Dutzend Männer hielten sich hier auf. Ihre Kleidung war schmucklos und so praktisch wie das Holz der groben Tische und Bänke, an denen sie saßen. Die Flößer erkannte man an ihren schwarzen Kitteln aus gewalktem Wollstoff, darunter blitzten Hemden aus ungefärbtem Leinen hervor. Dunkle Beinkleider und derbe Stiefel vervollständigten die Montur, die gegen Kälte und Nässe schützen sollte. Lukas wusste aus eigener Erfahrung, dass dies nur bedingt glückte. Doch wenigstens die Kittel hielten die Kälte und einen Großteil des Wassers während einer Floßfahrt ab – es sei denn, man ging unfreiwillig baden.

Rußige Talglichter auf den Tischen erhellten Bierkrüge und Würfelbecher, deren Inhalt auf die hölzernen Platten klapperte. Das flackernde Licht warf verzerrte Schatten der Männer an weiß gekalkte Wände. Eine Gruppe junger Flößer saß an einem der Tische. Sie winkten ihm mit einladenden Gesten zu.

»Komm, setz dich zu uns«, rief Jecklin, ein großer, breitschultriger Kerl, gut gelaunt in seine Richtung.

»Bin gleich bei euch.« Lukas stellte sich vor den Ausschank, wo Conrad sein frisch gebrautes Bier aus einem Kessel in Krüge füllte, wobei er seine Schankmagd nicht aus den Augen ließ. Gegen die anderen Männer wirkte Conrad klein und drahtig, doch Lukas wusste, dass er durchaus wehrhaft war, wenn es galt, die Ehre der Magd zu verteidigen. Er war in den Vierzigern, und mit der Glatze auf seinem Scheitel sah er aus wie ein tonsurierter Mönch.

Die Theke erinnerte mehr an einen groben Bretterverschlag

und machte nicht den Eindruck, als ob sich jemals ein Herzog hierherverirrt hätte. Wie war Conrad dazu gekommen, in den Holzhandel einzusteigen? Hatte der Wirt den Teckern eine Gefälligkeit erwiesen, von der niemand etwas wissen sollte?

»Sei gegrüßt, Lukas. Willst du dein Bier persönlich bei mir abholen?« Hinter Conrad hing eine große Tafel an der Wand, auf der die verschiedenen Namen der Flößer standen. Obwohl des Lesens nicht mächtig, war dennoch jeder in der Lage zu erkennen, wie er hieß, ebenso die Anzahl der Striche, die über die Menge der Bierkrüge bestimmte, die man zu bezahlen hatte.

»Warum nicht? Dann kann ich mich gleich davon überzeugen, wie es dir gelungen ist.« Dankbar nahm er einen hohen Krug mit dem schäumenden Gebräu von Conrad entgegen. »Ich kann es gebrauchen, ich muss immerzu an die Tote denken, die heute auf dem Marktplatz aufgebahrt wurde«, fuhr Lukas fort, nachdem er einen tüchtigen Schluck davon genommen hatte. »Jammerschade, dass sie so früh sterben musste.«

»Das kann man wohl sagen. Mit diesen wilden Bestien ist nicht zu spaßen.«

»Dennoch kommt es selten vor, dass Wölfe sich an Menschen vergreifen. Irgendetwas muss sie dazu getrieben haben. Vielleicht war sie verletzt?«

Conrad zuckte mit den Schultern. »Woher soll ich das wissen?«

»Nun, mir schien, als ob du sie kanntest.« Lukas ließ den Wirt nicht mehr aus den Augen.

Conrads Gesicht versteinerte. »Dann weißt du mehr als ich«, sagte er in gleichmütigem Tonfall. »Ich habe sie noch nie zuvor gesehen.« Mit diesen Worten drehte er sich um und machte sich im hinteren Teil des Ausschanks zu schaffen.

Lukas nahm einen weiteren Schluck und wartete geduldig, bis Conrad sich wieder der Theke zuwandte.

»Du bist ja immer noch da«, bemerkte dieser ungehalten. »Willst du dich nicht zu deinen Freunden gesellen? Sie warten schon auf dich.«

Lukas schaute zu der Handvoll junger Flößer hinüber, die gerade über einen Witz lachten. »Das kann noch warten.«

»Und ich habe keine Zeit zum Reden«, meinte Conrad abweisend.

Lukas grinste. »Zeit ist ein kostbares Gut, besonders wenn man vom Herzog in den Holzhandel berufen wurde. Und so wie es aussieht, bist du in den letzten Wochen um einen ganzen Fuß gewachsen.« Abschätzend maß er die geringe Länge des Wirts.

»Was soll das heißen?«, stieß Conrad erbost hervor.

Lukas musste sich ein Schmunzeln verkneifen, als er sah, wie sein Gegenüber Haltung annahm, darum bemüht, den Größenunterschied zwischen ihnen zu verringern. »Wie ich hörte, ging dies ganz unverhofft vonstatten.«

Conrad warf ihm ein schmales Lächeln zu. »Sagt man das?«

Lukas lächelte ebenso schmallippig zurück.

Conrad gab einen überdrüssigen Seufzer von sich. »Eigentlich habe ich es nicht nötig, so unbedeutenden Leuten wie dir darüber Rechenschaft abzulegen, doch bevor es zu Trugschlüssen kommt, will ich dich aufklären. Neider mögen meinen, dass kaum zu erwarten war, dass ausgerechnet ich zu dieser Ehre gelangt bin.« Er machte eine wegwerfende Geste. »Dazu braucht man einen wachen Verstand, nicht die Intelligenz eines Huhns, womit die meisten hier unterwegs sind. Die haben nicht die leiseste Ahnung, wie man so etwas anstellt. In Wahrheit arbeite ich schon sehr lange daran. Ich bin ein fleißiger Gastwirt und habe mir das Kapital für dieses Unternehmen über die Jahre zusammengespart – auch wenn das manche nicht wahrhaben wollen. Jeder Stamm, der in meinem Namen den Berg hinabschwimmt, wird im Voraus bezahlt. Den Herzögen kommt mein Geld nicht ungelegen. Und so hat sich eins und eins zusammengefügt.«

Lukas bedachte ihn mit einem langen Blick. Ein hübsches Sümmchen öffnete so manche Tür. Das könnte schon passen. Doch irgendetwas an Conrads Verhalten gefiel ihm nicht.

»Und nun schleich dich, bevor ich dir Beine mache«, unterbrach Conrad seine Gedanken.

Dieses Mal hielt Lukas es für besser, der Aufforderung zu folgen.

Johanna war in eine Ecke ihres Häuschens getreten. Der blanke Boden wurde dort durch ein eingefasstes Geviert unterbrochen. Sorgsam räumte sie die drei Ellen langen Dielen beiseite, die den hölzernen Rahmen füllten. Darunter befand sich ein würfelförmiger Hohlraum, dessen gemauerte Wände die Erde stützten, der man ihn abgerungen hatte. In seinem kühlen Innern hielten sich Vorräte auch in den warmen Monaten frisch. Johanna ging auf die Knie und entnahm einen Tiegel mit einem Rest Schweineschmalz, das sie als Lohn für das erfolgreiche Ziehen eines Zahnes bekommen hatte. *Genau das Richtige für meinen hungrigen Magen.* Die Vorfreude brachte sie zum Lächeln, während sie die Grube wieder verschloss.

Johanna trug den Tiegel zum Tisch und bestrich eine Scheibe von Elens Brot damit. Das Schmalz schmeckte etwas ranzig, aber es würde dennoch ihren Bauch füllen. Sie konnte es sich nicht erlauben, etwas zu verschwenden.

Während sie langsam kaute und die Bissen mit einem Rest Bier aus einem Tonkrug hinunterspülte, legte sich die Müdigkeit wie ein erdrückender Mantel um ihre Schultern. Immerhin lebte sie, während das arme Mädchen nun kalt und starr im Eiskeller des »Weißen Rössel« lag.

Der Schultheiß hatte ganz recht mit dem, was er gesagt hatte: Alle sind sterblich. Doch was war ein Menschenleben wert? Für jemanden, der das Leben missachtete, nicht sehr viel. Besonders wenn es sich dabei um das eines anderen handelte. Für jemanden, der es liebte, bedeutete es die ganze Welt. Man klammerte sich daran, auch wenn die Hoffnung zu überleben noch so klein war. War es dem Mädchen genauso ergangen? Ein Gefühl des Bedauerns durchflutete Johanna, als sie daran dachte, dass es vermutlich jemanden gab, der die Tote vermisste. Doch wer? Niemand wusste bisher eine Antwort darauf.

Nun, auch sie würde kein Licht in dieses Dunkel bringen – zumindest heute nicht. Der Schlaf zupfte bereits an ihren Lidern und drängte sie mit steter Beharrlichkeit, sich endlich zur Ruhe zu begeben.

Nach dem Ende ihres Mahls erhob sich Johanna mit bleiernen Gliedern. Noch ein kurzer Besuch bei den Ziegen, dann würde sie nichts mehr davon abhalten, in ihr Bett zu fallen und alles Schwere der Leichtigkeit des Schlafes zu überlassen.

Da hörte sie es. Ein leises, monotones Geräusch, das von draußen hereindrang und alle Hoffnung auf eine erholsame Nacht mit einem Schlag vernichtete. Johanna stand ganz still und lauschte. Ein jammerndes Heulen drang an ihr Ohr, schlängelte sich wie das einsame Klagen eines Kindes durch jede Ritze der hölzernen Hülle, die sie umgab. Dann wurde es von anderen aufgenommen. Ein schauerlicher vielstimmiger Chor, der sich aufschwang und von den Bergen zurückhallte. Die Laute jagten Johanna eine Gänsehaut über den Rücken. Wölfe! Sie waren überall.

Der ganze Wald schien von den mörderischen Bestien erfüllt zu sein!

5. KAPITEL

Hinlänglich ausgeruht machte sich Johanna am nächsten Morgen daran, eine Gerstengrütze mit getrockneten Hagebutten zu kochen, die sie voriges Jahr nach dem ersten Frost geerntet hatte. Bei Tageslicht betrachtet, war das nächtliche Wolfsgeheul nicht mehr als ein schwacher Hauch. Nichts, das sie weiter beunruhigte. Johanna schüttelte stumm den Kopf, als sie daran dachte. *Wie konntest du nur so ängstlich sein?*, schalt sie sich. *Schließlich hörst du es nicht zum ersten Mal.* Doch sie hatte sich übermüdet und ausgelaugt gefühlt, und in diesem Zustand war die Furcht nicht weit. Trotz ihrer anfänglichen Sorge hatte sie fast die ganze Nacht wie ein Stein geschlafen. Nun kamen Kraft und ein unbändiger Lebensmut zurück. Und beides würde sie brauchen.

Johanna ließ die gekochte Grütze noch ein wenig quellen, molk die Mutterziege und gab die Tiere anschließend in die Obhut des Hirtenjungen, der morgens vorbeikam, um die Schiltacher Ziegen auf die gemeinschaftliche Weide zu führen. Danach widmete sie sich ihrem Frühmahl. Sie liebte die feine Säure der Hagebutten, die dem neutralen Geschmack der Gerste eine besondere Note gab.

Während Johanna den Brei löffelte, legte sie sich für den heutigen Tag einen Plan zurecht. Sie brannte zwar darauf, zum »Weißen Rössel« zu eilen, doch über Nacht würde dort nicht viel passiert sein, und in ihrem Heim wartete noch eine Menge Arbeit auf sie.

Seufzend begab sie sich in den Ziegenstall, um gründlich auszumisten. Die beschmutzte Einstreu aus im Wald gesammeltem Laub transportierte sie in den Garten, den schon ihre Mutter angelegt hatte. Auf dem mit einem Flechtzaun eingefriedeten Stückchen Land wuchsen Erbsen, Bohnen, Karotten, Zwiebeln und Lauch neben einigen Kräutern. Zum Überleben reichte das Angebaute nicht, aber zusammen mit dem, was sie für ihre Dienste erhielt, kam sie ganz gut damit über die Runden.

Das Wetter war heute perfekt für das, was schon eine Weile anstand. Der Himmel sah aus wie eine eisengraue Klinge. Ein durchgängig stumpfer Farbton, ganz so, als ob Gott nicht wüsste, ob er es regnen lassen wollte oder nicht. Genau richtig, um Unkraut zu jäten und den Mist in den Boden einzuarbeiten. Johanna presste unwillig die Lippen aufeinander. Nicht gerade das, was zu ihren Lieblingsbeschäftigungen gehörte, doch wenn sie etwas ernten wollte, musste es getan werden. Es war fast Mittag, als sie damit fertig war.

Nachdem Johanna sich gründlich gewaschen hatte, machte sie sich auf, um nach Symon und Margaret zu sehen. Symon ging es nun deutlich besser. Johanna fand ihn am Tisch sitzend vor, wo er Margaret verdrießlich beim Flicken von Kinderkleidung zusah.

»Diese Untätigkeit bringt mich noch um«, murrte er, als Johanna ihn nach seinem Befinden fragte.

Johanna betrachtete ein paar Karotten und einen Stängel Lauch, die Margaret aus ihrem eigenen Garten geholt hatte und die nun auf dem Tisch ihrer weiteren Verarbeitung harrten. »Wenn dir langweilig ist, könntest du Margaret helfen, das Gemüse zu schneiden.«

»Weiberzeug«, brummte Symon. »Das würde mir gerade noch fehlen, hier die Frauenarbeit zu erledigen.«

»Nun, dann kann es so schlimm nicht sein«, erwiderte Johanna trocken, während sie sich anschickte, den Verband auf Symons Kopf zu wechseln. Die genähte Wunde lag so rein wie ein frisch gebadeter Säugling unter der Auflage. »Auf jeden Fall solltest du warten, bis alles verheilt ist, bevor du dich wieder auf ein Floß begibst.«

Margaret, die das Gänsefingerkraut von ihren Krämpfen befreit hatte, warf ihm über Nadel und Faden hinweg einen strengen Blick zu. »Keine Angst, Johanna. Ich werde wie ein Luchs aufpassen, dass er keine Dummheiten macht«, sagte sie, ohne ihren Ehemann dabei aus den Augen zu lassen.

Symon zog eine Grimasse, die sehr an einen beleidigten Jungen erinnerte, dem man auf die Finger gehauen hatte.

Johanna kämpfte mit einem Lachen, das glucksend in ihr aufstieg. »An deiner Stelle würde ich auf sie hören. Nicht dass sie dich noch übers Knie legt.«

Margaret lachte laut auf.

»Macht ihr euch nur über mich lustig«, schimpfte Symon, der das gar nicht komisch fand.

Männer!

»Das hat man nun davon, wenn man sich für die Familie aufopfert.« Der Ton in seiner Stimme zeugte von verletztem Stolz.

»Ist ja schon gut. Du solltest dich nicht allzu sehr aufregen. Das bekommt dir nicht.« Nur mit Mühe gelang es Johanna, ihre zuckenden Mundwinkel zu besänftigen.

Symon schnaubte wortlos durch die Nase. Die Übermacht der Frauen, die beide nicht auf den Mund gefallen waren, schien ihm nicht zu passen. Aber er wusste auch, was er ihnen zu verdanken hatte.

»Ich komme morgen wieder vorbei«, sagte Johanna zum Abschied. »Der Segen Gottes sei mit euch.«

»Und mit dir«, antwortete Margaret. »Ach, Johanna …« Für einen kurzen Moment hielt sie in ihrer Arbeit inne.

»Ja?«

»Weiß man schon etwas von dem Mädchen, das du gefunden hast?«

Johanna schüttelte den Kopf. »Zumindest ist mir nichts bekannt. Ich werde mich heute noch auf den Weg ins Städtle machen, um den Schultheiß danach zu fragen.«

»Das arme Ding.« Margarets Augen überschatteten sich mit Traurigkeit.

»Das *arme Ding* hatte allein im Wald nichts verloren.« Symons Zeigefinger erhob sich zu einer besserwisserischen Geste.

Margaret verzog entrüstet den Mund. »Natürlich weiß der Herr wieder einmal alles besser! Du kannst doch nicht ahnen, was sie in den Wald geführt hat. Vielleicht gab es einen triftigen Grund, allein hinzugehen.«

Symon holte tief Luft. »Weißt du was? Ich leg mich wieder hin. Lieber schlafe ich noch ein bisschen, als mich ständig von dir belehren zu lassen.« Empört stand er auf.

Johanna verließ eilends das Haus. Anscheinend tat die ständige Nähe den beiden nicht gut, und ein Streit unter Eheleuten war nicht nach ihrem Geschmack.

Von Neugier erfüllt drehte sie ihren Kopf in die Richtung der Stadtmauer, doch das würde noch warten müssen. *Ich muss noch einmal in den Wald, solange es hell ist*, dachte sie. Pius sollte davon erfahren, er wusste immer Rat. Es würde eine ganze Weile dauern, bis sie dort ankam. Sie musste sich beeilen.

Unterwegs vermied es Johanna, zu Boden zu schauen. Sie hatte keine Zeit zum Kräutersammeln, und sie kannte sich gut genug, um zu wissen, dass es am besten war, gar nicht erst hinzusehen. Wenn sie begann, sich auf die Blüten und Blätter zu ihren Füßen zu konzentrieren, war sie verloren.

Um sich auf andere Gedanken zu bringen, dachte Johanna über das nach, was sie Pius erklären wollte. Überdies fragte sie sich, was Lukas wohl herausgefunden hatte, aber auch das würde bis zum Abend warten müssen. Er würde erst nach der Arbeit bei ihr vorbeischauen können.

Ein kleines Feuer, an dem zwei Tauben an einem Spieß brieten, flackerte vor dem Eingang der Höhle, als Johanna dort ankam.

»Die sind mir einfach vor die Füße geflattert«, bemerkte Pius mit einem entschuldigenden Lächeln.

Johannas sehnsüchtiger Blick streifte die beiden Vögel, deren Fett zischend in die niedrigen Flammen tropfte. Der würzige Bratenduft ließ ihren Magen vernehmlich knurren. Das Frühmahl lag schon etliche Stunden zurück.

»Sie brauchen nicht mehr lang. Wenn sie gar sind, werde ich mein Mahl gern mit dir teilen.«

»Ich danke dir, aber das ist nicht nötig«, wehrte Johanna ab.

Der einsame Mönch hatte ohnehin nicht viel zu essen, da musste er das wenige, das er hatte, nicht auch noch mit ihr teilen.

»Aber was führt dich heute zu mir?«, fragte Pius mit einem spitzbübischen Lächeln. »Wenn ich mich recht erinnere, bist du erst gestern hier gewesen.«

»Nun, zum Essen bin ich nicht vorbeigekommen.« Und dann erzählte sie Pius, was sie entdeckt hatte. Jede Einzelheit, die in ihrem Gedächtnis haftete. Als sie fertig war, lag die Tote wie ein neu erschaffenes Gemälde vor ihrem inneren Auge.

»Ich habe die Wölfe gehört«, sagte Pius bestürzt. »Wenn ich gewusst hätte –«

»Du hättest ihr auch nicht helfen können«, unterbrach Johanna ihn. »Wahrscheinlich wären sie über dich genauso hergefallen wie über sie.«

Pius schlug die Augen nieder und nickte. »Deine Vermutung wegen der Verletzungen solltest du allerdings für dich behalten.«

»Warum?« In Johannas Miene stand eine Verblüffung, die an Empörung grenzte.

»Bist du sicher, dass alles so war, wie du es mir erzählt hast? Vielleicht hast du dich getäuscht. Erinnerungen können trügerisch sein, vor allem wenn sie mit einer gewissen … Hysterie einhergehen.«

Ihr Gesicht verzog sich zu einem stummen Protest. »Du willst doch nicht etwa behaupten, dass ich leicht die Nerven verliere?«

Pius hob beschwichtigend die Hände. »Nein, ganz gewiss nicht. Ich will damit nur sagen, dass solche Entdeckungen die Seele in einer Art und Weise aufwühlen, wie es sonst eher selten der Fall ist. Nicht wahr?«

Johanna nickte widerstrebend.

»Und da ist es nicht so abwegig, dass man meint, Dinge zu sehen, die gar nicht da waren oder die eine völlig andere Bedeutung haben.«

»Glaub mir, ich weiß genau, was ich sah«, sagte Johanna bitter.

Pius schnaubte leise durch die Nase, während er überlegte. »Gut, dann lass es mich so formulieren: Selbst wenn es stimmt, was du gesehen hast, wäre es nicht ratsam, deinen Verdacht hinauszuposaunen. Wer weiß, wer möglicherweise dahintersteckt?« Er sah ihr eindringlich in die Augen. »Du könntest auf einen Gegner treffen, dem du nicht gewachsen bist.« Johanna stieß ein zischendes Geräusch aus. Die halbe Welt schien sich um sie zu sorgen. »Nun gut. Ich muss gehen.« Sie warf einen prüfenden Blick zum Himmel, wo eine bleiche, wässrige Sonne noch immer mit den Wolken kämpfte. Ihren höchsten Stand hatte sie schon überschritten.

Pius riss ein Taubenbein von einem der Tiere und reichte es ihr. »Eine kleine Wegzehrung wird dir guttun«, sagte er milde lächelnd. »Und pass auf dich auf. Versprich es mir.«

»Aber sicher doch«, entgegnete Johanna trocken. »Ich tue es andauernd. Der Segen Gottes sei mit dir, und pass du lieber auf, dass die Wölfe *dich* nicht holen.«

Trotz Pius' Warnung zog Johanna die Stelle, an der sie das tote Mädchen gefunden hatte, magisch an. Ihre Füße trugen sie ganz von selbst in diese Richtung, während sie das köstliche Taubenfleisch aß. *Was bildet sich dieser Kerl eigentlich ein?*, fragte sie sich, hin- und hergerissen zwischen verletztem Stolz und einer Aufgebrachtheit, dass er ihr unterstellte, nicht ganz bei Sinnen zu sein. *Ich weiß genau, was ich gesehen habe.*

Für einen kurzen Moment blieb sie stehen und konzentrierte sich, beschwor die Bilder noch einmal herauf. Sie hatte sich nicht getäuscht! So viel stand fest. Plötzlich erschien es ihr fast so, als ob Pius versucht hatte, ihr etwas einzureden. *Merkwürdig ... er benimmt sich doch sonst nicht so seltsam.* Seine Worte würden sie auf jeden Fall nicht dazu bringen, das Ganze einfach ruhen zu lassen.

Nur noch ein paar Schritte, dann bin ich ...

Der filigrane Knochen fiel Johanna vor Verblüffung aus der Hand, als sie aus dem Schatten der Bäume trat. Dort, wo die Erde immer noch deutliche Narben des Kampfes zeigte, kauerte ein Mann. Er wirkte nicht sehr gepflegt. Seine abgetragene Kleidung starrte vor Schmutz, genau wie der speckige Lappen, den er nachlässig um eine Hand gewickelt hatte. Mit der anderen strich er fast liebevoll über die aufgewühlte Erde. Mit einem Schlag wurde Johanna klar, wer er war. *Was tut er hier?*, dachte sie entsetzt. *Er dürfte nicht in diesem Teil des Waldes sein. Es ist verboten, das Gelände der Siedlung zu verlassen.*

Bevor sie weiter darüber nachdenken konnte, wandte sich der Kopf des Mannes unvermittelt in ihre Richtung, als schien er schon längst zu wissen, dass sie hier war. Er war einer der Leprosen. Einer von jenen, die sie gestern so lüstern beäugt hatten, und auch dieses Mal sah er nicht so aus, als ob er lediglich zu einem Plausch aufgelegt wäre. Das war nicht gut – ganz und gar nicht gut.

Unauffällig sah sie sich um. Niemand sonst war zu sehen. Schon besser! Mit ihm allein konnte sie fertigwerden. Allerdings würde ihr auch keiner helfen, wenn es hart auf hart kam. Ohne den Mann aus den Augen zu lassen, machte sie einen Schritt nach hinten. Viel nützte es nicht. Erstaunlich schnell sprang er auf und überbrückte im Nu die kurze Distanz zwischen ihnen. Johanna stockte der Atem. Seine unvermittelte Nähe lähmte sie. Sie wollte schreien, aber nur ein kläglisches Krächzen kam aus ihrem Mund, das nicht einmal die Vögel erschreckte, die zwitschernd in den Bäumen hockten.

»Was suchst du hier?« Die raue männliche Stimme klang alles andere als freundlich.

Johanna stierte auf die knotigen Veränderungen in dem noch jungen Gesicht des Leprosen. Noch immer stand sie da wie ein vor Angst erstarrtes Reh, nicht fähig, sich zu rühren. Ein düsteres Grauen beschleunigte ihren Atem.

Reiß dich zusammen! Du musst einen kühlen Kopf bewahren. Er ist größer und stärker als du. Es gab keine Anzeichen, dass ihn die Krankheit geschwächt hätte. *Wenn du wegläufst, holt er dich schneller ein, als dir lieb ist – und dann ist er überdies auch noch zornig!* Ob auf sie oder die ganze Welt, konnte Johanna nicht sagen.

Sie unterdrückte ihren Ekel und versuchte es mit Freund-lichkeit. »Ich bin im Wald, um nach Kräutern zu suchen«, erwiderte sie, bemüht, möglichst belanglos zu klingen. Ihr Herz hingegen jagte wie ein flüchtendes Tier in ihrer Brust. »Und was tust du hier?«

»Was geht dich das an?«, antwortete er kalt. Seine Augen betrachteten sie mit gründlichem Interesse. Es waren hübsche graue Augen, und plötzlich flammte etwas in ihnen auf, was ihr ganz und gar nicht gefiel. Ein erwartungsvolles Grinsen umspielte nun seine Lippen. »Vielleicht bin ich auf der Suche nach einem ansehnlichen jungen Mädchen? Ich habe schon lange keines mehr gehabt.«

Die Angst kroch Johanna bis in die Knochen. Ein Kuss von ihm und es war vorbei! *Denk nach*, ermahnte sie sich. *Du musst ihn auf Distanz halten.* Behutsam trat sie einen weiteren Schritt zurück. »Du willst doch gewiss nicht, dass ich die Krankheit ebenfalls bekomme«, versuchte sie es mit dem bestimmten Tonfall der Heilerin.

Für einen Moment sah er schuldbewusst drein. Sie hatte ihn ertappt. Niemand konnte ernsthaft wollen, dass andere mut-willig an Aussatz erkrankten. Oder etwa doch? Nach dem sich erhellenden Ausdruck in seinem Gesicht zu urteilen, schien er sich zusehends für diesen Gedanken zu erwärmen.

»Nun, warum nicht? Du bist hübsch, jung und unver-braucht. So eine wie du würde das Leben in der Siedlung deutlich angenehmer machen.« Er griff sich nachdenklich an sein Kinn. »Wir könnten dich teilen. Die anderen Weiber sind ohnehin zu nichts mehr zu gebrauchen.«

Johannas Kehle war staubtrocken. Ob wohl doch etwas von der Zügellosigkeit stimmte, die man den Leprosen gemeinhin nachsagte? Überdies war er jung genug, um das mönchische Leben zu hassen, das man ihm aufgebürdet hatte.

In diesem Moment überbrückte der Leprose in Windes-eile die letzte Lücke zwischen ihnen und streckte die Arme nach ihr aus. Der speckige Lappen über seiner rechten Hand rutschte herunter und offenbarte ein deformiertes Etwas,

von dem die Reste der Finger wie verdickte Äste abstanden.
»Komm. Gib mir einen Kuss.«

Johanna schnappte nach Luft und wich angewidert zurück, doch es nützte nichts. Der Leprose packte sie und zog sie mit erstaunlicher Kraft an sich. *Jetzt ist es um dich geschehen!* Ihr Körper versteifte sich. Sie bog ihren Kopf so weit nach hinten, dass die Nackenwirbel knackten, in dem verzweifelten Versuch, seinen Kuss abzuwehren.

»Lass sie los«, schrie plötzlich eine zornige Stimme hinter ihr.

Der Schrei ließ den Leprosen innehalten – kurz bevor seine Lippen auf Johannas Mund trafen. Überrascht sah er auf.

»Lass sie los«, wiederholte die Stimme, »oder ich hau dir den Knüppel über den Schädel!«

Lukas, dachte Johanna erleichtert, als sie die Stimme erkannte.

Trotz des durchaus ernst gemeinten Klangs schien der Leprose immer noch zu zögern. »Komm schon. Einen Kuss kannst du mir nicht verwehren.«

Lukas' Auftauchen erfüllte Johanna mit neuem Mut. Jäh erwachte sie aus ihrer Starre, und die Kraft kehrte wie Wasser in ihre schreckgelähmten Glieder zurück. Sie versetzte dem Kerl einen Stoß, der ihn zurücktaumeln ließ.

Schon war Lukas zur Stelle und schwang einen abgebrochenen Ast von beeindruckender Größe in seinen Händen. »Und nun schleich dich, oder ich prügle dich dorthin zurück, wo du hingehörst.«

Johanna betrachtete ihn erstaunt von der Seite. Noch nie hatte sie den stets freundlichen Lukas mit solch feurigen Augen und diesem vor Zorn verzerrten Gesicht gesehen.

Der geballte Widerstand schien zu wirken. Der Leprose fiel förmlich in sich zusammen und ergriff eilig die Flucht. Die Erleichterung über den guten Ausgang dieses Abenteuers verursachte ein schwindeliges Gefühl in Johanna. Die Stellen, an denen der Leprose sie angefasst hatte, brannten wie feurige Male auf ihrer Haut. Ekel schüttelte sie, doch sie vermied es, ihre Kleidung dort zu berühren, wo sich seine Hände befunden hatten beziehungsweise das, was von ihnen übrig war.

»Geht es dir einigermaßen gut?«, fragte Lukas besorgt. Johanna nickte stumm. »Woher wusstest du, wo ich bin?«, wollte sie wissen. »Und was tust du überhaupt schon hier?« Lukas stieß prustend die Luft durch die Lippen. »Ist das alles, was dir dazu einfällt?«, fragte er spitz. Doch dann ließ er sich zu einer Antwort herab. »Die Arbeit war ausnahmsweise früher als üblich getan. Der Rest war nicht schwer zu erraten. Als du nirgends zu finden warst, dachte ich mir gleich, dass du allein auf Spurensuche gegangen bist. Und wo könnte man das besser tun als hier?«

Aufgebracht warf er den Knüppel fort, den er immer noch in den Händen hielt. Seine Wut war noch nicht verraucht. »Was ist nur in dich gefahren, schon wieder allein in den Wald zu gehen?«, schimpfte er. »Ist nicht schon genug geschehen?«

»Ach, und was ist mit dir?« Sie mochte es nicht, wenn man sie kritisierte, nur weil sie eine Frau war, und Angriff war immer noch die beste Verteidigung.

»Nun, ich bin ein Mann.« Er straffte seinen Rücken, was seine breiten Schultern perfekt zur Geltung brachte.

Der fleischgewordene Herrscher über das schwache Geschlecht. Sie hatte nichts anderes erwartet.

»Ich bin stärker als du, falls dir das noch nicht aufgefallen ist. Du hingegen bist ein schwaches Weib, das Schutz benötigt«, fuhr er mit seiner Belehrung fort.

»Ich brauche deinen Schutz nicht«, erwiderte Johanna in törichtem Stolz.

»Und was war das eben?«

Grübelnd nagte sie an ihrer Unterlippe, bis sich so etwas wie Einsicht in ihre Gedanken schlich. Schnaubend gab sie auf. »Du hast recht. Es war dumm von mir, allein hierherzukommen.«

Die Worte kamen alles andere als leicht aus ihrem Mund. Sie schämte sich. Nicht weil sie sich für dumm hielt. Sie war schon immer etwas … verwegener als andere gewesen, sondern weil sie die gefährliche Situation nicht allein gemeistert hatte. Noch einmal durchlebte Johanna, wie der Leprose nach ihr griff. Wie sein Mund immer näher kam … bis Ekel und Angst ihren Blick verwässerten. Jäh drehte sie sich weg, damit Lukas es nicht sah. *Das wird nie wieder passieren*, schwor sie sich.

Noch immer fühlte sie die Erleichterung über Lukas' plötzliches Auftauchen. Ohne ihn wäre diese Geschichte anders ausgegangen. Daran gab es nicht den geringsten Zweifel. Er hatte ihren Dank und auch ein gewisses Maß an Entgegenkommen verdient.

»Ich danke dir, dass du mich vor größerem Schaden bewahrt hast. Aber nun komm, ich muss meine Kleider waschen.« Mit diesen Worten stieg sie resolut den Berg hinab. Lukas blieb gar nichts anderes übrig, als ihr zu folgen.

»Meinst du, der Leprose hat etwas damit zu tun?«, fragte Johanna, während sie gemeinsam einen großen Kessel mit Wasser an den eisernen Haken des Kesselgalgens hängten, der sich über dem Herd befand. In Windeseile war sie nach Hause geeilt und hatte Lukas vor der Tür warten lassen, bis sie sich mit spitzen Fingern ausgezogen und eine zweite Garnitur übergestreift hatte. Es war ihre Sonntagskleidung, die sie auch zu hohen kirchlichen Feiertagen und Festen trug. Nie wäre sie auf die Idee gekommen, sich an einem normalen Arbeitstag darin zu kleiden, doch das spielte nun keine Rolle. Sie wollte nur noch eines: den Schmutz der Krankheit abwaschen, den der Leprose hinterlassen hatte, damit sie nicht ebenfalls daran erkrankte. *Bitte hilf, dass ich das Richtige tue*, sandte sie ein stummes Gebet zu Gott, bevor sie sich wieder auf Lukas konzentrierte.

»Dem würde ich alles zutrauen. Hast du bemerkt, wie lüstern er dich begaffte? Mich würde es nicht wundern, wenn das Mädchen ihm über den Weg gelaufen wäre und er ihr Gewalt angetan hätte. Wahrscheinlich ist es genau an dieser Stelle im Wald geschehen, und er ist zurückgekommen, um zu sehen, ob sie immer noch daliegt, oder weiß Gott, was er sich in seinen kranken Phantasien noch so alles ausgedacht hat.«

»Lukas! Er leidet an Aussatz und nicht an einer Geisteskrankheit.«

»Und wenn schon. Du kannst nicht wissen, was in ihm vorgeht. Oder was die Trennung von allem, was normal ist, mit ihm anstellt.«

»Nein«, musste Johanna zugeben.

»Wir sollten es dem Schultheiß melden.«

»Warte lieber damit. Noch ist es lediglich ein Verdacht. Wenn wir es melden, wird nicht nur er peinlich befragt werden. Das können wir diesen armen Menschen nicht antun. Sie haben schon genug zu leiden.«

Lukas presste die Lippen so fest aufeinander, dass seine Kieferknochen scharf hervortraten. Schließlich nickte er widerwillig. »Also gut. Wahrscheinlich hast du recht. Aber versprich mir eines.«

Überrascht hob Johanna die Brauen. »Was denn?«

»Du gehst nie wieder allein in den Wald.« Die Sorge in seinen Augen war echt.

»Lukas. Nun hör schon auf. Wie soll das gehen? Du weißt, dass ich einen Teil meiner Heilmittel dort sammle.«

»Dann gehe ich mit dir«, erwiderte er mit unerwarteter Heftigkeit.

»Ich brauche keinen Aufpasser.« Johannas Stimme klang bissig, als sie bemerkte, wie ernst es ihm damit war.

»Oh, sicher tust du das, oder weshalb sonst kochst du hier so eifrig deine Kleider aus?«

Nun war sie es, die die Lippen unwillig aufeinanderpresste. Warum war dieser Bursche nur so entsetzlich hartnäckig?

Johanna schwieg beharrlich. Sie würde sich nicht verbieten lassen, zu tun und zu lassen, was sie wollte. Sie sah die Enttäuschung in Lukas' haselnussbraunen Augen, versetzt mit etwas, das von unerschütterlicher Zuneigung sprach. Es tat sogar ein kleines bisschen weh, diesen Keil zwischen ihre Freundschaft zu treiben, denn im Grunde waren sie das – Freunde, nicht mehr.

Um das eingetretene Schweigen zu überbrücken, lenkte Johanna ihre Gedanken noch einmal zu dem Leprosen. Es war nicht richtig, was er getan hatte, aber im Grunde konnte sie ihn verstehen. Sie ahnte etwas von der verzweifelten Wut, die das Mysterium der Krankheit in ihm auslöste. Für das niemand eine Lösung fand. Das einen zu einem lebenden Toten machte. Und welche Rolle spielte sie dabei? Genügte es, einfach da zu sein und sich wenigstens zu *bemühen*, das Richtige zu tun? Ihre Augen fuhren nach oben, als ob sie das Dach durchdringen und in den Himmel sehen konnten. *Was ist es, das ich tun soll?*, fragte sie stumm. Doch die Antwort blieb aus. Nicht einmal die Stimme ihrer Mutter drang in ihre Gedanken.

Auch Lukas schien nicht mehr zum Plaudern aufgelegt zu sein. Stattdessen stierte er verbissen vor sich hin, machte aber keine Anstalten, zu gehen.

»Nun hör schon auf, den Beleidigten zu spielen«, wandte sich Johanna an ihn, als sie endlich fertig war. Sie hatte Asche in den Kessel getan und würde die Kleider noch bis morgen darin lassen. Danach würde sie zur Kinzig gehen, den Schmutz mit einem Wäschestock herausschlagen und das Gewebe gründlich in fließendem Wasser spülen. Das musste genügen. Der Rest war die Sache des Herrn. »Lass uns zum ›Weißen Rössel‹ gehen.« Sie knuffte ihm freundschaftlich in die Rippen. »Du willst doch auch wissen, ob es etwas Neues gibt.«

Lukas gab ein immer noch gekränktes Brummen von sich, folgte ihr aber in die Stadt.

Es dämmerte bereits, als sie vor dem Gasthaus ankamen. Der Wagen des Spielmanns war verschwunden, was Lukas' Laune zu heben schien. »Der hat es nicht lang in unserem Städtle ausgehalten«, sagte er schon deutlich milder.

Johanna entging die Erleichterung nicht, die in seiner Stimme mitschwang.

Sie fanden den Schultheiß wie üblich hinter dem Ausschank. Im Gastraum tummelten sich heute nicht ganz so viele Gäste wie gestern.

»Na, du hast dich aber herausgeputzt.« Lenz hob überrascht die Brauen, als sie ihn begrüßten.

Verblüfft musterte Johanna ihre ungewohnte Kleidung. Die hatte sie in all der Aufregung ganz vergessen. »Ach, das tut nichts zur Sache. Viel wichtiger ist, ob du etwas über das Mädchen herausgefunden hast.«

Lenz schüttelte bekümmert den Kopf. »Leider nicht. Sie scheint hier vollkommen unbekannt zu sein. Keiner weiß etwas über sie, und auch in den umliegenden Höfen wird niemand vermisst.« Mit der ihm eigenen Geste kratzte er sich nachdenklich am Ohr. »Ich habe Boten in die Nachbarorte geschickt. Wenn sie dort auch keiner kennt, werden wir sie einsam und allein begraben müssen.«

»Können wir sie noch einmal sehen?«

»Natürlich. Ich gehe mit euch hinunter.«

Eine Steintreppe führte sie durch mehrere Türen zwei Stockwerke tief zum Boden des Kellers. Kein Lichtstrahl drang bis hier hinunter. Mit Mühe verdrängte Johanna das Gefühl der unsichtbaren Last, die sich durch die darüberliegenden Geschosse auf ihre Schultern legte. Lukas war nicht mehr als ein Schatten neben ihr. Nur das Talglicht in der Hand des Wirts, dessen Lichtkegel im Luftzug ihrer Schritte flackerte, wies ihnen den Weg. Durch einen verwinkelten Gang und eine weitere Tür gelangten sie schließlich zu ihrem Ziel, das wie der Kessel eines Fuchsbaus vor ihnen lag.

»Ihr müsst aufpassen«, warnte sie Lenz. »Der Boden neigt sich ab der Mitte, damit das Schmelzwasser sich an der tiefsten Stelle sammeln und versickern kann.« Er ließ das Talglicht durch den Eiskeller schweifen, damit sie sich einen Überblick verschaffen konnten.

Johanna staunte. Sie war noch nie hier gewesen. An den Wänden des Kellers stapelten sich Blöcke aus gefrorenem Kinzigwasser, das man im Winter gestochen und hierhertransportiert hatte. Sie wusste, dass das steinerne Gewölbe über ihnen und die dicken Mauern dafür sorgten, dass sie bis zum Ende des Sommers hielten, bevor sie endgültig tauten. Der Keller rettete eine ganze Reihe an Lebensmitteln und Getränken vor dem schnellen Verderben. Die Kühlung eines Leichnams gehörte normalerweise nicht zu seinen Aufgaben. Effektiv war es dennoch.

Lukas ließ neben ihr ein fröstelndes Zischen ertönen. Johanna fror ebenfalls. Hier unten war es durchdringend kalt, was die beginnende Verwesung der Toten weitestgehend stoppte. Noch immer lag sie auf dem Tisch, den man mit ihr nach unten geschafft und auf eine freie Fläche gestellt hatte. Eine große Decke verbarg die meisten Verletzungen. Ihre Arme hatte man, in dem vergeblichen Versuch, ihr die Hände zu falten, darübergelegt. Nun ruhte die unversehrte Hand über dem abgenagten Stumpf des linken Armes, um diese Geste wenigstens anzudeuten. Die bläuliche Quetschung am Handgelenk schimmerte deutlich im flackernden Licht, mit dem Lenz sie beleuchtete.

Johanna deutete mit dem Finger darauf. Trotz Pius' Warnung wagte sie einen weiteren Vorstoß. »Das sieht nicht nach Totenflecken aus, oder?«, wandte sie sich an den Schultheiß. »Und die Stellen an ihren Fußgelenken auch nicht.«

Die Köpfe der drei beugten sich in den Lichtschein. Ihre Augen richteten sich auf die dunkle Verfärbung, über der Lenz prüfend das Talglicht schwenkte. Johanna bemerkte, wie Lukas verblüfft die Brauen hob. Die Kälte hatte deutliche Abschürfungen an den Rändern hervorgebracht.

»Vielleicht nicht wie Totenflecke«, gab Lenz zu, »aber sie könnten durchaus von den Wölfen stammen. Wer weiß, was diese Bestien alles mit ihr angestellt haben.«

Der verhaltene Ton in seiner Stimme verriet, dass Lenz nicht ganz wohl in seiner Haut war.

Er weiß es auch, wurde Johanna plötzlich klar. *Er will es nur nicht zugeben.*

Auch Lukas schien von Lenz' Schlussfolgerung nicht überzeugt zu sein. Dennoch behielt er seine Meinung für sich. Vielleicht hatte Pius doch recht, und man rührte nicht an Dingen, die möglicherweise gefährlich waren. Johanna gab schnaubend auf. Es war sinnlos, dem Schultheiß die Einschnitte in den Armbeugen des Mädchens zu zeigen. Er würde auch dafür eine Erklärung finden. Nur eines musste sie noch wissen.

»Ist in der letzten Zeit eigentlich ein Bader im Städtle gewesen?«, fragte sie so beiläufig wie möglich.

Lenz kräuselte nachdenklich die Stirn. »Nicht, dass ich wüsste. Warum willst du das wissen?«

Johanna schenkte ihm ein kleines, unverbindliches Lächeln. »Oh, mir kam nur gerade ein Gedanke. Ist nicht so wichtig«, fügte sie beschwichtigend hinzu.

Lenz' Augen musterten sie kritisch, doch er ließ es dabei bewenden.

»Nun, was sagst du?«, murmelte Johanna, als sie endlich wieder ins Freie traten. Inzwischen war es fast vollständig dunkel geworden, wobei der Himmel gegen die Finsternis im Keller immer noch recht hell wirkte. Sie würden durch das kleine Ausfalltor schlüpfen müssen, um noch aus der Stadt zu kommen.

»Ich denke dasselbe wie du. Irgendetwas stinkt hier gewaltig.«

Johanna fühlte die Erleichterung, die durch ihre Adern floss. Wenigstens Lukas schien ihr zu glauben.

»Ich habe dir noch gar nicht erzählt, was ich gestern herausgefunden habe.«

»Nein«, entgegnete sie nüchtern. »Mir schien, als hättest du deine Zunge verschluckt.« Sie ahnte Lukas' entrüsteten Blick mehr, als sie ihn sah.

»Ist das ein Wunder? Aber lass uns nicht schon wieder streiten. Oder hast du kein Interesse mehr daran?«

»Und ob. Nun sag schon!«

»Conrad wirkte ziemlich ungehalten, als ich ihn auf die Tote ansprach. Wie nicht anders zu erwarten, leugnete er, sie gekannt zu haben, aber er war ziemlich nervös.«

Johanna blieb interessiert stehen. »Dann hat er wohl wirklich etwas zu verbergen.«

»Ich denke schon. Vielleicht hängt es mit dem Holzhandel

zusammen, in den er vor nicht allzu langer Zeit eingestiegen ist.«

»Hast du ihn darauf angesprochen?«

Lukas brummte bestätigend.

»Und?«

»Er meinte, er hätte sich das Kapital dafür redlich verdient. Dennoch werde ich den Eindruck nicht los, dass Conrad irgendetwas verschweigt. Möglicherweise handelt es sich um eine Gefälligkeit, die er einem der Herzöge erwiesen hat.«

»Du meinst, einer der edlen Herren hat sich an dem Mädchen vergriffen? Das könnte auch Lenz' sonderbares Verhalten erklären.«

»Möglich wäre es. Allerdings müsste sie dann schon länger auf der Burg gewesen sein, was wiederum unwahrscheinlich ist, da niemand sie kannte – es sei denn, Lenz hat die Burgbewohner gar nicht befragt. Oder Conrad selbst hat etwas damit zu tun. Der Kranz an seiner Tür ist erst kürzlich durch einen anderen ersetzt worden. Ich habe die Magd darauf angesprochen, sie hat mir erzählt, dass Conrad ihr persönlich die Zweige gegeben hat, damit sie einen neuen daraus windet. Er muss also im Wald gewesen sein.«

»Nun, das ist zumindest ein Anfang. Und was für Lenz gilt, muss für uns noch lange nicht gelten. Du solltest Conrad noch einmal auf den Zahn fühlen.« Sie würde, nein, sie *musste* der Sache nachgehen, sonst fand sie keine Ruhe. Doch für eine Frau war es nicht schicklich, eine Trinkstube zu betreten.

»Meinetwegen«, erwiderte Lukas grimmig, »aber nur, wenn du versprichst, keine weiteren Dummheiten zu machen.«

6. KAPITEL

Zwei Tage später wurde das tote Mädchen auf dem von einer Mauer umgebenen Friedhof direkt hinter der Kirche begraben. Obwohl noch immer niemand wusste, wer sie war, hatte sich eine große Trauergemeinde versammelt, um ihr die letzte Ehre zu erweisen. Ihr grausames Schicksal berührte die Menschen und verband ihre Herzen durch den betrüblichen Schauder des Mitgefühls. Auf Geheiß des Priesters, der die Meinung vertrat, dass man nicht wisse, ob die Tote jemals getauft worden war, wurde sie am äußersten Rand des Friedhofs, im Schatten eines Apfelbaumes, zur letzten Ruhe gebettet. Die Totenglocke der Kirche drang wie trauriger Herzschlag zu ihnen herüber. Etliche Frauen weinten, als sich die Erde über der Unbekannten schloss und ein namenloses Holzkreuz an der Stirnseite des Grabes angebracht wurde.

Auch in Johanna wogte eine Welle des Bedauerns, doch im Gegensatz zu den anderen glaubte sie noch immer nicht an ein bloßes Unglück, das für den Tod des Mädchens verantwortlich war.

Ansonsten war es ruhig geblieben. Johanna und Lukas ließen keine Gelegenheit aus, sich umzuhören. Wer war in der Nähe des Fundorts? Hatte irgendjemand etwas gehört? Doch es kam nicht viel dabei heraus, denn kaum einer suchte im Sommer das abschüssige Gelände auf, dessen winterliche Riesen zum Transport des Holzes dienten. Bisher hatte die Arbeit Lukas davon abgehalten, noch einmal zu Conrad zu gehen. Ebenso wenig klärte sich auf, ob Lenz oder der Leprose irgendetwas mit der Sache zu tun hatten oder ob sie genauso arglos waren wie sie selbst.

Als die Menge sich nach dem Begräbnis auflöste und die Leute den Friedhof verließen, zog Elen Johanna beiseite.

»Was für ein schlimmer Tod, nicht wahr? So einsam und verlassen, ohne den Trost eines Priesters zu sterben.«

Johanna seufzte. »Das kann man wohl sagen. Kein schöner Gedanke, hier in einem allzu frühen Grab zu verrotten.«

»Johanna!« Elen zog ein bestürztes Gesicht. »Lass das bloß den Priester nicht hören. Er wäre ebenso entsetzt wie ich.«

Elen war genauso alt wie sie, aber nicht gerade das, was man hübsch nennen konnte. Ihre untere Gesichtspartie neigte schon jetzt zu den ersten Ansätzen eines Doppelkinns, die Nase war etwas zu spitz geraten, und ihr Haar hatte die undefinierbare Farbe eines Straßenköters. Doch sie war das liebste Geschöpf, das Johanna kannte – und sie war die einzige Freundin, die sie hatte.

»Nach einem solch schrecklichen Tod wird der Herr gewiss milde mit ihr sein und ihr die Not des Purgatoriums ersparen. Bestimmt ist ihre Seele geradewegs in den Himmel geflogen und wird dort von Engeln umsorgt.«

Johanna stöhnte innerlich auf. Manchmal übertrieb es Elen in ihrer Einfalt. Dennoch hängte sie sich bei ihrer Freundin ein und tätschelte deren Unterarm. »Eines Tages wirst du sie danach fragen können.«

Elen lächelte. »Gewiss. Aber wenn es nach mir ginge, dürfte es ruhig noch eine Weile dauern.« Vorsichtig sah sie sich nach unerwünschten Zuhörern um. Als sie niemanden in ihrer Nähe entdeckte, fuhr sie fort: »Schließlich will ich nicht jungfräulich in den Himmel kommen. Ich meine, falls der Herr es so will, und ich hoffe doch sehr, dass er derselben Meinung ist wie ich.« Elen warf einen flehentlichen Blick auf das zartblaue Gewölbe über ihnen. »Da fällt mir ein: Wo hast du letztens nur diesen Spielmann aufgestöbert?«

Johanna ahnte bereits, dass Elen diese Frage umtrieb. Doch bei der kurzen Begegnung vor einigen Tagen wäre es sehr unschicklich gewesen, in Lukas' Gegenwart darauf zu sprechen zu kommen. »Er ist mir über den Weg gelaufen. Und nachdem wir die Tote in seinen Wagen befördert hatten, wollte er wohl dem Ärger entgehen, allein mit ihr gesehen zu werden. Einer vom fahrenden Volk erweckt nicht den Anschein von Vertrauenswürdigkeit.«

»Aber ansehnlich ist er trotzdem«, entgegnete Elen schmachtend. »Sehr sogar!«

Im Gegensatz zu Johanna war Elen immerzu auf der Suche nach einem Ehemann. In ihrem Fall war das jedoch gar nicht so leicht, was nicht nur daran lag, dass sie wenig anziehend wirkte. Ihr Vater war vor einigen Wintern von einem Baumstamm erschlagen worden, der bei seiner Fahrt ins Tal über die Riese hinausgeschossen war. Das Gefälle der Berge sorgte zusammen mit Schnee und Eis für eine hohe Geschwindigkeit der schweren Stämme. Leider kam es dabei immer wieder vor, dass sie sich verkeilten, aufeinanderprallten und aus der Bahn geworfen wurden. So war es auch bei Elens Vater gewesen. Der hervorschießende Stamm einer großen Buche hatte ihn getroffen und auf der Stelle getötet. Seitdem hielten sich Elen und ihre Mutter mehr schlecht als recht über Wasser. Sie verkauften Brot an Reisende und verdingten sich bei Bedarf als Tagelöhnerinnen. Sie hatten wenig vorzuweisen. Das machte Elen zu einer schlechten Partie, und ihr Äußeres konnte daran nichts verbessern.

»Nun hör schon auf«, sagte Johanna brüsk. »Du würdest auf jeden Kerl hereinfallen, der dir schöne Augen macht.«

Elens Gesicht nahm eine entrüsteten Ausdruck an. »Das ist nicht wahr. Aber was ist gegen einen guten Ehemann einzuwenden? Der Spielmann sah jedenfalls nicht danach aus, als ob er etwas auf dem Kerbholz hätte.«

»Das tun sie alle nicht.« Sie war sich da nicht ganz so sicher, und nach den Ereignissen der letzten Zeit war es besser, auf der Hut zu sein.

»Wie dem auch sei, ich muss jetzt gehen. Die Pflicht ruft. Wie ich hörte, hast du an Symon ein wahres Wunder vollbracht.« Elen küsste Johanna leicht auf die Wange. »Ich hoffe, wir sehen uns bald wieder.«

»Ganz bestimmt«, antwortete Johanna lächelnd. Es war schwer, Elens Liebenswürdigkeit zu entgehen. *Ich hoffe, du bekommst eines Tages den Mann, den du verdienst.*

Der Tag war wie geschaffen zum Kräutersammeln, und so schlenderte Johanna nach dem Begräbnis am Ufer der Kinzig entlang, um frisches Grün zu pflücken und in den großen Beutel zu tun, den sie vorsorglich um ihre Schulter gehängt hatte. Den Wald mied sie. Zu frisch war noch die Erinnerung an die unangenehme Begegnung mit dem Leprosen. Nach einer Weile stieß Lukas zu ihr, der mit seinen Flößerkameraden auf dem Polterplatz gelagerte Stämme bearbeitet hatte.

»Hast du dich heimlich davongeschlichen?« Ihre Augen wandten sich zum Rest der Männer, die immer noch bei der Arbeit waren.

Lukas lächelte. »Nein, sie wissen Bescheid. Ich muss auch gleich wieder hin, doch zuvor wollte ich dir erzählen, was ich von Conrad erfahren habe.«

»Du warst noch einmal bei ihm?«, fragte sie erfreut.

»Gestern Abend.« Lukas grinste. »Dieses Mal war er nicht ganz so zugeknöpft, obwohl ich ihn ein wenig überreden musste, bis ich die Wahrheit aus ihm herausgekitzelt hatte.«

»Und wie hast du das angestellt?«

»Ich habe mich ein weiteres Mal vor seinen Ausschank gestellt und ihm zugeraunt, dass ich den Verdacht nicht loswerde, dass sein plötzlicher Einstieg in den Holzhandel doch etwas mit dem toten Mädchen zu tun hat, das er angeblich nicht kennt. So viel Geld könne er doch gar nicht haben, um bei solch einem Geschäft mitzumischen.« Sein Grinsen wurde breiter. »Wenn du Conrad bei seiner Ehre packst, dauert es nicht lange, bis er anfängt, sie zu verteidigen. Natürlich hat er zuerst alles abgestritten, aber als ich ihn auf den frisch gebundenen Kranz ansprach, dessen Grün er selbst aus dem Wald geholt hatte, führte er mich in eine Kammer, damit der Rest unseres Gesprächs nicht in unliebsame Ohren gelangen konnte.«

Johanna hing atemlos an seinen Lippen und wagte es nicht, Lukas zu unterbrechen.

»Dort hat Conrad es dann zugegeben: Er war tatsächlich im Wald – und er hat das Mädchen gesehen. Allerdings war sie schon tot, als er sie entdeckte. Ihr Anblick war so schockierend, dass er in wilder Panik davonrannte. Später fiel ihm dann ein, dass es besser wäre, die ganze Sache für sich zu behalten, damit der Verdacht nicht auf ihn fällt. Conrad ist nicht stolz auf das, was er getan hat, aber es gibt eine Menge Neider, die ihm aus einer solchen Sache liebend gern einen Strick drehen würden. Was das Mädchen betrifft, so denke ich, dass Conrads einzige Schuld darin besteht, dass er ihren Tod für sich behalten hat.«

»Du glaubst ihm?«

Lukas nickte.

»Vielleicht sollte ich nun Lenz noch einmal auf den Zahn fühlen«, überlegte Johanna laut.

Am besten tat sie es gleich. Noch war die Sonne nicht untergegangen. Es würde noch eine Weile dauern, bis sie sich endgültig dem Horizont zuneigte.

Johanna traf den Wirt wie üblich am Ausschank an. Das Gasthaus brummte von dem vielstimmigen Gerede der Gäste.

»Johanna«, bemerkte Lenz ungehalten. »Was tust du denn schon wieder hier?«

»Ich komme wegen der Toten. Gibt es irgendetwas Neues über sie?«

Lenz schüttelte den Kopf.

»Warum werde ich den Verdacht nicht los, dass du mir irgendetwas verschweigst? Hast du dich jemals *wirklich* darum bemüht, in Erfahrung zu bringen, zu wem sie gehörte? Was die seltsamen Flecke an ihren Hand- und Fußgelenken zu bedeuten hatten? Oder die Einschnitte in ihren Armbeugen, die du genau wie ich bemerkt haben musst.« Johanna sah ihm direkt in die Augen, als suche sie dort nach den verräterischen Schatten eines schlechten Gewissens. »Ein Mädchen mehr oder weniger, darauf kommt es wohl nicht an. Schließlich war es nur ein einfaches Ding und keine Adlige.«

Und siehe da, sie wurde fündig. Lenz' Lider flackerten.

»Dein Mitleid vernebelt deinen Verstand«, versuchte er abzuwiegeln.

»Wie meinst du das? Willst du mir etwa vorwerfen, dass mir etwas an dem Schicksal der Toten liegt?«, brauste Johanna auf.

Lenz blickte nach allen Seiten, bevor er antwortete: »Du wirst ihr nicht mehr helfen können.«

»Das schon, aber was ist mit ihren Eltern? Haben sie kein Recht zu erfahren, was mit ihrer Tochter geschehen ist? Bestimmt suchen sie nach ihr und sind halb tot vor Angst und Sorge. Du hast ebenfalls eine Tochter. Würde es dir gefallen, wenn ihr das Gleiche widerfahren würde und es niemanden kümmerte?«

Er senkte die Lider und presste die Lippen so fest aufeinander, dass sie fast vollkommen verschwanden. Anscheinend hatte sie ihn an einer empfindlichen Stelle getroffen.

»Also gut«, flüsterte er. »Ich habe die Quetschungen gesehen. Du hast recht, es sind keine Totenflecke. Vermutlich wurde sie an Händen und Füßen gefesselt. Bist du nun zufrieden?« Er schnaubte verdrossen. »Du weißt nicht, in welcher Suppe du da herumrührst. Bei manchen Dingen ist es besser, keinen Wirbel darum zu machen.«

»Bei welchen Dingen?«

»Du wirst schon selbst drauf kommen. Schließlich bist du ein kluges Mädchen, oder nicht?« Mit diesen Worten ließ er sie stehen und ging in die angrenzende Küche. Es war zwecklos, noch weiter in ihn zu dringen. Lenz würde nichts mehr sagen.

Den ganzen Heimweg über dachte Johanna über Lenz' Worte nach. Vor wem hatte er so große Angst, dass er nicht darüber zu reden wagte? Gab es jemanden, dem er verpflichtet war? Kaum einer konnte es mit seinem Reichtum aufnehmen. Außer den Herzögen auf der Burg. Bestimmt hatten sie ihm das Amt des Schultheißen verschafft. *Du wirst schon selbst drauf kommen*, hallten Lenz' Worte in ihr nach. Man musste nicht sehr klug sein, um zu erkennen, dass es im Interesse der Edlen lag, wie er dieses Amt ausführte. *Wieder führt die Spur zu den Herzögen. Ob sie wohl doch daran beteiligt sind?* Möglich war aber auch, dass Lenz Feinde hatte, die ihm das

Leben schwer machten. Neider, wie bei Conrad, die keine Gelegenheit ausließen, ihn zu stürzen. Doch wer konnte das sein? Johanna fand keine Antwort, aber sie würde Lenz auf jeden Fall im Auge behalten.

Kurz vor der Dämmerung klopfte es an ihrer Tür.

»Elen«, sagte Johanna überrascht, als sie öffnete. Ihre Freundin grinste breit. »Du siehst mich wohl eher wieder, als dir lieb ist.« Ihre honigfarbenen Augen strahlten ausdrucksvoll und wanderten zu einer kleinen Gestalt, deren Hand sie fest umklammert hielt. »Nun, das ist nicht allein meine Schuld, sondern liegt vielmehr an ihr«, ergänzte Elen fröhlich, obwohl ihre Begleiterin diese Gefühle nicht teilte.

Johanna betrachtete das Mädchen, das sich gegen die Beschränkung ihrer Freiheit vehement wehrte. Etwas Wildes lag in ihrem Wesen – und offensichtlich war sie nicht freiwillig hier.

»Ein Reisender hat sie gefunden, als er die Straße verließ, um sich im Wald zu erleichtern. Zuerst dachte er, sie wäre tot, so wie sie dalag. Gott sei Dank war das ein Irrtum! Allerdings hat sie eine große Wunde am Bein.«

Johannas Augen hefteten sich auf die Verletzung, die zwischen den Fetzen einer schmutzigen Cotte hervorlugte. Das Mädchen schien dem schlichten Unterkleid schon längst entwachsen zu sein. Der tiefe, klaffende Schnitt an ihrem Schenkel war kein schöner Anblick, wie auch der Rest des verwahrlosten Geschöpfes, das eher wie ein Waldgeist denn wie ein Mensch aussah. Die Überbleibsel der Cotte hingen wie faulige Lumpen an ihr, wobei man kaum sagen konnte, wo das Tuch aufhörte und der Dreck anfing, der ihren Körper bedeckte. Ihr schwarzes Haar war strähnig und zerzaust. Es war nicht zu übersehen, dass es schon lange keinen Kamm mehr gesehen hatte.

»Wie hast du dir diese Wunde zugezogen?«, fragte Johanna, während sie sich zu der Kleinen hinabbeugte.

Das Mädchen starrte sie wortlos aus dunklen Augen an.

Etwas, das wie ranziger Ziegenkäse roch, drang in Johannas stumm protestierende Nase.

»Sie spricht nicht«, erklärte Elen und schob sie mit einer freundlichen Geste näher zu Johanna hin. »Dies und ihr merkwürdiger Aufzug sorgen dafür, dass niemand sich um sie kümmern will. Die Leute befürchten, sie ist nicht ganz bei Verstand.«

»Und da …«, sagte Johanna, nichts Gutes ahnend.

»… habe ich an dich gedacht«, beendete Elen den Satz für sie. »Du bist die Einzige, die ihr helfen kann.«

Johanna schnaubte und betrachtete noch einmal das Haar des Mädchens. Bestimmt hauste ein ganzer Haufen Läuse darin. Dennoch brauchte sie Hilfe. Die Hilfe einer Heilerin – zumindest was das Bein betraf. Sie zu beherbergen war etwas ganz anderes.

»Und wie hast du dir das vorgestellt?«, fragte Johanna resigniert.

»Du versorgst ihre Wunde und … vielleicht lässt du sie eine Weile bei dir wohnen. Dann werden wir weitersehen.«

»Das, was ich habe, reicht gerade für mich. Und ich nehme nicht an, dass ein anderer für sie sorgen wird.«

»Wir werden schon einen Weg finden – wenn du ihr nicht helfen kannst, kann es niemand«, fügte Elen flehentlich hinzu.

Unwillkürlich musste Johanna lächeln. Die liebenswürdige Elen konnte es nicht ertragen, wenn es jemandem schlecht ging. *Du bist auch nicht besser*, meinte Johanna die mahnende Stimme ihrer Mutter in sich zu hören. *Setzt du nicht ebenfalls alles daran, das Leid der Menschen zu lindern, selbst wenn sie nicht von deiner Heilkunst überzeugt sind?* Das stimmte allerdings auch.

Sie schaute in das Gesicht des Mädchens, das mit unverhohlener Abneigung zurückstarrte. »Versorgen wir erst einmal ihre Wunde. Du musst sie ruhig halten, während ich es tue. Und ein reinigendes Bad vorher wird nicht schaden.«

»Nun, das ist doch schon mal ein Anfang«, sagte Elen hocherfreut.

Nach dem Bad hatte Elens Begeisterung deutlich nachgelassen. Zuvor hatten die beiden einen großen Zuber in die Nähe des Herdes gestellt und den mit frischem Wasser gefüllten Kessel über das Feuer gehängt, während das Mädchen wie ein Tier auf dem Boden kauerte und sie misstrauisch beäugte.

»Sie scheint wenig Menschliches an sich zu haben«, bemerkte Johanna, als das Wasser sich langsam erwärmte.

Elen nickte. »Niemand weiß, wo sie herkommt. Meinst du, sie war ganz allein da draußen?«

Johanna zuckte mit den Schultern. Langsam ging sie vor dem Kind in die Knie. Es mochte wohl sieben oder acht Jahre alt sein. »Kannst du mir nicht wenigstens sagen, wie du heißt?«

Tiefdunkle Augen sahen ihr entgegen, voller Misstrauen und Angst, wie die eines in die Enge getriebenen Tieres. Johanna seufzte mitleidig und hob die Hand, um ihr mit einer liebevollen Geste über die Wange zu streichen. Ein drohendes Knurren und ein jäher Schlag, mit dem ihr Arm zur Seite gefegt wurde, ließen sie erschrocken zurückfahren. Rasch stand Johanna auf und rieb über die schmerzende Stelle. *Dann eben nicht.* »Da steht mir wohl noch so einiges bevor.«

»Das ist gut möglich, aber ich weiß mir sonst keinen Rat. Sollen wir sie dem Schultheiß bringen, damit er sie in einen Käfig sperrt?« Elen schnaubte.

»Ganz sicher nicht. Obwohl ich kaum abschätzen kann, ob sie unsere Zuwendung überhaupt benötigt.«

Dieser Eindruck verstärkte sich durch das anschließende Bad. Das Mädchen wehrte sich entrüstet, als sie ihr das Unterkleid auszogen und sie in den Zuber steckten. Nachdem sie trotz allem erfolgreich geschrubbt und anschließend mit einem sauberen Tuch umhüllt auf der Erde kauerte, waren die beiden jungen Frauen so nass wie sie selbst.

Johanna schnaufte wie nach dem Erklimmen eines Berges. »Du wirst sie gut festhalten müssen, wenn ich die Wunde nähe. Schaffst du das?«, wandte sie sich an Elen. Sie ahnte, dass die Behandlung ebenso anstrengend wie bei Symon werden würde.

Elen nickte tapfer. »Es wäre doch gelacht, wenn wir den kleinen Dämon nicht bändigen könnten«, versuchte sie zu scherzen.

»Behalt sie im Auge, während ich die Dinge zurechtlege, die ich brauche.« Vorsorglich verriegelte Johanna die Tür, zu der die Augen des Mädchens immer wieder wanderten. Dann machte sie sich daran, Nadel und Faden neben ein paar sauberen Tüchern bereitzulegen. Im Tumult des Bades hatte sie die Wunde ein paarmal kurz mustern können. Ihre Ränder waren geschwollen, und aus der klammen Haut des Mädchens schloss Johanna, dass sie fieberte. *Welche Wundauflage ist für dich die richtige?*, überlegte sie stumm, während sie die Kleine betrachtete. Inzwischen hatte das mühevolle Bad das Mädchen deutlich erschöpft. Müde warf sie das Tuch von sich und rollte sich nackt auf dem Boden zusammen. Kurz darauf war sie eingeschlafen.

Auch gut, dachte Johanna. *So bleibt mir etwas Zeit.* Sie ging zu den Regalborden an der Wand und fischte nach einer Weile des Suchens einen Tiegel mit zerstoßener Tonerde aus dem Durcheinander. Dann eilte sie in den Garten, um etwas Gundkraut zu pflücken, das dort in den Ecken wucherte. Getrocknete Arnika und der bewährte Spitzwegerich würden ebenfalls nicht schaden. Nachdem sie alles beisammenhatte, zerstieß sie die Kräuter in einem Mörser, vermischte das Ganze mit pulverisierter Tonerde, etwas Wasser und Öl, bis ein zäher Brei entstand.

»Nun denn«, sagte sie, zufrieden mit dem Ergebnis. »Gehen wir es an.« Zur Sicherheit nahm sie eine der Dielen von der Abdeckung ihrer Vorratsgrube und ein dünnes Seil zur Hand. Beides legte sie zu den bereitgestellten Dingen. Ihr Blick fiel auf Elen, die sich derweil an den Tisch gesetzt hatte und das wilde Kind versonnen beobachtete. Noch immer schlief es unbedeckt, vollkommen unempfindlich gegen die vom Boden aufsteigende Kühle.

Johanna nickte Elen zu. Gemeinsam schlichen sie sich an das Mädchen heran, als ob es jeden Moment aus der Haut zu fahren drohte. Die erwartete Reaktion kam schneller, als ihnen lieb war. Nach der ersten Berührung kratzte, trat und biss die Kleine nach allem, was sie zu fassen bekam.

»Halt still«, presste Johanna zwischen den Zähnen hervor. Sie bemühte sich gar nicht erst um einen mütterlichen Tonfall. Hier war eine kaltblütige Ader gefragt. Freundlichkeit wurde vermutlich nur als Schwäche aufgefasst. Mit vereinten Kräften fesselten sie die Beine des Mädchens an die Holzdiele, was eine Behandlung erst möglich machte. Während Johanna ans Werk ging, blieb Elen nichts anderes übrig, als sich mit ihrem ganzen Gewicht auf das tobende Mädchen zu legen, damit es einigermaßen still hielt.

Das kommt einer Nötigung gleich, dachte Johanna schuldbewusst. Aber was sollten sie sonst tun? Das Mädchen benahm sich, als stecke tatsächlich ein Dämon in ihr.

Nun, da sie die Wunde besser betrachten konnte, stellte sie fest, dass die geschwollenen Ränder eine fransige Beschaffenheit aufwiesen. Kein sauberer, glatter Schnitt, aber ein tiefer, klaffender Krater, der weit in das Muskelgewebe drang. *Von einem Messer stammt er jedenfalls nicht.*

»Ich werde die Wundränder ausschneiden müssen«, erklärte sie Elen. Sie gewann immer mehr den Eindruck, dass das Kind sie ohnehin nicht verstand.

Johannas Finger zitterten, als sie das Messer hob. Die Kleine verfügte über eine erstaunliche Kraft. Hoffentlich würde das gut gehen. Wenn nicht, würde sie mehr Schaden anrichten, als nötig war. Verblüfft stellte Johanna fest, dass der Schmerz dem Mädchen nichts ausmachte. Zwar schäumte sie noch immer vor Wut, aber nur ein kurzes Zittern durchlief ihren Schenkel, als sie das dunkel verfärbte Fleisch entfernte. *Seltsam*, dachte Johanna, *selbst Tiere würden anders reagieren. Was hast du durchgemacht, dass du so geworden bist?* Trotz der brüsken Abwehr des Mädchens begann sich Mitleid in ihr zu regen. Hier gab es mehr als ein verwundetes Bein zu versorgen. Würde sie ihr helfen können? Und ohne eine bewusste Entscheidung zu treffen, verschrieb sie sich der Aufgabe, sich um dieses Mädchen zu kümmern – selbst wenn es länger als ein paar Tage dauern sollte.

Schließlich war es geschafft. Johanna bestrich die genähte Wunde mit dem zubereiteten Brei. Die Beine des Mädchens band sie erst vollständig los, nachdem sie das Ganze mit einem Streifen aus sauberem Tuch umwickelt hatte. Zufrieden stellte sie fest, dass die Kleine keine Anstalten machte, den Verband zu entfernen, als Elen sie mit hochrotem Gesicht und wirrem Haar freigab. Vermutlich war sie ebenso erschöpft wie diejenigen, die sie bezwungen hatten.

Aufatmend stand Elen auf. »Das wäre geschafft. Ich hoffe, sie wird wieder ganz gesund.« Sie inspizierte den nackten Körper der Kleinen. »Was die Kleidung betrifft, so werde ich schon etwas auftreiben. Lass mich nur machen.«

Johanna schüttelte den Kopf. »Ich habe noch ein paar alte Sachen in meiner Truhe, die mir längst zu klein geworden sind. Sie sind schon etwas verschlissen, aber fürs Erste werden sie genügen.«

»Gut, wie du meinst.« Elen warf ihr ein zerknirschtes Lächeln zu. »Dann gehe ich jetzt. Es ist schon spät. Mutter wird sich Sorgen machen.«

»Der Herr wird dich segnen für das, was du getan hast.«

»Und dich ebenfalls.« Elen drückte den Arm ihrer Freundin, dann verschwand sie in die Nacht, die schon längst hereingebrochen war.

Johanna setzte sich müde an den Tisch und riss ein Stück von einem Brotfladen, den sie gestern gebacken hatte. Das Mädchen ließ sie nicht aus den Augen. Mit einer aufmunternden Geste hielt sie ihm etwas davon hin. Die Kleine musterte sie kalt. Kein Gefühl regte sich in ihrem Gesicht. Stattdessen rollte sie sich auf dem Boden zusammen und schloss die Augen.

»Bestechlich bist du also auch nicht«, murmelte Johanna. »Nun, dann werde ich das Brot eben allein essen müssen.«

Danach saß sie lange im Schein eines Talglichts. Das lodernde Feuer spendete ebenfalls etwas Helligkeit und beleuchtete das schlafende Kind. Jetzt, wo sich die Züge des Mädchens entspannt hatten, wirkte es so harmlos wie ein Engel.

Die Müdigkeit kroch wie ein wuchernder Pilz durch Johannas Glieder, und doch fühlte sie sich so aufgepeitscht, dass an Schlaf nicht zu denken war. Überdies hatte sie das Gefühl, dass sie das Mädchen ständig im Blick haben musste. Die Tür war verriegelt, aber dennoch ... *Was bildest du dir eigentlich ein? Vielleicht hilfst du ihr am besten, indem du sie gehen lässt? Will sie nicht ebenso frei sein wie du?* Doch da war noch die Wunde. *Ich werde sie so lange hierbehalten, bis die Verletzung geheilt ist. Danach mag sie selbst entscheiden, was sie tun will.* Schwerfällig stand sie auf und bedeckte die schlafende Kleine mit dem Tuch. Nicht einmal eine Gänsehaut deutete darauf hin, dass sie fröstelte.

Johanna erwachte schlagartig aus einem wirren Traum, in dem sich Kinder in Dämonen verwandelten und ihr ganzes Haus auf den Kopf zu stellen drohten. Aber es war etwas anderes, das sie geweckt hatte. Ein helles Scharren drang durch das Holz der Tür. Verdutzt richtete sie sich auf. Sie musste wohl doch eingeschlafen sein. Dunkelheit umhüllte sie. Das Talglicht war heruntergebrannt, ebenso das Feuer, und nur die Glut glomm noch wie das Angesicht der untergehenden Sonne. In dem rötlichen Leuchten erkannte Johanna, das sie noch immer am Tisch saß.

Wieder scharrte es an der Tür. Irgendjemand begehrte zu diesem höchst ungewöhnlichen Zeitpunkt Einlass. Vielleicht gab es einen weiteren Verletzten, der ihre Hilfe brauchte? Leise erhob sie sich, entzündete ein frisches Talglicht an der schwelenden Glut und griff sicherheitshalber nach dem Schürhaken. Das auf dem Boden liegende Mädchen war nicht mehr als ein regloser Schatten. Ihr gleichmäßiger Atem wehte mit sanften Geräuschen zu ihr herüber.

Johanna wandte sich zur Tür. »Wer ist da?« Die Worte rissen wie rostiges Eisen an ihrer Kehle.

Das Scharren verstärkte sich.

Johanna biss sich auf die Unterlippe. Ihre Neugier wuchs mit jedem Atemzug. Vage geisterte der Leprose durch ihre Gedanken. Doch sie hatte ja den Schürhaken. Falls jemand mit dem Gedanken spielte, sie zu überwältigen, würde sie ihm damit eins über den Schädel ziehen. Jedenfalls würde sie es sich nie verzeihen, wenn ein schwacher, kranker Mensch vor ihrer Tür läge, der nicht mehr sprechen konnte, und sie ihn aus Angst nicht einließ.

Sacht schob Johanna den Riegel zurück. Die Tür quietschte leise, als sie sie einen Spaltbreit öffnete. Behutsam lugte sie in das schwarze Gewebe der Nacht, dessen sternenloser Himmel wie ein schmutziges Tuch über ihr hing. Draußen war es stockdunkel.

Eine winzige Bewegung ließ Johannas Augen nach unten gleiten. Die Gestalt zu ihren Füßen, deren heißer Atem jäh durch ihre Kleider drang, war nicht mehr als ein blasser Schemen. Ein undeutlicher Fleck in der Finsternis. Plötzlich schien sie den Kopf zu heben, und ein Paar gelbe Augen spiegelten sich in der spärlichen Flamme des Talglichts. Sie musterten Johanna mit einer körperlosen Intensität, die ihr eine Gänsehaut über den Rücken jagte. Dann endlich nährte der sich langsam verflüssigende Talg den Docht, und er flammte zusammen mit einem bedrohlichen Knurren auf.

Johannas Lider weiteten sich. Unwillkürlich wich sie einen Schritt zurück und hob hastig den Schürhaken, als sie die Umrisse eines großen Hundes entdeckte. Sein Körperbau und der ungewöhnlich helle Pelz hatten große Ähnlichkeit mit einem Wolf. *Oder ist es tatsächlich einer?* Johannas Herz sank bei diesem Gedanken. War das möglich? Normalerweise wagten diese sich nicht in die Nähe von menschlichen Behausungen.

Plötzlich machte das Tier einen gewaltigen Satz nach vorn und fegte mit den Vorderpfoten das Türblatt zur Seite. Doch es schien sich nicht für Johanna zu interessieren. Ohne sie eines weiteren Blickes zu würdigen, drängte es an ihr vorbei und lief ins Innere des Hauses. Verblüfft sah Johanna dem Tier hinterher. »Was tust du hier?«, flüsterte sie, inzwischen sicher, dass es ein Wolf war.

Schnüffelnd hob er die Nase und ging dann zielsicheren Schrittes auf das tief schlafende Mädchen zu. Johanna schien das Herz zu gefrieren, als sie ein feuchtes Schlabbern vernahm. *Er wird sie fressen!* Stattdessen regte sich das Kind. Ein verzücktes Kichern drang aus seinem Mund, das Johanna für einen Moment die Luft zum Atmen nahm. Der Umgang der beiden war seltsam vertraut. *Sie kennen sich, und es hat nicht den Anschein, als ob sie Feinde wären.* Als das Mädchen schließlich den Arm um das helle Fell des Tieres legte, klappte Johanna der Kiefer nach unten.

In der restlichen Nacht schlief Johanna kaum. Fassungslos hatte sie zugesehen, wie sich das Mädchen an das Tier schmiegte und beide in stiller Eintracht ruhten. Sie selbst würdigten sie dabei nicht mehr als eine Schnecke, die zufällig des Weges kroch. Es schien fast so, als wäre sie eine Fremde in ihrem eigenen Haus. Ihr blieb nichts anderes übrig, als in ihr Bett zu schleichen und die beiden einander zu überlassen. Was hätte sie auch sonst tun sollen? Staunend begriff sie, dass der Wolf tröstlich auf das verletzte Kind wirkte. Sie selbst fand den Gedanken an ein Raubtier in der Nähe ihres Bettes nicht sonderlich beruhigend. Wölfe waren bedrohlich. Noch vor wenigen Nächten hatte ihr Heulen sie in Angst und Schrecken versetzt. Ganz zu schweigen davon, dass sie immer wieder Vieh rissen und – wie das tote Mädchen bewies – zu weit Schlimmerem fähig waren. Und nun lag eines dieser Tiere nur wenige Schritte von ihr entfernt!

Unruhig wälzte sich Johanna von einer Seite auf die andere, während Angst und Trotz um die Vorherrschaft in ihren Gefühlen kämpften. Schließlich wurde sie ruhiger. Das fehlte gerade noch, dass sie ängstlich das Feld räumte und *ihr eigenes Haus* verließ. Dem Mädchen war nichts geschehen. Und wenn die Kleine nichts zu befürchten hatte, würde das Tier sie hoffentlich auch in Ruhe lassen. Über diesen Gedanken schlief sie endlich ein und überließ es dem Schlaf, ihre verspannten Muskeln zu lockern.

Allerdings nützte er nicht sehr viel. Von irgendwoher drang das durchdringende Krähen eines Hahns in die dumpfen Tiefen ihres Bewusstseins. Johanna hob die bleiernen Lider und fühlte sich, als ob eine schwere Last sie auf den Boden des Strohsacks drückte. Müde und zerschlagen erhob sie sich aus dem Bett. Der Wolf knurrte und gewährte ihr mit hochgezogenen Lefzen einen ausgiebigen Blick auf prächtige Fangzähne, als sie sich näherte. Das Mädchen legte besänftigend eine Hand auf seinen Nacken. Anscheinend hatte wenigstens sie inzwischen begriffen, dass Johanna ihr nichts Böses wollte. Trotzdem war sie auf der Hut, als sie in den Ziegenstall schlurfte, um die Mutterziege zu melken. Vorsorglich schloss sie die Tür hinter sich. Man wusste ja nie.

Als sie zurückkam, hockten die beiden in stummer Eintracht auf dem Boden. Johanna füllte eine kleine Schüssel mit Ziegenmilch und stellte sie dem Mädchen hin. Das Fieber schien abgeklungen zu sein. Jedenfalls machte sie einen gesunden, munteren Eindruck. Dann ging Johanna zum Tisch, um Brot zu holen. Aber was war das? Das Brot war verschwunden. Als sie sich umdrehte, entdeckte sie, dass sich beide über die Schüssel beugten und abwechselnd die Milch schlabberten. Das Mädchen verhielt sich wie das Tier! *Hält sie sich für einen Wolf?* Sie hockte auf allen vieren und beförderte die Flüssigkeit mit ihrer Zunge in den Mund.

»Ja, ist das denn zu fassen?«, entfuhr es Johanna. Als sie näher kam, knurrte der Wolf erneut. »Schon gut. Ich nehme es euch nicht weg«, erklärte sie beschwichtigend. Obwohl niemand sie verstand, hatte der Tonfall eine beruhigende Wirkung, und das Schlabbern setzte erneut ein.

Interessiert betrachtete Johanna das Bild zu ihren Füßen. Der Wolf besaß die tödliche Schönheit eines Raubtieres: ein dichtes Fell, dessen ungewöhnlich blasse Schattierungen fast vollkommen weiß waren. Er gehörte zu jenen seltenen Tieren, die keine Farbe hatten. Der muskulöse Körper darunter war schlank und geschmeidig. Offensichtlich handelte es sich um ein Weibchen. Nur die bernsteinfarbenen Augen stachen, bei Tag betrachtet, aus der hellen Farblosigkeit heraus. Sie zeugten von Klugheit und einer hingebungsvollen Treue zu dem Mädchen. *Fast wie bei Mutter und Kind. Vielleicht liegt es daran, dass sie beide ungewöhnlich sind?*

Johanna hatte schon davon gehört, dass manche Kinder von Wölfen aufgezogen wurden. Bisher hatte sie diesen Geschichten keinen Glauben geschenkt. Sie hielt sie für etwas, das der Wahrheit nicht standhalten konnte. Warum sollte ein Raubtier seine Beute füttern, anstatt sie zu fressen? Und kleine Kinder hatten einem Wolf nichts entgegenzusetzen, auch wenn er allein war. Doch wenn sie die beiden so sah ... Es wäre falsch, sie zu trennen, obwohl das Tier die Stadtbewohner gewiss in Aufruhr versetzen würde, sobald sie es bemerkten. Der Schock über die jüngsten Ereignisse saß noch zu tief. Ihr selbst war auch nicht wohl dabei, aber es würde ihr nichts anderes übrig bleiben, als ihn hier drinnen zu verstecken.

Ein paar auf dem Boden verstreute Brotkrümel rückten plötzlich in ihr Gesichtsfeld. Johanna schnaubte resigniert. *Nun gut, dann werde ich mir wohl wieder eine Grütze kochen müssen.*

7. KAPITEL

Es war düster und seltsam tot in dem Waldstück, in dem sich die beiden Männer trafen. Die verwitternden Nadeln der hier vorherrschenden Bäume bedeckten den Boden wie ein vergifteter Teppich. Alles Leben darunter erstarb.

So wie das Mädchen, dachte der Mann, der sich der Felsengruppe näherte, die sie als Treffpunkt vereinbart hatten. Mit etwas Phantasie konnte man sich gut vorstellen, dass das mit Flechten überzogene Gestein zwischen den Bäumen als Kultstätte eines längst vergessenen Volkes gedient hatte. Damals, als die Menschen noch an heidnische Götter glaubten. Ein etwa mannshoher Megalith, der auf der Seite lag, als ob ihn jemand umgestürzt hätte, ruhte etwas schief auf zwei kleineren Felsen. Ihre Anordnung ähnelte einem Tisch, dessen Oberfläche glatt und vom Regen zahlloser Jahre ausgewaschen war. Wie geschaffen, um den Göttern ein Opfer darzubringen.

Ob es sich dabei um Tiere oder gar Menschen gehandelt hatte?, fragte sich der Mann. Auf frappierende Weise erinnerte der abstrakte Steintisch ebenso sehr an den Altar einer Kirche. Die religiösen Versammlungen hatten sich in der Zwischenzeit verändert und fanden heute nicht mehr unter freiem Himmel statt, wie zurzeit der Heiden. Doch zu diesem Treffen passte der mystische Ort wie ein Messkelch in eine Kathedrale.

Sein Auftraggeber erwartete ihn bereits. Groß und stattlich und noch immer edel gekleidet, obwohl der abgetragene Mantel und die verbeulten Lederstiefel ein schäbiger Abklatsch dessen waren, was man einmal kostbar genannt hatte. Nur das schwere Ross, dessen Zügel er an einen stabilen Fichtenzweig gebunden hatte, und sein Schwert erinnerten noch an den Reichtum seines Geschlechts. Die arroganten Gesichtszüge, deren untere Hälfte ein Bart bedeckte, wiesen die gleiche verwitterte Schönheit wie die Kleider auf. Er war nicht mehr ganz jung, obgleich er immer noch kraftvoll wirkte. Vermutlich zählte er um die vierzig Lenze, ein Mensch, dessen Zeit verrann wie der Sand in einem Stundenglas.

»Ich grüße Euch, edler Herr.« Der Mann deutete eine leichte Verbeugung an.

Sein Gegenüber musterte ihn mit kalten blauen Augen. »Du kommst spät.« Der Tadel in seiner Stimme schnitt wie ein Schwerthieb durch die Luft.

»Vergebt mir. Es war nicht leicht, unentdeckt hierherzukommen.«

Mit einem knappen Nicken nahm er die Entschuldigung an. »Was gibt es für Neuigkeiten?«

»Das Mädchen ist tot. Der Fund ihrer Leiche hat hohe Wellen geschlagen.«

Die Sohle eines schweren Stiefels schabte über den Stein, als der Edle seinen Fuß daraufstellte. »Die Kunde drang auch bis an meine Ohren.«

Der Mann betrachtete ihn aufmerksam, doch sein Gegenüber schien nicht gewillt zu sein, näher darauf einzugehen. »Ich habe vernommen, dass die Heilerin, die das Mädchen gefunden hat, ein besonderes Interesse am Grund ihres Todes hegt.«

Der Edle knurrte mürrisch. Für einen kurzen Moment flackerte Grausamkeit wie das Aufleuchten einer Kerze in seinen Zügen. Dann war es vorbei, und die gewohnte Reglosigkeit trat an die Stelle eines jeglichen verräterischen Gefühls. Es war schwer, ihm in die Karten zu schauen.

»Lass sie nur machen«, sagte er. »Sie wird nichts herausfinden. Die Tote wurde von Wölfen zerfleischt. Wer sollte etwas anderes behaupten? Niemand schert sich wirklich um das Mädchen. Sie ist nicht mehr als ein Blatt im Wind, das verweht. Ein einfaches Ding, das zur falschen Zeit am falschen Ort war. Nichts weiter. Wahrscheinlich sind ihre Eltern froh, einen Esser weniger zu haben.« Er hob mit der behandschuhten Hand ein paar Tannennadeln von dem Opferstein, deren Farbe bereits verblasste, und ließ sie auf den Boden rieseln. »Ihr Sterben ist so bedeutungslos wie das dieser Nadeln. In ein paar Wochen wird sich kaum noch jemand an das Mädchen erinnern.«

Etwas sträubte sich bei diesen Worten in dem Mann. Eine kleine Regung wie die sich sanft ausbreitenden Wellen eines Kieselsteins, der ins Wasser geworfen wurde. Er hatte nichts dagegen, für den Edlen zu arbeiten. Das Geld, das er einstrich, kam ihm mehr als gelegen. Mit dem Rest hatte er sich bis jetzt ganz gut arrangiert, aber dennoch …

Nur einer wie du kann so geringschätzig über das Los der einfachen Leute reden, denen oft kaum das Nötigste zum Überleben bleibt, durchfuhr es ihn. Dann schob er diesen Gedanken wieder in eine Ecke seines Verstandes, wo er ihm nicht gefährlich werden konnte. Er konnte viel gewinnen, und der Ritter war der Schlüssel, um es zu erreichen. »Ich nehme an, Ihr benötigt frische Ware?«

Sein Gegenüber brummte zustimmend.

»Ich werde Ausschau danach halten und sie zu gegebener Zeit zu Euch bringen.«

Erst als der Edle davongeritten war, stieß er erleichtert die angehaltene Luft aus seinen Lungen.

Das Mädchen bedachte Johanna mit einem aufrührerischen Blick, als sie ihre alten Kleider aus der Truhe nahm und sich anschickte, die Nacktheit des Kindes damit zu bedecken. Obwohl es nicht zu frieren schien, war es höchste Zeit dafür.

Die feinen Muskeln ihres kleinen Körpers spannten sich an. Sie war sehnig und dürr wie eine Spiere, doch Johanna hatte am eigenen Leib erfahren, welche Kraft in ihr steckte. Das gestrige Gerangel hatte ihr mehrere blaue Flecke eingebracht, zusammen mit einem hässlichen Kratzer, der ihren Hals zierte.

Das lässt nicht auf ein friedvolles Ankleiden hoffen, dachte Johanna sorgenvoll. Es war schon gestern Abend nicht leicht gewesen, und die Anwesenheit der Wölfin machte die Sache nicht besser. Dennoch musste die Kleine etwas anziehen. Die Leute würden es nicht hinnehmen, wenn sie weiter nackt wie ein frisch geschlüpfter Säugling herumlief. *Sie wird so oder so für Befremdung sorgen.* Und dann war da noch die Frage, ob sie ohne den Wolf überhaupt vor die Tür ging. Das verletzte Bein hingegen sah nicht schlecht aus. Am besten ließ sie es einfach in Ruhe, was bei der zu erwartenden Gegenwehr ein guter Gedanke war. Vermutlich würde es der Heilung mehr schaden als nützen, wenn sie gewaltsam zu Werke ging.

Die Wölfin schien ebenfalls zu ahnen, dass Johanna etwas im Schilde führte. Sie hatte sich auf die Hinterbeine gesetzt und betrachtete sie mit dem durchdringenden Blick einer Katze, vor deren Krallen ein wehrloses Vögelchen geflattert war. Einzig die rosige Nase störte das Bild. Sie wirkte viel zu unschuldig für die scharfen Zähne, die sich darunter verbargen. *Ob ich es noch einmal mit Bestechung versuchen sollte? Vielleicht ist die Wölfin anfälliger dafür?* Johanna nahm eine Wurst, die neben zwei anderen über dem Rauch des Herdfeuers hing, und schnitt ein Stück davon ab. Die Nase der Wölfin verzog sich misstrauisch witternd, als sie den Leckerbissen, der kräftig nach kleinen Speckstückchen, Rauch und Gewürzen roch, in ihre Richtung hob. Vielleicht lag es daran, dass das Tier bereits an einen Menschen gewöhnt war? Auf jeden Fall kam es näher. Sein warmer Atem strich über Johannas Haut, als es prüfend daran schnupperte. Dann sprang es jäh zurück.

Johanna unterdrückte ein unwilliges Brummen, entschied aber, sich nicht zu rühren. Die Wölfin starrte auf das dargebotene Wurststück. Sie schien einen inneren Kampf auszufechten. Ihre Zunge leckte mit einem schmatzenden Geräusch über die Lefzen, und hungriger Geifer tropfte aus ihrem Maul. Mit behutsamen Schritten schlich sie ein zweites Mal auf Johanna zu. Dann endlich nahm das Tier den Brocken aus ihren nervösen Fingern. Es zog behutsam mit der Schnauze daran, während es sie nicht einen Moment aus den Augen ließ. Mit seiner Beute im Maul trottete das Tier davon, um sie in der Sicherheit des Tisches zu vertilgen.

Im Grunde waren es nicht mehr als zwei hastige Bissen. *Keine Zeit, um in der Zwischenzeit zu handeln.* Johanna seufzte. Sie hatte nicht damit gerechnet, dass gemütliches Verspeisen nicht zu den vorherrschenden Eigenschaften eines Wolfes gehörte. Schon kehrte das Tier zu seinem Schützling zurück und hockte sich wie ein Wächter neben das Mädchen. *Nun gut, dann noch einmal von vorn.* Johanna holte energisch Luft und schritt forsch zum Herd, bevor sie es sich anders überlegen konnte. Dort schnitt sie den Rest der Wurst vom Haken und ging zu den beiden zurück. Kind und Tier sprangen auf. Mit einer schnellen Bewegung warf Johanna der Wölfin den Leckerbissen hin, während sie das Mädchen mit einem energischen Griff packte. Es gab einen kurzen Ringkampf, in dem sie der Kleinen eine Cotte aus ungefärbtem Leinen über den Kopf streifte. Danach zog sich Johanna schnaufend zurück. Ihr Hinterteil landete mit einem satten Plumpsen auf dem Bett. *Das wäre geschafft. Nicht schön, aber immerhin.* Die Wölfin hatte ihr Mahl beendet und starrte sie nun an, in der stummen Hoffnung auf mehr, während das Mädchen wütend an dem neuen Kleid zupfte.

Merkwürdig. Warum hat sie nicht eingegriffen, als ich die Kleine anzog? Eigentlich hatte Johanna fast damit gerechnet. Sie hätte die Kleine verteidigen und erst danach die Wurst fressen können. Doch das Tier war passiv geblieben. *Vielleicht versteht sie mehr, als ich ahne?* Dann ließ sie sich erschöpft nach hinten fallen. Nach den überaus turbulenten Ereignissen der letzten Stunden fühlte sie sich so schlapp wie ein Fisch auf dem Trockenen.

Johanna erwachte aus einem tiefen Schlaf. Ihre Zunge klebte wie ein verdorrter Ast an ihrem Gaumen, und sie brauchte eine Weile, bis sie wusste, wer und wo sie war. Sie musste mehrere Stunden geschlafen haben, und nun schmerzte jeder Muskel ihres geschundenen Körpers. Auch das Mädchen und die Wölfin schienen die Ruhe genutzt zu haben. Ein kurzer Blick zeigte ihre eng aneinandergeschmiegten Körper. Winzige Staubkörnchen umtanzten sie im warmen Licht der Sonnenstrahlen, die durch die kleinen Fenster drangen. Ein durchaus friedvolles Bild, wenn man sich nicht an ihr Auftreten in wachem Zustand erinnerte. *Die beiden schlafen wirklich viel. Vielleicht ist das Mädchen ebenso erschöpft wie ich, und für Raubtiere ist es wahrscheinlich normal, dass sie schlafen, wenn sie nicht auf der Jagd sind.* Ein lautes Klopfen erklang von draußen und störte jäh die Ruhe der Schlafenden. Alarmiert hob die Wölfin den Kopf. Das Mädchen reagierte nur einen Atemzug später. Mit einer geschmeidigen Bewegung setzte es sich auf, und seine Augen funkelten ebenso irritiert wie die der Wölfin. *Man könnte fast meinen, sie wären ein Rudel.* Und vermutlich war es gar nicht so falsch, es so zu nennen.

Die Sonne strahlte mit Elens Lächeln um die Wette, als Johanna seufzend öffnete. Wie es schien, war der Mittag längst vorüber. Es war nur noch eine Frage von wenigen Stunden, bis ihr loderndes Angesicht wieder im Bett des Tales versank.

»Wie ist es dir ergangen? Ist das Mädchen noch da? Geht es ihr be…« Elens Redefluss stoppte abrupt, als sie eintrat und die Wölfin entdeckte. »Du lieber Himmel, was ist denn das?« Ihre Hand fuhr an ihre Brust, als ob sie kurz davor stand, einen Herztod zu erleiden.

Johanna hob beschwichtigend die Hände. »Es ist alles in Ordnung«, sagte sie mit einer Gewissheit, die sie nicht empfand. Das Tier musterte Elens Bewegungen argwöhnisch, während das Gesicht des Mädchens so ausdruckslos wie gefrorenes Wasser war. »Geh einfach nicht zu nah an die beiden heran. Das mögen sie nicht. Ansonsten sind sie heute ganz verträglich.«

»Bist du dir sicher?«, fragte Elen zweifelnd.

»Nun, ich denke nicht, dass sich ihr Verhalten auf eine besonders gute Laune zurückführen lässt. Wahrscheinlich haben sie eingesehen, dass ihnen hier keine Gefahr droht. Jedenfalls was mich und mein Haus betrifft. Allerdings hat mich diese *Freundschaft* einiges an Bestechung gekostet – und ich schätze, es wird nicht dabei bleiben. Ein Wolf hat gewiss großen Hunger.«

»Dann ist es ja gut, wenn ich dir damit ein wenig unter die

Arme greifen kann.« Triumphierend schwenkte Elen den Korb in ihrer Hand und ließ dabei die Wölfin nicht aus den Augen. »Ich habe etwas Brot mitgebracht. Außerdem ein paar frische Honigwaben und getrocknete Apfelscheiben – nicht gerade mein Geschmack, aber man kann sie durchaus noch essen. Alles Gaben von unseren Nachbarn, die froh sind, dass du dich der Kleinen annimmst …«

»… und sie nicht weiter damit belästigt werden«, beendete Johanna den Satz lakonisch. »Allerdings glaube ich nicht, dass diese Speisen einem Wolf besonders munden.«

Elen sah sie ratlos an. »Das könnte durchaus stimmen.«

Johanna runzelte grübelnd die Stirn. Fleisch war etwas, das sie selbst nur selten aß, und selbst wenn sie welches hatte, war es zu wenig, um es mit dem Wolf zu teilen. *Mir wird schon noch etwas einfallen.* Doch das war nicht ihre einzige Sorge. »Ich muss dich um etwas bitten.«

Elen runzelte fragend die Stirn.

»Erzähle niemandem, dass ich einen Wolf beherberge. Die Angst der anderen wäre einfach zu groß.«

Elens Mund verzog sich zu einem Strich, doch in den honigfarbenen Augen blitzte Verständnis auf, als sie nickte.

Die Kraft kehrte allmählich in Johannas Körper zurück und füllte ihn mit neuem Mut. Es gab für alles eine Lösung.

Man musste nur lange genug danach suchen.

Als Elen gegangen war, machte sich Johanna daran, ein Spätmahl zuzubereiten: einen Eintopf aus eingeweichtem Brot und frischem Gemüse, das sie aus dem Garten holte. Als der Ziegenhirte ihre Tiere zurückbrachte, schloss sie sorgsam die Tür hinter ihnen, um sie vor den gierigen Zähnen des Wolfes zu schützen.

Der Eintopf fand nicht den erwarteten Anklang und auch die getrockneten Apfelringe danach nicht. Weder Mensch noch Tier schien es zu munden, obwohl es nach Johannas Meinung vorzüglich schmeckte. Das Mädchen spuckte die dicke Suppe angewidert aus, die Apfelringe rührte sie gar nicht erst an. Wieder leckte sie wie ein Tier, während die Wölfin die angebotene Speise nicht weiter beachtete. So wie sie schluckte und der Geifer aus ihrem Maul rann, musste ihr Hunger inzwischen gewaltig sein. Dennoch wich sie nicht von der Seite ihres Schützlings.

Was hatte das Wolfweibchen dazu gebracht, sich des Mädchens anzunehmen? Sah dieses Tier mehr in ihr als sie? So, wie es den Anschein hatte, waren sie beide allein. Auf irgendeine Weise musste die Kleine ihre Eltern verloren haben. Vielleicht hatte man sie auch ausgesetzt? Und die Wölfin war vermutlich wegen ihres farblosen Aussehens aus dem Rudel verstoßen worden. Für Menschen waren diese Tiere immer etwas Besonderes. Offenbar sahen ihre Artgenossen das anders. Wahrscheinlich waren sie zwei einsame Wesen, die sich zufällig begegnet waren.

Johannas Herz zog sich bei diesen Gedanken zusammen. Sie fühlte die Verlassenheit der beiden Geschöpfe bis in die Tiefen ihrer Seele. Auch sie war oft allein, obwohl ihr das nichts ausmachte. Diese beiden brauchten einander, und es war mehr als wahrscheinlich, dass die Kleine nur mit Hilfe des Wolfes in der Wildnis überleben konnte. Johanna schüttelte gedankenverloren den Kopf. *Eine tierische Amme, die über das Wohl eines Kindes wacht!*

An diesem Abend saß sie noch lange am Tisch und betrachtete die beiden im Schein des herunterbrennenden Herdfeuers. Weder das Mädchen noch die Wölfin beachteten sie mehr als nötig, nicht jedoch, ohne eine gewisse Vorsicht walten zu lassen. Fasziniert beobachtete Johanna ihr Verhalten, als sie miteinander zu raufen begannen. Es sah aus wie ein harmloser Ringkampf, bei dem man sich spielerisch biss, knurrte und andere tierische Laute von sich gab, die Johanna nicht verstand. *Die Wölfin lässt dabei große Vorsicht walten, und das Mädchen ist mehr Tier als Mensch. Sie ist auch nicht taub, denn sie scheint ihre Gefährtin zu verstehen und antwortet darauf.* Gerade eben biss sie ihr spielerisch ins Genick und schüttelte mit den Zähnen ihren Pelz. Es war die gleiche Art, wie Kätzchen die spätere Jagd übten. *Mehr Tier als Mensch! Ob es überhaupt möglich ist, aus ihr wieder ein menschliches Wesen zu machen?*

Ein heftiger Juckreiz ließ sie nach unten schauen, wo ihre rechte Hand auf der Tischplatte ruhte. Sie hatte sich instinktiv gekratzt. Was war das? Ein schorfiger Ausschlag überzog den gesamten Bereich zwischen Daumenwurzel und Zeigefinger auf ihrem Handrücken. Johanna erstarrte, während der Schreck wie ein Pfeil durch ihren Körper jagte. Der Leprose! Hatte er trotz allem, was sie nach seiner Berührung unternommen hatte, die Krankheit auf sie übertragen?

Du musst sofort handeln! Voller Unruhe stand sie auf und ging zu den Regalborden, auf denen sich in Tiegeln, Spanschachteln und Säckchen ihr Vorrat an getrockneten Kräutern und Arzneien befand. Emsig wühlte sie sich durch das Durcheinander. Hier musste dringend einmal für Ordnung gesorgt werden, aber irgendwo mussten doch hilfreiche Kräuter zu finden sein! Dann fiel Johanna ein, dass sie bei ihrem gestrigen Streifzug Kamille und Vogelmiere gepflückt hatte. Sie war noch nicht dazu gekommen, sie zu trocknen. Noch immer lagen sie unverarbeitet in ihrem Beutel. Allerdings war das nun gar nicht so schlecht. Sie hatte kein Schmalz mehr für eine Salbe. So zerrieb sie die noch recht frischen Pflanzen in ihrem Mörser und bestrich ihre Haut damit, bevor sie das Ganze mit einem langen Tuchstreifen umwickelte.

Als dies getan war, ging Johanna mit klopfendem Herzen zu Bett. Der Schlaf wollte sich lange nicht einstellen, was entweder an ihrer ausgiebigen Mittagsruhe oder der Angst lag, die wie ein böser Geist durch ihre Gedanken schlich. Bilder von der Siedlung und ihren lüsternen Bewohnern tauchten vor Johannas innerem Auge auf. Die Vorstellung war ein Alptraum, aus dem es kein Erwachen gab. *Du musst einen Weg finden, diese Krankheit zu besiegen!*

Doch wie, blieb ihr verborgen.

Mitten in der Nacht scharrte es plötzlich wieder an der Tür. Johanna richtete sich Übles ahnend in ihrem Bett auf. Geschlafen hatte sie ohnehin nicht. *Bitte nicht noch ein Wolf!*

Kurz darauf erkannte sie, dass ihre Angst unbegründet war, denn dieses Mal scharrte es von innen. Johanna entdeckte die weiße Gestalt der Wölfin wie einen großen hellen Fleck in der Dunkelheit. Sie wollte nach draußen! *Natürlich. Sie hat Hunger.* Es war sicher besser, wenn das Tier selbst für seine Nahrung sorgte. Außerdem gab es noch einen weiteren Vorteil, wenn es nachts loszog. Um diese Zeit waren die Haustiere eingesperrt, auch die Menschen schliefen. Gut, dass sie ganz am Rand der Vorstadt wohnte. So konnte die Wölfin unbemerkt verschwinden. Sie würde in den Wald gehen, wenn sie jagen wollte. *Darum muss ich mir wohl keine Sorgen machen, die anderen genügen mir ohnehin.* Ein wenig mulmig war Johanna aber dennoch, als sie die Tür öffnete. Gedankenverloren sah sie dem Tier hinterher, bis das Dunkel der Nacht seinen weißen Schemen verschluckte.

Als der Morgen graute, kam die Wölfin zurück. Wieder drang das übliche scharrende Geräusch durch die Tür. Als Johanna sie hereinließ, war es ihr, als blicke sie in das Gesicht eines Dämons. Die Schnauze des Tieres war blutverschmiert, und zwischen seinen Zähnen befand sich etwas, das bei genauerer Betrachtung wie die pelzigen Überreste eines Feldhasen aussah.

Johanna stieß erleichtert die angehaltene Luft aus den Lungen. Wenigstens das schien gut gegangen zu sein. Ihr Ausschlag juckte allerdings immer noch unter dem Verband. Überdies zwang er sie des Öfteren dazu, mit den Fingerknöcheln fest darüberzureiben. Als sie das Tuch abwickelte, sah die Haut nicht besser aus als gestern. Der weißliche Belag besaß nun eine aufgequollene Konsistenz und nässte. An manchen Stellen stach rotes Fleisch zwischen dem Schorf hervor. Johanna seufzte schwer. Eine gewisse Ähnlichkeit mit den Symptomen von Aussatz war durchaus vorhanden. Ihr Magen krampfte sich zusammen.

Vater im Himmel, der du alles siehst und alles weißt, hilf mir!, betete sie stumm, aber deshalb nicht weniger inbrünstig.

Sie durfte jetzt nicht die Nerven verlieren. Noch war nichts gewiss. Und es gab immer noch Menschen, die sie brauchten. Allerdings durften sie nicht mit der Krankheit in Berührung kommen. Sorgsam wickelte sie ein sauberes Tuch um ihre rechte Hand und warf das beschmutzte ins Herdfeuer. *So ist es am sichersten!*

Dann schob Johanna die ängstlichen Gedanken in eine verborgene Nische ihres Verstandes, wo sie nicht weiter für Unruhe sorgen konnten. Jedenfalls versuchte sie es. Immerhin gab es genug zu tun, das sie davon ablenken würde.

Das Wolfsmädchen, wie sie die Kleine fortan nannte, riss inzwischen mit den Zähnen die Reste des Hasen von Fell und Knochen. Der mit Blut verschmierte Mund ließ Johanna erschaudern, während sie sich vornahm, nach ihrem eigenen Frühmahl zuerst einmal nach Symon zu sehen.

Ein lauer Frühlingswind wehte um ihre Nase und scheuchte freundliche Schäfchenwolken über den Himmel, als Johanna nach draußen trat. Die Düfte des Frühlings segelten auf seinen Schwingen heran. Sie blieb einen Moment stehen, um sie ausgiebig zu kosten. Das Leben in sich aufzusaugen, damit ihre Seele die Kraft fand, sich gegen die Angst zu stellen, die wie ein leises, beständiges Flüstern an ihren Nerven nagte. Johanna fühlte, wie trotz aller Vorsätze Panik in ihr aufzusteigen begann.

Kämpfe dagegen an!, sagte eine innere Stimme, die erneut den typischen Klang ihrer Mutter hatte. *Gibst du denn nie Ruhe, Mutter?* Dennoch fühlte sie so etwas wie Erleichterung und das Gefühl, nicht ganz allein mit ihren Sorgen zu sein.

Was soll ich tun?, fragte Johanna stumm. *Ich werde vor Kummer sterben, wenn der Leprose mir diese Krankheit angehängt hat. Das Elend dieser Menschen könnte ich nicht ertragen.*

Es kann auch etwas ganz anderes sein. Wieder vernahm sie die mütterliche Stimme in ihrem Innern. *Du weißt nicht, ob es sich um Aussatz oder einen harmlosen Ausschlag handelt.*

Versuche ruhig und gelassen zu bleiben. Das ist das Beste, was du tun kannst.

Etwas gefasster setzte Johanna ihren Weg zu Symon und Margaret fort. Die beiden machten einen glücklichen und zufriedenen Eindruck, als sie dort ankam. Anscheinend war die gereizte Stimmung, die wie eine drohende Gewitterwolke über einem ihrer letzten Besuche schwebte, längst verflogen.

Symons Wunde heilte gut, wie Johanna feststellte, nachdem sie mit spitzen Fingern den Verband entfernt hatte. Eine rötliche wulstige Narbe war alles, was von der schwerwiegenden Verletzung übrig geblieben war. Noch immer steckten die gewachsten Hanffäden darin, doch das würde den Flößer nicht weiter behindern.

»Die Fäden lassen wir noch eine Weile an Ort und Stelle«, sagte sie zufrieden. »Ich komme in ein paar Tagen wieder vorbei, um sie zu entfernen.«

Symon seufzte erleichtert.

Der Laut entlockte Johanna ein widerstrebendes Lächeln. Wenigstens hier würde wieder so etwas wie Normalität einziehen.

Margaret legte ihr dankend die Hand auf den Arm.

Johanna musste sich zusammenreißen, um vor der Berührung nicht zurückzuschrecken. *Du darfst dir nichts anmerken lassen! Noch ist nichts gewiss.*

Das Weib des Flößers schien den kurzen Kampf in ihrem Innern nicht zu bemerken. »Du bekommst noch deinen Lohn für die erfolgreiche Behandlung.« Ihre Hand wies zum Tisch, auf dem ein kleiner Schmalztopf und ein Korb voller Eier standen. »Das Schmalz stammt von zwei alten Gänsen, die wir letztens schlachten mussten. Den Rest benötigen wir selbst. Schmalz oder Eier? Was ist dir lieber?«

Johanna atmete tief durch, während sie nachdachte. Die Eier waren verlockend, doch das Schmalz war wie eine Antwort auf ihre Gebete. Das Gänsefett würde ihrer erkrankten Haut guttun. Und wenn sie Kräuter hinzutat, waren diese besser wirksam.

»Ich nehme das Schmalz«, antwortete sie entschieden.

Margarets Mundwinkel kräuselten sich nach oben. »Wusste ich es doch, dass du dafür eher Verwendung hast.«

»Nun, die Eier wären auch nicht schlecht gewesen, aber du hast natürlich recht. Das Schmalz lässt sich zu Salben verarbeiten. Nimm die Eier für deine Kinder.« Johanna setzte ein unbefangenes Lächeln auf.

»Den Topf bringst du mir wieder, wenn er leer ist«, sagte Margaret.

»Aber sicher. Gute Gefäße sind ein kostbares Gut.«

»Weißt du inzwischen Näheres über das Mädchen, das du bei dir aufgenommen hast?«

Natürlich hatte sich diese Nachricht wie ein Lauffeuer im Städtle verbreitet.

Johanna schüttelte den Kopf. »Sie spricht kein einziges Wort.«

»Dann ist sie wohl taub, und man hat sie deswegen ausgesetzt.«

»Nein, das ist sie nicht, und selbst wenn, wäre es kein Grund, ein Kind in der Wildnis verhungern zu lassen.« Der Gedanke war Johanna auch schon gekommen. Solche Dinge gab es immer wieder. Die Leute hielten ein krankes oder missgestaltetes Kind für ein Wechselbalg und hatten keine Skrupel, es auf diese Weise zu töten. »Wie dem auch sei. Ich muss jetzt gehen.«

Margaret nickte. Dass sich ein Wolf zu dem Mädchen gesellt hatte, schien immer noch ein Geheimnis zu sein. Sonst hätte Margaret sie schon längst danach gefragt. »Du sollst noch bei Henslin vorbeischauen. Seine Mutter ist krank.«

»Dann werde ich mich gleich auf den Weg machen.«

Der Weg zum Haus des Gerbers Henslin war nicht weit. Es lag, wie bei diesem Handwerk so üblich, außerhalb der Stadtmauern, nur ein paar Schritte vom Ufer der Kinzig entfernt. Deren Wasser war ein wichtiger Bestandteil der Gerbereien. Die tierischen Häute mussten gewässert und gespült werden. Das war auch der Grund, weshalb Gerbereien sich am Ablauf der Gewässer ansiedelten, damit das stinkende Wasser, das beim Waschen des Leders entstand, nicht in die Städte hineinlief. Der leichte Frühlingswind wehte neben einem üblen Gestank nach Fäulnis den bitteren Geruch von Lohe in Johannas Nase.

In sicherer Entfernung von dem alljährlich erwarteten Hochwasserpegel, der den Fluss nach der Schneeschmelze über die Ufer treten ließ, hatte Henslin Lohgruben angelegt, in denen er zu Pulver vermahlene Baumrinde mit Wasser vermischt und die Häute darin eingelegt hatte. Ein Vorgang, der ein paarmal wiederholt werden musste. Im Moment nutzte er das gute Wetter, um zuvor in Kalklauge eingeweichte Tierhäute mit einem Scherdegen von Fell- und Fleischresten zu befreien, die er über den Schabebaum, den entrindeten Stamm eines gefällten Baumes, legte. Einer einfachen, aber effektiven Vorrichtung.

»Ich grüße dich, Henslin. Wie ich hörte, ist deiner Mutter nicht wohl.«

Der Gerber nickte, ohne in seiner Arbeit innezuhalten. »Geh nur hinein. Sie ist drinnen und hustet sich die Seele aus dem Leib.«

Johanna hörte schon von Weitem, dass er nicht übertrieb.

Henslins Frau Ursel öffnete auf ihr Klopfen. Eine große, schlanke Frau, deren vorherrschendes Körpermerkmal eine zu mächtig geratene Nase war, die mit einer gewissen Strenge aus ihrem Gesicht ragte. Dieser Eindruck wurde durch sanfte grüne Augen wieder etwas gemildert.

»Wie gut, dass du kommst«, sagte sie erleichtert. »Die alte Marie ist sehr krank. Ich weiß mir keinen Rat mehr.«

Ihre Schwiegermutter saß fast aufrecht und hustend auf dem Bett, einer einfachen, aber zweckmäßigen Schlafstätte, wie die gesamte Einrichtung des bescheidenen Hauses. Marie war so klein und schrumpelig wie ein verwelktes Blatt. Ihr graues Haar hing, zu einem dünnen Zopf geflochten, über eine Schulter herab und schlängelte sich über die magere Brust, die man unter ihrer einfachen Cotte nur erahnen konnte. Die raue, rissige Haut ihrer Hände zeugte davon, dass sie bis vor Kurzem noch selbst Hand an die Verarbeitung der Häute gelegt hatte.

Johanna verzog mitfühlend das Gesicht, als sie auf die Alte zuging, die zwischen den Hustenanfällen vernehmlich röchelte. *Kein gutes Zeichen!*

»Hier bin ich«, sagte Johanna dennoch mit unbekümmerter Fröhlichkeit, während Ursel hinter ihr Stellung bezog. Eine Grabesmiene würde die Alte auch nicht munterer machen. »Hustest du schon lange?«

»Schon ein paar Tage«, keuchte Marie. »Zuerst dachte ich, das Gebelle würde von allein wieder verschwinden. Inzwischen bin ich mir nicht mehr so sicher.« Ein fiebriger Glanz lag in ihren Augen.

Als Johanna prüfend die Hand auf ihre Stirn legte, war sie heiß und so trocken wie der Husten, der die Alte quälte. »Du hast Fieber«, stellte sie fest. »Darf ich mir das einmal anhören?« Sie wies mit dem Kinn auf die Brust der Alten.

Marie nickte zwischen zwei weiteren Hustenanfällen. Zum Sprechen fehlte ihr die Luft. Sacht legte Johanna ein Ohr an den zierlichen Oberkörper der Kranken. Hinter der dünnen Membran des Unterkleids, Haut, Rippen und ein wenig Fleisch vernahm sie ein trockenes, pfeifendes Geräusch, das den gesamten Brustkorb wie den Bauch einer Laute erfüllte.

Kein Schleim, der das Husten erleichtern würde. Nachdenklich erhob sich Johanna wieder. »Ich werde dir Kräuter für einen Sud zusammenstellen, damit du die Krankheit aushusten kannst. Am besten tut ihr noch etwas Honig hinein. Das lindert den fortwährenden Hustenreiz.« Die Finger ihrer gesunden Hand fuhren unbewusst über ihr Kinn, während Johanna weiter über eine geeignete Arznei nachsann. »Außerdem etwas, damit du das Fieber ausschwitzt.«

Marie winkte ab. »Mach dir wegen einem alten Weib wie mir keine allzu großen Sorgen. Meine Zeit ist ohnehin bald zu Ende. Henslin hätte dich gar nicht erst kommen lassen sollen. Nimm es mir nicht übel, aber vermutlich wirst du sowieso nichts mehr ausrichten können. Niemand überlistet den Tod, wenn er kommt.«

»Mutter!«, wandte Ursel tadelnd ein, während ein neuer Hustenanfall Marie schüttelte.

»Willst du etwa die Worte deiner Schwiegermutter in Frage stellen?«, keuchte diese, als sie wieder genug Luft zum Sprechen hatte. »Wir sind alle nur Fremdlinge und Gäste in dieser Welt. Das sagt der Priester bei fast jedem Begräbnis. Und es ist nicht so, dass ich in meinem Leben je etwas anderes erfahren hätte.«

Johanna lächelte über den resoluten Eifer der Alten, die bestimmt schon viele hatte gehen sehen. Ursel zog ein betretenes Gesicht. »Ich werde trotzdem versuchen, deinen Aufenthalt hier auf Erden noch ein wenig zu verlängern.«

Trotz ihrer zarten Gestalt machte Marie einen rüstigen, willensstarken Eindruck. Bisher hatte sie es sich nicht nehmen lassen, kräftig mitanzupacken. »Dein Sohn und deine Schwiegertochter brauchen dich und sind sicher dankbar für deine Hilfe.«

Marie bedachte sie mit einem zweifelnden Blick, während Johannas Augen zu Ursel wanderten. »Sieh zu, dass sie mehr trinkt als bisher. Das wird den Schleim in ihrem Körper lösen.«

»Das sagst du ihr am besten selbst«, presste Ursel zwischen zusammengebissenen Zähnen hervor. »Sie ist so störrisch wie ein alter Esel.«

»Ich höre noch nicht ganz so schlecht, wie ihr alle denkt«, fuhr Marie mit einem kleinen, boshaften Lächeln dazwischen, das ihre Schwiegertochter erbleichen ließ. Allem Anschein nach hatte sie einen schweren Stand bei der Alten.

Johanna hob mitfühlend die Brauen. »Ich werde gleich gehen und sehen, was ich für sie finden kann. Den Rest musst du erledigen – und sorge dafür, dass sie im Bett bleibt und es warm genug hat.«

Der Tag war immer noch schön, als sie nach draußen trat. Er verlockte geradezu zum Kräutersammeln, denn es war besser, sie an sonnigen, regenfreien Tagen zu ernten, damit sie bei der weiteren Verarbeitung nicht schimmelten.

Johanna verließ mit flinken Schritten die Vorstadt und hielt auf die Wiesen und Felder zu, die Schiltach umgaben. Sie würde nicht nur nach geeigneten Pflanzen für die kranke Marie suchen. Es musste einfach etwas geben, das gegen diesen vermaledeiten Ausschlag half.

Sie brauchte nicht weit zu gehen, bis sie die schlanken grünen Blätter des Spitzwegerichs und Malven fand, die mehr als einen Fuß hoch über das Gras der Feldwege hinausgewachsen waren. Der leichte Wind hatte den Tau schon längst getrocknet. Hier und da reckten sich geöffnete Blüten zitternd der Sonne entgegen. Zu Hause hatte sie noch einen Vorrat an getrockneten Lindenblüten vom letzten Jahr. Sie würden das Fieber austreiben. Vermischt mit den gesammelten Blättern von Spitzwegerich und Malve ergaben sie eine wirkungsvolle Arznei. Ein leises Lächeln huschte über Johannas Gesicht. Die Alte würde noch ein wenig warten müssen, bevor sie in die himmlische Ewigkeit abberufen wurde.

Gänseblümchen und Wiesenklee nahm sie zur eigenen Verwendung mit. Die Blüten beider Pflanzen konnte man bei Hautkrankheiten benutzen. *Es gibt wirklich viel, was ich noch ausprobieren kann*, dachte Johanna ein wenig mutiger als zuvor.

Auch Löwenzahn und Sauerampfer sowie Brennnesselblätter, die sie mit spitzen Fingern zupfte, wanderten in ihren Korb. Die frischen Kräuter konnte sie zum Kochen verwenden, und einen Teil davon würde sie Ursel geben. *Sie helfen einem geschwächten Körper auf die Sprünge und bringen seine Säfte wieder ins Gleichgewicht*, hörte sie die Stimme ihrer Mutter. Sie lief noch ein wenig am Waldesrand entlang, wo der intensive Geruch von Bärlauch in der Luft hing, dann schlug sie den Heimweg ein.

Kurz bevor Johanna ihr Haus erreichte, wo sie die geplante Kräutermischung für die alte Marie herstellen wollte, bot sich ihr ein interessantes Bild. Verblüfft blieb sie stehen und schlüpfte unbemerkt in den Schatten eines der Nachbarhäuser. Das Wolfsmädchen und seine Begleiterin waren im Begriff, sich davonzuschleichen! Hin- und hergerissen beobachtete Johanna die Szene. Sie kamen nicht sonderlich gut voran, was an dem stockend humpelnden Gang der Kleinen lag. Die Wölfin war ihr dabei keine Hilfe. Sie trottete ungeduldig vor und zurück und stupste das Mädchen mit der Schnauze an, um sie auf diese Weise zu schnelleren Schritten zu ermuntern. Sollte sie sie ziehen lassen? Offensichtlich kamen sie ganz gut ohne sie zurecht. Aber die Wunde war noch nicht verheilt, was der schleppende Gang verdeutlichte. Plötzlich fing die Kleine an zu keuchen. Vor Johannas Augen knickte sie kraftlos ein, was die Wölfin dazu veranlasste, ihr wie eine besorgte Mutter über das Gesicht zu lecken. Irgendetwas stimmte hier nicht. Alarmiert schlüpfte Johanna aus ihrem Versteck und hastete mit langen Schritten auf die beiden zu. Als sie dort ankam, sah sie gerade noch, wie das Wolfsmädchen erschöpft zu Boden sank. Ihr wettergegerbtes Gesicht war bleich wie Hafergrütze.

»Hast du Schmerzen?«, wandte sie sich an das Mädchen.

Die dunklen Augen blickten starr, und als Johanna prüfend ihr Gesicht betrachtete, sah sie feine Schweißperlen auf dem zarten Flaum ihrer Oberlippe.

Wie üblich antwortete das Mädchen nicht. Aber es war eben normal, dass man miteinander sprach.

In aller Vorsicht fuhr Johannas Hand an das verletzte Bein. Es war heiß und geschwollen. Die Kleine wehrte sich nicht.

Das weist auf eine dramatische Verschlechterung ihrer Gesundheit hin. Wie kommt sie nur darauf, in diesem Zustand zu flüchten? Oder zieht sie es vor, einsam wie ein kranker Wolf im Wald zu sterben?

Die fehlende Aggression des Mädchens, die einer matten Erschöpfung gewichen war, ermunterte Johanna dazu, an ihre Stirn zu fassen. Auch diese fühlte sich heiß an. »Du hast Fieber. Dagegen müssen wir sofort etwas tun!«

Doch zuerst einmal musste sie das Wolfsmädchen nach drinnen befördern. Suchend sah Johanna sich um. Keine Menschenseele war zu sehen.

Vielleicht war das der Grund, weshalb sie gerade jetzt flie-hen wollte? Wie dem auch sei. Sie musste die Kleine allein in ihr Haus bringen.

Johanna hob sie hoch. Es stellte sich heraus, dass sie mehr wog, als es den Anschein hatte, jetzt wo sie wie ein schlaffer Sack in Johannas Armen hing. Die Wölfin beäugte jede ihrer Bewegungen, ließ sie aber gewähren.

Im Haus legte sie das Mädchen auf den Boden und machte sich vorsichtig daran, den Verband, der an der Wunde fest-klebte, Stück für Stück zu öffnen. Anscheinend hatte diese Auflage nicht die gewünschte Wirkung gezeigt. Die Wunde äh-nelte einem mürrisch verzogenen Mund, dessen geschwollene Lippen man zusammengenäht hatte. Aus den Zwischenräumen quoll Eiter. Nicht sehr viel, aber es war ein Zeichen, dass in den tieferen Schichten immer noch etwas schwelte. Sofort fing die Wölfin an, mit ihrer Zunge darüberzulecken, doch Johanna stieß die Schnauze mit einer Hand fort, während sie über eine geeignete Behandlung nachdachte. »Lass das sein.« Sie würde die Wunde wieder öffnen müssen.

»Was hat denn der Wolf hier zu suchen?« Eine entgeisterte männliche Stimme riss sie aus ihren Gedanken.

Johanna sah sich ungehalten um. In der immer noch offenen Tür stand Lukas und betrachtete das Tier voller Misstrauen.

»Lukas«, sagte sie nüchtern. »Hättest du nicht etwas eher hier sein können? Dann hätte ich das Mädchen nicht allein ins Haus schleppen müssen.«

»Aber nicht doch. Ich freue mich auch, dich zu sehen«, erwiderte er mit einem beleidigten Unterton in der Stimme.

Johanna riss sich zusammen. »Es tut mir leid. Ich bin nur etwas … aufgeregt.«

Lukas nickte knapp, den Mund zu etwas verzogen, das wie ein Strich aussah.

»Hilfst du mir, sie aufs Bett zu legen? Bisher hat sie auf dem Boden geschlafen, aber da sie nun fiebert und so wehrlos wie ein auf dem Rücken liegender Käfer ist, wäre es mir lieber, sie in einem warmen Bett zu wissen.«

Lukas trat vorsichtig heran, ohne den Wolf aus den Augen zu lassen. »Wird er mir nichts tun?«

»Ich denke nicht.«

Er gab schnaubend auf und beugte sich über das Mädchen, das erschöpft die Augen geschlossen hatte. »Was hat sie denn?« In diesem Moment geschah etwas Merkwürdiges. Die Kleine öffnete ihre Lider, und als sie Lukas bemerkte, verzerrte sich ihr Gesicht zu einer hasserfüllten Maske. Johanna sah, wie sie einem Wolf gleich die Zähne bleckte. Dann sammelte sie all ihre verbliebenen Kräfte, setzte sich auf und kroch auf dem Hinterteil von Lukas weg. Die tiefdunklen Augen blickten voller Misstrauen und Angst, wie die eines in die Enge getriebenen Tieres.

Johanna kannte diesen Ausdruck. Er erinnerte sie an die erste Begegnung mit dem Mädchen, nur dass dieses Mal die Gefahr, die von Lukas auszugehen schien, größer als bei Elen und ihr war. Das Mädchen knurrte, und schließlich fauchte sie wie eine Katze. Schwach und zitternd stieß sie mit dem Rücken an eine der geschwärzten Hauswände. Vollkommen entkräftet lehnte sie sich an das kühle Holz.

Vielleicht ist es ein Glück, dass sie gerade nicht zu mehr fähig ist, dachte Johanna. *So wie sie aussieht, wäre sie Lukas am liebsten an die Gurgel gesprungen.*

Die Wölfin, aufgeschreckt durch das Verhalten des Mädchens, verhielt sich ähnlich. Beschützend stellte sie sich neben die Kleine. Aus den Tiefen ihrer Kehle drang ein bedrohliches Knurren. Ihr Nackenfell sträubte sich, und die gebleckten Zähne unter den hochgezogenen Lefzen ließen keinen Zweifel daran, dass sie angreifen würde, wenn Lukas noch einen Schritt in ihre Richtung machte.

»Sie mögen keine Männer«, stellte Johanna erstaunt fest.

»Ist das alles, was du dazu zu sagen hast?«, stieß Lukas zwischen zusammengebissenen Zähnen hervor.

Mit einer raschen Bewegung stellte sich Johanna vor ihn und hob beschwichtigend die Hände. »Er wird euch nichts tun«, sagte sie beschwörend, wohl wissend, dass die beiden ihre

Worte nicht verstanden, aber vielleicht erkannten sie am Klang ihrer Stimme, dass ihnen von Lukas keine Gefahr drohte. Das Gesicht des Mädchens war inzwischen schweißgebadet. Noch immer lehnte ihr Rücken an der Wand.

»Komm, lass uns nach draußen gehen.« Johanna bildete zwischen Lukas, der Wölfin und dem Mädchen eine schützende Barriere, bis sie das Haus verlassen hatten.

»Es ist wohl überflüssig, dich davon zu überzeugen, dass diese *Tiere* dort drinnen gefährlich sind.« Ein ohnmächtiger Zorn ließ die Kieferknochen in Lukas' Gesicht scharf hervortreten. Doch in seinen Augen stand Sorge.

»Sie sind nicht immer so«, versuchte Johanna das Verhalten der beiden zu rechtfertigen. *Du führst dich schon wie eine Mutter auf, die nach einem Funken Güte in ihren ungehobelten Sprösslingen sucht.* »Inzwischen sind sie fast nett. Auf jeden Fall braucht die Kleine jemanden, der sich um sie kümmert.«

»Und der Wolf?«

»Gehört zu ihr«, erwiderte Johanna knapp.

»Bist du nicht mehr ganz bei Trost? Ich frage mich, wie lange es dauert, bis er die Leute in Angst und Schrecken versetzt.«

»Du darfst es niemandem sagen«, beschwor sie ihn. »Ich verstecke die Wölfin tagsüber hier drinnen. Nicht einmal die Nachbarn haben sie bemerkt. Nur nachts lasse ich sie vor die Tür, damit sie sich Nahrung beschaffen kann. Solange sie sich nicht an ihren Tieren vergreift –«

»Und wie sieht es mit ihnen selbst aus?«, platzte Lukas dazwischen. »Ich muss dir wohl nicht erklären, was unlängst geschah! Sie könnte eines der Tiere sein, die dafür verantwortlich sind!«

»Bisher hat die Wölfin keine Anstalten gemacht, mich oder jemand anderen zu verspeisen, wenn du das meinst.«

»Ach! Und was ist mit deiner Hand?«

Johanna spähte auf den Verband. Ihr Gesicht gefror zu einer teilnahmslosen Maske. »Das ist etwas anderes.«

Lukas schnaubte hörbar. »Dann sieh zu, dass es auch so

bleibt, sonst könnte es durchaus sein, dass die Schiltacher Jagd auf deinen Wolf machen.« Seine haselnussbraunen Augen blitzten vor Empörung.

»Es ist nicht *mein* Wolf«, gab Johanna bissig zurück. »Wenn es nach mir ginge, wäre er schon längst fort, aber er weicht nicht von der Seite des Mädchens, und auch die Kleine scheint nicht ohne ihn auszukommen.«

»Wie dem auch sei«, entgegnete Lukas mit tonloser Stimme. »Ich werde wieder gehen. Hier bin ich ohnehin nicht erwünscht.«

»Ach, Lukas. Ich kann doch nichts dafür, dass die beiden keine Männer mögen.«

Lukas seufzte. Er schien der Meinung zu sein, dass sie nicht die Einzigen waren, auf die das zutraf.

Johanna hob die Hand an ihre Stirn. »Da fällt mir ein … In all der Aufregung habe ich etwas Wichtiges vergessen.« Hektisch fuhr sie herum und eilte zurück zum Hauseingang. »Geh nicht! Die alte Marie braucht ihre Arznei. Du musst sie an meiner Stelle zu ihr bringen. Ich kann jetzt nicht weg – am besten wartest du hier draußen.« Dann schlug sie die Tür hinter sich zu und verschwand in den Tiefen des Hauses.

Lukas seufzte draußen noch einmal hörbar, doch nichts wies darauf hin, dass er sich entfernte.

Eilig machte sich Johanna an das Zerkleinern der ausgewählten Blüten und Blätter. Anschließend vermischte sie das Ganze und füllte es in einen sauberen Beutel. Einen Teil der essbaren Kräuter tat sie in einen zweiten.

Lukas stand mit verschränkten Armen in sicherem Abstand zur Tür, als Johanna wieder zu ihm stieß. Mit hochgezogenen Brauen sah er ihr entgegen. Die Missbilligung in seinem Gesicht war nicht zu übersehen.

Johanna überging sie geflissentlich. »Bring das zu Ursel und sag ihr, sie soll je einen Löffel voll Kräuter mit heißem«, sie hob belehrend den Finger, »nicht kochendem Wasser übergießen. Dann sollte sie das Ganze etwas ziehen lassen. Nach dem Abseihen muss noch ein Löffel Honig hinzu, bevor Marie den warmen Sud in langsamen Schlucken trinken sollte, und das mehrmals am Tag.« Sie gab Lukas den zweiten Beutel. »Hiervon kann sie der Alten ein Gemüse kochen. Falls sie sich weigert, davon zu essen, komme ich persönlich vorbei und versohle ihr den Hintern.«

Das lockte ein Lächeln auf Lukas' finsteres Gesicht. Johanna erwiderte es dankbar. »Natürlich gibst du diesen Teil unseres Gesprächs nicht weiter. Ursel wird schon ihre eigenen Mittel haben, wie sie mit der Alten zurechtkommt.«

Sie bemerkte, wie Lukas anfing, sie fasziniert zu betrachten. »Hast du dir alles gut gemerkt?« In ihrem Ton schwangen leise Zweifel mit, die Lukas aus seiner Versenkung holten.

»Aber sicher doch«, sagte er hocherhobenen Hauptes. »Schließlich bin ich kein schwachsinniger Tor.«

»*Das* hat auch niemand behauptet. Und nun geh. Ich muss dringend nach dem Mädchen sehen.«

8. KAPITEL

»Gott verdamme diese elenden Weiber – am besten alle miteinander«, knurrte Lukas, als er den Weg zu Henslins Haus einschlug. Er verstand sie einfach nicht. Besonders Johanna, um die es ihm eigentlich ging. Obwohl er sich Mühe gab, waren sie sich keinen Schritt näher gekommen. Und doch lag etwas in diesen smaragdgrünen, von dunklen Rauchringen umgebenen Augen, das ihn alles andere vergessen ließ. Was hatte er nicht schon alles getan, damit sie sein wurde. Er hatte versucht, ihr ein guter Freund zu sein, den starken Beschützer gespielt, seine Fühler ausgestreckt, um etwas über den seltsamen Tod des Mädchens herauszufinden. Sogar den Gassenwirt Conrad hatte er mehr als verärgert.

Doch sie hatte immer noch Besseres zu tun, als sich mit ihm abzugeben. Sicher, sie konnte auch nett sein, aber zu ihm war sie es nicht mehr als eine Mutter zu ihrem schwachsinnigen Sohn. Er verabscheute diese Art von Zuneigung. Er wollte, dass sie endlich den *Mann* in ihm erkannte. War das denn *so schwer*?

Irgendwie wurde er nicht ganz schlau aus Johanna und ihrer fast krankhaften Abneigung gegen die männliche Dominanz. Vielleicht lag es daran, dass sie ohne Vater aufgewachsen war? Wer wusste schon, was ihre Mutter über ihn erzählt hatte.

Und nun tauchten auch noch dieses Mädchen und ihr grässlicher Wolf wie zwei Dämonen aus dem Reich des Teufels auf! Natürlich musste er die Anwesenheit des Tieres verschweigen, auch wenn es ihm schwerfiel. Nur Gott allein wusste, ob das gut ging! Zornig trat er gegen einen Stein am Wegesrand.

Er sah zur Burg, die hoch oben auf dem Berg thronte. Ein Schatten lag über ihrem klobigen Antlitz. Als Lukas den Blick hob, entdeckte er eine Wolke, die sich vor die Sonne geschoben hatte. Das Angesicht des Tages hatte sich verändert. Ein dunkler Schleier trübte ihn ebenso sehr wie seine Stimmung.

Ich muss etwas tun, überlegte er.

Etwas, das ein Feuer zwischen ihm und Johanna entfachte. Doch als er weiter darüber nachsann, entwich ihm der Atem wie das empörte Jammern einer Sackpfeife. *Was mochte das sein?* Irgendetwas musste sie doch beeindrucken. Sie war nicht wie andere Frauen, die sich damit begnügten, einen Mann und Kinder zu haben. Johanna war unabhängiger. Sie brauchte ihn nicht – es sei denn, er überzeugte sie vom Gegenteil.

Der bittere Geschmack der Lohgruben lag wie Unrat in der Luft, als Lukas das Gerberviertel erreichte. Henslin war nicht der Einzige, der dieses Handwerk in der Schiltacher Vorstadt betrieb. Gutes Leder brauchte man für viele Dinge, und die Reisenden beanspruchten einen Teil davon. Der anstrengende Weg verschliss neben Schuhen und Zaumzeug auch Beschlagteile der Wagen. Darüber hinaus ließ sich noch eine Menge mehr, wie Gürtel, Mäntel, Schürzen, Riemen, Scharniere für Truhen und Kästen, Eimer und Becher, damit herstellen. Selbst die Kirche benutzte Leder zum Einbinden und als Schutz für das feinere Pergament ihrer Texte und Bilder. Eine ganze Reihe von Handwerkern war von der Arbeit der Gerber abhängig. Dennoch waren sie nicht angesehen. Die Verarbeitung der fauligen Häute war ein schmutziges und geruchsintensives Geschäft, das die Leute verpönten. Außerdem konnte man sich leicht den Milzbrand und andere lebensbedrohliche Krankheiten dabei holen. Als Folge davon blieben die Gerber meist unter sich. Ihm selbst war die Arbeit als Flößer wesentlich lieber, wenn auch sie letztlich nicht ohne Risiko blieb.

Lukas' Gedanken kehrten zu Johanna zurück. Manchmal kam es ihm so vor, als habe sie die Tür zur Kammer ihres Herzens verschlossen und den Schlüssel weggeworfen. Grübelnd lenkte er seine Schritte an den Verschlägen vorbei, wo Henslin nasse Häute zum Trocknen aufgehängt hatte. Die offenen Seitenwände sorgten dafür, dass genügend Luft durch sie hindurchströmen konnte. Lediglich ein Dach schützte vor Regen. Lukas nahm sie kaum wahr.

Johanna hatte da einen kleinen Fleck, knapp über dem rechten Mundwinkel. Er verlockte ihn jedes Mal, sie an dieser Stelle zu küssen. Doch dieses Ziel schien in immer weitere Ferne zu rücken. Aus einem verborgenen Winkel seiner Seele kam ihm ein neuer Gedanke. Vielleicht änderte sich etwas, wenn er nicht mehr den starken Beschützer spielte? Wenn er ebenso hilfsbedürftig wie diejenigen war, um die sie sich so gern kümmerte.

»Das ist es!«, flüsterte er. »Warum bin ich nicht schon früher darauf gekommen?« Die frische Erkenntnis erfüllte ihn mit neuem Mut. Noch war nichts verloren.

Und eines Tages würde er sie küssen.

Das Mädchen lehnte noch immer mit dem Rücken zur Wand, als Johanna ins Haus zurückkehrte. Der hasserfüllte Ausbruch, nachdem sie Lukas entdeckt hatte, hatte ihre letzte Kraft geraubt. Es war mehr als wahrscheinlich, dass sie schlechte Erfahrungen mit Männern gemacht hatte.

Ob sie wohl auch dem Leprosen in die Hände gefallen ist?, dachte Johanna flüchtig, doch dann konzentrierten sich ihre Sinne auf die am Boden kauernde Gestalt, die einem vollen Kornsack ähnelte, den man irgendwo abgestellt hatte. Die Kleine schien nichts mehr zu bemerken. Ihre Augen waren geschlossen, selbst als Johanna das schweißnasse Haar berührte, regte sich nicht der kleinste Muskel in dem Mädchen.

Die Wölfin hatte sich neben sie gelegt und betrachtete sie aus traurigen bernsteinfarbenen Augen.

Sie weiß, wie es um sie steht, geisterte es Johanna durch den Kopf.

Nun war schnelles Handeln gefragt. Ein neuer, besserer Plan musste ersonnen werden, um Kind und Tier zu helfen. Noch einmal betrachtete Johanna das Bein der Kleinen. Ihr Verstand arbeitete fieberhaft, als sie zum Herd ging und das Feuer schürte. *Wahrscheinlich war es ein Fehler, die Wunde zu nähen. Ich hätte sie offen lassen sollen, damit sie von innen heraus abheilen kann. Das wird mir beim nächsten Mal eine Lehre sein.*

Nun würde sie die Nähte öffnen müssen, damit sie sah,

was sich darunter verbarg. Doch was sollte sie dann tun? Ihre Mischung aus pulverisierter Tonerde, Kräutern, Wasser und Öl hatte nicht die gewünschte Wirkung gezeigt. Oder lag es daran, dass die Wirkstoffe nicht in tiefere Schichten vordringen konnten?

Johanna eilte zu den Regalborden hinüber und kräuselte nachdenklich die Stirn. Mit flinken Händen öffnete sie Spanschachteln, Säckchen und Tiegel, um den Inhalt zu mustern. So viele Möglichkeiten! Vielleicht sollte sie doch lieber zu der bewährten Kräutermischung zurückgreifen, die sie bei Symon eingesetzt hatte? Sie konnte die Wunde auch ausbrennen, aber diese Behandlung war sehr schmerzhaft und nicht immer effektiv.

Dann formte sich eine Idee zwischen den Windungen ihres Gehirns. Johanna eilte zu der Vorratsgrube, die unter dem Boden verborgen lag. Rasch räumte sie die Dielen beiseite und holte ein bauchiges Gefäß mit einem Henkel hervor, das nach oben zu einer engen Öffnung auslief. Johanna löste den Korken und schnupperte daran. Der säuerlich herbe Geruch starken Weins schlug ihr entgegen. Mutter hatte hin und wieder Wunden mit Wein ausgewaschen – wenn sie welchen hatte. Dieser hier war ein weiterer Lohn für eine vorangegangene Behandlung. Sie hatte ihn für besondere Zwecke in den gemauerten Hohlraum gestellt und dort unten fast vergessen. Johannas Blick glitt versonnen über den dunklen Ton des Gefäßes. Vielleicht war der richtige Moment nun da?

Rasch legte sie alles zurecht, was sie benötigte, reinigte ihr schmales Messer, das sie für solche Zwecke benutzte, und hielt die Klinge in ein frisch entfachtes Feuer. Als diese abgekühlt war, hockte sie sich neben das Mädchen. Es stöhnte, aber noch immer schien ihr Geist in einer verborgenen Ecke ihres Körpers zu weilen. Johanna strich zart über die wettergegerbte Wange. Nichts regte sich unter ihrer Hand. Ihre Augen glitten zu der Wölfin. Diese hatte den Kopf auf die Vorderbeine gelegt und sah mit ausdrucksloser Miene zu ihr empor.

»Nun, dann lass uns beginnen«, sagte sie mehr zu sich selbst als zu dem Tier.

Die Wölfin ließ ein dumpfes Brummen ertönen, das wie eine Bestätigung klang.

Johannas Lider verengten sich konzentriert, während sie die schwärende Naht betrachtete. Vorsichtig löste sie die Fäden und zog mit spitzen Fingern daran. Ein eigenartiges Geräusch ertönte, als die Wunde schmatzend nachgab. Der klaffende Spalt, der sich vor ihren Augen auftat, verströmte einen widerwärtigen Geruch. Er kam von dem schmierigen Belag aus Eiter und geronnenem Blut, der das Gewebe darin überzog. Sie hatte so etwas Ähnliches erwartet, aber nicht, dass es so schlimm sein würde …

Das Mädchen stöhnte, ohne ganz zu erwachen. Johanna sah, wie die Wölfin, beunruhigt durch die klagende Äußerung, jäh den Kopf hob. »Ich will ihr nur helfen«, sprach sie in die Richtung des Tieres.

Die bernsteinfarbenen Augen schenkten ihr einen intensiven Blick, als ob sie nachdrücklich darauf hinweisen wollten, nur ja keinen Fehler zu machen.

»Also gut«, sagte Johanna schließlich, während die Wölfin ihre Hände nicht mehr aus den Augen ließ. »Ich werde alles tun, was in meiner Macht steht.«

Johanna brauchte mehrere Lappen zum Säubern der Wunde. Nachdem das schmierige Gewebe entfernt war, nahm sie den Wein, holte tief Luft und verteilte ihn großzügig auf dem wunden Fleisch. Einen Versuch war es wert. Die Hände des Mädchens verkrampften sich, doch dann erschlafften sie wieder, als ob nichts gewesen wäre. Ein irritiertes Zucken geisterte indessen durch die Augen der Wölfin. Nun schien sie wieder zufrieden zu sein.

Johanna ließ den Wein eine Weile wirken, während sie sich fragte, ob das Tier sie töten würde, falls das Mädchen starb.

Schließlich schob sie den Gedanken beiseite und säuberte die Wunde ein zweites Mal. Als dies getan war, legte sie ein frisches, mit Wein getränktes Tuch darüber und wickelte das

Ganze zu. *Nun musst du ihr helfen, Herr – und in gewisser Weise auch mir!*, sandte sie ein kurzes Stoßgebet in Richtung der geschwärzten Dachbalken.

Ein friedvolles Gefühl zog in Johannas Herz. Noch gab es Hoffnung. Sie drehte ihren Kopf in die Richtung der Wölfin. »Jetzt muss es uns nur noch gelingen, sie ins Bett zu schaffen. Obwohl *du* keine Hilfe dabei sein wirst«, sagte sie in leicht vorwurfsvollem Ton.

Die Kleine war nicht leichter geworden, als Johanna mit ihr dorthin wankte. Das Bett würde für sie beide reichen, schließlich hatten Mutter und sie ebenfalls gemeinsam darin geschlafen. Schnaufend legte Johanna das Wolfsmädchen dort ab und deckte es sorgfältig zu.

Nun noch ein kühles, feuchtes Tuch für ihre heiße Stirn. Doch was war das? Mit einem kühnen Sprung hüpfte die Wölfin in den hölzernen Kasten.

»Nein, nicht doch!« Johanna hob wedelnd die Hände, um das Tier vom Bett zu scheuchen. Zu dritt hatten sie auf keinen Fall Platz darin. Der Blick der Wölfin zeigte kein großes Interesse für ihre Wünsche. Wohlig streckte sie die langen Beine, während ein behagliches Seufzen ertönte, mit dem sie sich an ihren kranken Schützling schmiegte.

Johanna gab einen entrüsteten Laut von sich und stemmte die Hände in die Hüften. »So hatte ich mir das nicht gedacht!«

Am Ende blieb ihr gar nichts anderes übrig, als das Tier gewähren zu lassen. Nachdenklich schweiften ihre Augen über das Mädchen. *Ihr Haar!*, fiel Johanna plötzlich auf. *Jetzt, wo sie so wehrlos ist, sollte ich versuchen, die Knoten darin zu lösen.*

Sie holte einen alten Hornkamm aus ihrer Truhe, an dem bereits ein Zinken fehlte, nahm den Schemel von seinem Platz und setzte sich an das Kopfende des Bettes. Es dauerte einige Zeit, bis sie die verfilzten Haare geglättet und sich der kleinen Tierchen angenommen hatte, die den Kopf des Kindes bevölkerten. Als sie endlich mit dem Ergebnis zufrieden war, lag ein dickes schwarzes Büschel auf dem Boden. Johanna warf es mitsamt den zerdrückten Läusen ins Feuer. Nun sah das Mädchen einigermaßen anständig aus. Zum Schluss wusch sie das verschwitzte Gesicht und legte einen feuchten Lappen auf die Stirn der Kleinen.

Jetzt, wo es nichts mehr zu tun gab, fuhr Johannas Hand zu ihrem eigenen Haar. Die goldbraunen Locken konnten gewiss auch einen Kamm vertragen. Diese Geste lenkte ihre Gedanken wieder auf den Ausschlag an ihrer Hand. Für eine Weile hatte sie ihn ganz vergessen. Nun hatte sie Zeit, sich darum zu kümmern. Doch auch ihr Magen, dessen hungriges Brennen sich nicht mehr ignorieren ließ, sollte zu seinem Recht kommen. Es war eine Ewigkeit her, seit sie das letzte Mal etwas gegessen hatte. Johannas Blick glitt zu dem Korb, der immer noch auf dem Tisch stand. Der Rest der gesammelten Kräuter welkte dort langsam vor sich hin. Eigentlich hatte sie vorgehabt, sich ebenfalls ein Gemüse daraus zu kochen, denn auch ihre Säfte schienen nicht mehr im Gleichgewicht zu sein.

So füllte sie etwas Wasser in einen Kessel und gab Löwenzahn, Sauerampfer und die Brennnesselblätter hinein. Während das Ganze köchelte, nahm sie nachdenklich Margarets Schmalz an sich. Wenn es eine Antwort auf ihre Gebete war, musste es wirken!

Kurz entschlossen nahm sie einen flachen Topf vom Haken, gab etwas von dem Fett hinein und stellte ihn an den Rand des Feuers. Die Worte ihrer Mutter formten sich in Johannas Geist. *Man gebe die Blütenblätter von Ringelblumen in zuvor erhitztes Schmalz und schwitze sie wie Zwiebeln kurz darin an.* Das Rezept für eine Salbe kam ihr wie selbstverständlich in den Sinn. In einer der Spanschachteln fand sie noch ein paar getrocknete Ringelblumen. Entschlossen gab sie die Blüten in die sich verflüssigende Masse und tat Gänseblümchen und den Wiesenklee hinzu. Die Ringelblumen waren nicht mehr frisch, aber die beiden anderen Kräuter würden ihre Wirkung hoffentlich verstärken.

Dann lässt man das Ganze abkühlen und wärmt es noch einmal auf. Solange das Fett noch warm ist, presst man es durch ein grobes Tuch, und schon hat man eine Salbe, die ein wirksames Mittel gegen Hautausschläge sein kann.

Johanna lächelte versonnen, als sie die schmorenden Kräuter verrührte. Die Wölfin grunzte derweil wohlig im Schlaf. Das neue Lager schien ihr zu gefallen. Das Mädchen an ihrer Seite rührte sich nicht. Doch sie sah das Heben und Senken des kleinen Brustkorbs unter der Decke.

Johannas Gedanken kehrten wieder zu ihrer Mutter zurück. Während ihrer ganzen Kindheit hatte sie Afra bei ihrer Arbeit beobachtet und eines dabei festgestellt: Man lernte am besten von jemandem, den man liebte und verehrte. Einem Vorbild – und Afra war das beste von allen gewesen. Mit der Zeit hatte sie Johanna in ihre Behandlungen einbezogen, hatte sie gelehrt, was man bei dieser oder jener Krankheit tun konnte. Doch Afra war auch fordernd gewesen, hatte sie ein ums andere Mal auf die Probe gestellt. »Welche Kräuter benutzt du bei Fieber, Husten und einer verstopften Nase? Wie führst du die Amputation eines Fingers durch? Wie entfernt man ein Furunkel?« Anfangs hatte Johanna es gehasst. Sie hatte zwar nie etwas anderes als ihre Mutter tun wollen, aber hier kam sie an ihre Grenzen. Im Grunde war sie faul gewesen, hatte sich gesträubt, über das, was sie lernte, nachzudenken, es abzuwägen und nach Möglichkeiten zu forschen. Ihre unbeholfenen Hände zu schulen. Doch irgendwann verstand sie. Man konnte die Heilkunst nur dann erfolgreich ausüben, wenn man sich gut darin auskannte und bereit war, über neue Methoden nachzudenken, wenn Althergebrachtes nicht half.

Gott lässt keine Krankheit entstehen, ohne ein entsprechendes Kraut dagegen wachsen zu lassen. Es muss nur gefunden werden. Ebenfalls ein viel zitierter Spruch ihrer Mutter. Dies erforderte, dass man seine Sinne schulte, bis eine Einheit von Körper und Geist entstand – einzig auf das Ziel ausgerichtet zu helfen. Doch es hatte sie auch einsam gemacht. Schon als Kind war sie es gewesen, weil sie anders war als die anderen. Nur Elen, die schon vor langer Zeit zu einer treuen Freundin wurde, hatte ihre Andersartigkeit nichts ausgemacht – und nun hatte sich Lukas hinzugesellt.

Inzwischen hatten die Kräuter lange genug in Fett geschmort. Johanna holte sie vom Feuer und ließ sie abkühlen. Als dies erledigt war, schnitt sie eine weitere Wurst aus dem Rauch an. Die Wölfin öffnete prompt die Augen und linste sehnsüchtig, als sie ein paar Scheiben davon in das halb gare Gemüse tat. Johanna schüttelte lächelnd den Kopf. »Dieses Mal gehört sie mir«, sagte sie bestimmt.

Das Tier seufzte laut und zahlte es ihr mit einem trotzigen Rekeln auf Johannas Bett heim.

Das Wolfsmädchen schlief immer noch, als Johanna ihr eigenes Haar geglättet hatte. Sanft nahm sie der Kleinen das Tuch von der Stirn, um es mit frischem, kaltem Wasser zu befeuchten. Während sie es wieder an seinen Platz beförderte, drangen leise Töne aus dem Mund des Kindes. In dem kleinen Gesicht zuckte es. Es schien zu träumen. Johanna versuchte, etwas von dem Gebrabbel zu verstehen, doch es gelang ihr nicht. Seufzend überließ sie das Mädchen der Obhut der Wölfin und wandte sich ihrem Mahl zu.

Nachdem sie gegessen hatte, erwärmte sie das Kräuter-Schmalz-Gemisch erneut und presste es durch ein sauberes Leinentuch. Dann atmete sie tief ein. Es war an der Zeit, den Verband auf ihrer Hand zu lüften. Der Ausschlag darunter sah etwas besser aus, aber schlimm genug, um warnende Signale durch ihren Körper zu senden. Wahrscheinlich sollte sie ihn nicht auch noch mit einem Finger der anderen Hand berühren. Johanna sah sich um und brach einen dünnen Span aus ihrem Anfeuerholz, der ihr als Spatel dienen konnte. Sie tunkte ihn in die warme Salbe und verteilte diese behutsam auf der betroffenen Stelle. Danach ließ sie die Hand offen. Etwas Luft würde wahrscheinlich nicht schaden.

Es war schon spät, als endlich alles erledigt war und Johanna das deutliche Zerren der Müdigkeit in ihren Gliedern verspürte. Seufzend ging sie zum Bett. *Ihrem Bett*, wie sie in aller Klarheit feststellte. Seine beiden Bewohner schliefen, doch das

Mädchen hatte unruhig die Decke beiseitegescharrt, und nun zitterte der kleine Körper in einem Anfall von Schüttelfrost.

Das arme Ding! Hoffentlich übersteht sie die Krise! Fürsorglich deckte Johanna sie wieder zu. Dann schlich sie zur anderen Seite des Bettes. Dort gab sie der Wölfin einen sachten Stoß. Vielleicht konnten sie ja doch zu dritt darin liegen? Das Tier musste ihr nur ein wenig mehr Platz gewähren.

Augenblicklich hob es die Lider. Ein drohendes Knurren drang aus den Tiefen seiner Kehle.

Johanna versuchte es mit einer wedelnden Bewegung. »Du könntest wenigstens ein Stück zur Seite rücken. Ich will auch endlich schlafen.«

Nichts geschah. Stattdessen betrachtete sie die Wölfin wie ein lästiges Insekt. Vorsichtig hob Johanna einen Fuß über den Holzkasten. Das Knurren verstärkte sich. Jäh hielt sie inne. Es fühlte sich an, als ob sie in das Gebiet einer fremden Herrschaft eindringen wollte. Die Wölfin schien ihre Gedanken zu lesen, denn nun hob sie warnend den Kopf.

Zähneknirschend gab Johanna auf, zu müde, um sich auf neue Reibereien einzulassen. »Nun, da ich nicht mehr gebraucht werde, darf ich also gehen.« Energisch zog sie an einem der Felle. »Wenigstens das kannst du mir lassen. Wenn ich schon diejenige sein soll, die dieses Mal auf dem Boden schläft.« Endlich gab das Lammfell nach. Triumphierend presste Johanna die Beute an ihren Körper. Beiläufig hangelte sie nach dem übrig gebliebenen Tuch.

Ihre Augen brannten vor Müdigkeit, als sie sich auf dem kalten Boden ein Lager bereitete. Ein kurzes Rekeln noch, dass ihr die harte Unterlage ins Kreuz drückte. Zu guter Letzt schien es einigermaßen zu gehen. Kurz darauf vernahm Johanna das wohlige Grunzen der Wölfin, das wie ein Triumph durch das kleine Haus hallte.

Wie schön, dass wenigstens du bequem liegst. Ihr beißender Sarkasmus machte die Sache auch nicht besser.

Dennoch fielen ihr bald darauf die Augen zu.

9. KAPITEL

Sie kauerte in einem kalten, düsteren Gelass, dessen dicke Mauern das Gefühl der Gefangenschaft schier unerträglich machten. Fern von jeglichem Licht irgendwo tief unten, wo die Wärme der Sonne nicht hinkam. Nur die Fackeln ihrer Häscher erhellten gelegentlich die Finsternis. Die Wand in ihrem Rücken war klamm. Sogar das Stroh, auf dem sie hockte, war feucht und faulig. Sie hatte das Gefühl, hier unten zu verrotten. Nur die Ratten, deren Krallen über den Steinboden scharrten, schienen sich in diesem Elend wohlzufühlen.

Verzweifelt schloss sie die Augen. Dachte an Bäume, Wiesen und Felder. Tief sog sie die abgestandene Luft in ihre Lungen, die durchdringend nach Kot, Moder und Dreck roch, und versuchte den Duft von Blumen heraufzubeschwören. Die Wärme der Sonne auf ihrer Haut. Doch alles, was sie zuwege brachte, war ein zitterndes Frösteln.

Sie verstand nicht, warum man sie hierhergebracht hatte. Was wollten sie von ihr? Sie war doch nur ein Kind. Die Einsamkeit griff mit kalten, unbarmherzigen Fingern nach ihrem kleinen, verängstigten Herz.

Plötzlich hörte sie etwas. Zuerst war es nicht mehr als ein zaghaftes Wispern. Dann wurde es lauter, steigerte sich in ein Jammern, bis hin zu unterwürfigem Gebettel und Geschrei.

Sie hielt sich die Ohren zu. Sie wollte nicht wissen, was dort geschah. Doch es schien nichts zu nützen. Ihre Hände stellten kein Hindernis dar. Immer lauter drang das Elend durch Haut, Knochen und Fleisch, schlängelte sich durch die verschlossenen Öffnungen ihrer Ohren bis in den Kopf hinein. Dort schienen die Töne anzuschwellen. Sie ließen ihr keine Ruhe. Selbst als sie sich in eine Ecke des Gemäuers drängte, sich so klein machte, dass sie kaum mehr da zu sein schien, hörte es nicht auf.

Sie war und blieb verloren. Ein ohnmächtiges Gefühl übermannte sie und stürzte sie in einen Strudel aus Angst und Ver-

zweiflung – bis sie es nicht mehr ertragen konnte. Ohne dass sie es merkte, fing sie an zu schreien.

Ein jäh einsetzendes Geschrei scheuchte Johanna von ihrem unbequemen Lager auf, wo sie erstaunlicherweise tief und fest geschlafen hatte. Das Mädchen kreischte, als ob der Teufel hinter ihr her wäre. Als Johanna das Bett erreichte, war die Wölfin bereits damit beschäftigt, mit ihrer langen Zunge über das Gesicht der Kleinen zu lecken. Doch sie schien in einem entsetzlichen Traum gefangen zu sein, der sie wie eine Eisenfessel umklammerte. Johanna starrte gebannt auf die tiefen Gefühle in dem wettergegerbten Gesicht, das von jeglicher Distanz entblößt, ungeschützt vor ihr lag. Sein Mienenspiel war ein Gemisch aus Ohnmacht und Verzweiflung. Zum ersten Mal entdeckte sie ein argloses Kind, das in diesem wilden Geschöpf verborgen war – geplagt von entsetzlicher Angst.

Also tat Johanna das, was ihr am plausibelsten erschien. Sie zog das Mädchen auf ihren Schoß und wiegte es in den Armen. »Sch, sch, sch, hier bist du sicher. Alles ist gut.«

Während Johanna sanft die Wange des Kindes streichelte, öffnete es die Augen. Für einen kurzen Moment spiegelte sich noch Entsetzen darin. Dann war es mit einem Schlag vorbei. Der Blick der Kleinen klärte sich und nahm die gewohnte ausdruckslose Starrheit an. Auch ihre Miene veränderte sich, und schon war sie wieder das wilde Geschöpf, das Johanna kannte. Der Stimmungswechsel war bemerkenswert und veranlasste sie, das Mädchen auf der Stelle loszulassen.

»Oh. Sind wir also alle wieder da, wo wir hingehören.«

Die Kleine entspannte sich, sobald ein gewisser Abstand zwischen ihnen herrschte. Das deutete darauf hin, dass es ihr immerhin etwas besser ging. Johanna musterte sie. Ihre Augen waren nun klarer als gestern. Das Fieber schien zu sinken. Doch das Gefühl, dass sie schlechte Erfahrungen gemacht hatte, wurde deutlicher. Wenigstens war sie Johanna nicht während der tröstenden Umarmung an die Kehle gegangen. *Lukas hätte es wahrscheinlich härter getroffen.* Ein wenig leid tat er ihr ja schon, aber das passierte eben, wenn man sich allzu sehr in ihr Leben einmischte. Johannas nachdenklicher Blick strich über die von Fieber und Angst gezeichneten Gesichtszüge der Kleinen. *Ob sie wohl etwas mit der Toten im Wald zu tun hatte?*

Nach einer Weile verwarf Johanna diesen Gedanken wieder. *Wahrscheinlich nicht. Das Mädchen wurde von Wölfen zerrissen, während dieses hier eine enge Beziehung zu einem dieser Tiere hat.* Es passte nicht zusammen. Vielleicht konnte sie dieses Rätsel eines Tages lösen, aber im Moment gab es dringendere Dinge zu tun.

»Darf ich nach deinem Bein sehen?«, fragte Johanna, ohne wirklich eine Antwort zu erwarten.

Ermutigt durch das Fehlen einer abwehrenden Reaktion, schlug sie die Decke zurück, die noch immer den Körper des Mädchens bedeckte. Der Verband wies deutliche Flecken von Wein und Wundsekret auf. Johanna war weiter auf der Hut, als sie die Tuchstreifen abwickelte, doch das Wolfsmädchen ließ sie gewähren. Die Wunde darunter sah schon besser aus. Erleichtert atmete Johanna durch die Nase aus. Das war zumindest schon einmal etwas, aber der Kampf war noch lange nicht gewonnen.

»Warte hier. Ich bin gleich wieder da.«

In aller Eile holte Johanna den Wein aus seinem Hort unter dem Boden. Nach einer kurzen Überlegung nahm sie noch die Honigwaben mit, die Elen ihr gebracht hatte. Jetzt brauchte sie nur noch einen frischen Tuchstreifen, um die Auflage zu erneuern. Als sie alles neben das Bett gestellt hatte, wiederholte Johanna die Behandlung vom Vortag. Das Bein des Mädchens verkrampfte sich, als sie den Wein in die Wunde goss. Kein Laut drang aus dem zu einem Strich verzogenen Mund. Nachdem sie die Wunde erneut gesäubert hatte, presste Johanna etwas Honig aus einer der Waben und ließ ihn in die Wunde laufen. Auch der Honig hatte eine heilende Wirkung und würde zusammen mit dem Wein die Genesung unterstützen. Danach umwickelte sie die Auflage mit den Tuchstreifen und verschnürte den zierlichen Schenkel wie ein kleines, solides Bündel.

Als sie fertig war, schickte sich das Mädchen an, auf den Boden zurückzukehren. Behutsam drückte Johanna es auf das Laken, was mit einem befremdlichen Blick quittiert wurde. »Du bleibst schön hier liegen.«

Zu ihrer Überraschung schien die Kleine ihrem Wunsch zu folgen. *Vielleicht hat sie aber auch festgestellt, dass mein Bett wesentlich bequemer als der Boden ist.*

Darüber, was das für sie selbst bedeuten mochte, wollte Johanna jetzt lieber nicht nachdenken. Stattdessen ging sie in den Ziegenstall, molk die Mutterziege und gab die beiden Tiere anschließend dem Hirten mit.

Nachdem dieser fort war, füllte Johanna einen Becher mit noch warmer Ziegenmilch. Entschlossen flößte sie der Kleinen den Trank ein. Sie war immer noch so schwach, dass sie es ohne große Gegenwehr geschehen ließ. Auch gut. Fast begann Johanna sich zu wünschen, dass es noch ein paar Tage so blieb.

Bei einem kurzen Frühmahl aus Ziegenmilch und dem Rest ihrer abendlichen Kochkünste wagte Johanna es, ihre Hand anzusehen. Der Schorf war immer noch da, aber das rote Fleisch darunter sah deutlich blasser aus. Die Salbe und die frische Luft hatten ihr gutgetan! Dennoch war es zu früh, um sich allzu große Hoffnungen zu machen. Der verbesserte Zustand ihrer Haut konnte sich immer noch ins Gegenteil verkehren.

Johanna hob den Kopf und sah, dass das Mädchen sie beobachtete. Ein Schnauben drang durch ihre Nase. Zum ersten Mal war sie froh, dass die Kleine nicht sprach. Auf diese Weise wurde ihr Geheimnis bewahrt. Noch einmal trug sie die Salbe auf und wickelte ihre Hand wieder zu, damit sie für andere keine Gefahr darstellte. Ansonsten blieb ihr nichts anderes übrig, als abzuwarten.

10. KAPITEL

Das von hohen Tannen beschattete Bauernhaus schmiegte sich am Rand einer Waldweide an den Hang. Es war nicht das, was man behaglich nennen konnte. Im Grunde glich es mehr einer Hütte aus schwarzem verwittertem Holz und einem schimmligen Strohdach, auf dem sich mehrere Generationen alter Tannennadeln tummelten. Noch dazu war es bis auf den letzten Platz bewohnt. Der düstere Wohnraum enthielt einen Herd aus Feldsteinen, einen Tisch mit mehreren Bänken, eine alte klapprige Truhe, eine fast ständig belegte Wiege und zwei Bettkästen. Eines der beiden Nachtlager war für die Eltern und zwei der kleineren Kinder bestimmt, während das andere für fünf der insgesamt acht Sprösslinge herhalten musste, die nachts dicht aneinandergedrängt darin schliefen. *Erst heute wird sich das Blatt ein wenig wenden*, dachte Gera mit einem Blick auf zwei ihrer Schwestern, die kaum dem Kleinkindalter entwachsen waren. Noch saßen sie am Boden und spielten friedlich mit zusammengebundenen Stöckchen, die die größeren Geschwister mit Lumpen umwickelt hatten, damit sie wie zwei Püppchen aussahen. Bald würden die beiden Kleinen wie alle anderen mitanpacken müssen.

Geras Augen schweiften ab, als sie sich langsam um ihre eigene Achse drehte, um ein letztes Mal alles anzusehen, was sie seit ihrer Geburt so selbstverständlich ihr Zuhause genannt hatte.

»Hast du alles Nötige beisammen?« Die Stimme ihrer Mutter klang bedrückt. Es fiel ihr nicht leicht, ihre Älteste ziehen zu lassen.

Gera klopfte auf das schmale Bündel, das auf dem Tisch lag. Viel war es nicht. Ein altes Sonntagsgewand, das bereits ihre Basen getragen hatten und das nicht ganz so derb war wie ihr knöchellanges Hemdkleid, bei dem eine Schnur ihre schmale Taille gürtete. Zusammen mit einem Paar Strümpfe war es alles, was sie besaß. Mehr stand einer Bauerntochter nicht zu, die noch dazu eine ganze Reihe jüngerer Geschwister hatte, die versorgt werden mussten. Doch nun war sie alt genug, um fortzugehen und für ein eigenes Auskommen zu sorgen, was für ihre Eltern eine deutliche Erleichterung darstellte. Das Bauernleben war hart und entbehrungsreich. Auf dem Speiseplan stand wenig mehr als Brot und Gerstenbrei, Gemüse, Wasser und Molke. Da war es ein Glück, dass ihr Vater beim Schiltacher Burgherrn eine Anstellung als Magd für sie ergattert hatte. Jedenfalls war es besser, als Tagelöhnerin zu werden und bei reicheren Bauern schuften zu müssen.

Der besorgte Blick ihrer Mutter richtete sich auf Gera, während sie den jüngsten Spross der Familie stillte. »Bist du sicher, dass du dich ganz allein auf den Weg machen willst?«

»Mir wird schon nichts geschehen«, antwortete Gera leichthin. »Alle anderen sind entweder zu klein oder zu beschäftigt, und du hast schon genug zu tun«, sagte sie mit einem Blick auf den kleinen Jungen, der an der Brust ihrer Mutter hing. Ohnehin wirkte sie so ausgezehrt, dass man ihr den Marsch zur Burg nicht zumuten konnte. Die Versorgung der Familie fraß all ihre Kraft, von der Arbeit auf dem Bauernhof ganz zu schweigen. Gera betrachtete Mutters Kopftuch, aus dem eine Strähne ihres Haares ragte. Einst war es so golden wie ihr eigenes gewesen. Nun war es mit grauen Fäden durchzogen. Das junge Mädchen ging auf die Frau zu, der man kaum ansah, dass sie vor nicht allzu langer Zeit ein Kind geboren hatte, und gab ihr einen liebevollen Kuss auf die Wange. »Mach dir um mich keine Sorgen. Der Weg ist ja nicht allzu weit.«

»Also gut, aber sei auf der Hut vor Wölfen. Du weißt, was unlängst passiert ist.«

Gera winkte gleichmütig ab. »Ich habe noch nie eines dieser Tiere am helllichten Tag gesehen, und falls es dennoch der Fall sein sollte, habe ich noch das hier.« Sie zeigte auf den langen Knüppel, an den sie ihr Bündel hängen wollte. »Mir machen sie jedenfalls keine Angst.«

Noch dazu glühte die Abenteuerlust wie ein stetes Fieber in

ihr. Endlich konnte sie die Enge der elterlichen Sorge verlassen. Nicht weit unter dem Hof lag Schiltach, das im Gegensatz zu der Einöde hier oben größer war als alles, was sie kannte. Sie war schon dort gewesen. Das städtische Treiben faszinierte sie, und gewiss war es nicht so langweilig wie in dieser Einsamkeit. Vater hatte sie einige Male mitgenommen, wenn er etwas im Städtle zu tun hatte. Und als letztes Jahr an Martini die Abgaben für den Burgherrn fällig wurden, dessen Grund und Boden sie beackerten, durfte sie ihn auf die Schiltacher Feste begleiten. Damals kam auch die Vereinbarung zustande, dass sie in ein paar Monaten als Magd dort anfangen durfte. Die Freude über dieses Abkommen hallte immer noch nach. Das Leben auf der Burg erschien ihr allzu verlockend und war viel besser, als hier im Gebirge zu versauern. Seither träumte sie von Rittern und Edelfrauen, von Gesang und Tanz und prallem Leben. Vielleicht würde es auch für sie ein romantisches Abenteuer geben, nach dem sie sich so sehr sehnte.

Die Worte ihrer Mutter holten sie in die Wirklichkeit zurück. »Ich hoffe, du kommst uns ab und zu besuchen.« Ihre Miene verriet, wie sehr sie der Gedanke schmerzte, ihre Älteste in die Obhut anderer geben zu müssen.

Gera schlang ihre Arme um den Hals der ausgezehrten Frau, ohne den hungrig schmatzenden Säugling dabei zu behindern. Ein warmes Gefühl durchströmte sie, als sie fühlte, wie die freie Hand der Mutter ihren Rücken tätschelte. »Natürlich werde ich das. Doch nun leb wohl. Mögen Gott und seine Engel auf dich achtgeben.«

Dann löste sie sich entschlossen, schulterte ihr Bündel und verließ das Haus.

Am Rand der Waldweide saß einer ihrer Brüder und achtete auf die dort grasenden Tiere: Kühe und Ziegen, aus deren Milch sie Käse herstellten. Das wenigste davon ging durch ihre eigenen Mägen. Der Käse wurde verkauft oder gegen andere Nahrungsmittel eingetauscht, denn Ackerwirtschaft war hier oben kaum möglich. Ansonsten ernährte sie nur noch der Wald.

Gera winkte fröhlich zum Abschied. Ein freudiges Lächeln traf ihren Bruder, der ihren Gruß erwiderte. Das Abenteuer konnte beginnen!

Der heutige Tag war wie geschaffen für diese Reise. Die Sonne strahlte, und ein laues Lüftchen scheuchte eine einzelne Wolke über den zartblauen Himmel. Der Karrenweg, den sie bald darauf beschritt, durchquerte den Wald. Er würde sie nach einer Weile zur Kinzig bringen, und diese floss unweigerlich nach Schiltach. Sie durfte nur nicht davon abweichen, hatte Vater gesagt. Und das hatte sie auch nicht vor. Die Vorfreude zauberte ein munteres Lied auf ihre Lippen, und der schöne, warme Tag tat ein Übriges. Dort, wo die Strahlen der Sonne durch das Blätterdach der Bäume drangen, schimmerte es golden. Die Blüten winziger Blumen reckten sich dem hellen Schein entgegen. Selbst das Moos erstrahlte in diesem Glanz und wurde dunkel, sobald der Schatten der Berge daraufffiel. Der Wald erschien ihr wie ein Traumgespinst, das sich mit ihrer Sehnsucht verwob. An manchen Stellen war er licht und klar, dann wieder so dicht und düster wie eine Wolldecke. Den Mann, der im Schatten eines Baumes stand, nahm sie erst wahr, als er daraus hervortrat.

»Sei gegrüßt, holde Maid.«

Erstaunt und auch ein wenig erschrocken blieb Gera stehen. Noch nie hatte jemand sie so angesprochen.

»Was tut ein so hübsches Mädchen wie du ganz allein hier?«

Nachdem der erste Schreck verklungen war, betrachtete Gera den Mann genauer. Er sah höchst ansehnlich aus. Sein Blick war nicht so abgestumpft wie bei den meisten. Und in diesen Augen glomm dieselbe Abenteuerlust wie in ihr, keck wie ein Versprechen. Noch dazu strahlten sie in einem überaus freundlichen Glanz.

Sie war jung und unerfahren und wusste es nicht besser. Es schien ihr kaum möglich, dass er nicht die besten Absichten hatte. Nun zwinkerte er ihr auch noch zu und wischte damit ihre letzten Bedenken fort. Gemessenen Schrittes ging sie dem

Mann entgegen. Es würde nicht schaden, ein wenig mit ihm zu plaudern.

Johanna prallte von der Tür zurück, die sie eben geöffnet hatte. Eigentlich wollte sie zu Marie, doch die Männer aus der Nachbarschaft schienen diesen Wunsch nicht zu teilen. Mit aufgebrachten Mienen standen sie vor ihr, bewaffnet mit Knüppeln, Schaufeln und Mistgabeln.

»Wo ist das Vieh?«, knurrte Pesolt, Johannas direkter Nachbar, der sich wohl zum Wortführer aufgeschwungen hatte.

»Welches Vieh?«, echote sie, während die Gedanken wie fliehendes Wild durch ihren Kopf jagten. Hatte Lukas seinen Mund etwa doch nicht halten können? Nein, das konnte nicht sein. Dann schon eher Elen. Vermutlich hatte sie sich irgendwo verplappert.

»Der Wolf, der gestern hier herumschlich«, blaffte Pesolt. »Ich habe gesehen, wie er zu dir hineingegangen ist, und bisher kam er nicht wieder heraus.«

Eine jähe Scham traf Johanna. Keiner ihrer beiden Freunde hatte sie verraten. Ihre Nachbarn hatten die Wölfin entdeckt, als das Mädchen zu flüchten versuchte. Nur sie war so töricht, etwas anderes zu vermuten. Doch was sollte sie jetzt tun? Es war offensichtlich, dass die Männer nicht in friedlicher Absicht kamen.

»Hab erst mal meine Familie in Sicherheit gebracht«, fuhr Pesolt fort. »Jetzt trauen sie sich nicht mehr vor die Tür.« Seine Augen verengten sich. »Ich muss dich wohl nicht daran erinnern, was unlängst passiert ist. Dieses Vieh ist eine wilde Bestie, der man nicht trauen kann. Schaff es heraus. Wir werden es erledigen, bevor jemand zu Schaden kommt.«

Wie zur Antwort erklang hinter ihr ein bedrohliches Knurren.

»Und da fällt euch nichts Besseres ein, als es totzuschlagen?«, fragte sie schneidend. Noch immer stand Johanna im Türrahmen, und sie war nicht gewillt, beiseitezutreten. Weder für die einen noch für die anderen, die im Innern des Hauses langsam unruhig wurden. »Der Wolf gehört zu dem Mädchen«, versuchte sie es eine Spur sanfter. »Wenn ich mich recht erinnere, wart ihr ganz froh, dass ich mich um sie kümmere. Nicht ein Einziger von euch war dazu bereit, sie aufzunehmen. Und nun wollt ihr all meine Bemühungen zunichtemachen, weil ihr größere Angst habt als ich? Ein einzelnes, schutzloses Weib?«

Pesolt gab ein zerknirschtes Brummen von sich.

»Das Tier weicht nicht von ihrer Seite und hat weder ihr noch mir etwas getan. Im Grunde ist es harmlos. Du kannst dich selbst davon überzeugen.« Sie trat langsam zurück, um die Wölfin und das Mädchen nicht zu erschrecken und Pesolt einen Blick auf die beiden zu gewähren. Im Stillen betete sie, dass dies gut gehen möge.

Als er das Tier in ihrem Bett entdeckte, hob Pesolt überrascht die Brauen. Johanna mochte sich gar nicht vorstellen, was er von einer »wilden Bestie« auf ihrer Schlafstatt hielt. Das plötzliche Erscheinen des Mannes beunruhigte die Wölfin. Als sie die Zähne zu fletschen begann, trat Johanna schnell wieder in die Tür. Auch das Gesicht des Mädchens sah nun alles andere als friedlich aus.

Pesolt taumelte erschrocken zurück. »Das nennst du harmlos?«

Hinter ihm erhob sich zustimmendes Gemurmel.

»Wenn ihr dem Mädchen nicht zu nahe kommt, wird er euch nichts tun.«

»Das glaubst du doch selbst nicht«, ertönte eine erboste Männerstimme.

Johanna gab ein spöttisches Zischen von sich. »Ich bin immer noch am Leben, oder etwa nicht?« Ein empörtes Funkeln trat in ihre Augen.

»Vielleicht hat er sich an dich gewöhnt, aber was ist mit uns und unseren Kindern? Wird er sie auch in Ruhe lassen?«

Johannas Magen flatterte, als sie antwortete. »Wenn ihr den Wolf tötet, könnt ihr die Kleine gleich mit ihm umbringen.« *Was tust du denn?*, mahnte sie eine innere Stimme, die wieder einmal der ihrer Mutter ähnelte. *Eigentlich kann dir das Tier egal sein, wenn es darum geht, Menschenleben zu retten.* Doch die beiden gehörten zusammen, und sie war inzwischen davon überzeugt, dass das Mädchen ohne den Wolf verloren war. »Ohne ihn wird sie nicht überleben. Und ist es nicht der Herr, der uns befohlen hat, nicht zu töten?«

In Pesolts Miene zeichnete sich so etwas wie Nachdenklichkeit ab. Dann sah er nach hinten, wo ihm der Rest der Männer schweigend entgegenblickte. Nur ein paar Worte mehr und ihr Widerstand würde brechen.

Denk nach!

»Es gäbe allerdings eine weitere Möglichkeit: Ihr überlasst die beiden mir, und ich sorge dafür, dass niemandem etwas geschieht. Solltet ihr aber anderer Meinung sein, so wird einer von euch das Mädchen bei sich aufnehmen müssen. Ich werde mich dann nicht mehr um sie kümmern.«

Pesolt betrachtete Johanna mit unschlüssigen Augen.

»Sie wird viel Pflege brauchen, bis ihre Wunde verheilt ist«, setzte sie trotzig hinzu.

»Warte hier.« Es war ein Befehl, keine Bitte.

Von ihrem Platz aus beobachtete Johanna, wie die Männer sich beratschlagten, während hinter ihr allmählich Ruhe einkehrte. Noch immer schien die Luft vor Nervosität zu knistern. *Sie fühlen es auch, dass es hier um Leben und Tod geht!*

Bald darauf kam Pesolt zurück. »Der Wolf kann vorerst bei dir bleiben«, presste er zwischen den Zähnen hervor. »Sollte aber nur *ein einziges Mal* Gefahr von ihm drohen, schlagen wir ihm den Schädel ein! Hast du verstanden?«

Johanna nickte. Erleichtert atmete sie auf.

Es dauerte eine ganze Weile, bis sich die Wogen in dem kleinen Haus wieder glätteten, die das aufregende Ereignis heraufbeschworen hatte. Die Wölfin und das Mädchen beäugten Johanna misstrauisch, und nur die Güte in ihrer Stimme schien sie langsam davon zu überzeugen, dass sie in Sicherheit waren. Als ihr eigenes Herz endlich wieder in einem normalen, regelmäßigen Tempo schlug, verschloss sie sorgfältig die Tür. Es war höchste Zeit, nach Marie zu sehen.

Zu ihrer Bestürzung war die Alte nicht mehr ansprechbar, als sie dort eintraf.

»Es geht ihr sehr schlecht«, bemerkte Ursel überflüssigerweise.

Fassungslos starrte Johanna auf das Bett, in dem Marie lag. Gestern hatte sie in resoluter Stimmung noch halb darin gesessen. Nun dämmerte sie stumm dahin. Ihre magere Gestalt schien förmlich unter der Decke zu verschwinden. Die geschlossenen Augen lagen in tiefen, dunkel umschatteten Höhlen, und ein ungesundes Röcheln begleitete jeden Atemzug der Alten. Ihre Lebenskraft löste sich auf wie geschmolzenes Wachs.

Was soll ich tun? Johanna wusste sich keinen Rat mehr.

»Hat sie die Beichte abgelegt, bevor sie die Besinnung verlor?«

Ursel nickte. »Der Priester war da. Sie hat ihre letzte Kommunion empfangen. Für alle Fälle, wie sie sagte.«

Johanna schluckte. »Versuche weiterhin, etwas von dem Sud in sie hineinzubekommen«, wies sie Ursel an. Ihre Hand strich mitfühlend über die welke Haut der Alten. Sie war so trocken wie altes Pergament. »Sie muss mehr trinken.«

Ursel nickte mit einer nicht zu übersehenden Nüchternheit, die Johanna darüber aufklärte, dass sie keine allzu große Hoffnung hegte, dass Marie je wieder etwas trinken würde. Wahrscheinlich war es nur noch eine Frage von Stunden, bis sie verschied.

Ich habe versagt, selbst wenn es sich bei der Kranken um ein altes Weib handelt, dachte Johanna bitter. *Bis vor Kurzem war Marie noch so rüstig gewesen. Vielleicht habe ich ihr das Falsche gegeben, und meine Behandlung hat ihr Leiden verschlimmert, anstatt ihr zu helfen?* Das war mehr, als Johanna ertragen konnte.

Ich muss noch einmal zu Pius. Ich brauche seinen Rat. Vielleicht wusste er, wie man Marie helfen konnte. Das Wolfsmädchen konnte sie bei dieser Gelegenheit ebenfalls zur Sprache bringen.

Nachdem sie sich von Ursel und Henslin verabschiedet hatte, machte sich Johanna auf den Weg zum Wald, der wie ein düsterer kühler Schatten das Tal begrenzte. Lukas' Bitte, es nicht allein zu tun, schlug sie in den Wind. Dennoch war es seltsam, die grüne Hülle aus Bäumen und Sträuchern zu betreten.

Um sich abzulenken, atmete sie die würzige Luft tief in ihre Lungen, während der Wald sein ewiges Lied sang. Ein leichter Wind rauschte durch die Blätter, Zweige knackten, Vögel zwitscherten, und ein paar Rehe flüchteten in ein sicheres Versteck. Die sanfte Melodie lullte sie ein, schickte ihre Gedanken auf die Reise, erinnerte sie an die Geschehnisse vor nicht allzu langer Zeit. Was würde Pius zu alldem sagen?

Plötzlich war ihr, als ob die Blätter wisperten. »Hüte dich«, schienen sie zu flüstern.

Johanna durchfuhr ein kalter Schauder. War da jemand? Überall knisterte es. Immer deutlicher drangen die Geräusche an ihr Ohr. Hatte der Leprose ein weiteres Mal die Siedlung verlassen? Womöglich lauerte er ihr auf? Wartete, bis sie so dumm war, erneut den Wald zu betreten, um sich dann über sie herzumachen!

Ängstlich strich ihr Blick durch das Meer aus Laub und Geäst, glitt über das weiche Grün und Braun des Bodens, durchsiebt von golden funkelndem Sonnenlicht. War er bereits hier? *Ich könnte es nicht ertragen, wenn er mich noch einmal berührt!* Zu tief saß der Schock ihrer letzten Begegnung, und die Angst, selbst an Aussatz zu erkranken, hüllte sie wie dichter Nebel ein. Sie hätte auf Lukas hören sollen, doch jetzt war es zu spät!

Dies führte dazu, dass Johannas Schritte schneller wurden. Schließlich rannte sie und achtete nicht auf Zweige und Unterholz, die an ihrem Kleid rissen. Ein Eichhörnchen hechtete angesichts ihrer wilden Flucht in das hohe Geäst einer Buche.

Und dann stand er plötzlich vor ihr. So unscheinbar, als ob

er mit dem moosigen Stamm des Baumes verwachsen wäre, hinter dem er sich versteckte. Der Leprose! Ein haltloses Gefühl kroch in Johanna empor. So musste sich eine Mücke im Netz einer Spinne fühlen, kurz bevor sie gefressen wurde. Jetzt würde er beenden, was er begonnen hatte. Ihr Brustkorb blähte sich. Sie brauchte Luft zum Schreien.

Verblüffenderweise hob er abwehrend die Hände. »Ich will dir nichts tun.«

Johanna wich dennoch vorsichtshalber ein paar Schritte zurück. »Fass mich ja nicht an!«

Er zuckte wie unter einem Peitschenhieb zusammen. Eine flammende Röte überzog die knotigen Veränderungen in seinem Gesicht. »Es tut mir leid, was unlängst geschehen ist. Ich war nicht ganz bei Sinnen.« Beschämt senkte er den Kopf.

Johanna holte tief Luft. Einmal, zweimal, dann noch einmal, um ihre gereizten Nerven zu beruhigen. Dieser Tag hatte es wirklich in sich. Sie stolperte von einer Katastrophe in die nächste, und dabei war es noch nicht einmal Abend! »Warum treibst du dich schon wieder allein im Wald herum?«, stieß sie immer noch erbost hervor. Der Tadel in ihrer Stimme schien ihn auf Abstand zu halten. Das war gut. Es sollte ihr nicht schwerfallen, weitere einschüchternde Worte zu finden.

Der Leprose räusperte sich verlegen. »Es ist nicht einfach für einen jungen Mann wie mich, derart abgeschieden zu leben. Wenn du verstehst, was ich meine.«

Oh, sie konnte ihn sehr gut verstehen. »Das gibt dir noch lange nicht das Recht, sich über junge, gesunde Weiber herzumachen!« Die Angst der letzten Tage brachte sie vollends in Rage. Angst, die sie *ihm* zu verdanken hatte.

»Es tut mir leid – wirklich.« Seine hübschen grauen Augen richteten sich auf sie. »Ich hatte mich vollkommen vergessen.«

»Hast du das auch, als du dich über das Mädchen im Wald hergemacht hast? Dich vergessen?«, entfleuchte es ihr. Es war gefährlich, ihn derart herauszufordern, doch für besonnene Worte war es längst zu spät.

»Das habe ich nicht.« Er senkte die Lider und fixierte mit den Augen den speckigen Lappen, der seine zerstörte Hand verhüllte. »Sie war schon tot, als ich sie fand. Ich schwöre es, bei allem, was mir heilig ist.« Bedauernd schüttelte er den Kopf. »Ihre Haut war ganz kalt, als ich über ihre Wange strich. Welch ein Jammer, dass ein so hübsches Ding zum Fraß der Wölfe werden musste.«

Johanna unterdrückte ein Schaudern bei der Vorstellung, wie der Leprose sich über das Mädchen beugte, um Zärtlichkeiten mit einer Toten auszutauschen. Doch dann mäßigte sie sich. Die Traurigkeit in den Augen des Mannes war echt. Vermutlich war es nicht mehr als die Begegnung zweier gepeinigter Seelen.

»Am nächsten Tag ging ich noch einmal zurück, um nachzuschauen, ob sie noch immer da liegt. Aber sie war schon fort.«

»Wie bist du überhaupt aus der Siedlung herausgekommen?«

»Es ist nicht schwer, die Palisaden zu überklettern. Bis es die anderen bemerken, bin ich längst fort.«

»Dann sieh zu, dass es nie wieder vorkommt. Hast du verstanden? Wenn ich dich noch einmal erwische, werde ich es dem Schultheiß melden.«

Der Leprose nickte. Dann ging er seiner Wege, traurig und gebrochen. Erfüllt von einer schreienden Einsamkeit, die bis in Johannas Seele drang. Sie sah ihm nachdenklich hinterher. Ob er sich an ihre Warnung halten würde? Sie würde mit Michel ein ernstes Wörtchen reden müssen, wenn sie das nächste Mal die Siedlung besuchte. Im Moment war sie allerdings noch nicht bereit dazu. Die Vorstellung, vielleicht bald selbst dort wohnen zu müssen, bereitete ihr Übelkeit. Ihre Augen fuhren zu dem Ausschlag auf ihrem Handrücken.

Er war immer noch da.

Bis zu Pius war es nun nicht mehr weit. Endlich kam sie wohlbehalten dort an.

Die Augen des Mönchs weiteten sich erstaunt, als er sie erblickte. »Johanna! Was ist mit dir? Ist schon wieder etwas geschehen?«

»Nein ... doch, ach ich weiß nicht ...«, stammelte sie. Und dann erzählte sie Pius alles, was sich zugetragen hatte, seit sie ihn verlassen hatte. Nur den Ausschlag an ihrer Hand erwähnte sie nicht. »Ich weiß nicht mehr, was ich tun soll«, schloss sie.

Ein Ausdruck von Bestürzung trat in das Gesicht des Mönches. »Der Leprose hätte seine Krankheit auf dich übertragen können. Du weißt, dass das geht. Und dennoch hast du dich erneut in Gefahr begeben und bist ganz allein hierhergekommen?«

»Weil ich deinen Rat brauche.«

Pius schüttelte den Kopf, doch dann fasste er sich. »Nun, in der Sache des Wolfsmädchens ist er einfach. Du solltest die Behandlung fortführen, wenn sie angeschlagen hat. Und das tut sie wohl, wie ich höre. Wie du allerdings dafür sorgen willst, dass der Wolf niemanden gefährdet, ist mir schleierhaft.«

Johanna zuckte mit den Schultern. »Ich verschließe tagsüber die Tür und lasse die Wölfin nur nachts zum Jagen hinaus. Alles andere wird sich finden.«

Pius' Mund verzog sich zu einem zweifelnden Strich. »Ich hoffe, du hast recht.«

»Und was ist mit der alten Marie?«

»Vielleicht ist es besser, wenn der Herr sie zu sich nimmt.«

»Wie kannst du so etwas sagen?«

»Nun, ich gehe davon aus, dass sie es bei ihm leichter haben wird. Der Tod ist die Vollendung unseres Lebens, das hier auf Erden begonnen hat. Was gibt es Tröstlicheres als die ewige Existenz im Angesicht Gottes?«

Johanna runzelte nachdenklich die Stirn. »Ich glaube, dass die meisten Menschen sich durchaus gedulden können, was ihre Zeit in der Ewigkeit betrifft, selbst wenn sie schon alt sind. Und sei es nur, um den Schrecken des Fegefeuers noch eine Weile zu entgehen.«

»Und dennoch ist alles Leben auf den Tod ausgerichtet. Gewiss, es wäre eine große Sünde, ihn mutwillig herbeizuführen, aber er ist uns stets ein treuer Begleiter. Im Grunde ist unsere Zeit auf Erden nichts weiter als eine Vorbereitung auf ihn. Auf was also sollen wir unsere Hoffnung setzen, wenn nicht darauf, dass danach alles besser wird, so wie der Herr es versprochen hat?«

Johanna schnaubte. Es war der Mönch in Pius, der das sagte. Aber war es nicht so, dass sich die meisten Menschen trotz alledem an das Leben hier auf Erden klammerten, statt einer ungewissen Zukunft im Himmel entgegenzufiebern? Sie selbst tat kaum etwas anderes. Nichts wünschte sie sich mehr, als dass der Ausschlag an ihrer Hand verschwinden möge und nicht Siechtum und Tod im Gefolge hatte. Und dann gab es noch die Qualen des Purgatoriums, die danach durchlitten werden mussten. Die feinen Härchen an ihrem Rücken stellten sich schaudernd auf, als sie daran dachte.

»Obwohl ich weiß, dass wir alle in der Hand unseres Gottes sind, hast du eine sehr genaue Vorstellung über das Leben, den Tod und die himmlische Herrlichkeit. Man könnte fast meinen, du wärst schon einmal dort gewesen.«

Er drehte mit einer entschuldigenden Geste die Handflächen nach oben. »Ich glaube an den Herrn, das ist alles.«

»Ach Pius«, seufzte Johanna. »Ich will doch nur helfen. Aber nicht bei jedem gelingt es mir. Und das Leid derer, die ich nicht retten kann, liegt mir schwer auf der Seele.«

Pius tätschelte behutsam ihre Hand. »Das ist eine Erfahrung, die alle Heiler machen müssen. Lass es dir eine Lehre sein. Vor den Augen des Herrn sind wir alle nicht größer als ein Staubkorn im Wind. Nichts geschieht ohne seinen Willen, auch wenn wir uns noch so sehr bemühen. Einzig er entscheidet über Werden und Vergehen – und dennoch können all diese Dinge zu unserem Besten dienen.« Er schien einen Moment nachzudenken und kratzte sich in einer unbewussten Geste hinter dem Ohr, bevor er fortfuhr. »Jede gescheiterte Behandlung kann dich ein Stück wütender und bitterer werden lassen, oder sie macht dich demütig und offen für das Wirken Gottes. Es kommt allein darauf an, was in deinem Herzen ist, verstehst du?« Ein warmes Lächeln umspielte nun seine Lippen. »Man nennt es erwachsen werden.«

»Du meinst, ich soll meine Hände in den Schoß legen und nichts tun?«

»Das wollte ich damit nicht sagen. Du solltest durchaus versuchen, den Menschen zu helfen. Wenn der Herr aber anderer Meinung sein sollte, darfst du weder ihm noch dir zürnen. Du schadest damit niemand anderem als dir selbst. Und was Marie betrifft: Ich denke, du solltest sie ohne Groll ziehen lassen.«

Pius begleitete sie ein Stück und entließ sie erst am Waldrand aus seiner schützenden Hut, was Johanna sehr rührte. Auf dem Rest des Weges dachte sie über die Worte des Einsiedlers nach. War sie zu hochmütig gewesen? Es war doch nichts Falsches daran, Leben zu erhalten. Widerwillig musste sie sich eingestehen, dass sie durchaus davon ausgegangen war, ihr Können müsse das Schicksal der Kranken wenden. Und bei einigen tat es das ja auch.

Trotz alledem war sie bei Marie an ihre Grenzen gestoßen. Ihr Zustand hatte sich so sehr verschlechtert, dass sie sich keinen Rat mehr wusste – und nicht einmal die Alte glaubte, dass sie noch lange leben würde. »Niemand überlistet den Tod, wenn er kommt«, klangen die Worte der Alten in ihr nach.

Auch Mutter hat viele Leute gehen sehen, und ich habe nie beobachtet, dass sie deshalb zornig war. Vielleicht sollte ich Pius' Rat beherzigen.

Aber leichtfallen würde ihr das nicht.

11. KAPITEL

In den nächsten Tagen geschahen mehrere Dinge zugleich. Die Wunde des Wolfsmädchens sah seit Johannas Behandlung deutlich besser aus. Da Wein und Honig eine erfolgreiche Wirkung zeigten, hatte sie eine Tinktur hergestellt, die sie mit zerdrückten Zwiebelwürfeln ergänzte. Nun seihte sie jeweils eine Portion davon durch ein Tuch und goss diese in die offene Wunde. Auf diese Weise ließ sich der schmierige Belag vollends vertreiben. Langsam, aber stetig setzte ein Prozess ein, den man Heilung nannte. Allmählich verschwand auch das Fieber und mit ihm der unnatürliche Glanz in den Augen der Kleinen. Johanna konnte nur hoffen, dass die Tinktur so lange reichte, bis alles überstanden war.

Auch der Ausschlag an Johannas Hand trollte sich. Für sie war es die Bestätigung, dass sie doch nicht ganz falschlag mit dem, was sie dachte. Das Heilen schien ihre Bestimmung zu sein. Dies, oder der Herr hatte ein Einsehen gehabt. Jedenfalls hatte sich unter dem Schorf kein Aussatz entwickelt. Kein geschwüriger Verfall war zu entdecken, nachdem er sich abgeschält hatte. Das wunde Fleisch schloss sich wie eine ganz normale Wunde zu feinen Narben. Nur noch ein paar Tage, dann war es hoffentlich vorbei! Die Erleichterung darüber fuhr wie ein reinigendes Feuer durch Johannas Knochen. Schlagartig fühlte sie sich besser.

Außer dem sonderbaren Traum, den Johanna beobachtet hatte, und dem nun abgeklungenen Fieber litt das Wolfsmädchen kaum, obwohl sie sich eingestehen musste, dass auch sie diese Dinge mit sich selbst ausmachte. Vielleicht waren sie gar nicht so verschieden. Jedenfalls wirkte die Kleine wie ein gebeugter Halm, der den Stürmen trotzte und sonderbarerweise nicht gebrochen war. Die erfolgreiche Behandlung schien sie endgültig davon zu überzeugen, dass Johanna es gut mit ihr meinte. Auch musste sie irgendwie das Vertrauen der Wölfin errungen haben, denn nach zwei harten Nächten auf dem Boden rückte sie beiseite, als Johanna einen erneuten Versuch unternahm, in ihr Bett zu kommen. Trotzdem war es seltsam, mit einem Raubtier Seite an Seite zu schlafen.

Nachdem die Wölfin einige Tage gehungert hatte, nahm sie ihre alte Gewohnheit wieder auf. Eines Nachts erhob sie sich und lief unruhig umher, bis Johanna ihr die Tür öffnete. Dann glitt ihr heller tödlicher Schemen hinaus in die Dunkelheit. Von nun an tat sie dies täglich. Stets kam sie noch vor dem ersten Hahnenschrei zurück, im Maul die Beute der vergangenen Jagd. Einmal war es ein Kaninchen gewesen, beim nächsten Mal ein Marder, danach hatte ein prächtiges Auerhuhn dran glauben müssen. Sein Kopf hing leblos herab, und der aufgebrochene Leib bot einen traurigen Anblick. Immerhin war es Wild und keines der Haustiere, was die Abmachung mit ihren Nachbarn gewiss ins Wanken gebracht hätte. Bis jetzt hielten sich alle daran. Sie konnte nur hoffen, dass es so blieb.

Auch die restliche Bevölkerung des Städtle verhielt sich ausgesprochen ruhig, was Johannas Gäste betraf, auch wenn darüber rege gesprochen wurde. Bestimmt lag es daran, dass niemand sonst das Mädchen haben wollte. Und wahrscheinlich auch an der Tatsache, dass die beiden das Haus hüteten und so für die anderen nicht zu sehen waren. Johanna machte sich keine Illusionen: Das würde sich schnell ändern, wenn plötzlich eines der Schiltacher Tiere fehlte.

Ihre Beute teilte die Wölfin mit dem Mädchen, dem rohes Fleisch besser zu munden schien als das, was Johanna zubereitete. Nun, wenn sie es unbedingt so wollte …

Dennoch wurde Johanna aus dem seltsamen Kind nicht schlau. Was hatte es durchgemacht und in dieses sonderbare Leben getrieben? Warum benahm sich die Wölfin, als wäre sie ihre Mutter? Und was hatte das Mädchen in jenem grässlichen Traum gesehen? Es war müßig, darüber nachzudenken. Sie würde keine Antwort auf ihre Fragen erhalten, jedenfalls von dem Mädchen nicht. Nach wie vor sprach die Kleine kein

Wort und hielt es auch nicht für nötig, auf andere Weise mit ihr zu kommunizieren.

Dennoch stellte Johanna fest, dass sie auf helle Töne reagierte. Ein kurzer, harter Pfiff ließ sie zusammenzucken, während dumpfe Töne nicht die kleinste Reaktion in ihr hervorriefen. Nicht einmal eine zuschlagende Tür erschreckte sie. Doch war es immerhin etwas. Johanna verlegte sich aufs Singen. Sie war keine gute Sängerin, aber sie bemerkte, dass Worte, die ein lang gezogenes »i« enthielten, das Mädchen sehr interessierten, während ihr Gesang nur eine mäßige Wirkung erzeugte. Das konnte sie ihr nicht verdenken. Jedenfalls hob sie den Kopf, wenn dieser Laut ertönte. Damit ließe sich vielleicht etwas anfangen.

Dass es Marie wider Erwarten besser ging, grenzte schon fast an ein Wunder. Ursel hatte es tatsächlich geschafft, genug Flüssigkeit in sie hineinzubekommen – Gott allein wusste, wie sie das angestellt hatte. Anscheinend hatte sie zum ersten Mal gegen ihre Schwiegermutter aufbegehrt und ihr ihren Willen aufgezwungen, oder die Alte war zäher, als alle dachten. Jedenfalls erholte sich Marie und wurde von Tag zu Tag wacher, wenn Johanna sie besuchte. Ihre Haut wirkte wieder fester, wenn auch das Röcheln nicht ganz verschwand.

Nach einem dieser Besuche schaute Johanna, kurz bevor sich die Sonne im Bett des Tales zur Ruhe begab, noch bei Margaret und Symon vorbei. Die Fäden mussten unbedingt gezogen werden. Symon wirkte recht munter, als Johanna dort ankam, allerdings sog er scharf die Luft durch die Zähne, als sie die leicht angewachsenen Fäden aus dem Fleisch zupfte.

»Nun hab dich nicht so«, tadelte Johanna ihn sanft. »Gegen das, was du durchgemacht hast, ist dies nur eine Kleinigkeit.« Sie drückte ein sauberes Tuch auf die winzigen roten Punkte, aus denen frisches Blut hervorquoll. »Halt es noch eine Weile an Ort und Stelle, dann dürfte es aufhören zu bluten.«

»Die Wunde ist so gut wie verheilt.« Margaret hatte ihr bei der Arbeit über die Schulter gesehen. »Und auch sonst ist

Symon wieder ganz der Alte.« Ihre Augen richteten sich auf Johanna. »Wir haben dir viel zu verdanken.«

Johanna senkte verlegen die Lider. Eine stille dankbare Freude flutete durch ihre Seele. »Das habe ich gern getan. In ein paar Tagen kann Symon wieder arbeiten.«

Margaret lächelte. »Ich habe ein paar frische Eier in deinen Korb gelegt. Du hast sie dir redlich verdient.«

Nun strahlte Johanna über das ganze Gesicht. »Vielen Dank, Margaret. Ein wenig Abwechslung beim Essen wird mir guttun.«

»Deinem Gast hoffentlich auch.«

Johanna hörte den neugierigen Unterton in Margarets Stimme, doch sie ging nicht darauf ein. »Es wäre möglich«, erwiderte sie ausweichend, und das war noch nicht einmal gelogen. Sie hatte keine Ahnung, ob Eier dem Geschmack des Mädchens entsprachen.

Die Dämmerung tauchte das Tal in ein farbloses Licht, als Johanna den Heimweg einschlug. Unterwegs stieß Lukas zu ihr. In den letzten Tagen hatte er sich rargemacht, was ihr wider Erwarten einen kleinen Stich des Bedauerns versetzte.

»Ich grüße dich«, sagte sie deshalb mit aufrichtiger Freundlichkeit. »Wie geht es dir? Ich habe dich schon eine ganze Weile nicht mehr gesehen.«

Lukas hob angesichts dieser Worte überrascht die Brauen. Nun, vielleicht hatte sie doch ein wenig übertrieben. Er jedenfalls schien mit ihrer Antwort überfordert zu sein. »Wenn ich ehrlich bin, tut mir ein Backenzahn etwas weh … obwohl«, sein Gesicht durchlief eine seltsame Wandlung, »ich nicht deshalb komme.«

Nun war es Johanna, die überrascht die Brauen hob. »Und was führt dich dann zu mir?«

»Ein junges Bauernmädchen ist verschwunden«, platzte es aus Lukas heraus.

Johanna fühlte, wie das Blut aus ihrem Gesicht wich. Ruckartig blieb sie stehen und zwang so auch Lukas anzuhalten. »Was sagst du?«

»Wir waren gerade dabei, ein Floß zu bauen, als ein Mann sich näherte. Er stammt von einem Bauernhof auf einer der Anhöhen, die das Tal begrenzen. Sein Name ist Mathes. Er fragte, ob jemand Gera, seine Tochter, gesehen habe. Sie wollte auf der Schiltacher Burg eine Stelle als Magd antreten. Anscheinend ist sie dort aber nie angekommen. Das Ganze kam heraus, als Herzog Reinold von Urslingen jemanden schickte, um sich zu erkundigen, wo sie denn bliebe. Nun sucht man nach ihr, aber es sind schon acht Tage vergangen, seit ihre Mutter sie das letzte Mal gesehen hat.«

Johanna bemerkte den beunruhigten Ausdruck in Lukas' Gesicht, als dieser fortfuhr: »Ein paar befreundete Bauern hatten Mathes bei der Suche nach seiner Tochter geholfen, doch bisher gab es keine einzige Spur. Er glaubt, dass irgendetwas Schreckliches geschehen sein muss.«

»Ich kenne Gera«, sagte Johanna schockiert. »Letztes Jahr hatte sie einen schlimmen Husten. Meinst du wirklich, dass sie nie auf der Burg ankam?«

»Nun, so jedenfalls hat es ihr Vater gesagt. Sie dürfte etwa so alt wie die Tote im Wald sein.«

Johanna nickte bestätigend und sah Lukas mit großen Augen an. »Könnte irgendein Zusammenhang zwischen den beiden Frauen bestehen?« Dann durchfuhr sie ein neuer Gedanke. »Vielleicht ist sie einfach nur weggelaufen?«

»Möglich ist es. Obwohl ihr Vater schwört, dass seine Tochter nie so etwas tun würde.« Lukas' Mund verzog sich für einen Moment zu einem grübelnden Strich. »Außerdem kam das Mädchen aus nordwestlicher Richtung. Die Tote aber lag viel weiter südlich. Es kann auch reiner Zufall sein, dass beiden im Wald etwas zugestoßen ist. Vermutlich kannten sie sich nicht einmal.«

»Allerdings wäre es auch denkbar, dass die Vermisste ihr Ziel erreicht hat und ihr auf der Schiltacher Burg etwas zugestoßen ist.«

Lukas' Augen nahmen einen zweifelnden Ausdruck an. »Wie kommst du darauf?«

»Es ist nur ein Gedanke. Vielleicht ist es das, was Lenz mir zu sagen versuchte? Tun die edlen Geschlechter nicht ohnehin, was sie wollen? Und warum sollte der Urslinger sich in diesem Punkt von anderen Männern unterscheiden? Meine Mutter hat mehrere Frauen behandelt, die von ihren Männern übel zugerichtet wurden.«

Die rüde Antwort wischte jegliche Freundlichkeit aus Lukas' Gesicht. »Findest du nicht, dass du zu hart urteilst? Nicht alle Männer sind so.« Obwohl er zugeben musste, dass es auf einige durchaus zutraf.

Ein bissiges Zischen drang zwischen Johannas Lippen hervor.

»Vielleicht solltest du selbst einmal eines deiner Kräutlein probieren. Deinem Urteilsvermögen würde eine starke Prise davon nicht schaden. Wie dem auch sei. Ich muss nun gehen.« Brüsk wendete er sich ab und ging mit energischen Schritten davon.

Johanna sah ihm verblüfft hinterher. Wie meinte er das? War sie zu hart mit ihm umgegangen? Hatte sie ihn am Ende derart verärgert, dass er sie von nun an meiden würde? Ein leises, ängstliches Gefühl wand sich durch ihre Magengrube. Inzwischen hatte sie sich so an Lukas' Gesellschaft gewöhnt, dass es ihr leidtun würde, wenn er nicht mehr zu Besuch kam. Doch dann schüttelte sie die Bedenken ab und setzte ihren Heimweg fort.

12. KAPITEL

Nachdem Johanna am nächsten Morgen Mensch und Tier versorgt hatte, machte sie sich erneut auf, um nach Marie zu sehen. Ihr Weg führte auch bei Margaret und Symon vorbei, deren Kinder sie vor dem Haus entdeckte. Die Älteste hatte eine Spindel und Wolle in der Hand, die sie schon recht geschickt zu einem dünnen Faden spann. Ihre beiden Geschwister, die ausgelassen hintereinander herjagten, ließ sie dabei nicht aus den Augen.

Johanna sah ihnen im Vorbeigehen zu und erinnerte sich an den Lohn, den sie von Margaret erhalten hatte. Ein unbewusstes Lächeln erhellte ihr Gesicht. Das Wolfsmädchen hatte es tatsächlich geschafft, einige der Eier roh zu essen. Eigentlich hatte Johanna sie braten wollen, aber ehe sie vom Korb in die Pfanne wanderten, hatte sich die Kleine eines der Eier geschnappt und schlürfte es genüsslich aus. Inzwischen verließ sie wieder das Bett und streunte von Zeit zu Zeit durch das Haus. Was die rohen Eier betraf, so durchlief Johanna noch immer ein angeekelter Schauder. Allein der Gedanke daran war ihr zuwider. Dem Wolfsmädchen schien diese Speise jedoch vorzüglich zu schmecken. Bestimmt hatte sie auch schon Vogelnester geplündert und deren Inhalt getrunken. Jedenfalls sah sie sehr zufrieden aus, nachdem noch zwei weitere Eier auf diese Weise in ihre Kehle gewandert waren.

Auch das abendliche Gespräch mit Lukas ging Johanna nicht mehr aus dem Sinn. Warum nur hatte sie ihn gestern so angefahren? *Deine scharfe Zunge ist wieder einmal mit dir durchgegangen, und Lukas hat es büßen müssen.* Johanna stieß einen schnaubenden Seufzer aus. Manchmal verstand sie sich selbst nicht.

Ihre Gedanken wanderten zu Margaret und Symon zurück. Sie schienen durchaus glücklich miteinander zu sein. Ob sie mit Lukas ein ebenso gutes Leben führen könnte wie die beiden?

Du musst es nur versuchen. Irgendetwas sträubte sich bei diesem Gedanken in ihr. Ein Mann würde sie nicht nur glücklich machen wollen. Er würde auch Forderungen stellen, von ihr verlangen, dass sie sich um Haus, Hof und die Kinder kümmerte. Lukas war da bestimmt keine Ausnahme. Sie würde sich seinem Willen beugen müssen, ganz egal, ob es ihr gefiel oder nicht. Für das Heilen würde kaum mehr Zeit bleiben. Ein ungemütliches Brennen fuhr durch ihren Körper. Das war nicht das, was sie wollte. Lieber war es ihr, frei und ungebunden zu bleiben, um tun zu können, was sie für richtig hielt.

Immerhin war es nett von Lukas gewesen, ihr von der verschollenen Gera zu berichten. Was war mit ihr geschehen? Wenn ihr auf dem Weg zur Burg etwas zugestoßen wäre, hätte man sie inzwischen längst finden müssen. Natürlich konnte sie einfach davongelaufen sein, selbst wenn ihr Vater dies nicht für möglich hielt. Aber wo sollte ein armes Bauernmädchen hin, wenn es keinen heimlichen Liebhaber hatte? Konnte es sein, dass sie entführt worden war? Doch zu welchem Zweck? Was stellten ihre Entführer mit ihr an? Je länger sich Johanna den Kopf darüber zerbrach, für desto naheliegender hielt sie die Überlegung, dass Geras Schicksal mit dem der Toten verknüpft sein konnte. Auch wenn die beiden aus verschiedenen Gegenden stammten, so waren sie im gleichen Alter.

Durch das Auftauchen des Wolfsmädchens waren ihre Nachforschungen um die Tote im Wald in den Hintergrund getreten. Hin und wieder hatte sie sogar gedacht, dass die Umstände dieses merkwürdigen Todes wohl nie gelöst werden konnten. Doch nun hatte ein weiteres Mädchen ein ungewisses Los vor Augen – ein Mädchen, das sie kannte.

Marie saß halb erhoben in ihrem Bett und hustete den Schleim aus, als Johanna dort ankam. Der Sud, den sie inzwischen willig trank, verflüssigte ihn allmählich. Johanna schickte ein stummes Dankgebet gen Himmel, bevor sie sich über die Kranke neigte. Ihre Augen wirkten nun nicht mehr so eingesunken, und die alte Lebendigkeit begann wieder darin zu funkeln.

»Wie ich höre, geht es dir stündlich besser«, sagte Johanna zufrieden. Offensichtlich konnte auch Pius sich einmal täuschen.

Ein Lächeln kräuselte Maries Lippen und offenbarte die dunkle Grube ihres fast zahnlosen Mundes. »Das kann man wohl sagen, obwohl ich selbst nicht mehr daran geglaubt habe.«

»Nun, anscheinend war der Herr anderer Meinung als du.«

Marie nickte. »Und nicht einmal der Priester wusste etwas davon«, erwiderte sie mit einem Lachen, das kurz darauf in ein Husten überging.

»Wenn du weiter artig deinen Sud trinkst, werden wir dem Schnitter ein Schnippchen schlagen«, sagte Johanna gut gelaunt. Sie wandte sich an Ursel, die den Worten der beiden aufmerksam lauschte. »Ich habe dir noch einmal frische Kräuter mitgebracht. Sie müssten für die nächsten Tage reichen.«

Ursel nickte dankbar.

»Habt ihr schon von dem vermissten Mädchen gehört?«

Etwas in Ursels Gesicht veränderte sich, das über das kurze Beben ihrer dominanten Nasenflügel hinausging. »Das haben wir«, sagte sie, nachdem ihre Züge wieder die gewohnte Harmlosigkeit zur Schau trugen.

»Wisst ihr mehr darüber?«, fragte Johanna, die immer noch nicht einordnen konnte, was eben geschehen war. »Hat man sie in der Zwischenzeit gefunden?«

Ursels sanfte grüne Augen glitten zu Marie, deren Blick ebenso unergründlich wie der ihrer Schwiegertochter war. Das diffuse Gefühl in Johannas Magen verstärkte sich.

»Ich glaube nicht, aber damit haben wir nichts zu schaffen.« Ursel strich mit hastigen Bewegungen über ihre Schürze. »Es wird höchste Zeit, dass ich Henslin beim Spülen der eingeweichten Häute zur Hand gehe. Am besten gibst du mir die Kräuter gleich.«

Auf dem Weg nach Hause dachte Johanna über die seltsame Veränderung in den Gesichtern der beiden Frauen nach. Sie konnte fühlen, dass sie etwas vor ihr verbargen. Schließlich hatte man sie auf dem schnellsten Weg hinauskomplimentiert, nachdem sie auf die verschwundene Gera zu sprechen kam. Aber was war es? Und was hinderte die Leute daran, mit der Wahrheit herauszurücken? Johanna traute keiner der Frauen etwas Böses zu, aber vielleicht wussten sie etwas, das sie nicht erzählen durften.

Das Wetter hatte sich verändert. Regen hing in der Luft, und der Himmel, der gestern noch hell und freundlich war, wirkte mit einem Mal dunkel und abweisend. Als ihr bescheidenes Heim am Rand der Schiltacher Vorstadt vor Johannas Augen auftauchte, entdeckte sie auf dem freien Platz davor einen bunten Wagen. Das angeschirrte Pferd hielt den Kopf gesenkt und suchte nach grünen Halmen, die es geschafft hatten, den gestampften Boden an dieser Stelle zu durchbrechen. Es fiel ihr nicht schwer, zu erkennen, wem der Wagen gehörte. *Der Spielmann ist hier!* Ohne es zu wollen, durchfuhr Johanna ein kurzer heißer Strom, den sie sofort verdrängte. Eigentlich hatte sie nicht damit gerechnet, ihn jemals wiederzusehen.

Der Besitzer des Wagens war nirgends zu sehen. Nur ein paar gelegentliche Töne drangen durch die Plane und wiesen darauf hin, dass er auf einer Laute spielte. Anscheinend übte Clewin eine neue Melodie.

Johanna räusperte sich geräuschvoll, als sie dort ankam. Das Pferd hatte sie schon längst bemerkt. Es hatte den Kopf in ihre Richtung gewendet und ließ zur Begrüßung ein freundliches Schnauben ertönen, während das Gemisch aus harmonisch seidigen Tönen und unpassenden Lauten verstummte. Der Wagen schwankte, als sich etwas Großes darin bewegte, dann wurde die Plane eifrig zurückgeschlagen, und der Kopf des Spielmanns schob sich neugierig durch den Zwischenraum.

Sein unwiderstehliches Lächeln erstrahlte, als er Johanna sah, ein wenig anzüglicher als beim letzten Mal, aber deshalb nicht weniger faszinierend. Johanna konnte nicht sagen, ob wahrhaftige Freude oder Berechnung darin lag, entschied sich aber sicherheitshalber für Letzteres.

»Woher weißt du, wo ich wohne?«, fragte sie deshalb schroff und ohne die gebotene Freude des Wiedersehens, die doch ein wenig in ihr hüpfte. Aber das ging diesen Kerl überhaupt nichts an.

Seine dunklen Augen nahmen für einen Moment einen enttäuschten Ausdruck an, aber er war ein viel zu guter Gaukler, um ihn darin verweilen zu lassen. »Das herauszufinden war nicht schwer. Die Leute reden gern mit mir.« Irgendetwas in seinem Blick schien ihr zu sagen, dass er nicht verstand, warum es bei ihr anders war. Noch immer umspielte ein Lächeln seine Lippen. Nun war es unverbindlich und freundlich. »Auf mein Klopfen hin hat niemand geöffnet, also dachte ich mir, ich warte hier im Wagen. Wie ich hörte, beherbergst du neuerdings ein wildes Mädchen mit ihrem Wolf.«

Johanna nickte. »Und noch dazu mögen sie keine Männer. Zu dumm, dass ich dich nicht hereinbitten kann«, fügte sie mit einem kleinen boshaften Lächeln hinzu. »Und was führt dich zu mir? Es ist nicht schicklich, wenn ein Fremder ein junges, alleinstehendes Weib zu Hause besucht.«

»Ist es für eine junge Frau denn schicklich, vollkommen allein zu wohnen?«, gab er zurück.

Darauf fiel ihr nichts ein. Sie biss sich verärgert auf die Unterlippe, denn natürlich hatte er recht. Es gab wenige Frauen, und schon gar nicht in ihrem Alter, ohne einen männlichen Beschützer. Doch davon wollte sie sich nicht beirren lassen.

»Nun, mich treibt es immer durch die Gegend, wie du weißt«, lenkte Clewin ein. »Doch ist es die Neugier, die mich ein weiteres Mal hierherführt. Ich möchte wirklich wissen, wie es mit dem toten Mädchen weitergegangen ist.«

Er setzte sich auf die Pritsche des Wagens und ließ seine langen Beine über den Rand baumeln, während Johanna in reserviertem Abstand vor ihm stehen blieb. »Das hätten auch die anderen Leute im Städtle gern gewusst.«

Clewins Mund verzog sich zu einem schalkhaften Grinsen. »Zänkisch wie immer und dennoch wunderschön.« Sein intensiver Blick schien sie schier zu durchdringen. »Ich wollte deine Meinung dazu hören. Schließlich warst du es, die die Tote gefunden hat.«

Etwas sagte Johanna, dass er nicht nur deshalb gekommen war. *Ob er wohl die gleichen Absichten wie Lukas hat?* Johanna seufzte innerlich auf. Doch wenn Clewin wirklich derlei von ihr erhoffte, würde sie ihn schnell eines Besseren belehren.

»Ich weiß auch nicht mehr als die anderen. Alle Spuren laufen bisher ins Leere.«

»Schade.« Seine olivfarbene Haut war seit ihrem letzten Treffen dunkler geworden. »Ich hätte zu gern gewusst, ob du mit deiner Vermutung recht hattest. Das Bild des toten Mädchens geht mir nicht mehr aus dem Sinn.«

Clewins Antwort klärte Johanna darüber auf, dass auch er keine Neuigkeiten brachte, aber immerhin machte sie ihn sympathischer. Es schien ihm ernsthaft etwas daran zu liegen, das Geheimnis zu lüften, das die Tote umgab.

»Die Sache lässt auch mir keine Ruhe. Erst recht nicht, nachdem von einem weiteren Mädchen nun jede Spur fehlt.«

Clewins Miene nahm einen bestürzten Ausdruck an. »Was sagst du?«

»Hast du nichts davon gehört?«

»Nein«, sagte er gedankenverloren. »Kein einziges Wort. Allerdings war ich für eine Weile nicht in der Gegend, und heute wies man mir lediglich den Weg zu deinem Haus – nicht ohne mich vor der Gefahr zu warnen, die ein Besuch bei dir mit sich bringen würde.«

Sie schenkte ihm ein mildes Lächeln, das Clewins Aufmerksamkeit nicht entging. Dann senkten sich seine Augen auf die langgliedrigen Finger seiner Hände, während er weiter darüber nachsann. »Glaubst du, dass die beiden Mädchen etwas miteinander zu tun haben?«

»Schon möglich. Ich werde nicht ruhen, bis ich es herausgefunden habe, doch nun muss ich ins Haus. Es wird höchste Zeit, dass ich nach meinen gefahrvollen Besuchern sehe.«

Ohne ein weiteres Wort wandte sie sich zur Tür.

Die ersten Tropfen fielen vom Himmel, als der Wagen des Spielmanns gemächlich davonrollte.

Am nächsten Morgen besuchte Johanna Marie ein weiteres Mal. Das seltsame Verhalten der beiden Frauen ging ihr nicht mehr aus dem Kopf. Zu ihrem Entsetzen hatte sich Maries Zustand wieder verschlechtert. Das Fieber war zurückgekehrt, und auch das Röcheln, das ihren Husten begleitete, war nicht zu überhören. »Wir sollten es mit anderen Kräutern probieren«, sagte sie. »Vielleicht sind es doch nicht die richtigen.« Ihre Worte wurden von Maries Husten übertönt. »Wenn es dem Herrn nur um die paar Tage gegangen ist, hätte er mich auch gleich zu sich holen können.«

»Das werden wir nicht zulassen. Ich stelle eine neue Mischung zusammen und bringe sie gleich vorbei.«

Auf dem Nachhauseweg sann Johanna über die Möglichkeiten nach. *Holunder treibt das Fieber aus*, vernahm sie die Stimme ihrer Mutter. *Und im Garten wachsen Salbei und Thymian*, ergänzte Johanna. *Das sollte eine wirksame Alternative sein.*

Holunder zu finden war nicht schwer. Die Bäume wuchsen vor fast jedem Haus der Vorstadt. Sie schnitt ein paar der Blüten ab und vermischte sie zu Hause mit Thymian und Salbeiblättern.

Die Wölfin und das Mädchen beobachteten sie schweigend. »Ihr bleibt schön hier«, sagte Johanna zu den beiden, bevor sie sich auf den Weg machte. Noch immer verschloss sie sorgfältig das Haus, damit die Wölfin nicht nach draußen gelangen konnte.

Als sie wieder vor Maries Bett stand und die Kräuter Ursel übergeben hatte, lenkte Johanna das Gespräch auf das, was sie am drängendsten interessierte. »Noch immer gibt es keine Spur von dem vermissten Mädchen.«

Und wieder geschah es. Maries Miene veränderte sich, während Ursel hinter ihr die Luft anhielt.

Was geht hier vor?, überlegte Johanna. Ein bedrückendes Schweigen lastete plötzlich in der Luft.

Ursel fasste sich als Erste. »Nun, wenn du es sagst, wird es wohl so sein. Uns geht das nichts an. Wahrscheinlich ist sie mit ihrem Liebsten durchgebrannt, und ihre Familie ist nur noch nicht dahintergekommen. Solche Dinge gab es zu allen Zeiten.«

Angesichts des merkwürdigen Gesichtsausdrucks, den Marie zur Schau stellte, verpufften Ursels Worte wie Nebel in der Sonne.

»Willst du mir nicht sagen, was dich bedrückt? Ich merke doch, dass dich etwas quält«, versuchte es Johanna mit begütigender Stimme.

Die Augen der Alten wanderten zu ihr empor. Der Ausdruck eines schlechten Gewissens lag in ihnen. Sie hob eine Hand und winkte Johanna näher zu sich heran. Fast schien es, als ob sie etwas loswerden musste, bevor sie ihrem Schöpfer gegenübertrat. »Vor zehn Jahren verschwanden schon einmal mehrere junge Frauen«, flüsterte sie röchelnd. »Auf dieselbe Art und Weise.«

»Was ist mit ihnen geschehen?«

»Du musst genau hinschauen –«, flüsterte Marie.

»Ich denke, es ist besser, wenn du jetzt gehst«, unterbrach Ursel sie kühl. Resolut zog sie Johanna von der Alten fort. »Wir kommen nun ganz gut allein zurecht.« Ohne weiter auf ihre Schwiegermutter zu achten, führte sie Johanna zur Tür. »Du darfst nicht alles glauben, was sie dir erzählt. Sie ist oftmals etwas wirr im Kopf, verstehst du?«

Johanna nickte, doch Ursel war keine gute Lügnerin. Jetzt, wo Marie davon gesprochen hatte, regte sich die Erinnerung in ihr wie ein dunkler Schatten. Damals war sie noch ein Kind gewesen. Zu jung, um mehr darüber zu erfahren. Die Gespräche waren regelmäßig verstummt, als sie hinzugetreten war. Weiter nichts als geflüsterte Worte und Gemunkel, dem sie zufällig gelauscht hatte, drangen durch den Nebel der Jahre. Einem unmündigen Kind hätte man solche Dinge niemals anvertraut. Jetzt wäre es allerdings ganz nützlich gewesen. Eines aber wusste sie genau: Die Mädchen waren nie wieder aufgetaucht.

Sie musste zu Elen. Vielleicht wusste sie mehr.

Das Wetter war heute wieder freundlich, nachdem es gestern den restlichen Tag geregnet hatte. Die vor einem stillen blauen Himmel dahinsegelnden Wolken waren nun nicht mehr als ein heller wolliger Flaum. Doch diese Freundlichkeit täuschte nicht über das Schicksal zweier Frauen hinweg, die vor dem Rathaus am Pranger standen, als Johanna dort ankam. Man hatte die beiden in eine doppelte Schandgeige eingespannt, wo sie einander ins Gesicht schauen mussten. Ihre unflätigen Zankereien waren zu einem öffentlichen Ärgernis geworden. Die beschämende Strafe sollte sie wieder zur Vernunft bringen. Die meisten Marktbesucher lachten mitleidlos, wenn sie an ihnen vorbeikamen. Manche bewarfen sie mit Dreck und dem überall gegenwärtigen Pferdemist, was die Scham der beiden Übeltäterinnen noch verstärkte.

Johanna beschlich ein ungutes Gefühl, als sie an ihnen vorüberging. Einmal mehr hoffte sie, dass ihre eigene scharfe Zunge sie nicht eines Tages in eine ebenso missliche Lage bringen würde.

Wie üblich hockte Elen am Rand des abschüssigen Marktplatzes auf der Erde. Runde Brotlaibe, von denen ein aromatischer Duft aufstieg, lagen auf einem sauberen Tuch vor ihr. Das heutige Angebot ergänzten kleine gebackene Küchlein.

»Wie ich sehe, hast du bereits einiges verkauft«, stellte Johanna mit einem erfreuten Lächeln fest.

Elen nickte zufrieden. »Das war auch dringend nötig. Die Küchlein gehen noch besser weg als das Brot. Ich habe Singvögel mit einer Leimrute gefangen und sie in Teig eingebacken. Sie schmecken köstlich.«

»Das glaube ich dir gern.« Johanna fühlte, wie der Speichel angesichts dieser Köstlichkeit in ihrem Mund zusammenlief. Sie schluckte und verkniff sich ein Schmunzeln. *Du benimmst dich schon fast wie die Wölfin, der man ein Stück Wurst vor die Nase hält.* »Doch deshalb bin ich nicht hier. Du hast sicher schon von dem verschollenen Mädchen gehört. Marie erzählte mir gerade, dass vor zehn Jahren schon einmal junge Frauen verschwunden sind. Ich kann mich kaum noch daran erinnern.

Weißt du etwas darüber? Sie und Ursel benahmen sich so seltsam, dass ich nicht mehr in Erfahrung bringen konnte.«

Elen runzelte die Stirn, als sie zu ihr aufblickte. »Meine Mutter hat mir einiges darüber erzählt.«

»Was geschah mit ihnen?«, überlegte Johanna laut. »Wurden sie in ein gemeines Frauenhaus verschleppt, wo sie fremden Männern zu Willen sein mussten?«

Sie schüttelte sich bei diesem Gedanken. Wie grauenhaft musste solch ein Schicksal sein. Vielleicht war die Tote im Wald diesem Fluch entkommen – um dann stattdessen den Wölfen als Speise zu dienen.

Elen atmete hörbar aus. »Das kann gut möglich sein, obwohl Mutter sagte, dass zwei der Mädchen im Dienst des alten Teckers oben auf der Burg standen. Ursels Onkel war in jener Zeit dort Stallknecht. Warum er bald darauf diese Stellung aufgegeben hat, weiß niemand.«

»Meinst du, er hat etwas damit zu tun?«

Elen zuckte mit den Schultern. »Vielleicht erklärt es zumindest Ursels und Maries sonderbares Verhalten.«

Johanna holte entmutigt Luft. Wieder gab es nicht mehr als Andeutungen und Vermutungen.

»Der Spielmann war gestern bei dir, nicht wahr?«, wechselte Elen das Thema und zwinkerte keck.

»Woher weißt du das?«

»Er hat mich nach dem Weg gefragt.« Elen lächelte verklärt. »Du bist wirklich zu beneiden.«

Johanna gab ein schnaubendes Geräusch von sich.

»Nein, ganz im Ernst, Johanna. Die hübschesten Männer steigen dir nach. Du kannst dich wirklich glücklich schätzen.«

»Ich denke nicht, dass er solcherlei Absichten hat«, erwiderte Johanna nervös.

Elens freundliche Augen betrachteten sie prüfend. »Bist du so blind, oder tust du nur so?«

Johanna stutzte.

»Lukas hat sie jedenfalls. Es ist offensichtlich, dass er in dich verliebt ist.«

»Ja – schon.« In ihrem Innern wand sich Johanna unter den Worten der Freundin.

»Warum bist du nur so kühl zu ihm? Wenn ich die Glückliche wäre, würde ich keinen Moment zögern.«

Johanna bückte sich und strich ihrer Freundin liebevoll über die Wange. »Ich weiß, aber ich bin nicht du. Mein Weg ist ein anderer.«

Mit diesen Worten verließ sie Elen und machte sich auf, ihrer Bestimmung zu folgen. Ihre Hand war inzwischen gänzlich verheilt. Nur ein paar dünne rötliche Narben zeugten noch davon, dass die Haut hier Schaden genommen hatte. Die Erleichterung darüber floss Johanna bis in Finger und Zehen. Ihr war, als müsse sie schweben. Sie hatte am eigenen Leib erfahren, wie grausam eine schwere Krankheit sein konnte. Mit einem Mal war das Leben vorbei. Ihr drohender tödlicher Schatten würde nie mehr weichen, auch wenn der Lauf auf Erden noch nicht beendet war. Nun hatte sie wieder eine Zukunft. Sie durfte Pläne machen und träumen – und sich um andere kümmern, denen es nicht so gut erging.

Auf dem Heimweg dachte Johanna über das Erlebte nach. Ihr gestriges Gefühl hatte sie nicht getäuscht. Es war offensichtlich, dass besonders Ursel etwas verbarg. Aber was war so heikel, dass sie nicht darüber reden mochte? Hing es mit ihrem Onkel zusammen? Oder mit den Herzögen oben auf der Burg? Auch Lenz hatte Angst, und Johanna wurde den Eindruck nicht los, dass sie denselben Ursprung hatte. Am besten sprach sie noch einmal mit Lukas. Sie kannte Ursels Onkel nicht. Vielleicht wusste er mehr über ihn.

Das Wolfsmädchen tollte ungestüm mit ihrer Gefährtin durchs Haus, als Johanna dort ankam. Eine Wolke aus Staub hing in der Luft, die Bänke waren umgekippt, und die Beine des Schemels lagen gefährlich nahe beim Herd, in dem der Rest des morgendlichen Feuers glomm. Johanna seufzte. Aber diese Wildheit hatte auch sein Gutes, zeugte sie doch davon, dass es der Kleinen deutlich besser ging. Ihre Wunde war nun fast verheilt. Johannas Behandlung hatte das Ihre getan und die wilde Robustheit des Mädchens ein Übriges. Nun wurde es ihr in dem Häuschen zu eng. Johanna konnte ihr das nicht verdenken.

»Willst du mit mir in den Wald gehen?«, fragte sie, ohne eine Antwort zu erwarten. Inzwischen konnte die Kleine ohne Mühe laufen. Entschlossen packte Johanna ihren Korb und öffnete die Tür. So war sie wenigstens nicht allein. Möglicherweise konnten ihr Kind und Wolf sogar bei der Suche nach der Vermissten helfen.

»Nun, dann kommt.« In den letzten Tagen hatte sie sich angewöhnt, viel mit der Kleinen zu reden. Es war doch möglich, dass sie das Sprechen in der Wildnis verlernt hatte. Nachdem das Singen nicht den erwünschten Erfolg brachte, hatte sich Johanna darauf verlegt, ihr alles zu erklären. Wie nicht anders zu erwarten, ließ das Mädchen dies mit undurchdringlicher Miene über sich ergehen, nur die hellen Töne erregten ihre Aufmerksamkeit.

Mit aller Vorsicht wagte die Kleine einen Blick nach draußen. Dann war sie nicht mehr zu halten. Natürlich folgte ihnen die Wölfin, um an der Seite ihres Schützlings zu sein. Dass sie mitkam, war nicht ganz ungefährlich, doch wenn Johanna dem Mädchen näherkommen wollte, musste sie es wagen.

Nachdem die drei ohne Zwischenfälle den Wald erreicht hatten, lebte das Wolfsmädchen sichtlich auf. Johanna, nach dem letzten Erlebnis im Wald etwas vorsichtiger geworden, nahm einen anderen Weg als üblich. Verwundert beobachtete sie, wie die Kleine Zweige von den Bäumen brach und an der Rinde nagte, während die weiße Wölfin ihre Nase witternd in die Luft hob. Die Augen des Tieres schimmerten wie flüssiges Gold im Sonnenlicht.

In der Tiefe des Waldes warf sich das Mädchen plötzlich auf den Boden und grub eine Wurzel aus, die Johanna nicht essbar vorkam. Dennoch biss die Kleine hinein, ignorierte die Erde, deren Rest noch daran hing, und begann genüsslich zu kauen. Die Wölfin hatte sie inzwischen verlassen, wohl um zu jagen.

»Was ist das?«, fragte Johanna, begierig darauf, etwas von dem zu lernen, was ihr bisher verschlossen blieb.

Statt einer Antwort hielt ihr das Mädchen die angebissene Wurzel unter die Nase. Johanna betrachtete misstrauisch das knorrige Gewächs, doch schließlich biss sie hinein und beförderte etwas davon in ihren Mund. Ein Geschmack nach Erde und Bitterkeit erfüllte ihren Gaumen. Angeekelt verzog sie die Lippen und sah zu ihrem Erstaunen, wie sich die Andeutung eines Lächelns auf dem kleinen, wilden Gesicht abzeichnete.

Danach liefen sie noch ein Weilchen durch den Wald. Kurz genug, um das Bein des Mädchens zu schonen. Nicht die kleinste Spur wies auf die vermisste Gera hin. Dennoch erfüllte so etwas wie Zufriedenheit Johannas Herz. Langsam, ganz langsam, fingen sie an, einander zu mögen. Dies geschah nicht durch auffällige Zeichen, doch Johanna bemerkte dennoch, wie ein zartes Band der Zuneigung zwischen ihnen entstand.

13. KAPITEL

Der Mann dachte an seinen Lohn, als er sich zu dem verein-barten Treffpunkt aufmachte. Der Beutel voller Münzen, den er für die Beschaffung eines Mädchens bekam, war nicht üppig, aber immerhin mehr, als er sonst einnahm. Noch waren seine Einkünfte klein und gewöhnlich, aber eines Tages würde sein Gönner ihm den Weg in die höhere Gesellschaft weisen. Doch da war noch so viel mehr.

Der Wald, durch den er wanderte, wirkte heute abweisend, kühl und dunkel. Eine seltsame Kälte war hereingebrochen, und der Himmel hing grau wie Eisen über ihm. Dennoch fühlte er sich wohl darin. Unter den bewaldeten Gipfeln der Berge konnte man sich gut verbergen. Auch jetzt sah er nichts als ein dichtes Geflecht aus Laub- und Nadelbäumen, zwischen denen sich Spalten, Senken und Höhlen verbargen, die nur er kannte. Er wusste von Stellen, wo kaum ein Mensch je hinkam, weil die Furcht vor Geistern in den Tiefen des Waldes immer noch groß war. Vor Gewässern, die einen verschlangen, wenn man ihnen zu nahe kam. Oder vor dem Teufel selbst, von dem behauptet wurde, er ginge in dieser wilden Gegend des Öfteren umher. Ihm war es nur recht, wenn die Leute in kindischer Angst diese entlegenen Orte mieden, wo kein Haus und kein Hof je erbaut worden waren. Dann konnte er immer wieder zurückkommen, um sich vor unerwünschten Blicken zu verbergen. Niemand würde ihn finden, wenn er darin verschwand.

So wie damals, als es ihn das erste Mal hierherverschlagen hatte. Das Leben hatte es nicht gut mit ihm gemeint. Seine Kindheit, die er mit einem Trunkenbold als Vater und einer sanftmütigen, wunderschönen Mutter verbracht hatte, war eine Tragödie gewesen. Die ganze Zeit über hatte es sein Vater nicht fertiggebracht, die Familie halbwegs vernünftig zu er-nähren. Dabei wäre es so einfach gewesen, wenn er nicht das meiste Geld in den Schenken versoffen hätte.

Ohne seine Mutter wäre er selbst verloren gewesen. Der Rest ihrer Kinder war gestorben, aber ihn brachte sie durch. Sie hatte sich aufgeopfert für ihn und die unwürdigsten Arbeiten angenommen, nur damit er etwas zu essen hatte. Sie hatte sich schützend vor ihn gestellt, wenn der Vater betrunken nach Hause kam. Das viele Bier heizte seinen Zorn an, einen Zorn auf *sie*, obwohl sie beide am allerwenigsten dafür konnten. Im Nachhinein wusste er nicht mehr, ob es die verletzenden Worte oder die Schläge waren, die ihn mehr getroffen hatten, aber schon als kleiner Junge begriff er, dass es die eigene Unfähigkeit des Vaters war, die sich an ihnen entlud.

In den grausamen Nächten, in denen er sich wegen der Gewalttätigkeit seines Vaters in den Schlaf geweint hatte, war seine Mutter es gewesen, die an seinem Bett saß und über sein Haar gestrichen hatte. »Du bist nicht wie er, mein kostbarer kleiner Schatz«, hatte sie ein ums andere Mal geflüstert. »In dir steckt mehr, als du jetzt erahnen kannst. Etwas, das edel, kostbar und voller Größe ist. In meinen Träumen sehe ich es.« Er würde nie vergessen, wie die Augen seiner Mutter in jenen Momenten leuchteten, erhellt vom Licht des Mondes, der durch das löchrige Dach schien. Ihr Gesicht war mit den Jahren verblasst, aber ihre Augen hatte er immer noch vor sich. »Ich sehe es immerzu«, wisperte sie, während sein berauschter Vater neben ihnen schlief. »Eines Tages wirst du dich aus alldem erheben, was elend und erbärmlich ist. Du wirst heller strahlen als jeder Stern am nächtlichen Himmel, und mich wirst du sehr stolz machen.«

Auch in jener Nacht, als er merkte, dass seine Mutter krank war, hatte sie dies gesagt. In den Monaten danach musste er mitansehen, wie sie immer mehr verfiel. Wie ihr Husten immer hartnäckiger wurde und die schönen Augen tief in ihre Höhlen sanken, umschattet von einer unnatürlichen Schwärze. Wie ihre Wangen fahl wurden. Bald war sie so dünn, dass sie keine Kraft mehr hatte. Ihm schien, als huste sie alles Leben aus sich heraus. Und in seinem zehnten Lebensjahr war sie gestorben.

Er hatte sich davongemacht, als sie tot war. Nichts hielt

ihn mehr bei diesem gewalttätigen Mann, der sich sein Vater nannte. Bis heute war er nicht mehr dorthin zurückgekehrt. Er wusste nicht, was aus seinem Vater geworden war, ob er überhaupt noch lebte. Doch es kümmerte ihn nicht. Seit dieser Zeit hatte er sich allein durchgeschlagen und die Träume seiner Mutter in seinem Herzen bewahrt. Es war alles, was er besaß. Einen verklärten Blick in die Zukunft und die feste Gewissheit, dass sie eines Tages wahr werden würden. Sein Blick glitt durch eine Öffnung des Blätterdachs, hinauf in die graue Weite des Himmels. *Ich werde dich stolz machen, Mutter. Eines Tages wird es so sein. Dann wirst du erhobenen Hauptes zu mir herunterschauen, und ich werde dir zulächeln.*

Trotz seiner Bemühungen war ihm das Glück nicht hold gewesen. Nicht mehr als ein ganz gewöhnliches Leben war dabei herausgekommen. Doch das genügte ihm nicht. Er wollte mehr, wollte, dass wahr wurde, was seine Mutter einst versprochen hatte. Nichts davon hatte sich bisher erfüllt, war immer wieder wie der leuchtende Staub einer Sternschnuppe zerstoben.

Auch der Edle, den er nun treffen wollte, hatte es im Leben nicht weit gebracht. Doch wenn ihm das Unmögliche gelang, würde sein Glanz auch ihn bescheinen. Dann war er seinem Ziel einen großen Schritt näher.

Endlich erreichte er den vereinbarten Ort. Alles sah aus wie zuvor. Das mit Flechten und den Nadeln der Bäume übersäte Gestein, das wie die Anordnung eines heidnischen Altares aussah, stand schon seit Menschengedenken dort. Wie ein Sinnbild für etwas, das er selbst begehrte, lag es auf einer Anhöhe. Er war nicht allein mit dem, was er wollte. Vermutlich war es immer dasselbe, nach dem die Menschen strebten, nach Ruhm, Größe und Vollkommenheit – und nur wenige erlangten sie. *Und wenn auch du nicht zu ihnen gehörst?* Diese Aussicht beunruhigte ihn mehr, als er mit Worten auszudrücken vermochte.

Der Edle war noch nicht da, und so setzte er sich auf den Stein, ließ den Blick ein weiteres Mal gen Himmel schweifen.

Noch nicht mal Mittag, stellte er fest. *Zeit genug, um anschließend wieder zurückzukehren.* Und da er nichts Besseres zu tun hatte, hing er weiter seinen Gedanken nach.

Bald darauf hörte er das Schnauben eines Pferdes und das dumpfe Getrappel der Hufe auf dem weichen Waldboden. Er erhob sich, als der Ritter auf seinem Ross vor ihm auftauchte. »Ich grüße Euch, Herr«, sagte er mit einer leichten Verbeugung.

Er wartete, bis der Edle abgestiegen und näher gekommen war. Sein Pferd führte er am Zügel.

»Und, wie gefällt Euch Euer Geschenk?«, hörte er sich sagen.

»Es ist ganz annehmbar«, erwiderte der Ritter. Er stand jetzt vor der Felsengruppe und betrachtete sie nachdenklich. »Was ist mit der Heilerin?«

»Sie stochert immer noch in Sachen herum, die sie nichts angehen.«

Der Edle sah auf. Sein Gesicht verzog sich zu einer wütenden Grimasse.

»Was gedenkt Ihr in dieser Sache zu tun?«

»Nicht ich.« Die kalten blauen Augen des Ritters trafen ihn. »Du wirst es tun. Beseitige sie, damit sie nie wieder ihre Nase in fremde Angelegenheiten steckt.«

Der Mann senkte zustimmend sein Haupt. »Wie Ihr wünscht, edler Herr.«

14. KAPITEL

Die Ziegen meckerten freudig, als sie den Hirten sahen, einen etwa zehnjährigen Jungen mit dunklen Haaren und großen, wachen Augen, die seinem Gesicht etwas Lebendiges verliehen. Obwohl der Frühsommer bereits Einzug gehalten hatte, zog ein trüber Morgen herauf, als er Johannas Tiere in Empfang nahm.

»Du musst zu Wilbalt, dem Fronhofbauern, kommen. Sein Weib ist krank«, sagte der Junge. »Sie hat das Fieber. Anscheinend steht es nicht gut um sie.«

Johanna zog fröstelnd den Kopf zwischen die Schultern. »Kein Wunder bei dieser Kälte.« Ganz plötzlich war sie hereingebrochen. Hatte die warme Luft mit kalten Schwingen vertrieben, gerade so, als ob schon der Herbst an ihre Tür klopfte.

»Die Bauern nennen sie die Schafskälte. Wird wohl noch ein paar Tage dauern, bis sie vorüber ist.« Missmutig wackelte der Junge mit seinen nackten Zehen.

Johanna sah, wie sich die Haut an seinen Waden zusammenzog und die feinen Härchen sich aufrichteten, dort, wo die verschlissenen Beinkleider viel zu kurz waren, um sie zu schützen. Der einfache Kittel, der den Oberkörper des Jungen umschloss, sah nicht besser aus.

»Wird bestimmt kein Vergnügen, heute den ganzen Tag im Freien zu sein«, fuhr er mit einem argwöhnischen Blick zum Himmel fort.

Dass die Sonne dort oben schon aufgegangen war, konnte man nur erahnen.

Den Ziegen schien dies nichts auszumachen. Mit freudigen Sprüngen gesellten sie sich zu ihren Artgenossen und verschmolzen mit der braunen Masse der anderen Tiere, die der Junge bereits mit sich führte.

Nachdem sich der Hirte verabschiedet hatte, floh Johanna

in die schützende Wärme des Hauses. Dort nahm sie ein kurzes Frühmahl ein, packte alles Nötige in einen großen Beutel und wandte sich an ihre Mitbewohner. »Ihr bleibt schön hier, bis ich wiederkomme. Ich bin bald zurück.« Sie musterte die beiden eindringlich, während sie ihren Kapuzenmantel überwarf.

Das Mädchen und die Wölfin schienen zu verstehen, denn sie machten keine Anstalten, ihr zu folgen. Eigentlich wollte sie heute mit Lukas sprechen, aber das musste wohl warten, bis sie zurück war. Seit ihren harschen Worten war er nicht mehr aufgetaucht.

Das Wetter hatte sich nicht gebessert, als Johanna vor die Tür trat. Dunkle Regenwolken bevölkerten den Himmel. Wie ein feindliches Heer rollten sie über sie hinweg. Hier und da fielen ein paar Tropfen aus der dräuenden Schwärze. Schlimmer aber war der böige Wind, der einzelne Haarsträhnen aus dem geflochtenen Zopf riss, mit dem Johanna ihre goldbraunen Locken gebändigt hatte, und sie in ihr Gesicht peitschte. Na, das konnte ja heiter werden. Mit zusammengebissenen Zähnen verbarg sie ihr Haar unter der Kapuze und wappnete sich für den vor ihr liegenden Weg.

Das Gehöft des Bauern befand sich auf einer Anhöhe, umgeben von Wald und Wiesen lag es ein gutes Stück von Schiltach entfernt. Zwar wurde Wilbalt der Bauer des Fronhofes genannt, aber eigentlich gehörte er ihm nicht. Er war Meier des Anwesens, das er für dessen Grundherren, das Herzogtum Schiltach, verwaltete.

Johanna folgte einem breiten Karrenweg, sobald sie den Fuß des Berges erreicht hatte. Die in weiten Schleifen angelegten Kurven nahmen der Steigung die Schärfe und ermöglichten den Zugtieren, die schweren Wagen sicher hinauf- und hinunterzubefördern. Doch er zog sich lange hin, und so entschied Johanna, für das letzte Stück des Weges einen schmalen, graswachsenen Pfad einzuschlagen. Wagen konnten ihn nicht passieren, aber er war kürzer und führte dicht am Berg unter Bäumen nach oben. Jeder, der gut zu Fuß war und über genügend Atemluft verfügte, schlug ihn ein, um schneller ans Ziel zu kommen.

Inzwischen regnete es so stark, dass das Wasser von den herabhängenden Zweigen der Bäume tropfte. Johanna schob die Kapuze ihres Mantels tief in ihr Gesicht und machte sich an den steilen Aufstieg. In Gedanken ging sie eine Reihe von Krankheiten durch, an denen die Meierin leiden mochte. Fieber konnte viele Ursachen haben. Hoffentlich litt sie nicht unter demselben Husten wie die alte Marie, die immer noch zwischen Leben und Tod hing, oder einer dieser grässlichen Halsentzündungen, an der die meisten Leute starben! Der Hirtenjunge hatte gesagt, es stünde schlecht um sie. Wenn sie nur nicht zu spät kam! Doch die Meierin war noch recht jung und hatte mehreren Kindern das Leben geschenkt. Schon allein wegen ihnen würde sie nicht so leicht aufgeben.

Johanna war so in ihre Gedanken vertieft, dass sie kaum noch darauf achtete, wo sie hintrat. Und so bemerkte sie das hässliche Schnappen erst, als es bereits zu spät war.

Erschrocken hielt Johanna inne. Ein brennender Schmerz stach in ihre Zehen. Sie wagte kaum zu atmen. Was war das? Ihr Blick glitt über den tropfenden Mantel nach unten und blieb jäh an einem starken Bügel mit furchtbar spitzen Zähnen hängen, die sich wie ein eisernes Maul in ihre Röcke gruben. *Eine Falle, groß genug, um einen Bären damit zu fällen!* Ein eisiger Schreck fuhr durch ihre Glieder. Der Schmerz in ihren Zehen nahm zu. Anscheinend hatte die Falle nicht nur das Kleid erwischt.

Behutsam krümmte Johanna den rechten Fuß. Dessen Antwort ließ nicht lange auf sich warten. Ein heftiger Schmerz raubte ihr fast den Atem.

Langsam sank sie zu Boden, ohne auf das nasse Gras zu achten. Ihr gesamtes Bein pochte nun mit dem Takt ihres Herzens. Nachdem das Pochen etwas nachgelassen hatte, hob Johanna vorsichtig die Säume ihrer Röcke an. Kein Zweifel, die Falle schnürte das weiche Leder ihres Schuhs, wenn auch nur am Rand. Ihr äußerster Zahn hatte ihn gerade noch zu fassen bekommen, aber auch das war schlimm genug. Sie sah kein Blut, doch ein oder zwei Zehen schienen davon betroffen zu sein. Sanft tastete sie sich mit den Fingern vor und fühlte, dass die drei größeren Zehen unversehrt waren. Die beiden anderen hatten es nicht so gut erwischt. Sie befanden sich im eisernen Griff der Falle. Den Rest hatte zum Glück ihr Kleid abgefangen.

Was soll ich nur tun? Johanna runzelte grübelnd ihre Stirn. So würde sie jedenfalls nicht von hier wegkommen. Ein langer Stiel ragte hinter den geschlossenen Bügeln auf. Dieser war mit einer Kette verbunden, deren äußerstes Glied mit Hilfe eines Pflocks in einer dicken Baumwurzel steckte. Sie war gefangen. Noch dazu tat es höllisch weh!

Jetzt sah sie auch das Moos, das verstreut am Boden lag. Die Falle war so gut getarnt gewesen, dass sie nichts davon bemerkt hatte. Unsichtbar für Mensch und Tier. Und wie ein hilfloses Tier fühlte sie sich nun. Wie um alles in der Welt sollte sie sich daraus befreien?

»Hilfe!«, schrie sie in der vagen Hoffnung, dass jemand sie hörte. »Hilfe! Ich brauche *Hüülfe*!«

Das stete Tropfen des Regens war die einzige Antwort, die sie erhielt. »So helft mir doch! Hört mich denn niemand?«

Nichts regte sich.

Natürlich, dachte Johanna von Bitterkeit erfüllt. *Wer außer mir würde an einem solchen Tag vor die Tür gehen, wenn er nicht muss?* Inzwischen war sie vollkommen durchnässt. An ihrer Kleidung klebten Schmutz und Schlamm, und nachdem der erste Schock verebbt war, kroch Kälte in ihre Glieder.

Verzweifelt versuchte sie, das eiserne Maul mit bloßen Händen zu öffnen. Doch sie war viel zu schwach, um die Bügel auch nur einen Fingerbreit zu bewegen. Vor Schmerz zitternd gab sie auf. *Man braucht eine Vorrichtung, um sie zu öffnen. Und die hat nur der, der die Falle gestellt hat. Wer auch immer dieser Hundsfott gewesen sein mag.*

Panik stieg in ihr auf. Ihr Atem ging stoßweise, und plötzlich wurde ihr übel. Die Tatsache ihrer eigenen Machtlosigkeit drohte sie zu überwältigen. *Welche Bürde muss ich denn noch tragen?*, sandte sie ein anklagendes Gebet in die Richtung des Himmels. *Ich weiß, dass du es bist, der über uns wacht, und dein Ratschluss ist gut, aber reicht es nicht, dass ich aus Angst vor dem Aussatz fast vergangen bin? Muss ich noch mehr erleiden?* Eigentlich hatte sie Gott um Hilfe bitten wollen, stattdessen quollen nur Vorwürfe aus ihrem Innern hervor. Sie verfluchte ihre eigene Arglosigkeit. Den Drang, immer alles begreifen zu müssen, ohne Angst vor Gefahr, obwohl sie dieses Mal nun wirklich nichts dafürkonnte. Es war der alltägliche Ruf einer Kranken gewesen, der sie hierhergeführt hatte.

Bleib ruhig!, mahnte sie eine innere Stimme. *Du musst einen kühlen Kopf bewahren, einen nüchternen Blick auf deine Lage werfen. Denk nach, was in einem solchen Fall zu tun ist.*

Mit aller Kraft versuchte Johanna, ruhiger zu atmen. War es nun Gott, ihre Mutter oder ihre eigenen Gedanken, die zu ihr sprachen? Sie wusste es nicht, aber die Stimme in ihrem Innern hatte recht!

Was würdest du tun, wenn ein anderer sich in dieser Lage befände?, flüsterte es eindringlich in ihr. *Versuche, es von außen zu betrachten, als wärest nicht du es, sondern jemand, der deine Hilfe braucht.*

Johanna schloss die Lider. Ihre Gedanken rasten. Sie wusste, was zu tun war. *Aber ich kann doch nicht ...*, fuhr sie mit ihrer stummen Zwiesprache fort. *Die unangenehmen Wahrheiten sind immer die schlimmsten – und dennoch musst du ihnen ins Auge schauen. Es ist der einzige Weg, der dir bleibt.*

Schweren Herzens nahm Johanna das kleine Messer von ihrem Gürtel und betrachtete es. *Mutters Vermächtnis!* Die Klinge war dünn und schmal und so scharf wie ein Rasiermesser. Noch nie hatte sie so bedrohlich ausgesehen wie jetzt, und das, was Johanna damit tun musste, würde sie an die Grenzen des Erträglichen bringen.

Im Grunde gab es nur zwei Möglichkeiten: Die Amputation ihrer Zehen selbst durchzuführen oder darauf zu hoffen, dass jemand vorbeikam und ihr helfen konnte. Doch das konnte lange dauern, und die beiden Zehen waren ohnehin verloren. Angestrengt schöpfte Johanna Atem. Natürlich war es eine Sache, dies bei einem Verletzten zu tun, eine andere aber, selbst Hand an sich zu legen. Der Schmerz einer Amputation war grausam, aber bisher hatte sie ihn nur gesehen, nicht gefühlt. Doch je länger sie unschlüssig inmitten des Schmutzes und der Nässe ausharrte, desto mehr wusste sie, dass dies ihr einziger Ausweg war.

Also gut, dachte Johanna. *Je schneller ich es tue, desto eher ist es vorbei. Immerhin sind meine Füße inzwischen taub vor Kälte.*

Wenigstens der Wind hatte nachgelassen. Mit dem letzten Rest ihres Mutes hob Johanna das Messer und durchtrennte vorsichtig das Leder ihres Schuhes, bis nur noch das kleine Stück unter der Falle übrig war. Achtlos warf sie die zerschnittenen Fetzen beiseite und betrachtete das nackte geschwollene Fleisch ihres Fußes. Die äußere Kante eines eisernen Zahns hatte die beiden Zehen genau an der Wurzel durchschlagen. Einen weiteren hatte sie gestreift, aber nicht mehr als etwas Haut erwischt. Der Schlag war so heftig gewesen, dass es die Knochen durchbrochen und die Wunden gequetscht hatte. Dies war also schon geschehen, und niemand konnte mehr etwas daran ändern. Das erklärte auch das wenige Blut, das sich nun mit Regenwasser mischte. Das Eisen hatte die Adern mit roher Kraft geschlossen.

Der Rest wird leicht sein, redete sich Johanna tapfer ein. Nun galt es nur noch einen kleinen Rest an Fleisch und Haut zu durchtrennen. Allerdings würde ihr keine Haut zur Verfügung stehen, mit der sie die Wunde schließen konnte, aber das war vielleicht auch gar nicht nötig. Hilfesuchend sah sie nach oben, schweifte mit den Augen über die Baumkronen hinaus in den düsteren Himmel. *Hilf mir wenigstens jetzt!*, betete sie stumm. Dann setzte sie die Klinge an und schnitt durch das wunde Fleisch.

Der Schmerz ließ sie aufschreien und trieb ihr trotz der

Kälte den Schweiß aus den Poren. Schwer atmend hielt sie inne. Es blutete nun stärker, doch noch immer befand sich eine Zehe im Klammergriff der Falle. Sie musste es noch einmal tun. *Tu es jetzt, bevor dich der Mut verlässt!*

Johanna zitterte wie ein altes Weib, als sie das Messer erneut ansetzte. Ein rascher Schnitt, dann war es geschafft. Es tat so weh, dass ihre Augen brannten. Keuchend ließ sie sich nach hinten fallen. Tränen quollen unter ihren geschlossenen Lidern hervor und verwischten die dunklen Punkte, die dort einen munteren Reigen tanzten.

Als sie sich etwas besser fühlte, krallte Johanna ihre Hände in den Boden, stemmte den Oberkörper empor und wagte einen Blick nach unten. Erleichtert atmete sie auf. Ihr Fuß lag geschwollen, aber frei neben der Falle. Die fehlenden Zehen gaben ihm ein verstörendes Antlitz. Dünne Rinnsale aus Blut liefen wie winzige Ströme über ihre Haut. Johanna riss einen breiten Tuchstreifen aus ihrer Cotte und zwang sich, einen straffen Verband anzulegen. Jetzt musste es ihr nur noch gelingen, den Fronhof zu erreichen. Behutsam stand sie auf, wartete, bis der aufsteigende Schwindel verebbt war, und suchte mit den Augen nach einem Stock, der ihr als Stütze dienen konnte. Nach ein paar mühsam gehumpelten Schritten fand sie einen dicken Ast, der sie sehr an Lukas' Knüppel erinnerte, mit dem er sie vor der Aufdringlichkeit des Leprosen beschützt hatte. Lukas! Wie froh wäre sie jetzt, wenn er bei ihr wäre.

Mit dem Ast ging es schon besser. Sie konnte sich auf ihn stützen und so den verletzten Fuß entlasten. Doch sie benutzte ihn auch, um weitere Fallen aufzuspüren, falls es welche gab. Und tatsächlich. Ein weiterer eiserner Bügel schnappte zu, als sie damit auf den Boden schlug. Der Anblick versetzte sie in schiere Wut. Sie würde dem Meier gehörig die Meinung sagen, wenn sie oben ankam. Oh ja, das würde sie! Was hatte ihn bloß zu der Torheit getrieben, auf einem Weg, der Menschen zum Hof führte, Fallen aufzustellen? Nur er konnte dafür verantwortlich sein. Die Wut gab ihr neue Kraft. Grimmig schritt sie aus, hüpfte und humpelte den Berg hinauf, bis sie völlig außer Atem war.

Endlich stieg ihr der Rauch von Kochfeuern in die Nase. Kurz darauf hörte sie den nörgelnden Schrei eines Esels. Es war nicht mehr weit. Nur noch ein paar Schritte, dann kam der Fronhof in Sicht, der aus einem Haupthaus und mehreren Wirtschaftsgebäuden bestand. Mit letzter Kraft kämpfte sich Johanna durch den menschenleeren Hof.

Das Weib des Meiers, eine Frau mit einem ruhigen, nachdenklichen Gesicht, hob entsetzt die Brauen, als sie laut polternd Einlass begehrte. »Johanna! Was um Himmels willen ist dir geschehen?«, rief sie aus.

Johanna stutzte. Für einen Moment hatte es ihr die Sprache verschlagen. »Warum liegst du nicht im Bett? Ich dachte, du wärest krank.«

»Ich?«, erwiderte die Meierin erstaunt. »Aber mir fehlt nichts.«

»Hast du mich nicht gerufen?«

»Nein, weshalb denn? Wir sind alle gesund.«

Sie wies auf die Kinderschar, von denen die Kleinsten sich neugierig hinter ihre Mutter drängten.

Die Erkenntnis traf Johanna wie ein Schlag. Sie war umsonst heraufgekommen – all dies wäre nicht geschehen, wenn sie zu Hause geblieben wäre! Plötzlich drehte sich alles.

Die Meierin griff hastig nach ihr. »Jetzt komm erst einmal herein.«

Eine der Mägde sprang herbei. Gemeinsam halfen sie ihr ins Haus. Johanna ließ es geschehen und hob bereitwillig die Arme, als die ältere Frau sie aus ihren nassen Sachen schälte und eine trockene Decke um ihren Leib schlang. Unterdessen kramte die Meierin, die Martha hieß, in ihrer Truhe. Sie fischte eine alte Cotte und einen grünen Surcot daraus hervor.

»Hier. Das kannst du behalten«, sagte sie, nachdem sie das zerfranste Bündel gemustert hatte, das schmutzverkrustet und tropfend auf dem Boden lag. »Ich glaube nicht, dass bei deinen Sachen noch viel zu retten ist.«

Dankbar streifte Johanna die Kleidungsstücke über, während sie erklärte, was ihr zugestoßen war. Danach führte die Magd sie zu einer Bank, die man vor den Herd gestellt hatte. Aufatmend streckte sie die kalten Finger dem lodernden Feuer entgegen. Allmählich wurde ihr wärmer.

Inzwischen hatte Martha die Kinder angewiesen, aus Rücksicht auf ihren Gast ganz leise zu sein, während sie einen Kräutersud zubereitete. Nun hielt sie Johanna den dampfenden Becher hin. »Trink das. Ich habe Baldrian und Melisse hineingetan. Du bist bleich wie ein Leintuch. Vermutlich sitzt dir der Schreck noch immer in den Gliedern.«

Mit zitternden Händen führte Johanna das tröstlich warme Gefäß an ihren Mund.

»Und nun lass mich nach deinem Bein sehen«, bestimmte Martha ruhig und freundlich, wie es ihre Art war.

Die Arbeit auf dem Bauernhof führte des Öfteren zu Verletzungen, die die Meierin durchaus auch selbst behandelte. Nur bei schwereren Fällen wurde Johanna hinzugezogen.

»Ich habe nach Wilbalt rufen lassen. Er wird sicher gleich hier sein.« Sie wickelte den blutigen Tuchstreifen ab und betrachtete mit gerunzelter Stirn den Fuß, der vor kurzer Zeit noch hübsch und makellos gewesen war. Nun war er dick geschwollen und verstümmelt. Immerhin blutete die Wunde kaum noch.

Der mitfühlende Blick der Meierin traf Johanna, in dem eine gehörige Portion Anerkennung lag. »Du armes Ding! Das hätte ich mit Sicherheit nicht allein hinbekommen. Doch dank unseres Herrn hast du seltenes Glück gehabt!« Hastig schlug Martha ein Kreuz vor ihrer Brust. »Wenn die Wunde sich nicht entzündet, sollte sie ohne Probleme heilen. Dann wirst du auch wieder richtig laufen können.«

Johanna jagte ein kalter Schauder über den Rücken. Nicht auszudenken, wenn es anders gekommen wäre. Allmählich wurde sie müde. Träge ergab sie sich Marthas mütterlicher Fürsorge. Beobachtete, wie diese eine Mischung aus Gänseschmalz und heilenden Kräutern auf die Wunde strich und mit frischen Tuchstreifen umwickelte.

Wilbalt war außer sich, als er im Wohnhaus eintraf. »Ich hätte doch nie den Pfad zu unserem Hof mit Bärenfallen bestückt! Das musst du mir glauben!« Das flackernde Feuer beleuchtete sein von Wind und Wetter gegerbtes Gesicht, das nun eine tiefe Zornesröte überflutete.

Johanna erkannte die Aufrichtigkeit darin. Gedankenverloren presste sie die Lippen aufeinander. »Ich glaube dir ja, aber wer war es dann?«

Wilbalt warf nichts ahnend die Hände in die Luft. »Was weiß ich.« Im Gegensatz zu seinem Weib ging er schon auf die fünfzig zu. Martha hingegen war nur halb so alt wie er. Er hatte sie geheiratet, nachdem seine erste Frau im Kindbett gestorben war. Sie hatte ihm weitere Kinder geschenkt, und so brachte Wilbalt es nun auf eine stattliche zehnköpfige Nachkommenschaft, von der ein Teil bereits selbst erwachsen war. »Einer der Unsrigen kann es nicht gewesen sein. Es ist lange her, seit sich ein Bär in die Nähe des Hofes gewagt hat. Dennoch werde ich die Knechte befragen. Man weiß ja nie, ob nicht einer dieser holzköpfigen Kerle den törichten Einfall hatte. Obwohl es mich wundern würde, wenn sie auch nur einen Streich mehr täten, als man ihnen aufträgt.«

Wie Wilbalt vorausgesagt hatte, blieb die Befragung der Knechte ohne Ergebnis. Die Mägde konnten es nicht gewesen sein. Sie waren zu schwach, um diese Art von Fallen zu spannen.

»Doch wer war es dann?«, überlegte Johanna laut, als er zurückkkam. »Und für wen waren die Fallen bestimmt, wenn sie keinem Bären galten?«

Wilbalt zuckte mit den Achseln. »Dies ist ebenso rätselhaft wie die angebliche Krankheit meines Weibes.«

Johanna schnaubte. »Und ihr habt ganz sicher nicht nach mir gerufen?«

»Nein, ganz gewiss nicht«, entgegnete Martha.

Die plötzliche Erkenntnis schnitt wie ein Messer in Johannas Brust. »Dann gibt es nur eine Möglichkeit: Jemand hat mich hierhergelockt, damit *ich* in eine der Fallen trete.« Ein furchterregendes Gefühl beschlich sie bei diesem Gedanken.

»Aber wer sollte so etwas Hinterhältiges tun?« In Wilbalts Gesicht lag ein Gemisch aus Abscheu und Erstaunen.

Johanna seufzte. »Das wüsste ich auch gern, doch dieses Rätsel werden wir heute wohl nicht mehr lösen.«

»Jetzt iss erst einmal etwas, damit du wieder zu Kräften kommst«, sagte Martha.

Johannas Miene war voller Dankbarkeit. »Ach Martha, was würde ich heute ohne deine freundliche Fürsorge tun?«

Schließlich brachte sie Wilbalt auf einem seiner Wagen nach Hause. Martha hatte ihr noch ein Paar alte Schuhe mitgegeben, wie um das Erlittene wiedergutzumachen. Johanna drückte beim Abschied von Dank erfüllt ihre Hände und versprach, die nächsten Behandlungen auf dem Hof ohne Lohn durchzuführen.

»Aber nein«, winkte Martha ab. »Ich weiß doch, dass du sehen musst, wo du bleibst. Uns hingegen geht es gut. Warum also sollten wir nicht die guten Werke tun, die der Herr für uns bereithält?«

Als sie endlich vor dem kleinen Häuschen am Rand der Schiltacher Vorstadt ankamen, wollte Johanna nur eines: in ihr Bett kriechen und schlafen.

15. KAPITEL

Ein lautes, eindringliches Klopfen holte Johanna aus der bleiernen Schwärze des Schlafes. Instinktiv fühlte sie, dass ihre beiden Bettgenossen sie bereits verlassen hatten. Ihr Körper reagierte träge, immer noch ganz benommen von der drückenden Müdigkeit, die in ihren Gliedern steckte. Obwohl sie wusste, dass jemand Einlass begehrte, bewegte sie sich mit der behäbigen Schnelligkeit einer Schnecke. Sie fühlte sich wie zerschlagen. Langsam setzte sie sich auf, während dunkle Traumgespinste durch ihren Kopf geisterten, so unstet wie eine flüchtige Erinnerung. Doch dann spürte sie das rechte Bein, und mit dem Schmerz kehrte die Gewissheit zurück, dass sie nicht geträumt hatte.

Das Klopfen hatte sich unterdessen in ein lautes Poltern verwandelt. »Johanna!«, vernahm sie Lukas' Stimme. »Warum öffnest du nicht?«

»Einen Moment«, krächzte sie. Die Worte rissen an ihrer Kehle. Ihr Schlund war so trocken wie dürres Laub.

Das Mädchen und die Wölfin verharrten schweigend auf dem Boden, wo sie es sich gemütlich gemacht hatten, wohl um sie nicht zu stören.

Der Strohsack raschelte unter ihr, als sie sich hastig aufsetzte. Nur, um jäh in aller Vorsicht zu verharren. Alles drehte sich um sie. Schnell schloss Johanna die Augen.

»Ich dachte schon, der Wolf hätte dich gefressen«, sagte Lukas in einem Ton, in dem eine gehörige Portion an verschmitztem Humor mitschwang. Sein Zorn schien verraucht zu sein, doch Johanna war ganz und gar nicht zum Spaßen aufgelegt.

»Warte! Ich komme gleich.« Ihre Stimme klang immer noch rau. Während sie wartete, bis der Schwindel verebbte, bewegte sie behutsam ihre Zunge, die wie ein totes pelziges Tier in ihrer Mundhöhle lag, um auf diese Weise den Speichelfluss anzuregen. Sie brauchte dringend etwas zu trinken.

Als sich die Dinge um sie herum endlich wieder an ihrem Platz befanden, stand sie auf und humpelte zur Tür.

»Johanna!« Lukas' freundliches Lächeln erstarb auf seinem Gesicht, als er sie erblickte. »Wie siehst du denn aus?«

Nichts Gutes ahnend strich Johanna mit einer Hand über ihr Haar. Es fühlte sich feucht und zerzaust an. Sie musste schrecklich anzusehen sein.

»Hast du etwa den ganzen Tag im Bett gelegen?«

»Ich fürchte, ja«, stellte Johanna nüchtern fest. Das abnehmende Licht der Sonne stach in ihre Augen. Es war bereits Abend! Sie wandte sich blinzelnd ab, während sie erstaunt feststellte, dass sie eine Nacht und den ganzen darauffolgenden Tag verschlafen hatte. Kein Wunder, dass sie sich wie ausgedörrt fühlte. »Komm herein, ich brauche dringend etwas zu trinken.«

»Ich weiß nicht, ob das ein guter Einfall ist.« Lukas lugte argwöhnisch in die Tiefen des Hauses. »Jedenfalls was das Hereinkommen betrifft.« Als von dort keine Einwände kamen, schwenkte er einen großen Knochen, den Johanna erst jetzt in seiner Hand entdeckte. »Ich habe ihn dem Knochenhauer abgeschwatzt, als eine Art Friedensangebot an die beiden. Wir müssen ja nicht gleich Freunde werden, aber vielleicht erkennen sie so, dass ich nicht in böser Absicht komme.«

Sein Eifer lockte ein mattes Lächeln auf Johannas Lippen. Anscheinend hatte sich seine anfängliche Wut über das Verhalten des Mädchens und ihrer tierischen Amme in ein ehrliches Bemühen um Frieden verwandelt. Mit dem letzten Rest ihrer Selbstbeherrschung stellte sie ihr dringendes Bedürfnis noch einmal zurück. »Einen Versuch ist es wert.«

Aus den Augenwinkeln sah sie, wie die Anspannung bei Kind und Tier deutlich zunahm, als Lukas mit vorsichtigen Schritten durch die Tür trat. Auch seine Haltung drückte eine bis zum Äußersten gespannte Wachsamkeit aus – jederzeit dazu bereit, den Rückzug anzutreten, wenn dies erforderlich war.

Schon hob die Wölfin ihre Lefzen und knurrte Lukas aus funkelnden Augen böse an, während sich das Mädchen in die hinterste Ecke verzog. Wenn sie so weitermachten, würde es ganz gewiss nicht gut gehen.

»Sei still«, wies Johanna das Tier entschieden zurecht. »Und du«, womit sie das Wolfsmädchen meinte, »komm aus deiner Ecke heraus. Er ist ein Freund, verstehst du? Er wird euch nichts tun.«

Die Wölfin knurrte noch einmal böse, doch ihr leerer Magen schien sie neugierig zu machen. Gestern Nacht war sie nicht jagen gewesen, und dieser Knochen, den Lukas ihr hinhielt, konnte ohne große Anstrengung erbeutet werden. Schließlich kam sie misstrauisch näher, schnüffelte daran, ohne Lukas aus den Augen zu lassen, und schnappte dann so heftig danach, dass er erschrocken zurückzuckte. Mit der Beute im Maul verzog sie sich unter den Tisch, während über Lukas' Gesicht ein triumphierendes Lächeln glitt.

Das Mädchen huschte zu dem weißen Tier, und bald verkündete das Knirschen des berstenden Knochens, dass das Geschenk angenommen wurde.

»Na also«, sagte Lukas zufrieden. »Die erste Schlacht ist geschlagen und geht deutlich zu meinen Gunsten aus.«

Als das endlich geklärt war, hechtete Johanna ebenfalls in die Richtung des Tisches, wo ein bauchiger Krug mit Wasser stand. Ohne sich die Mühe zu machen, etwas von seinem Inhalt in einen Becher zu schenken, setzte sie das tönerne Gefäß an die Lippen und trank. Das Wasser schmeckte schal und abgestanden, aber es löschte dennoch ihren Durst. Ein kurzer Blick auf die am Boden stehende Schale wies sie darauf hin, dass die beiden auch nichts mehr zu trinken hatten. So goss sie den Rest in das leere Gefäß.

Danach humpelte Johanna zu ihrem Bett zurück und sank erschöpft auf den Rand des Nachtlagers. Lukas holte sich unterdessen den Schemel, rückte ihn in Johannas Nähe und setzte sich.

»Willst du mir nun erzählen, was geschehen ist?«, fragte er besorgt. »Ich sehe doch, dass etwas ganz und gar nicht in Ordnung ist.«

Während sie Lukas über die jüngsten Ereignisse aufklärte, wickelte Johanna den Verband von ihrem Fuß. Er war immer noch geschwollen, doch die Wunde hatte sich dank Marthas Fürsorge nicht entzündet. Obwohl sich Johanna immer noch matt fühlte, hatte der Schlaf ihr gutgetan, und ganz sicher war er das Beste für ihre Verletzung gewesen. Sie erinnerte sich, wie das Mädchen sie entsetzt angestarrt hatte, als sie nach Hause zurückgekehrt war, während die Wölfin sie mit unergründlichen Augen musterte. Sie hatten sich dicht neben sie gelegt, nachdem sie endlich in ihr Bett gesunken war, wie um ihr Trost und Wärme zu spenden. Es war eine berührende Geste gewesen, die sich tief in ihr Herz gegraben hatte.

Lukas blieb der Mund offen stehen, nachdem Johanna mit ihrem Bericht fertig war. »Meinst du, das wird wieder?«, fragte er, während er wehmütig ihren verstümmelten Fuß betrachtete.

»Nun, die Zehen werden nicht mehr nachwachsen«, entgegnete Johanna trocken. »Aber immerhin werde ich laufen können, wenn alles verheilt ist.«

»Jemand will dir Schaden zufügen«, sagte Lukas nachdenklich. »Darüber gibt es nicht den geringsten Zweifel.«

»Das ist mir auch schon aufgefallen, doch weiß ich nicht, weshalb.«

Lukas legte die Stirn in grübelnde Falten. »Vermutlich hast du zu viele Fragen gestellt. Irgendjemandem scheint dies ganz und gar nicht zu gefallen.«

Was das für sie bedeutete, wurde ihr mit schrecklicher Klarheit bewusst: Bärenfallen waren stark. Sie hätten ihr das Bein abschlagen können, und vermutlich wäre sie an der schweren Verletzung gestorben. Man wollte ihr nicht nur eine Lektion erteilen, man wollte sie aus dem Weg räumen! Dass sich allerdings einer der Herzöge diese Mühe machte, war eher unwahrscheinlich. Vermutlich hätten sie es nicht nötig gehabt, Johanna auf so komplizierte Art und Weise zu töten. Der verborgene Schuss aus einer Armbrust wäre einfacher und wesentlich effektiver gewesen. Oder täuschte sie sich?

Plötzlich setzte sich Lukas kerzengerade hin. »Hast du schon mit dem Hirtenjungen gesprochen? Er müsste doch wissen, wer ihm diesen Auftrag gegeben hat.«

»Ich habe ihn seither nicht mehr gesehen«, erwiderte Johanna. »Vermutlich hat er die Ziegen mit nach Hause genommen, als ihm gestern Abend niemand öffnete. Doch es dürfte nicht mehr lange dauern, bis er sie ein weiteres Mal zurückzubringen versucht.« Jäh hielt sie inne. »Es gibt noch etwas, was du wissen solltest.«

Dann erzählte sie ihm von dem seltsamen Verhalten der beiden Gerberfrauen und was Elen über Ursels Onkel erzählt hatte. »Maries Zustand hat sich in der Zwischenzeit so sehr verschlechtert, dass sie nicht mehr sprechen kann, und Ursel ist so verschlossen wie der Keuschheitsgürtel einer Edelfrau.«

Lukas' von langen Wimpern bekränzte Augen weiteten sich. »Ich kenne ihn. Sein Name ist Kilian. Ein netter Kerl, schon fast in den Fünfzigern, aber immer noch kräftig genug, um als Flößer seinen Mann zu stehen.«

»Er hat sich den Flößern angeschlossen?«

Lukas nickte.

»Dann ist es leicht, ihn auf diese Sache anzusprechen.«

Lukas gab ein missbilligendes Schnauben von sich. »Das wäre es, aber er ist seit heute unterwegs. Es wird mehrere Tage dauern, bis er mit dem Rest der Truppe zurückkehrt.«

Johanna verzog säuerlich den Mund. »Alles andere wäre ja auch zu schön gewesen. Warten wir also, bis er wieder da ist.«

»Wie sieht es mit dem Spielmann aus?«, gab Lukas zu bedenken. »War er nicht unlängst bei dir?«

»Das sagst du nur, weil du Clewin nicht leiden kannst.« Johanna wusste, dass es mehr als das war, aber ein solch kränkendes Wort wie Eifersucht wollte sie jetzt lieber nicht in den Mund nehmen.

»Na und?«, ereiferte sich Lukas. »Was hatte er überhaupt bei dir zu suchen? Hatte er nichts Besseres zu tun?«

Johanna konnte sich ein Lächeln nicht verkneifen. »Er wollte mir nur einen Besuch abstatten, weiter nichts.« Gewiss, sie kannte ihn kaum, aber solch eine hinterhältige Tat traute sie ihm dennoch nicht zu. Vermutlich war er nur gekommen, weil er sie wiedersehen wollte.

Lukas schnaubte erneut.

»Könntest du noch einmal zu Wilbalt gehen? Mit dieser Wunde kann ich es schlecht selbst tun.« Johanna wies mit der Hand auf ihren Fuß, der immer noch wund und bloß zwischen ihnen stand. Ein schmerzhaftes Pulsieren ging von ihm aus. »Derjenige, der die Fallen gestellt hat, muss sich in der Umgebung des Fronhofs auskennen. Womöglich hatte Wilbalt in letzter Zeit Besuch, und dieser hat sich ein wenig bei ihm umgesehen?«

Sie hörten das Meckern von Ziegen, der Hirte näherte sich dem Haus.

»Bleib du hier«, sagte Lukas bestimmt. »Ich werde ihn fragen.«

Nachdem er die Ziegen in ihren Stall gesperrt hatte, kam Lukas mit resignierter Miene zurück. »Der Junge weiß überhaupt nichts. Die Nachricht stammte von Peter, dem Gänsehirten. Mehr konnte er nicht sagen.«

Johanna nickte. »Ich werde morgen selbst zu Peter gehen, doch jetzt musst du mich allein lassen. Ich bin zu Tode erschöpft und muss dringend schlafen.«

Lukas betrachtete sie mitfühlend. »Du solltest etwas essen. Du bist bleich wie Hafergrütze.«

Johannas Bauch knurrte bestätigend. Im Rauch hing immer noch etwas von den Würsten. Lukas holte sie herbei, schnitt sie klein und fand noch einen Kanten Brot, der zwar schon alt, aber immer noch genießbar war. Dankbar nahm Johanna das Holzbrett mit der Speise aus seinen Händen. Langsam kaute sie Stück um Stück, bis sie alles aufgegessen hatte. Lukas wartete geduldig und nahm ihr die leere Unterlage ab, damit sie nicht aufstehen musste.

»Ich hoffe, der Schlaf wird dir guttun. Ich komme morgen wieder vorbei«, sagte er fürsorglich. »Aber zuerst hole ich frisches Wasser.«

»Das wäre wirklich sehr nett von dir«, entgegnete Johanna matt. Sie glaubte nicht, dass sie noch die Kraft hatte, sich selbst zum Brunnen zu schleppen.

»Und was die beiden anderen Dinge betrifft: Ich werde ein paar Tage dafür brauchen. Schließlich muss ich auch noch arbeiten.«

Als Lukas gegangen war, goss Johanna den letzten Rest des Weingemischs, das die Wunde des Mädchens geheilt hatte, auf einen sauberen Lappen. Behutsam legte sie ihn auf ihren Fuß und umwickelte das Ganze mit frischen Tuchstreifen.

Morgen werde ich die beiden Wegeriche und Beinwell sammeln, überlegte sie, nachdem sie endlich wieder in ihrem Bett lag.

Das Letzte, was sie wahrnahm, waren das Mädchen und ihr Wolf, die sich neben sie legten.

Am nächsten Morgen ging es Johanna besser. Sie fühlte wieder etwas von der alten Kraft, die in ihr wohnte, und auch ihr Fuß schmerzte nicht mehr so sehr. Nach einem stärkenden Frühmahl, bei dem es die gewohnte Gerstengrütze und frische Ziegenmilch gab, machte sie sich auf den Weg. Auch das Mädchen trank von der Milch, obwohl sie die Grütze noch immer verschmähte. Der Wölfin war es vergangene Nacht sogar gelungen, Johanna aus dem Bett zu scheuchen, damit sie jagen konnte. Die Nahrung, mit der das Tier am frühen Morgen zurückkam, würde für beide reichen.

Der Hirtenjunge hatte ihr einen schuldbewussten Blick zugeworfen, als er die beiden Ziegen abholte. Sie hatte ihm beruhigend auf die Schulter geklopft, während sie tröstende Worte an ihn richtete. Schließlich konnte er nichts dafür.

Der Weg zu Peter und seinen Gänsen war anstrengend. Ein kühler Wind wehte ihr um die Nase und verscheuchte die wärmenden Strahlen der Sonne. Die Schafskälte hielt immer noch an. Keuchend stemmte sich Johanna auf den Stock, den sie vorsorglich mitgenommen hatte, um das verletzte Bein zu entlasten. Dennoch tat die Bewegung auf Dauer nicht gut.

Peter schlug beschämt die Augen nieder, als er sie sah. Offensichtlich hatte der Junge ihn bereits aufgeklärt.

»Es tut mir wirklich leid ...«, setzte er an.

Johanna winkte ab. »Ist nicht so wichtig. Erzähl mir nur, wer dir gesagt hat, dass ich auf den Fronhof kommen soll.« Sie platzte fast vor Ungeduld.

Die Stirn des Jungen legte sich in grübelnde Falten. »Hmm.«

»Peter, bitte! Ich muss es wissen.« Nur mit Mühe hinderte sie ihre Hände daran, den Jungen zu packen und ihn gründlich durchzuschütteln, damit die Worte endlich aus seinem Mund purzelten.

»Aber ich kenne den Mann nicht«, entgegnete er, bedrückt darüber, dass er keine bessere Hilfe war.

»Ein Mann, sagst du?«

Der Junge nickte.

»Wie sah er aus?«

Peter zuckte mit den Achseln. »So wie alle anderen.«

»Irgendetwas muss dir doch aufgefallen sein!«

Peter sah schuldbewusst zu Boden, als er über die Begegnung nachsann. »Es war so kalt wie heute an jenem Tag. Deshalb war es nicht ungewöhnlich, dass er einen Mantel trug. Wenn ich einen besäße, hätte ich ihn auch angezogen. Ein bisschen komisch war es aber schon, dass die Kapuze so tief in sein Gesicht hing.«

Die Brauen des Jungen hoben sich bis zu den Haaren, die einen Teil seiner Stirn bedeckten. Jetzt, wo er einmal damit angefangen hatte, schien er sich an immer mehr zu erinnern. »Irgendwie machte er den Eindruck, als ob er selbst nicht ganz gesund wäre. Er zitterte. Ich war froh, als er wieder fort war.«

»Hast du ihn schon einmal gesehen?«, hakte Johanna nach.

»Ich glaube nicht.«

Johanna fühlte, wie Enttäuschung ihr die mühsam errungene Kraft raubte.

»Es tut mir leid, aber das ist alles, was ich weiß.« Peters Augen verdunkelten sich vor Kummer.

Johanna seufzte. »Also gut. Komm zu mir, wenn dir noch etwas einfallen sollte.«

Sie hatte sich auf humpelnde Weise schon ein ganzes Stück entfernt, als ihr noch ein Gedanke kam. »Wie war der Mann denn sonst gekleidet?«, rief sie Peter zu.

»So wie die meisten. Jedenfalls gehörte er nicht zu den Edlen. Das wäre mir aufgefallen.«

Mittags kam Elen vorbei, die Lukas in seiner Sorge informiert hatte. Ihre Freundin brachte etwas zu essen mit, einen Eintopf aus Gemüse und eingebrocktem Brot, den Johanna dankbar annahm. Wieder einmal musste Johanna sich eingestehen, wie froh sie darüber sein konnte, dass der junge Flößer so besorgt um sie war. Ihre morgendliche Kraft hatte sich ebenso rasch verflüchtigt wie das Wachs einer brennenden Kerze. Und die Wunde an ihrem Fuß pochte im Takt ihres Herzens. Sie fühlte sich schwach und so ausgelaugt, dass sie wohl kaum in der Lage sein würde, sich ein Spätmahl zuzubereiten. Ohne die Fürsorge ihrer Freunde hätte sie hungrig zu Bett gehen müssen.

Elen brachte auch ein in ein Tuch eingeschlagenes Stück Käse mit. »Der ist von Ursel. Ich soll dir von ihr etwas ausrichten: Marie ist gestorben.«

Johanna schluckte bei dem Gedanken, dass sie das Leben der Alten nur um Tage hatte verlängern können. »Ich dachte mir schon, dass es nicht mehr allzu lange dauern würde. Zuletzt dämmerte sie wie im Schlaf dahin.«

Jetzt werde ich mich wohl darin üben müssen, Pius' Rat anzunehmen.

»Wir alle sind nur Fremdlinge und Gäste in dieser Welt«, murmelte sie.

»Wie bitte?«, fragte Elen, die ihre Worte nicht verstanden hatte.

Johanna schüttelte den Kopf. »Ist nicht so wichtig.«

16. KAPITEL

In den folgenden beiden Wochen heilte Johannas Fuß ohne Probleme ab. Langsam nahm er wieder seine eigentliche Form an, wenn auch mit zwei Zehen weniger. Johanna horchte in sich hinein, um herauszufinden, ob ihr dies etwas ausmachte. Außer einem leisen Bedauern fühlte sie nichts. Es gab Schlimmeres als das. Die fehlenden Zehen würde kaum jemand zu Gesicht bekommen. Schließlich verbarg ein Schuh ihren Fuß die meiste Zeit. Viel bedeutender war die Tatsache, dass sie wieder laufen konnte. Noch immer wagte sie allerdings nicht, ihren Fuß zwischen das Leder zu zwängen. Ein dicker Verband musste fürs Erste genügen.

Die Wunde des Wolfsmädchens hatte sich inzwischen vollständig geschlossen. Nur eine breite rötliche Narbe zeigte noch an, dass an ihrem Schenkel einst ein großer, eiternder Riss klaffte. Das Zusammenleben mit ihr und der Wölfin wurde immer besser. Johanna hatte wieder damit angefangen, viel mit ihr zu sprechen, und mit der Zeit gelang es ihnen, sich mit den dazugehörigen Gesten zu verständigen.

Lukas war noch einmal auf dem Fronhof gewesen, doch Wilbalt konnte sich nicht daran erinnern, Besuch gehabt zu haben. Auch mit Ursels Onkel hatte er inzwischen gesprochen, doch Kilian wand sich wie ein an Land gezogener Fisch. Er hatte nicht das Geringste aus ihm herausbekommen. Marie ruhte nun auf dem Gottesacker der Kirche.

Gera war nicht mehr aufgetaucht. Inzwischen hatte man die Suche nach ihr eingestellt. Das hinderte Johanna nicht daran, es dennoch zu tun, jetzt, wo es wieder möglich war.

So ging sie eines Morgens kurz entschlossen in den Wald. Das Mädchen und die Wölfin nahm sie zur Begleitung mit. Die Begegnungen mit dem Leprosen, verbunden mit der Tatsache, dass es jemand auf sie abgesehen hatte, ließen sie auf der Hut sein. Es war gut, dass sie die beiden dabeihatte. Ihr argwöhnischer Blick glitt ein ums andere Mal über den Boden, auf der Suche nach verborgenen Fallen und anderen Unannehmlichkeiten. Doch der Morgen verlief friedlich. Sogar das Gehen fiel Johanna nicht allzu schwer.

Das Kronendach des Waldes umschloss die drei, während sie mit gemächlichen Schritten immer tiefer in ihn eintauchten. Das Wetter hatte sich schon vor Tagen gebessert. Nach einiger Zeit verließ die Wölfin sie, und das Mädchen und hastete hinter einem Eichhörnchen her, das über den Waldboden huschte. Ein warmer, leiser Wind strich durch die Bäume, brachte sie in ihrer ganz eigenen Melodie zum Schwingen.

Manchmal hatte Johanna das Gefühl, dass die Pflanzen miteinander sprachen. Auf eine subtilere Weise, als Menschen es taten, und wenn man genau hinhörte, ging etwas von ihrem Frieden auf einen über. Auch auf das Mädchen schienen sie eine heilsame Wirkung zu haben. Vielleicht auch nur deshalb, weil es sich hier zu Hause fühlte.

Bald darauf warf sich die Kleine auf die Erde und begann, wie ein Hund in dem weichen Boden zu wühlen. Johanna unterdrückte den Drang, dazwischenzufahren, auch wenn die Cotte einen besorgniserregend braunen Anstrich bekam. Dieses Mal förderte sie statt einer Wurzel einen fetten Wurm zutage, den sie unverzüglich in den Mund steckte.

Das war nun doch zu viel für Johanna. Ein lang gezogenes »Iiii« entfuhr ihr, das eine Mischung aus Ekel und Entsetzen ausdrückte.

Das Mädchen verzog keine Miene, während sie kaute. »Iiida«, sagte sie plötzlich.

Die verblüffte Stille, die nun herrschte, war, bis auf die Gesänge des Waldes, vollkommen. Johanna starrte das Mädchen an, als ob es ihr einen Schlag versetzt hätte. Sie hatte sich so an die Stummheit der Kleinen gewöhnt, dass es schockierend war, sie reden zu hören.

»Was sagst du da?« Die dunklen Hinterlassenschaften des Wurms, die an den Lippen ihres Gegenübers hingen, störten nicht länger.

»Iiidaaa«, sagte das Mädchen erneut. Wie ein Seiltänzer balancierte ihre Stimme an den Tönen entlang.

Die Gedanken in Johannas Kopf rasten. Selbst die Wölfin, die inzwischen zurückgekommen war, bedachte die Kleine mit einem überraschten Blick. »Ida? Ist das dein Name?«

Die dunklen Augen des Mädchens fixierten sie, zeigten aber keinerlei Regung.

»Ida«, wiederholte Johanna aufgeregt. »Ist das dein Name?«

Erst als sich die Wölfin schützend zwischen sie und das Kind drängte, bemerkte Johanna, dass sie laut geworden war. »Ist das dein Name?«, wiederholte sie leiser.

Das Mädchen sah sie immer noch an. »Ida«, sagte es mit solch einem Staunen in der Stimme, als ob man ihr ein unerwartetes Geschenk gemacht hätte. Dann wandte sie sich um und grub wieder wie ein Hund in der Erde.

Nach diesem Erlebnis liefen sie noch lange durch den Wald, ohne dass ein weiteres Wort über die Lippen der Kleinen kam.

Von der verschwundenen Gera fanden sie keine einzige Spur.

Das Mädchen lag im Bett. Der Tag war anstrengend gewesen. Schon lange war sie nicht mehr so weit gelaufen, hatte die frische Luft des Waldes gekostet und die Geschenke, die er bereithielt. Nun erfüllte wohlige Müdigkeit ihre Glieder. Die Wölfin schmiegte sich an sie, so wie sie es jede Nacht tat. Ihre Körper verschmolzen fast miteinander. Das Fell des Tieres wärmte ihre Seite, ohne dass sie es bewusst wahrnahm. Sie waren schon lange zu einer Einheit geworden, die ihr Schutz und Geborgenheit schenkte. Und nun gab es da noch diese Frau ...

Langsam schlief das Mädchen ein, schenkte ihrem Körper die nötige Erholung, fast die ganze Nacht hindurch.

Gegen Morgen flirrten einzelne Bilder durch ihre Träume, kamen hervor und verblassten. Die wispernden Blätter der Bäume, weiches Moos, braune Erde und der Wurm, den sie verspeist hatte. Und immer war da diese Frau, die nun neben der Wölfin lag. Sie erinnerte sich an ihre anfängliche Angst, als man sie zu ihr brachte. Die Wut, die sie in sich spürte. Inzwischen war all dies verschwunden, und etwas Neues war an diese Stelle gerückt. Was war es nur? Ein Gefühl? Ein Gedanke? Oder etwas, worauf sie sich verlassen konnte? Sie musste es wissen. Doch sosehr sie sich auch anstrengte, sie bekam es nicht zu fassen.

Die Bilder veränderten sich. Plötzlich wirkten sie düster, bedrohlich, und mit einem Mal war sie gefangen. Gefangen in einem Traum aus Hoffnungslosigkeit und Verzweiflung und etwas, das ihr bekannt vorkam.

Sie saß in jenem kalten, düsteren Gelass. Und wieder er-tönten die Schreie, bestürmten ihre Seele ebenso sehr, wie sie ihr in den Ohren wehtaten. Doch sie konnte nichts tun. Ihre kleine Hand ballte sich zur Faust. Verwundert fühlte sie, dass etwas darin lag. Was war das? Blinzelnd hob sie es dicht vor ihre Augen, fuhr mit dem Finger die Linien des Gegenstandes nach, der warm und fest ihre Haut berührte. Natürlich. Es war ein Stein, der die Form eines Herzens hatte.

Ohne dass sie sagen konnte, warum, wusste sie, dass es ein Geschenk ihrer Schwester war. Eine Geste der Zuneigung aus einer längst vergangenen Zeit, oder war es in einem anderen Leben gewesen? Sie erinnerte sich nicht mehr daran, wie ihre Schwester aussah. Sie hatte es vergessen, so wie sie vieles ver-gessen hatte.

Die Schreie waren inzwischen schwächer geworden. Nun wogten sie wieder empor, wie die überwältigende Brandung einer großen Welle.

Sie hielt den Stein ganz fest, umklammerte ihre Knie und barg den Kopf in den Armen. Die Geräusche veränderten sich, wurden laut, leise, jammernd. Ihr war, als ob sie dabei den Verstand verlor. Wahrscheinlich wäre es das Beste, was mir passieren kann, dachte das Mädchen. Vielleicht gelingt es mir dann, dies alles zu ertragen.

Plötzlich formten sich Worte aus Geflüster und Geschrei. Sie horchte auf. Die Worte bedrängten sie. Worte, die sie verstand.

»Iüda!«, schrie da jemand. War das ihre Schwester? Die Stimme überschlug sich und war dennoch so eindringlich wie eine Botschaft von größter Wichtigkeit. Mit der untrüglichen Gewissheit einer Träumenden wusste das Mädchen, dass sie selbst damit gemeint war. Der Griff um ihre Knie wurde fester, und ihr Atem verwandelte sich in ein panisches Keuchen.

»Lauf weg, hörst du? Bring dich in Sicherheit, sonst wirst du sterben!« Aber wie sollte das gehen? Sie war hier eingeschlossen, und nichts deutete auf eine Möglichkeit zur Flucht hin. Sie war und blieb verloren!

Und dann fing sie an zu schreien.

Johanna war hundemüde, und ihre fehlenden Zehen schmerzten, obwohl das überhaupt nicht möglich war. Die ungewohnte Bewegung war nach zwei Wochen der Ruhe etwas zu viel für sie gewesen. Trotzdem dachte sie noch lange über das Verhalten des Mädchens nach, während sie bereits gemütlich im Bett lag. Zwar drückte die Wölfin ihr Hinterteil in ihren Rücken, und sie roch auch nicht besonders gut, aber an all das hatte sich Johanna inzwischen gewöhnt. Und so verwoben sich die Eindrücke des Tages mit ihren Gedanken.

Fielen ihre Bemühungen langsam auf fruchtbaren Boden, oder was war es, das das Mädchen dazu bewogen hatte, ihren Namen zu nennen? War es die Tatsache, dass sie sich näherkamen? Dass sie viel mit ihr sprach? Oder war er ihr erst heute wieder eingefallen? Es kam vieles in Betracht. Womöglich auch der Schutz und die Geborgenheit des Hauses, das die Kleine anfangs mehr als Bedrohung gesehen hatte. War es überhaupt ihr Name? Johanna war sich nicht ganz sicher.

Über all dem Grübeln schlief sie schließlich ein und fiel in einen tiefen, traumlosen Schlaf, der von den gleichmäßigen Atemzügen ihrer Bettgenossen begleitet wurde. Und dann war es plötzlich mit der Ruhe vorbei.

Johanna fuhr so jäh aus dem Schlaf, dass ein heißer Strom in ihre Glieder schoss. Mit einem Schlag war sie hellwach. Licht fiel durch die Ritzen der geschlossenen Fensterläden und schlug goldene Schneisen durch das Halbdunkel des Raums. Es musste bereits Morgen sein. Ein Morgen, der durch die angstvollen Schreie neben ihr deutlich an Glanz verlor.

Als Johanna sich erschrocken umwandte, entdeckte sie, dass die Wölfin bereits aufgesprungen war und, ebenso beunruhigt wie sie, über das Gesicht des Mädchens leckte. Die Kleine lag mit angezogenen Beinen auf der Seite. Ihre Arme schlangen sich schützend um ihre Knie, als ob sie sich vor etwas verbergen wolle, dessen Schrecklichkeit Johanna beim besten Willen nicht erkennen konnte. Noch immer brüllte sie aus Leibeskräften.

Behutsam schob Johanna die Wölfin beiseite und legte einen Arm um das Mädchen. »Sch, sch, sch, alles ist gut. Ich bin bei dir.«

Das Mädchen reagierte nicht.

Johanna umfasste sie fester, tätschelte sie, doch nichts schien sie aus diesem Alptraum zu befreien. Was um alles in der Welt sollte sie tun?

Plötzlich kam ihr eine Idee. »Ida! Iiida! Hörst du mich?«

Abrupt öffnete die Kleine die Augen. Eine namenlose Angst beherrschte ihre Züge. Ihre Arme lösten sich. Mit einer raschen Geste führte sie die noch immer zu Fäusten geballten Hände vor ihr Gesicht. Langsam öffnete sich eine nach der anderen. Die Handflächen des Kindes waren feucht, doch anscheinend enthielten sie nicht das, wonach es suchte. Ein von Kummer gequälter Blick richtete sich mit einer Mischung aus Enttäuschung und Entsetzen auf Johanna, suchte den Kontakt zu ihren Augen.

Und was Johanna dort sah, erstaunte sie mehr als alles andere. Dicke Tränen quollen unter den Lidern hervor. Ein, zwei Atemzüge später drang ein tiefes Schluchzen aus der Kehle der Kleinen. Dann gab es kein Halten mehr. Zum ersten Mal drängte sie sich schutzsuchend an sie, und ein Strom von Tränen nässte das Tuch ihrer Cotte.

Da wusste Johanna, dass etwas im Innern der Kleinen aufgebrochen war.

»Lasst uns noch einmal in den Wald gehen, wenn ich hier fertig bin«, sagte Johanna in aufmunterndem Tonfall und rührte weiter in der Salbe, die sie gerade hergestellt hatte. Jetzt musste sie nur noch abkühlen.

Von Margarets Gänseschmalz war noch eine Menge übrig. Sie hatte die Kräuter hinzugetan, die sie bei ihrem eigenen Ausschlag verwendet hatte. Wenn er ihr half, konnte er dies dann nicht auch bei den Leprosen tun? Ein Besuch bei den armen geplagten Seelen, die in ihrer abgeschiedenen Siedlung ein Leben in Einsamkeit fristeten, war schon längst überfällig. Bisher hatte sie sich davor gescheut, ein weiteres Mal zu ihnen zu gehen. Doch es war ihre Bestimmung, den Menschen zu helfen.

Selbst wenn einer von ihnen falsch gehandelt hat, können die anderen nichts dafür. Es wäre nicht richtig, sie einfach sich selbst zu überlassen.

Außerdem war es an der Zeit, die Kleine endlich einmal Pius vorzustellen, nun, da sie friedlicher und nicht mehr so kratzbürstig war.

Sie waren zum Alltäglichen übergegangen, nachdem die Tränen des Kindes schließlich versiegten. Johanna hatte die Mutterziege gemolken, die Tiere dem Hirten mitgegeben und dann das Frühmahl zubereitet. Nun war alles wieder beim Alten, und nichts kündete mehr von den innigen Momenten am frühen Morgen. Das Mädchen hatte die gewohnte emotionslose Miene aufgesetzt, während die Wölfin ihren Kopf auf die Pfoten bettete und döste. Ein Besuch im Wald würde den beiden gewiss guttun. Womöglich würden noch weitere Worte über die Lippen der Kleinen kommen, wenn sie sich in ihrer gewohnten Umgebung aufhielt.

Die Salbe war inzwischen kühl genug, um sie in einen Tiegel zu füllen.

Als alles bereit war, machten sich die drei auf den Weg. Ein paar entfernte Nachbarn musterten die Wölfin mit argwöhnischen Blicken, als Johanna mit ihr in die Richtung des Waldes lief. Doch als das Tier ihnen keine Beachtung schenkte, gingen sie wieder ihren gewohnten Tätigkeiten nach.

Gut, dachte Johanna und grüßte freundlich, *je eher sie begreifen, dass von dem Tier keine Gefahr droht, desto schneller werden sie sich daran gewöhnen.*

Ohne weitere Zwischenfälle erreichten sie den Saum des Waldes. Das Ende des Frühsommers hatte die ersten Walderdbeeren hervorgebracht. Aus den hübschen weißen Blüten, die hin und wieder ihren Weg säumten, waren kleine rote Früchte geworden. Johanna pflückte die süßen, vollmundigen Beeren und beförderte sie unverzüglich in ihren Mund. Auch dem Mädchen schienen sie zu schmecken. Die Wölfin, die kein Verlangen nach dieser Art von Nahrung zeigte, reckte ihre Nase in die Luft, schnüffelte hier und da und erleichterte sich.

Johanna beobachtete die Kleine, während sie weitergingen. Der schreckliche Traum musste sie immer noch beschäftigen, zumindest verhielt sie sich heute nicht so ungestüm wie sonst. Keine Wurzel und kein Wurm weckte ihr Interesse. Stattdessen lief sie stumm neben Johanna her. Es schien, als lausche sie einer Melodie, die nur sie allein hören konnte.

Einer Eingebung folgend hielt Johanna plötzlich an und beugte sich zu dem Mädchen herab. »Ida«, sagte sie.

Die Kleine stutzte.

»Ist das dein Name?« Noch immer war sie sich nicht sicher. Das Mädchen starrte sie aus großen, fragenden Augen an. Sie schien nicht zu verstehen, was Johanna von ihr wollte.

»Ida«, versuchte Johanna es von Neuem. Dieses Mal tippte sie mit dem Zeigefinger gegen die kleine Brust. »Ist das dein Name?«

Die dunklen Augen der Kleinen musterten sie, dann glomm jähe Erkenntnis in ihnen auf. Ihre zierliche Hand hob sich, um mit dem Finger gegen die eigene Brust zu tippen. »Ida«, wiederholte sie. Etwas Freundliches huschte plötzlich über ihre Züge. Nicht, dass es ein Lächeln gewesen wäre, aber etwas, das man durchaus als Liebenswürdigkeit bezeichnen konnte.

Johanna strahlte über das ganze Gesicht. »Dann werde ich dich ab jetzt so nennen.« Die Zufriedenheit war ihrer Stimme deutlich anzuhören.

Bald darauf erreichten sie die hohe Umzäunung der Siedlung, die an einem sanft plätschernden Bach lag.

»Hier wohnen die armen Kinder Gottes«, erklärte Johanna. Wie schon viele Male zuvor entdeckte sie keine Reaktion in Idas Zügen. Nun gut.

Johanna betätigte die Glocke. Kurz darauf öffnete sich eine Klappe, und Michels Gesicht erschien in der Öffnung. Zu Johannas Bedauern hatten sich die rötlichen Knoten darin deutlich vermehrt.

»Gott zum Gruße, Michel«, begrüßte Johanna ihn, ohne sich ihre Bestürzung anmerken zu lassen.

»Johanna!« Der Leprose warf ihr einen schuldbewussten Blick zu. »Dem Herrn sei Dank, dass du wieder da bist. Wir dachten schon, du kommst nicht mehr.«

Johanna betrachtete ihn nachdenklich. Anscheinend wusste er, was vorgefallen war. »Für eine Weile dachte ich das auch«, gestand sie. »Doch wie du siehst, habe ich es mir anders überlegt.« Sie hob den Tiegel aus ihrem Korb. »Ich habe euch etwas mitgebracht.«

»Eine neue Salbe?« In Michels Stimme lag kaum verhohlene Neugier. Er beeilte sich, das Tor zu öffnen, und zuckte erschrocken zurück, als er das Mädchen und vor allem die Wölfin entdeckte, die beide in den Hintergrund getreten waren.

»Hab keine Angst, sie tun euch nichts.« Dieses Mal widerstand Johanna dem Bedürfnis, nach hinten auszuweichen, als Michels Geruch nach süßlicher Fäulnis in ihre Nase stieg. Während sie mit beschwichtigenden Worten auf ihn einsprach, entdeckte sie die anderen Leprosen, die etwas weiter hinten im Hof der Siedlung standen. Wie gewöhnlich sahen einige von ihnen zerlumpt und ungewaschen aus. Ihre schmutzigen Tücher verhüllten die hässlichen Male der Krankheit. Sie wusste, dass es arme Teufel waren, dennoch hatten sie kein Recht, andere damit in Gefahr zu bringen.

Was ihre beiden Begleiterinnen betraf, so schien ihr Michel zu glauben.

»Der Name des Mädchens ist übrigens Ida.« Sie sah, wie

das Mädchen aufhorchte. Es fühlte sich fremd an, die Kleine so zu nennen. Sie würde sich daran gewöhnen müssen, doch es war wohl die richtige Entscheidung. »Hast du sie schon einmal gesehen?«

Michel musterte ihre Begleiterin prüfend. »Nicht dass ich wüsste, aber es ist ohnehin nicht so, dass wir uns über zu viel Besuch beklagen könnten.«

Johanna verstand, während sie den Tiegel zu Michels Füßen abstellte. »Es ist eine neue Mixtur. Vielleicht ist es dieses Mal die richtige.«

Zum ersten Mal lächelte er. »Wir wissen, dass du dich sehr um uns bemühst, auch wenn es dir bisher nicht gelungen ist, unsere Krankheit zu heilen«, hob er an, »deshalb ist es umso schlimmer, was Merckel dir angetan hat.«

Johanna schwieg, was erneut eine bekümmerte Miene in Michels Gesicht hervorrief. *Merckel heißt er also.* Ihre Augen schweiften zu dem jungen Leprosen, der sich sichtlich unter ihren Blicken wand.

»Um sein Gewissen zu erleichtern, hat er mir alles gestanden. Ich hoffe … ähm, du hast keine bleibenden Schäden davongetragen?«

Langsam schüttelte Johanna den Kopf, während ihre Augen wütende Blitze in die Richtung des Unholds sandten.

Michel atmete auf. »Dem Herrn sei Dank«, flüsterte er und bekreuzigte sich. »Wir alle möchten dich um Verzeihung bitten für das, was geschehen ist. Sei gewiss, dass es nie mehr vorkommt.«

»Das hoffe ich.« Ihre erboste Miene richtete sich noch einmal auf Merckel, der in sich zusammenzufallen schien.

Nachdem Johanna Michel erklärt hatte, wie die Salbe anzuwenden war, fiel ihr noch etwas ein. »Ein Mädchen ist spurlos verschwunden. Sie wollte als Magd auf der Schiltacher Burg anfangen. Anscheinend ist sie dort aber nie angekommen. Wisst ihr etwas darüber?«

Michel runzelte die Stirn und dachte eine Weile nach. »Sie war eine Magd, sagst du?«

»Nun, zumindest wollte sie eine werden.«

»Vielleicht ist sie doch schon dort gewesen und hat ihrem Herrn oder einem der Knechte missfallen? Schon so manche Magd, erzählt man sich, ist in der Jauchegrube ihres Herrn verschwunden und nie wieder daraus hervorgekommen.« Sein verschorfter Mund verzog sich zu einem höhnischen Lächeln. »Auf den abgelegenen Höfen geschieht so manches, von dem kaum einer etwas erfährt. Ich könnte mir vorstellen, dass es sich auf einer Burg nicht viel anders verhält.«

Johanna grübelte über Michels Worte nach, als sie weitergingen. Die Idee, dass doch einer der Herzöge in diese Sache verwickelt war und Gera beseitigt hatte, wurde wieder wahrscheinlicher. Aber ohne einen Beweis konnte sie nichts tun. Und selbst wenn sie einen fände, verglichen mit einem Adligen war ein einfaches Bauernmädchen nicht viel wert. Obendrein lag die Gerichtsbarkeit bei den Stadtherren. Zwar gab es den Schultheißen und einige Richter, aber in einem solch schweren Fall hatte der Adel das letzte Wort. Und die hohen Herren würden sich wohl kaum gegenseitig ans Messer liefern. *Ein Vogel scheißt sich nicht ins eigene Nest*, dachte sie bitter.

Der Himmel hatte sich verdunkelt, als sie, mit ihren fruchtlosen Gedanken hadernd, zu ihm aufsah. Nicht mehr lange und es würde regnen. Das hatte ihr gerade noch gefehlt. Sie würden triefend nass werden, wenn das Schwarz der Wolken auf sie niederging. Ida und die Wölfin liefen neben ihr her. Die Kleine war still und in sich gekehrt, und selbst die Wölfin schien ihre Lust am Erkunden der Gegend verloren zu haben.

Plötzlich trappelte und knarzte es hinter ihnen.

Als Johanna sich umdrehte, entdeckte sie ein Pferd mit einem wohlbekannten Wagen. *Der Spielmann!*

»Johanna!«, rief es da schon, bevor sie darüber entscheiden konnte, ob sie den Weg verlassen und im Gebüsch verschwinden oder einfach weitergehen sollte.

Clewin warf einen argwöhnischen Blick auf Ida und den Wolf, als sein Wagen näher kam. Seine Brauen hoben sich missbilligend. »Das sind also deine beiden Besucher.«

»Mmmh«, brummte Johanna zustimmend.

»Sie sehen nicht sehr friedlich aus, besonders was den Wolf betrifft.«

Johanna konnte sich ein Grinsen nicht verkneifen. »Wenn du ganz artig bist, wird er es sich vielleicht noch einmal überlegen, ob er über dich herfällt.«

Clewin deutete eine galante Verbeugung in die Richtung der beiden an, worauf die Wölfin prompt ihre Lefzen hob und knurrte.

Abrupt richtete sich der Spielmann kerzengerade auf. »Bist du dir da sicher? Er macht keinen allzu freundlichen Eindruck.«

Johanna schüttelte lächelnd den Kopf. »Ich wusste gar nicht, dass du solch ein Angsthase bist.«

»Nun, ein wenig Vorsicht ist gewiss angebracht.« Sein Gesicht verzog sich in gespielter Entrüstung. »Darf ich dich auf meinen Wagen einladen?«

Johanna schaute zum Himmel, aus dem schon die ersten Regentropfen fielen. »Wenn ich auch nicht viel über dich weiß, so kann ich eines mit Gewissheit sagen: Du kommst fast immer zur rechten Zeit.«

»Dann nimmst du mein Angebot an?« Die drollige Miene, mit der er sie hoffnungsvoll ansah, brachte Johanna zum Lachen. »Nun, warum nicht?« Beherzt stieg sie in den Wagen. Ida und die Wölfin machten keine Anstalten, ihr zu folgen.

Clewin schnalzte mit den Zügeln, und das Pferd zog an. Gemächlich trotteten die beiden nebenher, und auch der Spielmann hatte es nicht eilig.

Johanna musterte ihn von der Seite. »Bist du schon länger wieder in unserer Gegend?«

»Nein. Ich bin gerade erst angekommen.« Sein Blick fiel auf den Verband an Johannas Fuß, der unter ihren Röcken hervorblitzte. »Du bist verletzt?«

»So könnte man es nennen. Ich bin in eine Falle getreten.« Sie ließ ihn nicht aus den Augen, als sie das sagte.

»Eine Falle?« Seine Frage klang aufrichtig entsetzt. »Wie konnte das geschehen?«

Johanna zuckte mit den Achseln, bevor sie ihm erzählte, wie es dazu gekommen war. Der Regen war inzwischen stärker geworden. Ein sommerlicher Schauer ging auf sie nieder, und Johanna war froh, unter der Plane, die bis über den Kutschbock reichte, wenigstens etwas Schutz zu finden. Ihre beiden Begleiterinnen hatten es nicht so gut getroffen, doch wie Johanna vermutet hatte, schien es ihnen nichts auszumachen. Gewiss waren sie derlei Dinge gewohnt.

»Hast du eine Vermutung, wer das gewesen sein könnte?« Wieder suchte sie nach verräterischen Zeichen in seiner Miene. Zwar traute sie ihm die Tat nicht zu, aber so ganz genau wusste man es ja nie.

Er hob übertrieben die Schultern. »Woher soll ich das wissen? Vielleicht haben jemandem deine, äh … etwas unterkühlten Antworten nicht gefallen?«

Johanna musste wider Willen lächeln. »Ich bin nicht immer so, musst du wissen.«

»So? Nun, es würde mich freuen, auch einmal deine sanftere Seite kennenzulernen.«

Seine Antwort ermunterte sie zu einer kühnen Frage. »Und was treibt dich ein weiteres Mal in unsere Gegend? Ich meine, es ist doch höchst ungewöhnlich, dass du immer wieder hier auftauchst, wo es doch so viele andere Orte gibt, an denen du dein Spiel zum Besten geben könntest.«

Er warf ihr einen unergründlichen Blick zu. »Errätst du das nicht?«

Johanna beschlich eine leise Ahnung.

»Du gefällst mir eben. Ist das so schlimm?« Sein Lächeln war sanft und ohne die geringste Spur von Verlegenheit.

»Solange du dir keine allzu großen Hoffnungen machst«, konterte sie. Eine leichte Röte zog prickelnd über ihr Gesicht. Johanna wäre am liebsten im Erdboden versunken. Er hatte eine Art, sie zu umgarnen, die ihr trotz aller guten Vorsätze gefiel.

»Oh, ich bin Widerstände gewohnt«, sagte er mit einem schelmischen Grinsen.

So leicht lässt er sich nicht beirren, stellte sie anerkennend fest.

Schweigend fuhren sie weiter, während Johanna über die Worte des Spielmanns nachdachte. So, wie er sich benahm, kam er sicherlich nicht als heimtückischer Fallensteller in Frage. Vermutlich waren seine weichen Hände mit den langen, eleganten Fingern nicht dazu geschaffen, eine grobe Falle zu bedienen. Für die sanfte Berührung einer Frau waren sie schon eher geeignet. Lukas musste sich getäuscht haben. *Es ist lediglich seine Eifersucht, die ihn auf diese Idee gebracht hat.* Inzwischen befanden sie sich unterhalb der Stelle, an der sie die Tote gefunden hatte.

»Halt hier an«, verlangte sie.

Er stutzte. »Aber warum denn?«

»Unsere Wege werden sich hier trennen«, sagte Johanna kühler, als sie es beabsichtigt hatte. »Ich will jemanden besuchen. Seine Behausung liegt oberhalb dieses Weges«, setzte sie erklärend hinzu.

Clewin atmete geräuschvoll aus und brachte das Pferd zum Stehen. »Wie du willst. Ich werde noch ein paar Tage hier sein. Der Tecker hat von meiner Kunst gehört und mir ausrichten lassen, dass ich jederzeit kommen kann, um ihn und sein Gefolge mit meinem Gesang zu erfreuen. Vielleicht sehen wir uns danach wieder?«

»Eher nicht«, erwiderte sie steif. »Ich habe viel zu tun.« Dann sprang sie vom Wagen.

Pius war nicht da, als die drei vor der Höhle ankamen. *Seltsam,* dachte Johanna. *Das gab es noch nie. Ob ihm etwas zugestoßen ist? Womöglich ist er krank und braucht meine Hilfe.*

»Pius!«, rief sie. »Bist du zu Hause?« Wobei ihr auffiel, dass man die düstere Öffnung vor ihrer Nase wohl kaum ein gemütliches Heim nennen konnte. Was hatte den Mönch dazu bewogen, ausgerechnet hier zu wohnen?

Eine Weile stand sie unschlüssig herum. Noch nie hatte sie die Kaverne betreten. Sie war nicht mehr als ein unheimliches

Loch, das rätselhaft unter dem Berg lag. Trotzdem musste sie sich davon überzeugen, dass Pius nicht krank darin lag. Kurz entschlossen schob sie Ida vor sich her und trat unter die erdbraunen Wände, die der Öffnung folgten. Die Wölfin blieb dicht hinter ihnen. Witternd reckte sie ihre Nase empor.

»Pius!«, rief Johanna noch einmal.

Das Echo ihrer Stimme hallte von den Wänden wider. Ansonsten blieb es still.

Hüte dich!, warnte eine Stimme in ihrem Innern, doch sie schenkte ihr keine Beachtung. Pius war ein Freund. Nichts Böses ging von ihm aus.

Es wurde düsterer, je tiefer sie in die Kaverne hineingingen, obwohl noch immer etwas Licht vom Eingang hereinfiel. Plötzlich fasste Ida sie bei der Hand. Johanna erschrak über diese Geste. *Sie hat Angst*, schoss es ihr durch den Kopf. *Ob sie schon einmal hier gewesen ist?*

Die gemeißelten Wände wirkten kalt und abweisend. Hier und da standen noch die Reste eines Gerüsts, das wohl von Bergarbeitern stammte. Alles in allem sah es wenig einladend aus.

Hüte dich! Die Stimme in ihrem Kopf wurde eindringlicher, je weiter sie sich vorwagten. Dann fanden sie eine Nische, die Pius' Nachtlager enthielt. Es war leer. Wie erstarrt blieb Ida stehen, spähte auf die dunklen Wände, in denen sich Reste des Lichts vom Eingang verfingen, und das Bettzeug, das mitten im Raum lag.

Es war düster hier, aber als sich Johannas Augen an das Zwielicht gewöhnt hatten, konnte sie durchaus etwas sehen. Plötzlich fühlte Johanna, wie Idas Hand sich der ihren entwand. Dann machte das Mädchen kehrt und floh in panischer Hast zum Ausgang der Höhle. Die Wölfin folgte ihr auf dem Fuß.

»Aber was ist denn?«, rief Johanna hinter ihr her.

Schon verhallten die Schritte der Kleinen auf dem harten Steinboden. Irgendetwas hatte sie erschreckt. Johanna sah sich um und konnte nichts Übles entdecken, obwohl auch sie sich unwohl fühlte. Die Nische war karg wie eine mönchische Zelle. Pius' Nachtlager lag so weit entfernt von den Wänden, wie es ging. Johanna musste nicht fragen, warum. In dem spärlichen Licht spiegelte sich Feuchtigkeit. Das Bettzeug aber duftete wunderbar nach frischem Heu, mit dem Pius es wohl erst kürzlich ausgestopft hatte. Ein alter Mönchsmantel lag als Zudecke darauf, doch von ihm selbst fehlte jede Spur.

Wenigstens ist er nicht krank, dachte Johanna, *und weitergezogen ist er auch nicht, sonst wären all diese Dinge nicht hier.*

Ihr Blick wanderte über das einfache Holzkreuz an der Wand, das aus zwei zusammengebundenen Stöcken bestand. Ansonsten gab es nur etwas Kochgeschirr neben einem Stapel alter Lappen, eine große Tasche und ein niederes Tischchen, auf dem ein schwerer Foliant lag. Fasziniert betrachtete Johanna das dicke in Leder gebundene Buch. Ob das wohl die Heilige Schrift war?

Neugierig trat Johanna näher. Noch nie zuvor hatte sie die Gelegenheit, eines dieser Bücher aus der Nähe zu betrachten. Die Kirche hütete sie wie einen kostbaren Schatz, und nur den Priestern war es gestattet, sie in Händen zu halten. Außerdem konnte sie nicht lesen. Langsam streckte sie ihre Hand aus. Die Berührung des ledernen Einbands kam einem Vertrauensbruch gleich, aber konnte sie nicht wenigstens einmal darin blättern? Vorsichtig schlug sie das Buch auf, und all ihre Bedenken waren vergessen. Wie schön die einzelnen Seiten aussahen! Da gab es nicht nur Schrift, sondern auch farbige Ornamente und verzierende Bilder. Ob Pius das geschaffen hatte? Sie wusste, dass der gebildete Mönch ihr in vielem überlegen war. Warum sollte er nicht dazu fähig sein?

Plötzlich rutschte eines der Pergamente aus den Seiten heraus. Johanna sank das Herz. Wenn sie nur nichts kaputt gemacht hatte! Sie schlug die Stelle auf – und erstarrte. Vor ihr lag ein Pergament, das Pius sorgfältig zwischen den Seiten des Buches verborgen hatte. Und was Johanna darauf entdeckte, ließ ihren Atem stocken! Es war das Gesicht einer jungen Frau, deren verträumte Züge etwas Verletzliches an sich hatten. Im

Gegensatz zu den anderen Bildern war es kohlschwarz, aber so fein gezeichnet, dass es fast lebendig wirkte.

Was hatte dieses Bild hier zu suchen? War diese junge Frau die Not, die Pius bedrückte? Oder war sie es, die ihn dazu bewogen hatte, etwas Unverzeihliches zu tun? »Wir alle brauchen die Gnade und Vergebung unseres Herrn«, hatte er ihr vor nicht allzu langer Zeit hinterhergerufen.

Plötzlich kam Johanna ein Gedanke. War dies ein Abbild der Toten im Wald? Sie drehte es hin und her. Wenn man genau hinsah, konnte man erkennen, dass das Pergament zuvor einem anderen Zweck gedient hatte. Seine Oberfläche war abgeschabt worden. An einigen Stellen blitzte der Schatten einer alten Schrift noch durch. Was das Antlitz der Frau betraf, so bestand eine gewisse Ähnlichkeit mit der Toten, zumindest soweit Johanna sich erinnerte.

Hat Pius etwas mit dem Tod des Mädchens zu tun? Der Gedanke bestürzte sie, aber schließlich wohnte der Mönch nicht weit von der Stelle entfernt, an der es gelegen hatte. Vielleicht wollte er deshalb nicht, dass sie irgendjemandem von den seltsamen Verletzungen erzählte oder in Dingen herumschnüffelte, die sie nichts angingen. Womöglich war sein frommes Gerede nur eine Maske, hinter der er sein eigentliches Wesen verbarg?

Johannas Gedanken überschlugen sich. Falls Pius für dieses Verbrechen verantwortlich war, konnte er durchaus auch Gera beiseitegeschafft haben, um eine verborgene Seite an sich auszuleben. Doch konnte sie sich in einem Menschen derart täuschen?

Warum nicht?, fragte die bohrende Stimme in ihr. *Schließlich sieht man es den wenigsten Menschen an, was in ihnen vorgeht.* Aber Pius war ein so lieber, intelligenter Mensch. Und dennoch!

Sie war so in ihre Gedanken vertieft, dass sie gar nicht merkte, dass plötzlich jemand hinter sie trat.

»Was suchst du hier?«

Johanna fuhr herum.

Die jähe Gegenwart des Mönches ließ das Blut in ihren Adern gefrieren. Pius' Blick fiel auf die aufgeschlagenen Seiten des Folianten, den Johanna noch immer in den Händen hielt. Sein Mund verwandelte sich in einen Strich, als er das Bild erkannte.

Johanna sah, wie sein Adamsapfel auf und ab hüpfte, als er ein paarmal schluckte und die Muskelstränge an seinem Hals scharf hervortraten. »Du hältst mich für den Schuldigen, nicht wahr?«

Ihr entging die Kränkung in seiner Stimme nicht. »Pius, es tut mir leid. Ich wollte doch nur ...« Auf einmal kam Johanna ihr eigenes Benehmen lächerlich vor. Sie schämte sich zu Tode. Jäh schob sie sich an Pius vorbei und floh aus der Höhle. Dort blieb sie unschlüssig stehen. Sie war eine Närrin. Wie konnte sie nur jemals daran denken, dass der gute Mönch Böses im Sinn hatte? Nach einer Weile erschien Pius mit grimmigem Gesicht.

»Gib es zu, du hast in meinen Sachen herumgeschnüffelt, weil du mich verdächtigst, das Mädchen ermordet zu haben. Und nun ist dieses Bild, das du gefunden hast, ein weiterer Beweis meiner Schuld.« Der Ton seiner Stimme klang so verletzt, dass Johanna am liebsten ein zweites Mal an diesem Tag im Boden versunken wäre.

Beschämt senkte sie die Lider. »Ich bin nicht stolz auf das, was ich getan habe. Meinst du, du könntest mir noch einmal verzeihen?«

Ein Schnauben drang aus Pius' Mund, das Johanna aufsehen ließ.

»Der Herr lehrt uns, denen zu vergeben, die uns Unrecht getan haben, und so will auch ich mich daran halten«, erwiderte er mit zitternder Stimme.

Johanna atmete auf, doch das ungute Gefühl blieb. »Möchtest du mir nicht sagen, wer die Frau auf dem Bild ist?«

»Nein«, entgegnete Pius schneidend. »Aber merke dir eines: Nichts ist vollkommen gut oder vollkommen schlecht – auch du nicht. Wir alle haben Schwächen, die wir sorgsam vor anderen verbergen, und auch mir solltest du solch eine Schwäche zugestehen.«

Johanna schluckte verdutzt. Was meinte er damit?

»Eigentlich bin ich nur gekommen, um dir das Wolfsmädchen vorzustellen. Inzwischen ist sie allerdings verschwunden.«

Pius sparte sich eine Erwiderung. Johanna sah, wie er mit sich kämpfte. Die Zeichen seiner Wut standen immer noch deutlich in seinem Gesicht.

»Du hattest übrigens recht, was deinen Gott betrifft«, plapperte sie weiter, in dem aufrichtigen Bemühen, ihn friedlicher zu stimmen. »Die alte Marie ist gestorben.«

»*Mein* Gott?«, erwiderte Pius erbost. »Bisher dachte ich, dass es auch dein Gott ist, oder sollte ich mich getäuscht haben?«

»Natürlich nicht. Bitte verzeih. Die Ereignisse des heutigen Tages waren wohl etwas zu viel für mich.«

»Dann ist es besser, wenn du jetzt gehst und dich ein wenig ausruhst«, entgegnete er eisig.

Betroffen trat Johanna den Heimweg an. Nach einer Weile stießen Ida und die Wölfin wieder zu ihr. Seltsamerweise nahm das Kind noch einmal ihre Hand, wie um sie zu trösten. Johanna hielt die kleinen Finger fest umklammert und grübelte auf dem ganzen Weg nach Hause darüber nach, was sie getan hatte. *Wie konnte ich dem guten Pius nur derart misstrauen*, dachte sie schuldbewusst. Sie war eine Närrin und hatte seine harten Worte mehr als verdient.

Manchmal benahm sie sich törichter als ein alter Esel. Wenn sie nicht aufpasste, hatte sie bald keinen einzigen Freund mehr. Sie würde wiedergutmachen müssen, was sie angerichtet hatte. Nur wie ihr das gelingen mochte, wusste sie noch nicht.

Dennoch blieb das Bild der jungen Frau ein unergründliches Geheimnis.

17. KAPITEL

Am folgenden Tag hatte Johanna genug von der Suche nach Mördern und vermissten Mädchen. Sollten sich doch andere darum kümmern! Sie hatte es langsam satt, deshalb immer wieder in Schwierigkeiten zu geraten! Ohnehin war es dringend nötig, dass sie in ihrem Heim einmal gründlich für Ordnung sorgte. Also machte sie sich daran, den Staub zu entfernen, die Spanschachteln, Tiegel und Säckchen auf den Regalborden zu ordnen und ihr Haus auszukehren. Sie hatte auf dem gestrigen Heimweg noch ein paar frische Kräuter gepflückt, die ihr ins Auge gestochen waren. Nun legte sie die Blüten, Wurzeln und Blätter auf ein grobes Leinentuch, das sie in einen Holzrahmen gespannt hatte, und stellte das Ganze zum Trocknen an einen schattigen Platz in ihrem Garten.

Dabei fiel Johanna ein, dass der Strohsack ihres Bettes ebenfalls frisch gestopft werden sollte, damit er so gut wie der von Pius roch und nicht nach wildem Getier und den Ausdünstungen des Schlafes. Der Gedanke an den Einsiedler weckte Gewissensbisse in ihr, von denen sie nicht wusste, was sie dagegen tun sollte.

Um auf andere Gedanken zu kommen, versuchte Johanna, Ida dazu zu bringen, ihr beim Putzen zu helfen. Doch das Mädchen interessierte sich nicht sonderlich dafür und verlor, nachdem sie ihr gezeigt hatte, wie man die Bettfelle ausschüttelte, schnell die Lust. Kurze Zeit später saß sie in einer Ecke des Hauses, kraulte das Fell der Wölfin und sah Johanna bei ihrer Mühe zu.

Gegen Abend war alle Arbeit getan. Johanna ließ sich auf einer der Bänke nieder und betrachtete zufrieden ihr Werk. Alles war sauber und ordentlich, und über dem Herdfeuer köchelte eine dicke Suppe aus Gerste und Lauch.

Der Frieden dauerte nicht lange. Sie saßen gerade bei Tisch, wo Johanna versuchte, Ida dazu zu bewegen, etwas Suppe wie ein anständiger Mensch mit einem Holzlöffel zu essen, als es wieder einmal an der Tür klopfte. Hatte man denn nie seine Ruhe?

Der dort stehende Besucher musterte sie mit dem Blick eines Mannes, der im Rang über ihr stand. »Bist du die Heilerin?«

»Die bin ich«, erwiderte Johanna. Ein mulmiges Gefühl stieg in ihr auf. Was wollte der Mann von ihr?

»Herzog Reinold von Urslingen befiehlt dich auf seine Burg. Du musst unverzüglich mit mir kommen. Sein Weib gebiert ein Kind, aber sie liegt schon zu lange in den Wehen. Die Hebamme braucht dich.«

Johannas anfängliches Misstrauen steigerte sich. War es doch der Urslinger, der sie unschädlich machen wollte? Sollte dieser Mann zu Ende bringen, was beim letzten Mal nicht geglückt war? Doch seine Sorge schien echt zu sein. Wenn dies auch nichts heißen mochte. Schließlich hatte sie die Finte über die erfundene Krankheit der Meierin ebenfalls für wahr gehalten. Den knielangen geschlitzten Rock über eng anliegenden Beinlingen, die in hohen Stiefeln steckten, konnte man zwar nicht pompös nennen, jedoch gut genug, um die Verbindung ihres Besuchers zum Adel zu unterstreichen. Und falls stimmte, was er sagte, widersetzte sie sich dem Herzog, wenn sie nicht mit ihm ging. Das würde sie ebenfalls teuer zu stehen kommen. Was blieb ihr also anderes übrig, als mit ihm zu gehen?

»Wartet hier. Ich packe alles Nötige zusammen.«

»Tu das, aber beeile dich.« Der arrogante Ton des Mannes ließ keinen Zweifel an der Dringlichkeit seiner Worte.

Johanna steckte alles, was sie brauchte, in eine Tasche. Während sie diese umhängte, wies sie Ida an, mit der Wölfin im Haus zu bleiben. »Vermutlich werde ich die ganze Nacht fort sein.«

Wie üblich zeigte Ida keine Reaktion, und so verschloss Johanna vorsorglich die Tür.

Der Mann saß bereits im Sattel, als sie nach draußen kam.

Er hob ihr die Hand entgegen und zog sie hinter sich auf den Rücken des Pferdes. Johanna hielt sich mit klopfendem Herzen an ihm fest, während er dem eleganten Reittier die Sporen gab und mit ihr davonsprengte.

Die Leute stoben erschrocken zur Seite, als das Ross mit seinen beiden Reitern rücksichtslos durch das Städtle galoppierte. Dann ging es immer weiter bergauf. Johanna hatte alle Mühe, nicht herunterzufallen. Sie war dergleichen nicht gewohnt. Die Burg türmte sich wie ein grober Klotz über ihnen auf, und dennoch wünschte sie sich, dass es nicht allzu lange dauern würde, bis sie dort ankamen. Zum Glück jagten kurz darauf die klappernden Hufe des Pferds über das Holz der Zugbrücke. Für einen kurzen Moment barg die beiden Reiter der Schatten des breiten Bogens unter dem Torturm, dann waren sie in der von hohen Wehrmauern und Wirtschaftsgebäuden umgebenen Vorburg, in der sich unter Apfelbäumen ein gepflegter Gemüsegarten befand. Der Reiter vor ihr lenkte das Tier durch einen weiteren Torbogen, und schließlich hielt er in dem großen Innenhof, an dessen Rand sich Palas, Bergfried und Stall sowie eine weitere Wehrmauer reihten. Die Abendsonne beschien mit ihren letzten Strahlen den steinigen Boden des eingefriedeten Platzes, doch war er seltsam leer. Sie war noch nicht oft hier gewesen, aber sie erinnerte sich an das geschäftige Treiben, das hier stattgefunden hatte. Die ganze Burg schien sich in einer seltsamen Starre zu befinden, und selbst die Wachen auf der Wehrmauer sahen bekümmert drein.

Als Johanna mit zitternden Knien vom Pferd stieg, vernahm sie den Grund. Laute Schreie drangen aus einem Fenster des Palas, die auch das Spiel einer Laute nicht übertönen konnte. Dann war es wieder still. *Es ist also wahr*, dachte Johanna erleichtert. *Die Herzogin liegt tatsächlich in den Wehen.*

Wie aus dem Nichts eilte ein Stallknecht herbei und führte das Pferd des Adligen zu einem überdachten Brunnen, neben dem sich eine Tränke befand. Vor dem Stall stand ein bunter Wagen, der Johanna allzu bekannt vorkam. *Clewin*, dachte sie. *Er ist immer noch hier.*

»Komm mit mir!« Ihr Begleiter eilte auf den mehrstöckigen Palas zu, dessen gemauerte Wände auf halber Höhe in Fachwerk übergingen. Eine überdachte hölzerne Treppe führte in sein Inneres. Als sie in die große Halle eintraten, verstummten die Töne der Laute. Der Spielmann stand an einem der großen Fenster, von denen es nicht allzu viele gab. Ihr Licht beschien die gemauerten Wände, an denen Schilde mit dem Wappen der Stadtherren hingen. Die darauf abgebildeten schmucklosen roten Schilde bildeten ein auf dem Kopf stehendes Dreieck auf weißem Grund. Daneben hingen Waffen. Schwerter, Armbrüste und Morgensterne, die einen Eindruck von der Wehrhaftigkeit der hier Herrschenden vermittelten. Sogar ein Jagdhorn entdeckte Johanna dort. Trotz des warmen Wetters war es sehr kühl in dem lang gezogenen rechteckigen Raum, dessen offener Kamin kalt und unbenutzt an seiner Stirnseite lag.

Nicht weit davon entfernt saß der Urslinger und erwartete sie. Seine muskulösen Arme lagen auf den hölzernen Armlehnen eines Lehnstuhls. Der Herzog war ein großer, furchteinflößender Mann, der auf die vierzig zuging und dessen grobe Gesichtszüge von kalter Arroganz sprachen. Vor ihm stand eine Quertafel aus dunklem, gemasertem Holz, auf der jemand einen Krug abgestellt hatte. Der ganze Raum, an dessen Seitenwänden Reihen aus schlicht gezimmerten Tischen und Bänken standen, roch nach dem süß duftenden Wein, den der Krug enthielt. Es war offensichtlich, dass der edle Herr dem Inhalt schon mehrmals zugesprochen hatte. Strähnen seines langen, hellen Haares hingen ihm ins Gesicht, und etwas Feuchtes rann über den dunkleren Bart. Als ob er Johannas Gedanken erraten hätte, schenkte er sich den Becher, den er in der Hand hielt, noch einmal voll.

Clewin warf Johanna einen warnenden Blick zu, der das nervöse Zittern in ihrem Magen verstärkte. Die zwei Tecker Herzöge, Schwager und Schwiegervater des Urslingers, die beide auf den Namen Hermann hörten, hatten sich wohl angesichts des Leids in ihre eigenen Gemächer zurückgezogen.

»Edler Herr.« Der Mann, der sie hergebracht hatte, deutete eine leichte Verbeugung an. »Ich bringe Euch die Heilerin.«

Dann wurde Johanna nach vorn geschoben und beeilte sich, den Herzog mit einem unterwürfigen Knicks zu grüßen.

»Das sehe ich«, erwiderte der Herzog kalt. Seine Augen hefteten sich auf sie. Nichts Freundliches lag in ihnen. »Sorge dafür, dass das Geschrei endlich aufhört – und rette das Kind. Ich will einen gesunden Sohn, hast du mich verstanden?« In seiner Miene lag ein Ausdruck reizbarer Ungeduld und ein Zorn, der nur knapp unter der Oberfläche lauerte.

Johanna senkte die Lider und knickste noch einmal. Dann floh sie aus der Halle. Ihr Begleiter wies ihr den Weg zur Schlafkammer der Herzogin, während jähe Angst sich ihrer bemächtigte. Hoffentlich konnte sie noch etwas tun, und Weib und Kind waren nicht bereits verloren!

Feuchter Dampf drang ihr aus der just geöffneten Tür entgegen, neben dem alles überlagernden Geruch von Schmerz, Schweiß und Fruchtbarkeit. Die Kammer der Herzogin lag ein Stockwerk höher und machte einen freundlicheren Eindruck als die darunterliegende Halle. Auch war es deutlich wärmer, weil hier bereits das Fachwerk der Wände begann. Der dampfende Wasserkessel tat sein Übriges.

Die Schreie, die nach einer Zeit der Stille wie Sturmgeheul in Johannas Ohren drangen, verbunden mit der verzweifelten Miene der Hebamme, machten diesen Eindruck schnell wieder zunichte.

»Johanna! Dem Herrn sei Dank, dass du endlich da bist.«

Die Herzogin lag mit gespreizten Beinen auf dem Bett, einem breiten hölzernen Kasten, der wesentlich nobler aussah als das schlichte Nachtlager in Johannas Behausung, und wand sich unter den Schmerzen einer heftigen Wehe. Das edle Bettzeug hatte man sorgsam entfernt und auf den Boden gelegt. Die kostbare Matratze war mit dicken Tüchern abgedeckt, was bei dem vielen Blut, das dort prangte, gewiss nicht verwunderlich war. Auch das Hemd der Herzogin war blutbefleckt.

Zwei Dienstmägde standen der Hebamme mit beklommener Miene zur Seite, einer Frau mittleren Alters, die auf den alten Namen Gerberga hörte.

Sie alle haben schreckliche Angst. Wenn etwas schiefgeht, werden sie die Verantwortung dafür tragen müssen – und du gehörst nun dazu.

Inzwischen waren die Schreie verebbt.

Johannas Beine zitterten, als sie vor der Herzogin einen Knicks machte. »Seid gegrüßt, edle Herrin. Ich bin hier, um Euch zu helfen.«

Ein mattes Nicken bewegte das Kissen unter dem Kopf der Schwangeren.

»Die Herzogin Beatrix quält sich schrecklich«, erklärte Gerberga. »Das Kind liegt verkehrt und kommt nicht heraus. Ich habe versucht, es zu drehen, aber es gelang mir nicht. Nun kann ich nichts mehr für sie tun.«

Johannas Aufmerksamkeit richtete sich wieder auf das schweißbedeckte Gesicht der Herzogin, die sie mit einer Mischung aus Verzweiflung und Flehen ansah.

»Die Geburt hat schon letzte Nacht begonnen«, fuhr die Hebamme fort. »Ihre Kraft schwindet. Noch dazu hat sie jede Menge Blut verloren. Du musst etwas unternehmen.« Johanna las in Gerbergas Augen noch etwas anderes: Wenn du es nicht kannst, sind wir alle verloren!

»Darf ich es mir einmal ansehen, edle Herrin?«

Wieder nickte die Herzogin.

Behutsam schob Johanna zwei ihrer Finger in den Geburtskanal, und was sie dort fühlte, war eine kleine Ferse, die sich ihr trotzig entgegenstreckte. Das Kind saß fest, und wenn sie sich nicht beeilten, würde es ersticken, bevor es geboren war.

»Ich muss schneiden«, sagte Johanna. »Sonst kann es nicht heraus.«

Die Hebamme warf ihr einen wissenden Blick zu.

Rasch nahm Johanna ihr bewährtes Messer vom Gürtel. Sie reinigte es in dem Kessel mit dampfend heißem Wasser. Dann hielt sie die Klinge über das schwelende Feuer eines Kohlebeckens.

Das Messer war noch warm, als die nächste Wehe einsetzte.
Gut so, dachte Johanna, *dann wird sie das kalte Eisen nicht spüren.*

Während Gerberga ihre Hände auf den Bauch der Herzogin legte, fischte Johanna nach dem Fuß des Säuglings. Auf dem Höhepunkt des Schmerzes tat sie einen raschen, tiefen Schnitt, der den Geburtskanal vergrößerte. Die Herzogin schrie dennoch gequält auf, doch niemand konnte ihr dieses Leid ersparen.

»Presst jetzt – fest!«, forderte Johanna die Herzogin auf.

Gerberga half mit den Händen nach und drückte mit ihrem ganzen Gewicht den Säugling nach unten, während die Mühe der Schwangeren sich in lang gezogenen qualvollen Tönen Luft machte. Behutsam zog Johanna an dem winzigen Fuß.

»Gut so. Lasst nicht nach!«

Mit jeder Welle, die sich im Bauch der Herzogin um das Kind drängte, kam zunächst ein kleiner Fuß, dann das bleiche Bein des Kindes zum Vorschein. Jetzt sah Johanna schon das Gesäß des Säuglings, das den Geburtskanal auf eine schier unmögliche Weite dehnte. Doch mehr wagte sie nicht zu schneiden. Dann war es geschafft, und der Rest glitt mit einem feuchten Geräusch auf die mit Tüchern bedeckte Matratze.

Das Kind lag mit verkniffenen Zügen vor ihr. Ein Mädchen, wie Johanna bemerkte. Die bläulich schimmernde Haut war mit einem schmierigen Belag überzogen. Doch war es nicht das, was Johanna ängstigte. Viel bedrückender war die Tatsache, dass es nicht schrie.

Abrupt verließ Gerberga ihren Platz. Rasch nahm sie das Neugeborene in ihre Arme. Dann tat sie etwas, das ein schauderndes Gefühl in Johanna erregte, wofür sie aber später zutiefst dankbar war. Die Hebamme stülpte ihren Mund über die winzige Nase des Kindes, saugte den Schleim heraus, der sie verstopfte, und spukte den Klumpen auf den Boden. Mit dem Mund des Säuglings tat sie das Gleiche. Dann packte sie das Mädchen bei den Füßen, drehte es einem erlegten Hasen gleich auf den Kopf und versetzte ihm einen kräftigen Schlag auf das Gesäß. Der entrüstete Schrei, der daraufhin aus dem Mund der Kleinen drang, ließ nicht nur die Herzogin aufatmen. Johanna sah die unbeschreibliche Erleichterung auf den Gesichtern der anderen, die auch sie erfüllte. Das Mädchen lebte!

Doch es gab noch etwas zu tun. Bedauernd sah sie der Herzogin in die Augen, als ihr das in eine Windel gewickelte Kind in die Arme gelegt wurde. Die edle Frau zitterte vor Schwäche. Eine der Mägde hielt schützend ihren Arm, damit sie das Neugeborene nicht fallen ließ. »Ich muss Euch noch nähen, edle Herrin. Damit Ihr wieder ganz heil werdet.«

Die Herzogin reagierte anders als ihr Gatte. Sie erwiderte tapfer, aber nicht ohne Freundlichkeit ihren Blick. »Tu, was du tun musst.«

Am Ende war es geschafft. Johanna hatte die große Wunde mit einem gewachsten Hanffaden vernäht. Um den Rest würden sich Gerberga und die Mägde kümmern. Ihr selbst wurde aufgetragen, die gute Nachricht dem Vater zu überbringen.

»Euer Kind ist nun auf der Welt, edler Herr«, sagte Johanna, als sie wieder in der Halle ankam.

»Ist es gesund?«

Sie glaubte eine Spur von Angst in seiner Miene zu entdecken. »Soweit man dies beurteilen kann.«

Das Lachen des Herzogs hallte laut und dröhnend von den Wänden wieder. »Wann kann ich meinen Sohn sehen?«, fragte er, nachdem er sich erholt hatte.

»Das könnt Ihr bald«, erwiderte Johanna, der es lieber gewesen wäre, er hätte die Frage erst nach ihrem Abschied gestellt. »Aber es ist ein Mädchen.«

Die derbe Freude entwich aus den Zügen des Urslingers, und für einen Moment dachte Johanna, er würde sie schlagen, doch dann besann er sich. Schließlich konnte sie *dafür* nun wirklich nichts. »Nun gut. Lass dir von meinem Kämmerer etwas zu essen und deinen Lohn geben – und dann verschwinde.«

»Jawohl, edler Herr.«

Der Spielmann musterte sie anerkennend, als sie die Halle verließ.

Es war wohl der Kämmerer gewesen, der sie auf die Burg gebracht hatte, denn nun führte er sie in die Küche, wo ein Mahl aus Fleisch mit Sauerkirschtunke, die nach Zimt, Nelken und Pfeffer schmeckte, auf sie wartete. Dazu gab es Brot aus weißem Mehl, das trocken, aber immer noch genießbar war. Vermutlich waren es die Reste der herzoglichen Tafel, aber immerhin war es Fleisch, das Johanna selten zu Gesicht bekam. Ihr schien, dass sie nie etwas Köstlicheres gekostet hatte. Danach entlohnte sie der Kämmerer mit zwei Silberpfennigen, die sie dankbar entgegennahm.

»Den Heimweg wirst du wohl selbst finden«, sagte er in hoheitsvollem Ton. »Nimm dir eine Fackel mit. Es ist schon dunkel.«

Als Johanna nach draußen trat, schweifte ihr Blick über den mit Fackeln erhellten Hof. Satt und zufrieden, dass sie noch einmal davongekommen war, machte sie sich auf den Weg zum Tor, das den eingefriedeten Platz von der Vorburg trennte. Plötzlich stockten ihre Schritte. Was hatte Michel gesagt? »Schon so manche Magd ist in der Jauchegrube ihres Herrn verschwunden und nie wieder daraus hervorgekommen. Ich könnte mir vorstellen, dass es sich auf einer Burg nicht viel anders verhält.«

Und wenn Michel nun recht hatte? Einem groben, gefühllosen Klotz wie dem Herzog konnte man dies ohne Weiteres zutrauen, selbst wenn er heute nicht versucht hatte, sie zu beseitigen. Möglicherweise wiesen auch all die verschleierten Worte von Marie und Lenz auf ihn hin? Und brach er nicht immer wieder als Soldritter nach Italien auf? Nur Gott allein wusste, was er dort trieb.

Abrupt kehrte Johanna noch einmal um. Der große Burggarten verlangte nach Dung. Nach Mist und Jauche. Nicht alle hatten eine Jauchegrube. Ihr eigener Stall war zu klein, als dass sie eine benötigt hätte. Der Burgstall hingegen sah groß genug aus. Wenn es eine solche Grube gab, musste sie sich in der Nähe des Stalles befinden.

Sie drückte sich in den Schatten der Wehrmauer und schritt leise voran. Die späte Stunde deutete darauf hin, dass die meisten Bewohner der Burg schliefen. Ein paar Männer standen sicherlich oben auf dem Wehrgang Wache, aber da sie sich noch keine Fackel genommen hatte, konnte sie unbemerkt unter ihnen vorbeihuschen. Langsam näherte sie sich dem Stall, umrundete ihn und stieß auf die unvermeidliche Mauer, die auch ihn begrenzte. Wenn es eine Grube gab, musste man sie außerhalb der Burg angebracht haben. Sie merkte sich die Stelle, dann schritt sie zum Tor, nahm sich eine Fackel und trat den Heimweg an.

18. KAPITEL

Zwei Tage später entdeckte Johanna das Gefährt des Spielmanns, der auf ihr Haus zurollte. Sie wollte gerade zum Brunnen gehen, um frisches Wasser zu holen. Nun stellte sie den leeren Kübel ab und wartete, bis er anhielt und vom Wagen gestiegen war.

»Wie geht es dem Kind der Herzogin?«, fragte Johanna, als Clewin mit einem freundlichen Lächeln auf sie zukam.

»Es ist gesund und munter. Ich muss schon sagen, du hast erstaunliches Geschick. Ich hätte nicht mehr viel auf das Leben von Mutter und Kind gegeben«, fuhr er anerkennend fort.

»Bist du gekommen, um mir das zu sagen?«, fragte sie trocken.

Schlagartig wurde er ernst. »Nein. Das bin ich nicht.« Er stand nun direkt vor ihr. »Ich habe mich verbrannt und frage mich, ob du wohl etwas für mich tun könntest?« Er streckte den Daumen vor, an dem eine dicke, entzündete Blase prangte.

»Wie ist denn das passiert?«

»Ich habe an einen heißen Kessel gefasst, war wohl nicht ganz bei der Sache.«

Johanna konnte sich des Eindrucks nicht erwehren, dass er dies mit Absicht getan hatte.

»Willst du mich nicht hereinbitten?«

Unschlüssig wandte sich Johanna um. »Wenn du meinem bescheidenen Heim unbedingt einen Besuch abstatten möchtest«, sagte sie schließlich. »Aber du weißt, dass das nicht schicklich ist.«

Er warf ihr ein verwegenes Grinsen zu und trat unbeirrt hinter ihr ein.

Ida und die Wölfin musterten den Besucher erstaunt, doch anscheinend gewöhnten sie sich allmählich an die zeitweilige männliche Gesellschaft.

»Setz dich auf eine der Bänke. Ich werde eine Salbe holen.«

Clewin schaute sich in dem Häuschen um, während Johanna nach der betreffenden Salbe suchte. Nachdem sie fündig geworden war, nahm sie den Schemel und setzte sich vor ihn, um die Arznei auf den verletzten Daumen aufzutragen.

»Willst du nicht mit mir kommen?«, fragte er plötzlich.

Überrascht hielt Johanna inne und sah auf. Darauf wusste selbst sie keine Antwort. Stattdessen kribbelte und summte es in ihr wie in einem Wespennest.

»Warum tust du dich nicht mit mir zusammen?«, setzte er fast ein wenig schüchtern hinzu. »Du und ich, wir wären ein feines Paar.« Seine Augen ließen sie nicht los. Sein Blick war voller süßer Versprechen.

»Machst du mir etwa einen Heiratsantrag?«, fragte Johanna mit einer Stimme, die selbst in ihren Ohren unsicher klang. Sie sah, wie es in den dunklen Augen flackerte.

So ist das also. Du willst von dem Honig kosten, ohne etwas dafür zu bezahlen.

»Wir beide hätten keine Schwierigkeiten zu überleben. Findest du nicht? Du mit deinem Talent zu heilen und ich mit meiner Kunst. Die ganze Welt läge uns zu Füßen. Wir wären überall und nirgends, und kein Herr könnte von uns verlangen, ihm zu dienen.«

Es sollte wie ein Scherz klingen, doch Johanna sah in Clewins Augen, wie ernst es ihm war. Das aufregende Kribbeln in ihrem Leib hatte nicht nachgelassen. Widerstrebend musste sie sich eingestehen, wie anziehend sie Clewin fand. Wenn sie ehrlich war, empfand sie schon eine ganze Weile so. Obwohl sie nicht wusste, ob es an der dunklen Gestalt lag, die so geschmeidig wie die einer Katze war, oder an seinem bezaubernden Lächeln, das ein Leben voller Leichtigkeit versprach.

Doch dann musste Johanna an ihren Vater denken, der auch ein Spielmann gewesen war, und an ihre Mutter, die den Preis für seine Verantwortungslosigkeit bezahlt hatte. Nie und nimmer wollte sie das gleiche Schicksal erleiden. Auch Lukas kam ihr in den Sinn. Er hatte es nicht verdient, auf diese Weise verletzt zu werden. *Ist das wirklich alles, dass Lukas es nicht verdient hat?*

»Ich kann dein Angebot nicht annehmen. Mein Platz ist hier.« Die Antwort sollte kühl klingen, doch hörte man deutlich den Anflug des Bedauerns in ihrer Stimme. »Die Leute brauchen mich. Ich kann sie nicht verlassen.«

»Nicht einmal für mich?«

»Nicht einmal für dich«, sagte sie nun fester.

»Schade.« Die aufkeimende Trauer in seinem Blick vermischte sich mit trotziger Überheblichkeit. »Dann werde ich meinen Weg wohl weiter allein gehen müssen.« Abrupt stand er auf. »Leb wohl, schöne Maid. Ich schätze, wir werden uns nicht wiedersehen.«

Johanna sah ihm nicht nach. Stumm blieb sie sitzen, und als sie das Geräusch des sich entfernenden Wagens hörte, erfüllte eine ungebetene Trauer ihr Herz.

Lukas trieb sich auf der Straße herum, etwas abseits von Johannas Haus, damit sie ihn nicht sehen konnten, aber dennoch nah genug, um sich dem Spielmann in den Weg zu stellen, sobald er aufbrechen würde.

Dieser verfluchte Wicht! Warum suchte er schon wieder Johannas Nähe? Ihm gefielen diese Besuche ganz und gar nicht. Der Spielmann hatte hier nichts verloren! *Oh, ja,* dachte Lukas erbost. Er hatte die beiden beobachtet. *Ich habe seine Worte vernommen, bevor sie mit ihm im Haus verschwunden ist. Der Ärmste klagte über einen verbrannten Daumen. Dass ich nicht lache! Erkennt sie denn nicht, dass er es allein auf sie abgesehen hat und die lächerliche Wunde ihm nur als Vorwand dient?*

Lukas' Hände ballten sich zu Fäusten. Dass er sie eben selbst aus diesem Grund besuchen wollte, spielte dabei keine Rolle. Schließlich hatte er ehrenvolle Absichten, die ganz sicher nichts mit denen von Clewin gemein hatten. Selbst das Stellen von Bärenfallen fiel in diesen Bereich. Wenn er Johanna nur nichts antat! Einem wie dem Spielmann konnte man niemals trauen. Waren diese eitlen Gecken nicht dafür bekannt, dass sie sich nahmen, was sie begehrten, einerlei, ob es sich dabei um eine verheiratete Frau oder eine Jungfer handelte? Kaum eine schien ihr Werben in den Wind zu schlagen, und wenn es noch so unsittlich war. Lukas' Herz sank bei dem Gedanken an das, was dort drinnen vor sich gehen mochte, immer tiefer.

Vielleicht sollte Clewin es einmal mit ehrlicher Arbeit versuchen, dachte er erbittert. *Das würde ihn ganz gewiss auf andere Gedanken bringen.* Missmutig betrachtete er seine dunklen Beinkleider, die staubig und voller Flecken waren. Den derben schmutzigen Kittel und die schwieligen, mit kleinen Wunden übersäten Hände. Nichts Anmutiges lag darin, eher eine robuste Männlichkeit. Doch das gehörte eben dazu, wenn man tagelang Stämme zurichtete, damit sie zu einem Floß verbunden werden konnten. Die Arbeit war hart und anstrengend, und im Gegensatz zu so manchem Spielmann fühlte er sich nicht frisch und ausgeruht, wenn er Johanna besuchte. War es da ein Wunder, dass die Worte weniger galant als die des arroganten Wortdrechslers über seine Lippen kamen? Ganz davon abgesehen, dass er sich auf solcherlei Geplänkel nicht verstand, wie er sich zähneknirschend eingestehen musste. Je länger Lukas darüber nachdachte, desto mehr fiel ihm auf, wie wenig er zu bieten hatte.

Du hast andere Vorzüge, machte er sich Mut. *Du bist da, wenn Johanna dich braucht, und wirst sie retten, falls er ihr etwas antun will.* Das würde ihm hier draußen nicht entgehen. Er würde hierbleiben und es hören, falls drinnen etwas aus dem Ruder lief. Ein boshaftes Grinsen huschte über die wutverzerrte Miene von Lukas, als ihm ein neuer Gedanke kam. Die Wölfin würde dabei auch nicht tatenlos zusehen.

Aber was würde geschehen, wenn die beiden sich ohne jede Feindseligkeit näherkamen? Möglicherweise hatte Johanna überhaupt nichts dagegen einzuwenden? Ein eisiger Stachel senkte sich in sein Herz. Vielleicht benahm sie sich in der Gegenwart des Spielmanns ganz anders als bei ihm? Dann würde niemand einschreiten.

Lukas wand sich vor Eifersucht und Ungeduld, während er mit energischen Schritten ein Stück des Weges auf und ab marschierte. Warum kam der Kerl nicht endlich heraus? Er würde dafür sorgen, dass er sich *nie wieder* in Johannas Nähe wagte!

Tatsächlich dauerte es nicht lange, bis Lukas das Rumpeln des Wagens vernahm, dessen Räder sich einen Weg über die Straße bahnten, die von Schiltach wegführte. Jetzt summte der Kerl auch noch ein fröhliches Lied vor sich hin, als ob sein Besuch bei Johanna äußerst erfolgreich gewesen wäre. Na, das würde er ihm austreiben! Er würde dem Spielmann eine Lektion erteilen, die ihn für alle Zeit von Johanna fernhielt.

Schnell schlug sich Lukas ins Gebüsch, damit er von der Straße aus nicht zu sehen war. Erst als das Gefährt sich schon fast auf seiner Höhe befand, trat er aus dem Versteck heraus und griff nach Zaumzeug und Zügeln des Pferdes. Das Tier erschrak ebenso sehr wie sein Lenker. Lukas strich sanft über die weichen Nüstern, um es zu beruhigen, während der Spielmann erschrocken an den Zügeln riss.

»Bist du noch ganz bei Trost?«, zischte Clewin aufgebracht.

Lukas überging die Frage und unterdrückte mühsam seine Eifersucht. Zuerst galt es, noch etwas anderes zu klären. »Hast du die Fallen gestellt, in die Johanna hineintappen sollte?«

Die Augen des Spielmanns weiteten sich, als habe er ihm gerade ein unsittliches Angebot gemacht. »Sehe ich etwa so aus, als ob ich ihr etwas antun wollte?«, fragte er aufreizend.

Sein Blick schien Lukas schier zu durchdringen, dann zog ein breites Lächeln über Clewins Mund. »Du weißt ganz genau, dass ich es nicht war, oder?« Er schüttelte in gespieltem Tadel den Kopf. »Es ist nicht sehr ehrenwert, sich auf diese Weise eines unliebsamen Nebenbuhlers zu entledigen. Kannst du das mit deinem Gewissen vereinbaren?«

Lukas' Brauen schossen verblüfft in die Höhe.

»Jetzt tu nicht so scheinheilig«, entgegnete der Spielmann. »Meinst du, ich merke nicht, dass du sie für dich haben willst?

Aber zu deiner Beruhigung und damit dieser Verdacht ein für alle Mal aus der Welt geschafft wird: Nach meinem letzten Besuch in dieser Gegend bin ich nach Offenburg gezogen. Dort war ich eine ganze Woche lang, bevor ich nach Gengenbach fuhr und mich dann wieder auf den Weg machte. In Offenburg verbrachte ich die Tage in der Gaststube des Lindenwirts, wo ich die Gäste mit Musik und Gesang unterhielt. In den Nächten fand ich meine wohlverdiente Ruhe in seiner Scheune. Du kannst es gern nachprüfen. Seine Tochter kann bestätigen, dass ich jede Nacht dort war, obwohl ihr Vater über diese Tatsache nicht sehr erfreut sein dürfte. Willst du noch mehr wissen?« Ein anzügliches Grinsen erhellte seine Miene.

Lukas hätte nicht übel Lust, es ihm aus der selbstgefälligen Visage zu prügeln, die ihn so siegessicher anstarrte. Zu Fuß lag Offenburg zwei Tagesmärsche entfernt. Um es nachzuprüfen, hätte er seine Arbeit für mehrere Tage verlassen müssen, was um diese Jahreszeit schlicht unmöglich war. Es konnte ihn seine Stellung kosten. Mit einem Floß würde er gewiss einmal dorthin kommen. Doch bis dahin war der Spielmann über alle Berge. »Was hattest du bei Johanna zu suchen?«, schrie er, nicht im geringsten Maße besänftigt.

Die dunklen Augen des Spielmanns sahen plötzlich verstockt und abweisend aus. »Das geht dich nichts an.«

»Lass Johanna zufrieden, hast du verstanden?«

»Weshalb sollte ich das tun?«

»Weil sie viel zu schade für dich ist.«

»Und wenn sie inzwischen Gefallen an mir gefunden hat? Was tust du dann?«

Der selbstgefällige Ton seines Gegenübers versetzte Lukas vollkommen in Rage. Blind vor Zorn zerrte er den verblüfften Spielmann vom Kutschbock und holte wütend mit der Faust aus. Der erste Hieb traf den Kerl unterm Kinn. Er taumelte, fing sich aber wieder und ging nun selbst zum Angriff über. Lukas sah den Haken zu spät kommen, der krachend auf seine rechte Wange niederging. Vor Anstrengung keuchend schlugen die beiden aufeinander ein. Lukas spürte die Fäuste des Spielmanns auf Rippen und Hüfte, dann landete er einen Treffer in die Magengrube seines Gegners.

Die Luft entwich pfeifend aus Clewins Lungen. Schmerzerfüllt krümmte er sich und hob abwehrend die Hand. »Ist schon gut. Du hast gewonnen.« Mit verzerrter Miene humpelte er auf seinen Wagen zu, dessen Zugtier gemächlich das Gras vom Wegesrand rupfte. Mit einem von Pein erfüllten Grunzen schwang er sich auf den Kutschbock. Dann schnalzte er mit den Zügeln. Das Pferd hob missmutig den Kopf, zog aber gehorsam an.

Noch immer stand Lukas keuchend am Wegesrand, als das Gefährt von dannen zuckelte. »Lass dich nie wieder hier sehen, du Hundsfott. Hast du verstanden?«, rief er dem rumpelnden Wagen hinterher.

Der Spielmann machte eine wegwerfende Geste, hielt es aber nicht mehr für nötig, erneut anzuhalten.

Von Genugtuung erfüllt, sah Lukas dem bunten Karren hinterher. Der Geschmack von Eisen erfüllte seinen Mund. Er sah Blut, als er in den Straßenstaub spuckte. Doch war es nichts im Vergleich zu der triumphalen Freude, die ihn durchzuckte. Er hatte den eitlen Gecken besiegt, dessen Fäuste nicht so schnell wie sein loses Mundwerk waren.

Mit etwas Glück würde er ihn nie wieder zu Gesicht bekommen.

19. KAPITEL

Lukas wagte erst am nächsten Abend einen Besuch bei Johanna. Sein Tagwerk war vollbracht, obwohl er heute Mühe gehabt hatte, seiner Arbeit nachzugehen. Jeder Knochen tat ihm weh, seine rechte Gesichtshälfte war geschwollen, und das Innere seiner Wange fühlte sich wund an. Sogar ein blaues Auge hatte er davongetragen. Wegen seines Aussehens hatte er sich den einen oder anderen derben Scherz anhören müssen, war aber nicht so weit gegangen zu erzählen, was ihm zugestoßen war. Das ging die anderen nichts an. Was sein Verhältnis zu Johanna betraf, so konnten seine Verletzungen durchaus nützlich sein. Hatte er sich nicht ohnehin vorgenommen, auch einmal so hilfsbedürftig zu werden wie diejenigen, um die sie sich so gern sorgte? Nun bot sich die Gelegenheit dazu.

Johanna wich erschrocken zurück, als sie ihm die Tür öffnete. »Lukas! Was ist mit dir? Hast du dich etwa geschlagen?«

Lukas winkte hoheitsvoll ab. Anscheinend hatte sie von dem Streit nichts mitbekommen. »Ist nicht so wichtig, außer der Tatsache, dass ich fürchterliche Zahnschmerzen habe. Kannst du mir nicht etwas geben, damit ich morgen wieder arbeiten kann?« Zwar war dies gelogen, aber das wusste Johanna ja nicht. Sein Gesicht deutete jedenfalls ohne Weiteres darauf hin.

Mit einer einladenden Geste bat Johanna ihn herein.

Im Innern des Häuschens angelangt riss er ungläubig die Augen auf. Staunend sah er sich um. »Was ist denn hier passiert?«

Das Mädchen und die Wölfin saßen am Boden und musterten ihn interessiert, aber nicht feindselig, doch war es nicht das, was Lukas erstaunte.

»Was meinst du?« Johanna war offensichtlich verblüfft.

»Es ist so sauber und ordentlich hier.« Schon als er dies

sagte, wurde ihm klar, dass er wohl besser den Mund gehalten hätte.

Johanna runzelte missbilligend die Stirn. »Du willst doch nicht etwa sagen, dass ich ein Schmutzfink bin?«

»Doch … ähm, nein, natürlich nicht«, versuchte Lukas, sich aus der verfahrenen Situation zu retten. Ein ungemütliches Gefühl kroch ihm in den Bauch. Sein flehentlicher Blick traf das Mädchen, das noch immer am Boden hockte. Ihr Kinn ruhte auf den angezogenen Knien, während sie ihn stumm betrachtete. Sie machte nicht den Eindruck, als ob sie ihm aus der Zwickmühle heraushelfen wollte.

Inzwischen hatte Johanna die Arme vor ihrer Brust verschränkt. Kein gutes Zeichen. »Ich höre«, entgegnete sie würdevoll.

»Nun, was ich damit sagen will, ist …« Er suchte nach den richtigen Worten. »Für gewöhnlich bist du etwas … chaotischer.« Am liebsten hätte er seine Zunge verschluckt, nachdem ihm klar geworden war, dass er sich immer mehr in seinen Antworten verstrickte. »Noch nie sah ich die Tiegel und Schachteln so ordentlich gestapelt in den Regalen stehen. Ich meine … das ist doch ein … gutes Zeichen, solange du alles findest, was sich darin versteckt hält – und es macht dich deshalb nicht weniger … liebenswert«, beendete Lukas sein Gestammel.

»So?«, entgegnete sie schmallippig, ohne die Mühe eines weiteren Kommentars. »Dann lass mich in deinen Mund schauen. Warte, ich hole den Schemel.«

Gehorsam setzte Lukas sich und öffnete die Lippen. »Wasch wollte denn der Schpielmann geschtern hier?«, nuschelte er etwas undeutlich, während sie ein Talglicht zu Hilfe nahm und kritisch seine Mundhöhle beäugte. Länger konnte er seine Neugier und die damit verbundene Angst nicht im Zaum halten.

»Oh, nichts Besonderes«, erwiderte Johanna trocken. »Nur, dass ich mit ihm gehe.«

Ihre Antwort sandte unangenehme Signale in die Gegend

seiner Brust. Sein Mund klappte mit einer heftigen Bewegung zu. »Und?«

Sie zuckte mit den Achseln. »Wie du siehst, bin ich noch hier, oder hältst du mich für so dumm, auf das Werben eines Spielmanns hereinzufallen?«

Das beruhigte ihn.

»Ich bin noch nicht fertig«, wies Johanna mit einem dünnen Lächeln auf den Grund seines Besuches hin. »Du musst mir schon einen längeren Blick auf deine Zähne gewähren.«

Gehorsam öffnete Lukas wieder den Mund, während die Erleichterung wie warmes Wasser durch seine Adern floss.

»Oh«, sagte sie plötzlich in bedauerndem Tonfall, »ich sehe deinen Schmerz. Hier hinten sind gleich mehrere Zähne, die in bedenklich schlechtem Zustand sind. Man sieht es ganz deutlich.«

Lukas betrachtete sie verdutzt. Damit hatte er nun doch nicht gerechnet. Ihre betrübliche Miene schien vollkommen aufrichtig zu sein. Hatte er am Ende doch ein schlechtes Gebiss und wusste nichts davon? Bisher hatte er es immer für gesund gehalten. Immerhin gab es viele, die unter dem Zustand ihrer Zähne litten. Doch sah man es ihnen auch an. Seine hingegen waren immer noch fest, und er fühlte keine schmerzenden Stellen, jedenfalls bis die Faust des Spielmanns seine Wange getroffen hatte. Allerdings lagen diese Zähne tief in seiner Mundhöhle, und er besaß keinen Spiegel, mit dem er nachsehen konnte.

Wie zur Antwort klopfte Johanna mit dem Fingernagel an einen Zahn, der seit jenem Schlag ein wenig wackelte.

»Aua«, sagte Lukas beunruhigt.

»Ich fürchte, ich muss sie alle ausbrechen, um größeren Schaden zu vermeiden.« Johannas Stimme klang seidig und weich wie frische Sahne, ein Ton, der normalerweise ein angenehmes Kribbeln in Lukas' Magengrube verursachte.

Nun jedoch holte er bestürzt Luft. »Ausbrechen? Aber … könntest du nicht zuerst etwas anderes versuchen?«

Johannas grüne Augen betrachteten ihn bekümmert. Die

Rauchringe, die sie umrandeten, verdunkelten sich vor Kummer. »Es tut mir leid, aber mehr kann ich nicht für dich tun.« Lukas schluckte.

»Komm morgen wieder vorbei«, fuhr sie fort. »Am besten abends, wenn du vorher ordentlich getrunken hast. Das sollte dir ja nicht allzu schwerfallen.«

Lukas nickte und erhob sich. *Du einfältiger, gottverdammter Narr!*, schalt er sich stumm. Eigentlich hatte dieser Besuch eine größere Nähe zwischen ihnen schaffen sollen. Nun konnte er ihn ein paar Zähne kosten!

»Bis morgen Abend dann«, würgte er hervor. Mit dem letzten Rest seiner Beherrschung gelang ihm ein einigermaßen würdevoller Rückzug.

Er würde nicht bis morgen mit dem Trinken warten. Er musste nachdenken. Außerdem brauchte er dringend etwas Trost.

Und wenn sich dieser nicht bei Johanna finden ließ, mussten eben ein paar Krüge Bier dafür herhalten!

Johannas Mund verzog sich zu einem spitzbübischen Lächeln, das sie mühevoll unterdrückt hatte, bis Lukas endlich aus dem Haus gestürmt war. Es war ihr tatsächlich gelungen, so ernst wie der Priester dreinzuschauen, wenn er in der Kirche des Städtle eine seiner berüchtigten Strafpredigten hielt. Allerdings hätte sie nicht mehr allzu lange durchgehalten. Sie hatte Lukas' Spiel durchschaut, aber davon sollte er nichts erfahren. Seine Zähne sahen vollkommen gesund aus, nur ein paar Backenzähne wackelten ein bisschen, was vermutlich von dem Schlag stammte, dessen farbiger Abdruck seine Wange zierte. Aber das würde wieder vergehen. Bis in ein paar Wochen würden sie wieder fest und sicher in ihrem Bett aus Knochen und Fleisch sitzen.

Johanna ahnte, mit wem sich Lukas geprügelt hatte. Gedankenverloren blieb sie mitten im Raum stehen, ohne auf das herzhafte Gähnen der Wölfin und das sich anschließende wohlige Brummen zu achten, als diese genüsslich ihre Vorderbeine streckte. *Hat er meine Ehre verteidigt?*, fragte sie sich. *Zuzutrauen wäre es ihm schon.*

Ein warmes Gefühl stieg in Johanna auf. Lukas war stets zur Stelle, wenn sie ihn brauchte – egal, in welche Lage sie sich gebracht hatte. Außerdem war er nicht unansehnlich mit seinen sanften braunen Augen, den kantigen Wangenknochen und den vollen Lippen, die so schön schmollen konnten, wenn man ihn ärgerte. Sogar seine Ohren, hinter die er oft sein helles Haar strich, waren wohlgeformt und nicht so groß oder abstehend wie bei manch anderen. Wenn sie es sich recht überlegte, war er hübscher als der Spielmann, obwohl ihm dessen galante Anmut fehlte.

Dennoch hatte Lukas nicht das Recht, sie an der Nase herumzuführen. Was bezweckte er damit? Nun, sie würde es schon noch herausfinden.

Ich werde sein Spiel mitspielen, dachte sie in diebischer Vorfreude, *und ihm auf diese Weise eine Lektion erteilen, die er so schnell nicht vergessen wird.* Er sollte eine Weile zappeln wie ein Fisch am Haken!

»Ich bin gespannt, wie lange er durchhält«, sagte sie zu Ida und der Wölfin, die ihr die üblichen emotionslosen Blicke zuwarfen. Dann machte sie sich daran, ein Spätmahl herzurichten.

Während sie Brot und Käse aus der Vorratsgrube unter dem Boden holte, bemerkte Johanna plötzlich, dass Idas Aufmerksamkeit auf einen Kübel mit Wasser gefallen war, das sie vom Brunnen geholt hatte. Der Kübel stand neben dem etwas höheren Schemel, auf dem immer noch das brennende Talglicht stand, das Johanna dort abgestellt hatte. Noch war es nicht ganz dunkel. Es war einer dieser Sommerabende, an denen die Dämmerung sich Zeit ließ. Doch die Farben des Tages verblassten, und durch die kleinen Fenster fiel nur noch mattes Licht in den Raum. Die gelbe Flamme hingegen leuchtete auf besondere Weise auf der glatten Oberfläche des Wassers. Ein goldener Schimmer lag darauf, der Ida zu faszinieren schien. Sie sah hinein und zuckte erschrocken zurück.

Johanna ahnte, was Ida dort gesehen hatte. Sie hatte sich selbst entdeckt. Aber würde sie auch wissen, dass sie es war, die ihr aus dem Wasser entgegenschaute?

Der Vorfall war so faszinierend, dass Johanna sich nicht von der Stelle rührte, neugierig darauf, was nun geschehen mochte.

Verdutzt hielt die Kleine inne. Dann nahm sie das brennende Talglicht, hob es neben ihren Kopf und starrte erneut auf die stille Oberfläche des Wassers.

Nun hielt es Johanna doch nicht mehr aus. Leise schlich sie heran und stellte sich hinter Ida. Sie hatte richtig vermutet, denn was sie sah, war das Abbild des Mädchens, das sich auf der glatten Oberfläche spiegelte. Nicht sehr deutlich, aber immerhin konnte man erkennen, um wen es sich handelte.

Ida wandte den Kopf hin und her, beobachtete, wie sich das Bild unter ihr verwandelte. Dann griff sie in das Wasser, und die sich kräuselnden Wellen ließen das, was sie gesehen hatte, verschwinden. Kurz darauf war es wieder da. Einer Eingebung folgend betastete die Kleine ihr Gesicht, griff an ihren dunklen Schopf – und dann schien sie plötzlich zu begreifen, dass das, was sie im Wasser sah, ihre eigene Miene war.

»Ida.« In ihrer Stimme lag ungläubiges Erstaunen.

»Ja, das bist du«, erwiderte Johanna mit belegter Stimme. Die Erkenntnis des Mädchens berührte sie.

»Du?«, fragte das Mädchen und verblüffte Johanna erneut. Bisher hatte sie nur gelegentlich ihren Namen gesagt.

Johanna schüttelte den Kopf. So würde es nicht gehen. Sie nahm die kleine Hand, streckte den Zeigefinger und tippte dem Mädchen damit an die Brust. »Ich«, sagte sie. »Ich bin Ida.«

Die Augen der Kleinen wurden kugelrund.

Johanna bedeutete ihr, in das Spiegelbild zu schauen. Dann führte sie noch einmal Idas Finger an ihren Oberkörper. »Ich bin Ida«, wiederholte Johanna.

Die Kleine entriss ihr die Hand, ohne ihren Blick von dem Spiegelbild zu wenden. Dann stupste sie sich selbst an die

Brust. »Ich Ida«, sagte sie zuerst ungläubig, dann immer sicherer. »Ich Ida, ich Ida!«

Ihre Worte hallten in Johanna nach, ergriffen ihre Seele. *Was für ein bewegender Moment. Ich fühle mich wie einer der Jünger, die dabei zusehen durften, wie unser Herr Wunder vollbrachte.* Ida erkannte in dem Spiegelbild sich selbst! Johanna fühlte, wie etwas an der Kruste zerrte, die das Herz der Kleinen verhärtete. Sie schien immer mehr zu erkennen, dass sie eine eigenständige Persönlichkeit war. Ein Mensch mit Gedanken und Gefühlen und kein Tier, das lediglich seinen niederen Instinkten folgte. Dass sie eine Vergangenheit und eine Zukunft hatte. Und vielleicht würden bald auch ihre Erinnerungen aus dem Nebel der Vergessenheit emportauchen.

Nach der Arbeit betrank sich Lukas in der Gaststube von Conrad, wie er es schon gestern getan hatte. Allein an einem Tisch sitzend, etwas abseits von den anderen, umklammerte er mit seinen Fäusten einen Krug Bier und stierte hinein, als ob sich dort das Heil verstecken müsse, das er so dringend brauchte. Der Tag der Wahrheit war gekommen. Heute Abend erwartete ihn Johanna mit ihrer Zange, und das gefiel ihm ganz und gar nicht. Er musste irgendetwas tun, um diese Behandlung zu verhindern. Nur wie er das bewerkstelligen sollte, wusste er nicht.

Er ärgerte sich über sein dummes Spiel. *Was hast du dir nur dabei gedacht?*, schalt er sich selbst. Die Geräusche der anderen Wirtshausgäste drangen wie ein stetes Rauschen an sein Ohr. Er nahm sie wahr, ohne wirklich hinzuhören, und hing stattdessen weiter seinen Gedanken nach. War ihm ein Kuss von Johanna so viel wert, dass er dafür einen oder sogar mehrere Zähne opferte?

Du könntest ihr sagen, dass deine Zahnschmerzen wie weggeblasen sind. Aber dann würde sie ahnen, dass er gelogen hatte – oder sie würde ihn für einen jämmerlichen Feigling halten, was noch schlimmer war. Wenn er sie überhaupt noch dazu brachte, das Ausbrechen zu lassen, schließlich hatte sie von mehreren kranken Zähnen gesprochen. Vorsichtig fuhr er mit seiner Zunge an den Backenzähnen entlang. Er fühlte nichts Ungewöhnliches. Sogar die Schmerzen nach dem Schlag waren besser geworden, oder lag das am Bier, dem er so eifrig zugesprochen hatte? Schnell nahm er noch ein paar große Schlucke davon. Der Inhalt des Kruges schmeckte plötzlich schal in seinem Mund, was gewiss nicht an der Braukunst des Wirts lag.

»He Lukas! Was ist los mit dir?«, rief Jecklin über den Tisch, der mit einer Gruppe anderer Flößer dem Gebräu aus Conrads Braukessel ebenso willig zusprach. »Willst du dich nicht zu uns setzen?«

Lukas winkte ab. Ihm war nicht nach Gesellschaft zumute. »Ein anderes Mal.«

»Hast dich wohl mit deiner Liebsten gestritten, was?«, fuhr Jecklin munter fort. »Stammt der hübsche Zierrat in deinem Gesicht von ihr?«

Lukas fühlte die Blicke der anderen auf sich. Ihr breites Grinsen deutete darauf hin, dass auch ihnen seine Schwäche für Johanna nicht entgangen war. »Das geht dich nichts an«, sagte er eisig.

Die anderen lachten. Nicht einmal hier hatte man seine Ruhe!

Jecklin erhob sich und rutschte neben ihn auf die Bank. »Nun komm schon.« Er rempelte ihn freundlich mit der Schulter an. »Du bist nicht der Einzige, der Ärger mit den Weibern hat. Dem da«, mit einem Nicken deutete er auf Kilian, der sich ebenfalls in der Gaststube aufhielt, »wird es bald noch viel ärger ergehen.« Und was Jecklin dann erzählte, war wirklich sehr interessant …

Doch jetzt wurde es höchste Zeit zu gehen. Lukas trank den letzten Rest aus seinem Krug. Auf der Tafel, die hinter Conrad an der Wand hing, las er eine beträchtliche Anzahl an Strichen, die bereits auf seinen Namen gingen. Schnaubend warf er die fälligen Münzen auf den Tisch, bevor er sich erhob. Er würde die Sache endlich hinter sich bringen. Nun war er betrunken genug, um den bevorstehenden Schmerz ertragen zu können, ohne sich dabei zu blamieren. So hoffte er jedenfalls. Immerhin war er noch so nüchtern, um einigermaßen vernünftig zu sein.

Auf seinem Weg zu Johanna fiel Lukas plötzlich ein, wie er einmal dabei zugesehen hatte, als einem seiner Kameraden ein Zahn gezogen wurde, der diesem bei einem Sturz halb abgebrochen war. Es war unterwegs passiert, als sie Holz nach Willstätt flößten, und so übel, dass der Flößer den dortigen Schmied aufsuchte, damit dieser dem bohrenden Schmerz ein Ende setzte. Doch ganz so einfach war es nicht. Der kräftige Bursche, der selten um eine rüde Antwort verlegen war, hatte gezetert, geschrien und geflucht, als der Schmied die Zange ansetzte. Nachdem er dessen Hände mehrmals gepackt hatte, um ihn an seiner Arbeit zu hindern, band der Schmied ihn kurz entschlossen fest und wies Lukas an, den Kopf seines Kameraden ruhig zu halten. Noch einmal war ein ganzer Schwall an Flüchen und Schmerzgeheul aus dem Mund des Ärmsten gedrungen, bis der Zahn endlich nachgab. Und dabei hatte es sich lediglich um einen Schneidezahn gehandelt, der seinem Besitzer von nun an ein lückenhaftes Lächeln schenkte. Einen Backenzahn zu ziehen war sicherlich eine noch schlimmere Tortur.

Lukas' Mut sank mit jedem Schritt, der ihn näher zu Johanna brachte. Am Himmel zeigten sich bereits die ersten Sterne, als er an dem kleinen Haus anlangte. Jetzt gab es kein Entrinnen mehr.

»Da bist du ja endlich«, sagte Johanna mit dem freundlichsten Lächeln, das er je bei ihr gesehen hatte. »Komm herein. Es liegt schon alles bereit.«

Sie führte ihn ins Haus und wies mit der Hand auf die Zange, die sie zum Zahnbrechen benutzte. Mehrere saubere Lappen und ein schmales Messer wurden von einem brennenden Talglicht beleuchtet. »Falls ich schneiden muss«, entgegnete sie salbungsvoll. »Und nun setz dich.«

Das Mädchen und die Wölfin beäugten ihn vom Boden aus,

als Lukas sich auf den bereitgestellten Schemel setzte. Trotz des erhöhten Bierpegels in seinem Körper klopfte sein Herz in heftigen Schlägen. Johanna zündete weitere Talglichter an und positionierte sie so, dass sie gut sehen konnte. Dann nahm sie die Zange in ihre Hand, ein großes, klobiges Ding mit einem langen Griff und zwei gebogenen, schnabelförmigen Greifern, die sehr an ein Folterinstrument erinnerten. Lukas' Kiefer schlossen sich ganz von selbst, als der bedrohliche Gegenstand immer näher kam.

Überrascht hob Johanna die Brauen. »Was ist? Willst du dir nicht helfen lassen?«

»Doch«, erwiderte er kläglich.« Langsam öffnete Lukas noch einmal den Mund. Er war so ausgetrocknet, als ob er schon seit einer Ewigkeit nichts mehr getrunken hätte. Sein Herz raste, während Johanna eine Hand in sein Genick schob, damit er nicht entweichen konnte, und mit der anderen die Zange in das Innere seines Mundes führte. Schon setzten die Greifer an. Und dann war es um seine Beherrschung geschehen.

»Arrgh.« Der warnende Ton klang wie ein Würgen. Die Zange flog in hohem Bogen davon, als Lukas sie mit eigenen Händen aus seinem Mund beförderte. Betreten blickte er anschließend zu Boden. »Ich habe keine Schmerzen mehr, weißt du«, brachte er mühsam hervor.

»Aber das kann doch nicht sein. Ich habe selbst gesehen, wie schadhaft deine Zähne sind. Da bleibt nur noch, sie auszureißen.«

Ein krampfhaftes Räuspern drang aus Lukas' Kehle. Lag da ein schelmischer Ausdruck in ihren Augen, oder täuschte er sich? »Mir fehlt nichts. In Wahrheit habe ich ein wenig ... geschwindelt.«

Seine Scham verursachte ein unbehagliches Prickeln auf seinen Wangen, was ein breites Grinsen bei Johanna hervorrief. In gespielter Entrüstung stemmte sie die Hände in ihre Seiten, und dann gab es kein Halten mehr. Das Grinsen steigerte sich zu einem ohrenbetäubenden Lachen. »Du schlimmer Wicht«, keuchte sie. »Es geschieht dir ganz recht, dass du es gehörig mit der Angst zu tun bekommen hast. Denkst du, ich merke nicht, dass du lügst?«

Jetzt war es Lukas, der entrüstet war. »Und trotzdem hättest du mir ein paar Zähne ausgerissen?«

»Das hätte ich nicht. Natürlich ist mir aufgefallen, dass sie vollkommen gesund sind. Sie wackeln ein wenig von dem Schlag, den du abbekommen hast. Ansonsten fehlt ihnen nicht das Geringste. Dennoch ist mir nicht ganz klar, warum du solch eine Torheit begehst.«

Lukas' Mund verzog sich zu einem Strich. Jedenfalls so weit, wie seine geschwollene Wange es zuließ. »Ich wollte doch nur, dass du dich ein wenig um mich sorgst. Eigentlich dachte ich, dass du zuerst etwas anderes versuchst. Eine Tinktur oder eine Salbe vielleicht, aber du musstest ja gleich zu drastischen Mitteln greifen.«

Johanna schnaubte belustigt. »Wenn du so weitermachst, wirst du noch eines deiner Glieder einbüßen, nur damit ich mich um dich sorge.« Eine deutliche Spottlust lag in ihrer Stimme.

»Und wenn du weiter so stur bleibst, wirst du als alte Jungfer enden«, konterte Lukas erbost. »Ist es das, was du willst? Oder wartest du darauf, dass dir etwas Besseres über den Weg läuft?«

Er sah, wie sehr sie seine Worte trafen. Schon setzte sie zu einer Antwort an, die, nach ihrem Gesicht zu urteilen, nicht sehr freundlich ausfallen würde. Und dann tat er etwas, was er vermutlich ohne das zuvor genossene Bier nie gewagt hätte. Da war wieder dieser kleine Fleck, knapp über Johannas rechtem Mundwinkel, der ihn reizte. Flink sprang er auf, nahm ihr Gesicht in beide Hände und küsste sie so fest auf den Mund, dass seine Prellung schmerzte. Zuerst zappelte sie ein bisschen, doch dann öffnete sie ihre Lippen und erlaubte seiner Zunge, sich in das Innere ihres Mundes vorzutasten. Lukas ignorierte seine schmerzende Wange. Er hatte Johanna überrumpelt und tatsächlich gewonnen. Sein Kuss schien ihr zu gefallen. Zumindest glaubte er das, denn gerade als er seinen Sieg zu genießen begann, riss sie sich los.

»Was fällt dir ein?«, begehrte sie entrüstet auf. Eilig wischte sie sich mit dem Handrücken über den Mund, während die Wölfin alarmiert aufsprang.

Trotz alledem breitete sich ein zufriedenes Grinsen auf Lukas' Lippen aus. »Jetzt sag bloß nicht, dass es dir nicht gefallen hat.«

Unwillig schüttelte Johanna ihre goldbraunen Locken aus dem Gesicht. Er sah die tiefe Röte auf ihren Wangen. Sie schwieg verbissen, während sich eine ganze Reihe an Empfindungen in ihrer Miene spiegelte.

»Du weißt, warum ich das alles tue«, sprach er weiter. »Ich will nur dein Glück.«

Johanna schnaubte. »Im Leben geht es nicht um Glück oder Unglück. Es geht um Bestimmung, und wenn du sie erfüllst, wirst du ganz von selbst glücklich sein.«

»Und wenn es nun deine Bestimmung ist, meine Frau zu werden?«, wagte sich Lukas vor. Seine sanften Augen nahmen einen flehentlichen Ausdruck an.

»Ach, hör schon auf!« Sie gab ihm einen freundschaftlichen Klaps. »Du bist viel zu schade für mich. Such dir ein Mädchen, das deiner würdig ist.«

Lukas senkte betreten die Lider. Er war zu dreist gewesen, und nun schien ihm alles zu entgleiten. »Ich bin ein törichter Esel, nicht wahr?« Sein Blick heftete sich auf sie. Alles in ihm schrie nach irgendeiner Art von ... Absolution. Er hatte verloren. Doch wenigstens ihre Freundschaft wollte er nicht auch noch verlieren. Ganz konnte er die Hoffnung, dass sich eines Tages mehr daraus entwickeln würde, ohnehin nicht aufgeben. »Jetzt sprichst du wahrscheinlich nie wieder ein Wort mit mir.«

Sonderbarerweise lächelte Johanna. »Nun, zumindest werde ich mir überlegen, ob ich es tue. Doch du könntest es wiedergutmachen.«

»Und wie?«, fragte er tonlos.

»Ich brauche deine Hilfe«, sagte sie eifrig.

Sie erzählte ihm von Michels Vermutung. »Womöglich hat er recht. Alles, was wir bisher herausgefunden haben, weist in die Richtung der Herzöge, auch wenn es noch so vage ist. Und da Kilian nichts preisgibt, könnten wir uns selbst ein wenig auf der Burg umsehen. Vielleicht finden wir irgendeinen Hinweis auf Gera. Ich habe bereits nach einer Jauchegrube gesucht, als ich oben war.«

»Du hast nachgeschaut, nachdem du bei der Geburt geholfen hast?«

»Im Hof konnte ich nichts entdecken, doch der Stall grenzt an die Wehrmauer, und in der Burg gibt es einen großen Garten. Gewiss benötigen sie Mist und Jauche, um ihn zu düngen, und falls es dafür eine Grube gibt, müsste sie sich auf der anderen Seite der Mauer befinden.«

Lukas ahnte schon, was sie mit ihren Worten bezwecken wollte. »Und nun soll ich nach der Grube suchen?«

Die Zufriedenheit in ihrem Gesicht bestätigte seine Vermutung. »Du sollst nicht allein gehen. Ich werde dich begleiten, aber wir müssten es nachts tun, damit niemandem etwas auffällt.«

»Und was ist mit den Wachen?«

Johanna machte eine wegwerfende Geste. »Keiner hat mich bemerkt, als ich allein in der Burg umhergewandert bin. Womöglich sind nachts gar keine da. Schließlich befinden wir uns nicht im Krieg.«

Lukas griff sich nachdenklich ans Kinn. »Das könnte gut sein. Vermutlich ist der Urslinger ohnehin viel zu beschäftigt. Soviel ich weiß, trifft er nun, da seine Tochter geboren ist, Vorkehrungen, um wieder für eine Weile als Soldritter nach Italien zu ziehen.«

Johanna schnaubte. Der Eifer in ihren Augen war nun nicht mehr zu übersehen. »Lass es uns gleich morgen Nacht tun. Ich muss wissen, ob der Urslinger hinter alldem steckt.« Die Entschlossenheit in Johannas Stimme ließ keinen Zweifel daran, wie ernst es ihr damit war.

Lukas seufzte. Der verwegene Plan war ein riskantes Wagnis. Doch wenn er nicht mitmachte, würde sie vermutlich allein gehen. Er konnte sie nicht im Stich lassen. Wenn ihr dabei etwas zustieß, würde er sich das nie verzeihen, und mit ihrer Freundschaft wäre es dann wohl endgültig vorbei.

»Also gut«, willigte er widerstrebend ein. »Ich komme morgen Abend zu dir, und dann gehen wir gemeinsam zur Burg.«

Eine stockdunkle Nacht umfing ihn, als er Johanna verließ, um nach Hause zu gehen. Nach dem Wechselbad der Gefühle, die er heute durchlebt hatte, drang ihm die Müdigkeit durch alle Knochen. Das Achten auf Stolperfallen auf dem holprigen, unbeleuchteten Weg fraß seine letzte Kraft. Als er endlich ins Bett fiel, griff bald eine schwerelose Leichtigkeit nach ihm, bis er fast zu schweben meinte.

Doch irgendetwas hinderte ihn daran, vollends in die Tiefen des Schlafes zu gleiten, den er so sehr benötigte. Was war es nur? Endlich fiel es ihm ein: Er hatte Johanna gar nichts von den Neuigkeiten über Kilian erzählt.

20. KAPITEL

Das mit Flechten und Nadeln übersäte Gestein sah heute nicht so düster aus wie beim letzten Mal. Ein goldenes Licht beleuchtete die heidnische Opferstätte, drang durch die Kronen der Bäume und tauchte den kahlen Boden in die unvergleichliche Leichtigkeit des Sommers. Im Gegensatz zu den offenen Tälern war es hier oben immer noch erfrischend kühl, was dem Edlen in seinen viel zu dicken Kleidern wahrscheinlich nicht ungelegen kam.

Dieses Mal war der Ritter schon da, als der Mann den vereinbarten Treffpunkt erreichte. Entgegen seiner Erwartung empfing ihn keine Rüge, weil er spät dran war. Der große, stattliche Mann grüßte ihn knapp und hoheitsvoll, wie es sein höherer Stand erlaubte.

»Ich brauche wieder frische Ware«, kam er gleich darauf zur Sache. »Die Verbrauchte muss ersetzt werden.«

»Habt Ihr sie dieses Mal gut versteckt?«, fragte der Mann. Nicht noch einmal durfte etwas schiefgehen. Zu viel war schon vorgekommen, was nicht beabsichtigt war.

»Keine Angst«, erwiderte der Edle mit vor Selbstgefälligkeit triefender Stimme. »Ich habe dafür gesorgt, dass mir nicht noch eine davonläuft. Sie ist an einem Ort, an dem sie niemand finden wird.« Er warf ihm einen prüfenden Blick aus kalten blauen Augen zu. »Und was ist mit dir? Hast du die Heilerin beseitigt?«

Der Mann war auf der Hut, als er antwortete. Seine Worte würden dem Ritter nicht gefallen. »Mein Plan ist nicht aufgegangen, doch ich weiß etwas Besseres. Sie wäre der geeignete Ersatz für das, was Ihr ... verbraucht habt. So könntet Ihr zwei Fliegen mit einer Hand erschlagen. Sie kann nicht mehr herumschnüffeln, und Ihr könntet sie gleichzeitig für Eure Zwecke nutzen. Es wäre sogar noch mehr als das: Die Heilerin wird erkennen, wonach sie so lange gesucht hat und dass es besser gewesen wäre, die Finger davon zu lassen. Ihr aber werdet am Ende über sie triumphieren!«

Der zornige Ausdruck im Gesicht des Edlen verschwand so plötzlich, wie er gekommen war. Nun fuhr er sich nachdenklich mit den Fingern durch den Bart. »Bist du dir sicher, dass sie auch meinen Anforderungen entspricht? Sie scheint mir schon ziemlich alt zu sein.«

Die Lippen des Mannes verzogen sich zu einem freudlosen Lächeln. »Natürlich gibt es keine Garantie dafür, aber ich schätze, dass sie noch jungfräulich ist. Zumindest war sie noch nie verheiratet, und wie ich hörte, hält sie ihre Verehrer auf Abstand. Möglich wäre es also schon, und da sie ohnehin beseitigt werden muss, geht Ihr kein Risiko ein.«

»Nun gut, dann bring sie mir.«

Der Mann nickte. »So ist es denn abgemacht.« Ein Gefühl des Bedauerns durchflutete ihn, als er das Waldstück verließ.

Als Lukas bei Johanna eintraf, war es bereits dunkel, aber immer noch so warm, dass sie sich ohne Mantel auf den Weg machen konnten.

»Hier, nimm. Du wirst ihn brauchen.« Lukas hielt Johanna einen der Stöcke hin, die er mit sich führte. »Im Laufe des Tages habe ich zwei Ruten beiseitegelegt, die einigermaßen gerade waren. Ich musste sie nur noch ein wenig zurechtstutzen, damit sie uns als Wanderstäbe dienen können – und für den Rest können wir sie auch gut gebrauchen.«

Johanna nahm den kräftigen Stab dankend an. Statt des Korbes entschied sie sich dieses Mal für ihre Tasche, in der sie eine mögliche Beute verstauen konnte.

Immerhin hatten sie das Glück, dass ein Halbmond und Myriaden von Sternen, die aus einem nachtschwarzen Himmel prangten, ihren Weg beleuchteten. Ein Heer von Grillen versteckte sich im Gras und sang ein gleichförmiges nächtliches Lied. Das blasse silbrige Licht veränderte die Dinge zu ihren Füßen. Die ganze Welt schien wie auf Pergament gezeichnet zu sein. Platt und ohne die Tiefe, die dem Bild vor ihren Augen

Lebendigkeit verliehen hätte. Dies galt auch für Löcher im Boden. Ein ums andere Mal stolperten sie auf ihrem Weg, der langsam anstieg. Nachts waren die Stadttore geschlossen. Sie mussten um die Stadt herumgehen und einem unebenen Trampelpfad folgen, der ebenfalls in die Richtung der Burg führte. Eine Weile schlängelte sich der Pfad unter Bäumen hindurch. In gewisser Weise erinnerte er Johanna an ihre Wanderung zu Wilbalt, dem Fronhofbauern. Ein ungemütliches Gefühl stieg in ihr auf, doch das war Unsinn. Niemand wusste, dass sie sich heute hier befanden.

Dann mussten sie den Weg verlassen, um an die Stelle zu gelangen, zu der sie wollten. Nun ging es recht steil den Berg hinauf. Fast wünschte sich Johanna, sie wäre eine ihrer Ziegen, die solchen Anforderungen mühelos gewachsen waren. Endlich erhob sich die Wehrmauer wie ein dunkles Bollwerk vor dem helleren Nachthimmel über ihnen.

Johanna blickte an der gemauerten Fassade empor, die von hier unten riesig aussah. Die hohen Mauern verliehen der Burg etwas Unheimliches.

Auch Lukas war stehen geblieben. Gemeinsam horchten sie in die Nacht. Alles war ruhig und friedlich, doch das hieß noch lange nicht, dass sich dort oben keine Wachen befanden. Das letzte Stück des Weges war noch mühsamer und zugleich das gefährlichste. Der Herzog und seine Mannen hatten einen breiten Streifen um die Burg von hochwachsenden Pflanzen befreit, damit man eventuelle Angreifer besser sehen konnte. Hier gab es nichts außer Gras, blankem Gestein und ein wenig Gestrüpp, das kaum als Deckung diente.

Johanna berührte Lukas' Arm und zeigte in die Richtung, in die sie gehen mussten. Die Zugbrücke konnten sie nicht nehmen, auf diese Weise hätte man sie sofort entdeckt. Wahrscheinlich war sie zu dieser Stunde schon längst hochgeklappt. Ohnehin wurde dieser Teil von einem Halsgraben geflutet, den sie nicht überwinden konnten. Die anderen Seiten der Burg verfügten nicht über diesen Schutz. Sobald sie die Wehrmauer erreicht hatten, blieb ihnen nichts anderes übrig, als ihr zu folgen, bis sie zu der betreffenden Stelle gelangten.

Die Feste befand sich auf dem Plateau des Berges. In gewisser Weise stand sie dort wie ein Kuchen, der auf einem etwas zu großen Teller lag. Ein wenig Rand war übrig geblieben, der mal schmaler, mal weiter wurde, bevor der Berg auf einer Seite nach unten abfiel und die Mauer auf der anderen kerzengerade nach oben führte. In diesem Bereich hangelten sie sich nun, von der Mühe des steilen Anstiegs schnaufend, entlang. Ihre Füße tasteten sich behutsam im dunklen Schatten der hohen Gebäude vor, in aller Vorsicht darauf bedacht, nicht den Hang hinabzustürzen. Allmählich wurde der Rand breiter, bis Johanna der Ansicht war, dass sie nun auf der Höhe des Stalles waren. Dieser Teil der Burg befand sich auf der der Stadt abgewandten Seite. Nichts außer Mond und Sternen durchdrang die Dunkelheit.

»Wenn es eine Grube gibt, sollte sie hier irgendwo sein«, raunte sie. Immerhin roch es schon einmal danach.

Lukas tastete sich an der Mauer vorwärts. Während sie langsam weitergingen, stocherten sie mit ihren Stäben in der Erde herum. Es war steinig und uneben hier. Schritt für Schritt wagten sich die beiden vor. Zumindest war der Rand hier so ausladend, dass sie nicht den Berg hinabstürzen würden. Er wäre auch breit genug für eine Jauchegrube, doch nichts schien darauf hinzudeuten, dass der Boden unter ihnen hohl war, bis Lukas einen verblüfften Laut ausstieß.

»Hier gibt es eine Tür, die nach draußen führt. Ich spüre deutlich das Holz unter meinen Fingern.« Der Geruch nach den herben Ausdünstungen von Jauche wurde stärker und mischte sich mit weiteren unangenehmen Gerüchen nach fauligem Obst und ähnlichem Unrat. Ganz in der Nähe musste sich ein Haufen mit Mist und anderen Abfällen befinden, die durch die Tür ins Freie geschafft wurden. Auf diese Weise hielt sich der Gestank in der Burg in Grenzen, der hier in der lauen Sommernacht zu seiner vollen Entfaltung kam.

Nur wenige Schritte weiter gab der Stab in Lukas' Hand einen dumpfen Ton von sich, als er auf etwas Hölzernes stieß.

»Pst. Nicht so laut!«, wisperte Johanna.

Lukas brummte missmutig. »Immerhin haben wir die Grube gefunden.«

»Wusste ich es doch!« Wahrscheinlich gab es in der Mauer eine Art Durchlass, durch die die Gülle vom Stall in die Grube gelangen konnte. Auch vom Misthaufen, den Lukas unfreiwillig aufgespürt hatte, führte eine Rinne zu der Kuhle, die er mit dem Stock ertasten konnte.

»Wir sollten sie teilweise abdecken, damit wir darin herumstochern können.«

Gesagt, getan. Die Grube stank zum Himmel, als sie die Hälfte der Bohlen entfernt hatten. Das silbrige Licht des Mondes spiegelte sich in der dunklen Brühe.

Ein mulmiges Gefühl stieg in Johanna auf. Der Gedanke, auf einen halb verwesten Leichnam zu stoßen, war nicht angenehm. Doch jetzt war es zu spät für Bedenken. Mutig versenkte sie ihren Stab in die Jauche, während der stechende Gestank in ihre Nase zog und ihr fast die Luft zum Atmen nahm. Die verpestete Luft ließ ihre Augen tränen. Johanna schloss sie und ließ den Stab wie einen verlängerten Arm über den morastigen Boden gleiten. Plötzlich fühlte sie etwas Hartes. Behutsam zog sie es heran, doch als sie den Gegenstand nach oben hieven wollte, rutschte er immer wieder vom Rand der Grube ab. Es half alles nichts. Beherzt griff sie in das stinkende Schwarz hinein, überwand ihren Ekel und beförderte etwas Längliches heraus. Johanna befühlte den schmalen Gegenstand, der die Länge einer Elle hatte. Die verdickten Enden deuteten darauf hin, dass es sich um einen Knochen handelte, der allerdings auch von einem Tier stammen könnte. Kurze Zeit später griff sie noch einmal hinein. Dieses Mal war es ein verrotteter hölzerner Stab, vermutlich der Zinken einer Mistgabel. Sie legte ihn zu dem erbeuteten Knochen, als Lukas ein Zischen ausstieß.

»Ich glaube, ich habe etwas gefunden.«

Über ihnen war immer noch alles ruhig. Nichts deutete darauf hin, dass dort oben jemand Wache schob.

»Wo?« Johanna kam mit ihrem Stock näher. »Tatsächlich, da scheint etwas zu sein. Die Oberfläche ist merklich rund. Wir sollten es herausholen.«

Ganz so einfach war es nicht. Obwohl sie sich gemeinsam mit ihren Stöcken an die Arbeit machten, bewegte sich der in der Brühe schlummernde Gegenstand keinen Fingerbreit. Immer wieder rutschte das Holz an der glitschigen Oberfläche ab. Auch schien er halb im Boden zu stecken. Vermutlich hatte er sich dort festgesaugt.

»Einer von uns beiden sollte hineinsteigen und das Ding mit den Händen herausziehen«, flüsterte Johanna.

»Und wer soll das sein?«, brummte Lukas.

Statt einer Antwort hüllte sich Johanna in Schweigen.

»Ist schon gut. Ich gehe schon. Eigentlich hatte ich mir ein nächtliches Stelldichein etwas anders vorgestellt, als in flüssiger Scheiße zu wühlen«, schimpfte er kaum hörbar, während er sich die Schuhe auszog. Die Jauche reichte ihm bis zu den Oberschenkeln, als er in das Loch stieg. »Wenigstens ist es hier warm«, raunte Lukas, der sich den beißenden Spott nicht verkneifen konnte.

»Sei still«, zischte Johanna. »Nicht, dass uns doch noch jemand hört.«

Lukas hatte inzwischen die Stelle erreicht. Er brauchte eine Weile, bis er den versunkenen Gegenstand freigelegt hatte, dann zog er ihn mit einem schmatzenden Geräusch nach oben.

»Und was ist es?« Johanna konnte ihre Neugier kaum noch bezähmen.

Für eine ganze Weile blieb es still. Alles, was sie sah, war Lukas' dunkler Schemen, dessen Finger das, was er herausgeholt hatte, betasteten.

»Sieh selbst.« Seine geflüsterten Worte hatten einen seltsamen Klang. Langsam watete er auf sie zu und reichte ihr den Gegenstand, den er sorgsam von sich weghielt.

Johannas Hände glitten über eine fast perfekte Rundung, die plötzlich durch die scharfen Kanten eines unregelmäßigen Loches gestört wurden. Als sie weitertastete, fand sie zwei symmetrische Wölbungen. Wie Zwillinge lagen sie nebeneinander, ebenso wie die Löcher, die sie darunter fühlte. Johanna ahnte bereits, was es war, doch als einer ihrer Finger auf einen geschwungenen Bogen stieß, aus dem etwas herausragte, war sie sich sicher. Es handelte sich um eine nicht mehr ganz vollständige Zahnreihe. Das, was sie in ihren Händen hielt, war ohne Zweifel ein menschlicher Schädel!

»Das reicht«, wisperte sie. »Wir haben alles, was wir brauchen.«

Nachdem sie die Grube wieder sorgfältig geschlossen hatten, machten sich Johanna und Lukas mit ihrer Beute an den Abstieg. Es schien unendlich lange zu dauern, bis sie wieder in der Vorstadt ankamen. Dort machten sie einen Abstecher zur Rossschwämme, um sich den gröbsten Schmutz aus Händen und Kleidern zu waschen.

»Was wirst du nun tun?«, fragte Lukas, nachdem sie nass und tropfend aus dem Wasser gestiegen waren.

Johanna zuckte mit den Schultern. »Ich weiß es noch nicht.«

Im fahlen Licht der Nacht bemerkte Johanna, wie Lukas sie geheimnisvoll ansah. »Gestern wurde mir eine interessante Neuigkeit zugetragen.«

»So? Und welche?«

»Kilian hat wohl ein unziemliches Verhältnis mit dem Weib des Salzhändlers. Jecklin hat ihn dabei beobachtet, wie er nachts aus ihrem Haus kam, obwohl ihr Gatte zurzeit auf Handelsreise ist. Da ist es schon merkwürdig, dass sie heimlich männlichen Besuch empfängt.« Sein Brustkorb blähte sich. »Damit können wir ihn am Gemächt packen. Wenn er etwas weiß, kann ich ihn mit diesem Geheimnis zum Reden bringen.«

Johanna konnte sich ein Lächeln nicht verkneifen. Im Eifer des Gefechts hatte er den höchst männlichen Ausdruck, der ihm über die Lippen geglitten war, gar nicht bemerkt. »Das sind wahrhaft gute Neuigkeiten, wenn auch nicht für Ursels Onkel. Du solltest unbedingt noch einmal mit ihm reden.«

Ihre Hand griff nach dem Schädel, den sie mitsamt dem Knochen in ihrer Tasche verstaut hatte.

»Gute Nacht, Lukas.« Plötzlich beugte sie sich vor und küsste ihn mitten auf den Mund. Es war nicht mehr als ein keuscher Kuss, doch er verfehlte seine Wirkung nicht. »Ich danke dir für deine Hilfe!«

Dann ging sie ihres Weges. Als sie hörte, wie Lukas hinter ihr nach Luft schnappte, drehte sie sich noch einmal um. Er stand immer noch da, steif und starr, als ob er nicht glauben könne, was sie getan hatte. Wenn sie ehrlich war, konnte sie es selbst nicht, aber ein breites Lächeln überzog ihre Lippen, und es war nicht nur der Totenschädel in ihrer Tasche, der ein Gefühl der Zufriedenheit in ihr hervorrief.

Die weiße Wölfin schnüffelte interessiert an dem Knochen, den Johanna in der Heimlichkeit ihrer Hütte gewaschen und zum Trocknen auf den Tisch gelegt hatte. Es war besser, es hier drinnen zu tun, damit niemand etwas davon bemerkte. Die beiden Fundstücke waren eine heikle Angelegenheit. Sie mochte keinem Menschen erklären müssen, wie sie dazu gekommen war. Außer den Knochen hatte auch Johanna selbst eine gründliche Wäsche dringend nötig gehabt, ebenso wie ihre Kleider, die draußen über den Büschen in der Sonne hingen. Dennoch schwebte der faulige Geruch der Gülle wie Weihrauch in einer Kirche im Innern des Häuschens.

Nun hockte sie, lediglich mit einer Cotte bekleidet, vor einem Kübel und nahm sich gerade den Schädel mit einer Bürste vor, den sie in eine Lösung aus Wasser und einer selbst hergestellten Seife getaucht hatte. Obwohl er äußerlich schon recht sauber aussah, klebte immer noch ein dicker brauner Klumpen in seinem Innern. Johanna würde all ihren Ekel überwinden müssen, um hineinzugreifen und den Inhalt herauszuholen. Doch jetzt galt es erst einmal den Knochen zu retten. Die Wölfin hatte inzwischen ihre Vorderbeine auf eine der Bänke gestellt, um besser an ihn heranzukommen. Sein Geruch trieb ihr den Geifer aus dem Maul.

»Lass das!«, fuhr Johanna das Tier scharf an. »Der ist nicht für dich bestimmt.« Sie tauchte den Schädel erneut ins Wasser, griff flink nach dem Knochen und schnappte ihn der Wölfin vor der Nase weg, bevor diese sich dazu entscheiden konnte, ihn mit ihren Zähnen zu knacken. Noch immer zierte ihn ein dunkles Braun. Suchend sah Johanna sich um. Sie fand einen Platz auf dem höchsten Regalbord an der Wand. Dort würde er in Sicherheit sein.

Die Wölfin wendete sich beleidigt ab und schnappte stattdessen nach einer Fliege, die törichterweise durch eines der kleinen Fenster hereingeschwebt war. Johanna warf Ida, die auf dem Boden hockte und sie aufmerksam beobachtete, ein warmes Lächeln zu. Überrascht stellte sie fest, wie sehr sie das Mädchen inzwischen mochte. Ida schien ihre Gefühle zu teilen. Die dunklen Augen erwiderten ihren Blick mit einem Gemisch aus Interesse und Zuneigung. Die stumpfe Emotionslosigkeit, die bislang in ihnen gewohnt hatte und oft nur durch eine an Hass grenzende Wut erschüttert werden konnte, war verschwunden. Fast schien es Johanna, als wären diese Augen das Fenster zu ihrer Seele, die sich in ein Schneckenhaus verzogen hatte und nun behutsam die Fühler ausstreckte, um in die Welt hinauszuschauen. Stück für Stück fiel die stumme Taubheit von dem Mädchen ab. Die Verständigung unter ihnen gelang immer besser, wenn sie auch eher aus Gesten statt aus Worten bestand. Zumindest was Ida betraf. Dies wiederum löste ein Gefühl der Zusammengehörigkeit unter ihnen aus, das sie fast zu so etwas wie einer kleinen Familie machte. Wenn Johanna ehrlich war, mochte sie die Gesellschaft der beiden gar nicht mehr missen.

Sie war nun wieder bei dem Schädel angelangt. Mit zögerlichen Fingern überwand sie sich und entfernte die dunkle schleimige Masse aus seinem Innern. Anschließend spülte sie ihn gründlich. Endlich lag er sauber auf ihren Schenkeln. Sie hatte noch nie den Schädel eines Verstorbenen gesehen. Eigentlich war es ein Glück, dass sie einen davon studieren konnte, wenn auch der Anlass wenig erfreulich war. Johanna drehte und wendete ihn, um jede Einzelheit genau zu betrachten. Einer ihrer Finger fuhr an den gezackten Linien entlang, die wie eine Naht die Knochenplatten miteinander verbanden. Das unregelmäßige, scharfkantige Loch, das im vorderen Teil der Rundung prangte, musste einen gewaltsamen Tod herbeigeführt haben. Einen Tod, von dem niemand wissen durfte, warum sonst sollte man einen Menschen in das unwürdige Grab einer Jauchegrube werfen, statt ihn anständig zu begraben? War das Geras Schädel? Sie schauderte bei dem Gedanken.

Als Johanna ihn drehte, sah sie die Öffnungen von Augen und Nase. Darunter die unvollständige Zahnreihe des Oberkiefers. Der Unterkiefer fehlte. Wenn man den Schädel auf den Kopf stellte, hatte er fast die Form einer Schüssel. Der schleimige Klumpen in seinem Innern hatte nicht die entfernteste Ähnlichkeit mit den Windungen eines Gehirns, wie sie es auch von Schlachttieren kannte. Entweder hatte sich das meiste davon bereits aufgelöst, oder es war einfach nur der Schmutz der Jauchegrube gewesen, der sich darin festgesetzt hatte. Vielleicht sah ein menschliches Gehirn auch ganz anders aus? Bisher hatte sie nur einen winzigen Teil davon zu Gesicht bekommen, wie es bei Symons Behandlung der Fall war.

Die Schädelknochen waren innen ebenso dunkel wie außen und nicht so hell wie die von Tieren. Auch der andere Knochen sah so aus. Sie kannte kein Tier, zu dem er passen würde, und als sie ihn an ihren eigenen Unterarm gehalten hatte, war er genauso lang wie dieser. Was sie allerdings am meisten verwunderte, war das vollkommene Fehlen von Haut und Fleisch.

War das die Gülle, die den Leichnam des Mädchens so schnell zersetzt hat? Aber müssten nicht zumindest Reste davon zu finden sein?

An der Luft war das gewiss möglich. Verendeten Tiere im Freien, wurden sie im Sommer innerhalb von Tagen von wildem Getier und Maden verzehrt. Unter Wasser ging alles viel langsamer. Sie hatte einmal dabei zugesehen, wie man den Leichnam eines Jungen geborgen hatte, der zwei Wochen zuvor in der Kinzig ertrunken war. Die Strömung hatte ihn fortgespült und ihn schließlich ins Gerberviertel geschwemmt, wo er im Gebüsch hängen geblieben war. Es hatte lange gedauert, bis ihn jemand unter den dichten Zweigen fand. Johanna erinnerte sich noch genau an das Gesicht des Jungen, als man ihn aus dem Wasser zog. Die aufgequollene, wachsbleiche Haut, die ihm ein unwirkliches Aussehen verliehen hatte. Ansonsten war er fast unversehrt. Nichts deutete auf eine rasche Verwesung hin.

Und was ist mit den Haaren?

Haare lösten sich gewiss nicht so schnell auf, schon gar nicht die einer Frau. Der Schädel allein reichte jedenfalls nicht aus, um mit Bestimmtheit zu sagen, zu wem er gehörte.

Vielleicht ist es gar nicht Geras Kopf? Wenn ich wenigstens wüsste, wie lange er in dieser Grube gelegen hat.

Johanna schnaubte. So kam sie nicht weiter. Sie würde jemanden fragen müssen, der darüber Bescheid wusste. Doch wer könnte das sein? Wer kannte sich mit solchen Dingen aus und war vertrauenswürdig genug, um dieses Geheimnis für sich zu behalten?

Pius. Er ist der Einzige, der dafür in Frage kommt.

Ihr Herz zog sich bei diesem Gedanken zusammen. Würde er ihr überhaupt noch zuhören? Er war nicht gut auf sie zu sprechen gewesen, als sie ihn das letzte Mal verließ. Es war schon längst an der Zeit, sich wieder mit ihm zu versöhnen, doch bis jetzt hatte sie diese unangenehme Aufgabe immer wieder vor sich hergeschoben. Vielleicht war nun der rechte Moment dafür?

Kurz entschlossen packte sie den Schädel mitsamt dem Knochen in einen sauberen Leinenbeutel.

»Nicht anfassen«, erklärte sie Ida und warf der Wölfin einen scharfen Blick zu. »Ich gehe nur schnell nach draußen.«

Die Kleider über den Büschen waren trocken, als Johanna dort ankam. Sie griff danach und zog sich, wieder im Innern des Häuschens angelangt, rasch an. Nun, da sie den Entschluss gefasst hatte, zu Pius zu gehen, fühlte sie sich ein wenig besser.

»Kommt. Schauen wir tapfer in das Auge des Drachen und statten Pius einen Besuch ab.«

Obwohl sie noch immer nicht davon ausging, dass Ida jedes ihrer Worte verstand, folgten ihr die beiden, froh, wieder einmal das Haus verlassen zu können. Bald traten sie hinter den dunklen Vorhang des Waldes. Der Schatten der Bäume umfing sie mit einer erfrischend kühlen Umarmung, während draußen die sommerliche Hitze auf dem Tal lastete. Johanna atmete die würzige Luft, die sich duftend und leicht über ihre Lunge legte. Es dauerte nicht lange, bis die Wölfin eine Fährte entdeckte und schnüffelnd im Unterholz verschwand. Auch Ida nahm ihre gewohnte Suche wieder auf, und obwohl sie nun immer öfter von Johannas Gerichten kostete, konnte sie den Köstlichkeiten des Waldes nicht widerstehen.

Johanna genoss die Gegenwart des Mädchens. Andere Kinder plapperten ständig, während die kleine Ida in stiller Eintracht neben ihr herlief und sie nicht bei ihren Überlegungen störte. Dennoch hätte sie gern gewusst, was in dem Köpfchen mit dem dunklen Haarschopf vor sich ging und welches Schicksal sich hinter Idas Schweigen verbarg.

Als Johanna eine große Schnecke mit einem gewundenen Haus am Wegesrand entdeckte, machte sie den Fehler, sie der Kleinen zu zeigen. Ida nahm sie in die Hand, worauf sich die Schnecke prompt zurückzog. Johanna kam nicht dazu, auf das schöne Muster des Schneckenhauses hinzuweisen. Noch während sie Luft holte, schlug Ida das Tier auf einen Stein, bis die fragilen Windungen auf seinem Rücken zerbarsten und es schutzlos in ihrer Handfläche lag. Dann schob sie es in den Mund.

Johanna unterdrückte ein Würgen und wandte sich hastig ab. In ihrem Magen ballte sich ein Kloß. *Wie kann sie nur so etwas Widerliches in den Mund nehmen, ganz zu schweigen davon, es auch noch zu kauen und hinunterzuschlucken!* Doch dann fiel ihr ein, dass Ida wohl gar nichts anderes übrig geblieben war, wenn sie nicht verhungern wollte. Und vielleicht war es eine Sache der Gewohnheit, welches Essen schmeckte und welches nicht.

Um sich abzulenken, dachte sie an die gestrige Nacht zurück, besonders an den Kuss, den sie auf Lukas' Lippen gedrückt hatte. Warum hatte sie das getan? Sie wusste es selbst nicht so recht. Vielleicht hatte sie die ungewohnte Hitze in ihrem Körper noch einmal spüren wollen? Natürlich war diese nicht so intensiv wie beim letzten Mal. Dafür war der Kuss zu keusch gewesen, aber es war angenehm, in seiner Nähe zu sein. Irgendetwas zog sie plötzlich dorthin.

Als sie die Lichtung vor Pius' Höhle erreichten, war die Wölfin wieder zu ihnen gestoßen. Ihre weiße Schnauze war blutverschmiert und zeugte von einer erfolgreichen Jagd.

Der Einsiedler saß betend vor seiner Höhle. Es schien fast unmöglich, dass er das letzte Mal nicht da gewesen war, aber natürlich musste auch Pius seinen gewohnten Platz hin und wieder verlassen. Nur sie war so dumm gewesen, anzunehmen, dass etwas nicht stimmte. Johannas Eingeweide verknoteten sich bei diesem Gedanken.

Das schlechte Gewissen rumorte in ihrem Bauch, als sie auf den Mönch zuging. Das Gras stand nun dicht und sommergrün auf der Lichtung. »Pius, es tut mir leid ... ich ...« Tief holte sie Luft, um ihre Gedanken zu ordnen. »Eigentlich gibt es keine Entschuldigung für das, was ich getan habe.«

»Schon gut«, erwiderte Pius, »ich habe dir gesagt, dass ich dir verzeihen werde, und ich halte Wort. Auch wenn ich bei deinem Abschied noch immer zornig war.«

Johanna senkte die Lider. »Ich stehe tief in deiner Schuld – und dennoch bin ich hier, weil ich wieder einmal deinen Rat brauche.«

Pius lächelte verdrossen. »Und was ist es dieses Mal?«

Johanna beobachtete, wie er einen skeptischen Blick auf die Wölfin warf. Ihre blutgetränkte Schnauze ließ seine Brauen emporschnellen. »Du musst keine Angst haben. Sie wird dir nichts tun.«

»Bist du dir da sicher?« Der Argwohn ihn seiner Stimme war nicht zu überhören. Schließlich ließen seine Augen von dem Tier ab und glitten zu Ida. »Dann ist das wohl das Wolfsmädchen, das du mir letztes Mal vorstellen wolltest.«

Johanna nickte. »Ihr Name ist Ida. Inzwischen kommen wir gut miteinander aus, auch ihre Wunde ist verheilt.«

»Das freut mich.« Der Mönch verzog seinen Mund zu einem Lächeln, mit dem er auch das Mädchen bedachte.

»Darf ich mich setzen?«

Pius nickte stumm und wies mit einer einladenden Geste vor sich zu Boden. Hinter ihm klaffte das düstere Loch der Kaverne.

Johanna sank auf die Knie und holte den Inhalt, den sie in dem Beutel verborgen hatte, aus ihrem Korb. Ida setzte sich neben sie, während die Wölfin schnüffelnd auf der Lichtung umherspazierte.

»Was hast du mir denn mitgebracht?«

»Du wirst es gleich sehen.«

Pius zuckte erschrocken zurück, als der Schädel unter Johannas Händen zum Vorschein kam. Obwohl sie ihn gründlich gewaschen hatte, umschwebten ihn immer noch die abgeschwächten Aromen der Jauche.

»Herr im Himmel«, stieß Pius hervor. »Du hast wirklich ein sonderbares Geschick, deine Nase in den Dreck zu stecken.«

Johanna lächelte vielsagend. »So könnte man es nennen.«

Nachdem sie ihm erklärt hatte, wie sie zu ihren beiden Mitbringseln gekommen war, fragte sie: »Was hältst du davon?«

Pius zog nachdenklich die Stirn kraus und griff sich den Knochen, um ihn näher zu betrachten. »Ich bin überzeugt, dass dies ein Teil eines menschlichen Unterarms ist, eine Elle. Doch der Knochen scheint mir nicht frisch zu sein. So wie er aussieht, muss er schon Jahre in der Jauchegrube gewesen sein.« Er legte den Knochen beiseite und nahm den Schädel zur Hand. »Ob der Schädel von einem Mann oder einer Frau stammt, kann ich nicht sagen, aber auch er sieht älter aus. Die Gülle ist tief in ihn eingezogen.« Er fuhr mit der Hand über die poröse Beschaffenheit der großen Rundung. »Wenn du ein Tier schlachtest, sind die Knochen hell und glatt, sobald man sie von Fleisch und Blut befreit hat. Ich schätze, dass dies bei Menschen nicht anders ist. Sollte er nur wenige Tage in der dunklen Brühe gelegen haben, könnte man den meisten Dreck mühelos wegwaschen.«

»Du glaubst also nicht, dass er zu dem unlängst verschwundenen Mädchen gehört?«

Pius schüttelte den Kopf, die Augen immer noch auf den Schädel in seinen Händen gerichtet.

Johanna seufzte. »Ich hatte es befürchtet.«

Der Mönch sah auf. »Mir scheint, dass es sich hier um ein weiteres Verbrechen handelt. Wie das große Loch auf der Stirn beweist.« Sein nachdenklicher Blick versuchte, die Abgründe zu begreifen, die sich vor ihm auftaten. »Wir sollten ihn bestatten. Wer immer der Tote ist, er hat ein anständiges Grab verdient.«

Johanna griff besitzergreifend nach dem Schädel. »Noch nicht, mein lieber Pius. Vielleicht dient er uns eines Tages als Beweis.«

Nun war es Pius, der seufzte. »Du wirst dich noch um Kopf und Kragen bringen, wenn du so weitermachst. So wie ich es einst tat – wenn auch in einer ganz anderen Sache. Und bei Gott, ich möchte es nicht sein, der dich mit eingeschlagenem Schädel irgendwo findet.«

Johanna verzog zerknirscht das Gesicht.

Pius ließ sie nicht aus den Augen. »Das Bild, das du gefunden hast, zeigt die Frau, die ich einst liebte.«

Verblüfft stutzte sie, zog es aber vor, Pius nicht zu unterbrechen. Anscheinend hatte er nun doch vor, sein Gewissen zu erleichtern.

»Eines Tages brachte ein Edelmann seine Tochter in unser Kloster«, fuhr er fort. »Ein schweres Leiden plagte sie, und so setzte der Vater seine ganze Hoffnung in den Infirmarius, dessen Gelehrsamkeit weithin bekannt war – in mich.« Pius schnaubte. »Ich fühlte mich geschmeichelt, dass er sich mit dieser Bitte an mich wandte. Ich versuchte alles, um sie zu retten. In meiner Selbstüberschätzung ging ich so weit, dass ich mir von der Kunst des Heilens mehr versprach als vom Herrn. Ich dachte tatsächlich, ich allein könne sie heilen. Im

Grunde hielt ich mich wohl selbst für einen Gott. Unglücklicherweise verliebte ich mich in das Mädchen, und dann musste ich mitansehen, wie sie starb ... Sie hieß Gisela.« Ein Ton, der fast wie ein Schluchzen klang, entfleuchte ihm, als er ihren Namen aussprach.

»Oh Pius«, entwich es Johanna.

»Nicht eine einzige meiner Arzneien konnte ihr helfen. Etwas Linderung bringen, vielleicht, aber das war es ja nicht, worauf es ankam. Um nichts in der Welt wollte ich sie gehen lassen, und doch zerrann ihr Leben zwischen meinen Fingern. Da wurde mir bewusst, dass nur Gott der Herr über Leben und Tod ist und jede noch so große Anstrengung nicht das Geringste an dieser Tatsache ändern kann. Doch ich, ein geringer Mensch, hatte mich selbst erhöht. Und diese Schuld ist es, für die ich den Rest meines Lebens büßen werde.« Erschöpft senkte er den Kopf. »Verstehst du jetzt, was ich dir letztens sagen wollte? Der Herr allein ist es, der entscheidet, wer leben oder sterben soll. Wir sind nicht mehr als seine Werkzeuge. All unser Bemühen ist umsonst, wenn sein Ratschluss ein anderer ist.«

»So wie bei Marie«, platzte es aus Johanna heraus. »Sie ist inzwischen gestorben.«

Pius nickte stumm. Johanna sah ihm an, dass er immer noch mit sich haderte. »Es tut mir von Herzen leid, dass du etwas so Schreckliches erleben musstest«, bemerkte sie mitfühlend.

Selbst Ida schien sein Elend zu spüren. Ihre Augen ließen den Mönch nicht los, als sie der Wölfin einen Arm um den Hals legte und sich dicht an sie schmiegte.

Pius zuckte mit den Schultern. »Jeder bekommt das, was er verdient.«

Bald darauf verabschiedete sich Johanna. Sie war schon ein paar Schritte gegangen, als Pius ihr etwas hinterherrief.

»Johanna!«

Die Brauen fragend erhoben, drehte sich Johanna noch einmal um.

»Vergiss den Herrn nicht. Mit ihm an deiner Seite bist du

nie allein. Sein Licht wird auch in tiefer Dunkelheit noch scheinen.« Etwas Trauriges lag in seinen Augen.

Johanna lächelte. »Der Herr sei auch mit dir, Pius.«

Gedankenverloren ging sie weiter, während Ida und die Wölfin neben ihr hertrotteten. Was wollte der Mönch ihr damit sagen? Sorgte er sich so sehr um sie, oder dachte er an das, was er selbst erlitten hatte? Der arme Pius! Welch eine Tragödie hatte er erleben müssen. Wahrscheinlich hatte er recht, und es wäre besser, nicht in Dingen herumzustochern, die sie im Grunde nichts angingen. Ein ungutes Gefühl machte sich in Johanna breit. Vielleicht sollte sie wirklich damit aufhören. Doch konnte sie das? Unbewusst schüttelte Johanna den Kopf. Niemand trat für das Schicksal dieser Mädchen ein. Sie konnte nicht anders. Sie musste helfen, für das Gute zu kämpfen – egal auf welche Art und Weise. Und es war doch möglich, dass weiteren Mädchen ein ebenso leidvolles Schicksal erspart blieb, wenn sie auf die Lösung des Rätsels stieß.

Wenn sie nur wüsste, was sie tun sollte. Auf jeden Fall musste sie sehr behutsam vorgehen. Ein schiefes Lächeln glitt über ihre Lippen. Eigentlich war sie lediglich den Hinweisen gefolgt, um herauszufinden, ob Gera tatsächlich in einer Jauchegrube gelandet war. Nun schien es, als ob sie etwas aufgedeckt hätten, was Marie, Ursel und wahrscheinlich auch Lenz schon längst ahnten! Vermutlich handelte es sich um eins der Mädchen, das schon vor zehn Jahren verschwunden war.

Ihre Gedanken glitten wieder zu Pius und dem, was er gesagt hatte. Sie würde seine Worte in ihrem Herzen bewahren.

Und seltsamerweise fühlte Johanna die unsichtbare Gegenwart Gottes wie einen behütenden Schatten.

21. KAPITEL

Tags darauf stand Lukas vor ihrer Tür.

»Johanna! Wie gut, dass ich dich hier treffe«, sagte er bis über beide Ohren grinsend. Er machte sich nicht die Mühe hereinzukommen, bevor er loslegte. »Ich habe mit Kilian gesprochen.«

In der vergangenen Nacht hatte er Ursels Onkel vor dem Haus des Salzhändlers aufgelauert. Tatsächlich war er zu später Stunde aus der Tür geschlichen, wo Lukas ihn gestellt hatte. »Danach war es nicht schwer, Kilian davon zu überzeugen, ein Geheimnis gegen ein anderes zu tauschen.« Obwohl es Lukas alles andere als leichtgefallen war, den armen Kilian so in die Enge zu treiben. Doch anders hätten sie wohl nie die Wahrheit erfahren. »Als er noch im Dienst der Tecker stand, beobachtete er zufällig etwas. Die Nacht zog bereits herauf, als Kilian sich neben dem Misthaufen vor der Mauer erleichterte. Plötzlich kam jemand. Der Tecker hat ein steifes Bein, eine alte Kriegsverletzung, die ihm einen typischen Schritt beschert. Kilian erkannte ihn mühelos daran. Er versteckte sich hinter dem Mist, neugierig auf das, was der edle Herr dort draußen verloren hatte. Doch das, was er sah, ließ ihm keine Ruhe: Der alte Herzog zog mühsam einen schweren Sack hinter sich her, den er dann in der Jauchegrube verschwinden ließ. Das Bündel hatte viel zu große Ähnlichkeit mit der Gestalt eines Menschen. Also schaute Killian nach und entdeckte den Leichnam eines jungen Mädchens, das man unlängst auf die Burg gebracht hatte.«

»Also doch!«, unterbrach ihn Johanna triumphierend. »Das deckt sich mit Pius' Meinung. Er sagt, der Schädel aus der Grube ist alt. Es kann nicht Gera sein. Aber zu einem Mädchen, das vor Jahren verschwunden ist, könnte er durchaus passen.«

Lukas nickte betreten. »Zunächst konnte Kilian es nicht

fassen. War der Mann, den er als harten Dienstgeber, aber auch als fürsorglichen Familienvater kennengelernt hatte, ein gewissenloser Mörder? Dann fielen ihm die hübschen Mädchen ein, die im Laufe der Jahre auf die Burg gekommen waren. Einige davon hatte er nie wiedergesehen. Für ihn setzte sich alles wie die zerschnittenen Teile eines Pergamentes zusammen. Der Alte lockte junge Mädchen auf die Burg, um sich an ihnen zu vergehen. Zur Befriedigung seiner Triebe brauchte er junges, frisches Fleisch. Dieses Mädchen war wohl gestorben, und so hat er sie in die Grube geworfen, um seine Spuren zu verwischen. Selbst als sie geleert wurde, hatte niemand den verwesten Körper entdeckt. Es wird immer nur so viel abgeschöpft, wie gerade benötigt wird«, fügte er erklärend hinzu.

Johanna hing atemlos an Lukas' Lippen.

»Nach dieser grausigen Entdeckung wollte Kilian nur noch eines: fort von diesem Herrn und seinen Gräueln. Wer wusste schon, wie viele Mädchen er noch auf dem Gewissen hatte.«

»Wie hat er es geschafft, von der Burg zu kommen?« Ein schauderndes Entsetzen lag in Johannas Stimme.

»Er hat eine schwere Erkrankung vorgetäuscht«, sagte Lukas. »Sein Rücken tat plötzlich sehr weh. Von einem Tag auf den anderen konnte er nicht mehr richtig laufen. Vielleicht trug auch die Bestürzung, die ihn nach dieser düsteren Wahrheit erfasste, dazu bei. Jedenfalls glaubte Kilian dieser Lüge so sehr, dass er tatsächlich unerträgliche Schmerzen bekam. Für die herzoglichen Ställe war er nicht mehr zu gebrauchen. Also haben sie ihn fortgejagt und sich einen anderen Stallknecht genommen. Doch Kilian wusste, dass sein Leben von diesem Geheimnis abhing.«

»Aber wie konnte Ursel dann davon wissen?«

Lukas hob abwehrend die Hände. »Nur Geduld. Dazu wollte ich gerade kommen.« Dann fuhr er fort: »Kilian ist erst einmal bei seiner Schwester, Ursels Mutter, untergeschlüpft. Sie hat ihn gepflegt, bis es ihm besser ging. Ob er nun krank war oder nicht. Der Schein musste gewahrt werden. In einem schwachen Moment drängte es ihn, sein Geheimnis mit jemandem zu teilen. Es ließ ihm keine Ruhe. Also hat er seiner Schwester davon berichtet. Die beiden waren sich sehr nah. Sie schwor ihm, niemandem etwas davon zu sagen. Anscheinend hat sie nicht Wort gehalten. Vermutlich hat sie es Ursel erzählt und diese ihrer Schwiegermutter. Lenz muss zu dem gleichen Schluss gekommen sein. Das würde seine angespannte Haltung erklären, er will sich auch nicht mit den Edlen anlegen.«

Johanna schüttelte den Kopf. »Jedenfalls können wir nicht auf seine Hilfe hoffen.« Ihre Lippen verzogen sich zu einem Strich. »Vielleicht lebt Gera noch? Möglicherweise hat man sie oben auf der Burg versteckt.«

»Das könnte gut sein, obwohl der Tecker inzwischen zu alt sein dürfte, um sich an einem Weib zu vergehen.«

»Aber nicht sein Sohn, und auch der Urslinger ist im besten Mannesalter. Schließlich hat er vor einigen Monaten eine Tochter gezeugt. Doch all das ist reine Spekulation. Wir bräuchten etwas Handfesteres, um das Mädchen zu finden.«

»Da ist noch etwas.« Lukas runzelte unwillig die Stirn. »Morgen wird eine Menge Holz nach Willstätt geflößt, und ich werde dabei sein. Versprich mir, keine Dummheiten zu machen, während ich weg bin.« Er suchte in ihren Augen nach einer Antwort.

Johanna brachte es nicht fertig, ihn zu enttäuschen. »Also gut, ich werde mich bemühen.« Sie spürte, dass er auf einen weiteren Kuss wartete, doch dieses Mal warf sie ihm ein schalkhaftes Lächeln zu. Schließlich sollte man nichts übertreiben.

Der tiefe Ton eines Horns schallte schwermütig von den Höhen herab, prallte gegen die Felsen der umliegenden Berge und kam als Widerhall noch einmal zurück.

Die acht Männer, zu denen auch Lukas zählte, wussten, was dies bedeutete. Das Wasser, das den Kirchweiher mit Schwellwasser füllen sollte, passierte die Sperre, mit der man es nachts gestaut hatte. Nicht mehr lange, und es würde da sein.

Es tönte noch einmal. Allmählich wurde es Zeit. Was die Flößer für die Fahrt brauchten, hatten sie bereits auf den zusammengefügten Stämmen verstaut. Auch eine »Oblast« aus mit Harz, Pech und Teer gefüllten Fässern befand sich auf einem der Gestöre. Nun galt es nur noch, die eigene Position einzunehmen.

»Auf geht's!« Thomas, ein Mann in mittleren Jahren mit tiefschwarzem Haar und einer Haut, die an altes Schuhleder erinnerte, scheuchte die im Ufergras sitzenden Männer auf die Beine.

Behände sprangen sie ins Wasser und wateten zum Floß hinüber. Die Männer waren ein eingespieltes Flößergespann. Jeder wusste, wo sein Platz war. Nun mussten sie die wertvolle Fracht bis nach Willstätt bringen, wo die Reise im dortigen Weiher für sie endete. Der Aufstieg der Flößerei führte zu immer neuen Ordnungen, da der Transport über Land schlicht unmöglich war. In ihnen wurde festgelegt, wie weit der Einflussbereich der einzelnen Flößergespanne ging. Eine dieser Ordnungen besagte, dass nur die Willstätter das Recht hatten, Holz bis nach Straßburg zu flößen.

Lukas war inzwischen auf seinem Posten angekommen. Er stand auf einem der hinteren Gestöre, dort, wo sich das starke Holz aus langen Fichten- und Tannenstämmen befand. Jecklin, der genauso kräftig war wie er, teilte es mit ihm.

Ganz vorn fand Thomas auf dem kleinsten und beweglichsten der Gestöre, auf dem sie ein langes Ruder befestigt hatten, seinen Platz. Er würde das Floß lenken. Symon, der seine Arbeit inzwischen wieder aufgenommen hatte, war zusammen mit Burckhart für das Bremsen zuständig.

Als jeder der acht Männer seine Position innehatte, lüfteten sie ihre Hüte, um mit gesenkten Köpfen ein stummes Gebet an den Herrn zu richten. Nach einer kurzen Zeit der Stille sprachen sie gemeinsam: »Gott, Vater unser, der du bist im Himmelreich ...«

Unterwegs konnte viel geschehen. Da war es gut, den Segen des Herrn zu erbitten und ihn um Schutz und Bewahrung anzuflehen. Auch die Daheimgebliebenen benötigten ihn. Nachdem sie das Vaterunser beendet hatten, machten sich die

Männer bereit. Thomas packte das Steuerruder, die übrigen die langen Stangen, mit denen sie die eingerüsteten Stämme in der Fahrrinne halten konnten. Nur Symon hatte eine langstielige Axt hervorgeholt und wartete auf das Kommando. Das Rauschen des herabschießenden Wassers wurde lauter.

Jecklin warf Lukas ein verwegenes Grinsen zu. »Und nun auf zur wilden Fahrt.«

Lukas erwiderte es. Damit konnte er durchaus recht haben, aber war es nicht gerade das, was er so liebte? Auch die Reise nach Willstätt gefiel ihm normalerweise gut. So sah er wenigstens etwas von der Welt. Wenn es nur nicht ausgerechnet zu diesem Zeitpunkt gewesen wäre. Jetzt wo sie die knöchernen Reste eines Menschen gefunden und Johanna ihn geküsst hatte, zog ihn überhaupt nichts von zu Hause fort.

Nur wenige Augenblicke später rollte das Wasser heran. Die Wucht der Strömung hob sie empor. Das Floß nahm die Bewegungen des Wassers auf. Es wankte, ächzte und knarzte unter dem Druck.

Der Bau eines Floßes bedurfte jahrelanger Erfahrung, und noch immer war die Flößerei in dieser Gegend ein recht junges Gewerbe. So war es ganz recht, dass Flößer aus dem vorderen Kinzigtal in ihre Gegend gezogen waren, um ihnen diese Fertigkeit zu zeigen und beim Flößen behilflich zu sein. Auch der schwarzhaarige Thomas gehörte zu ihnen. Sein Wissen im Umgang mit den schweren Stämmen hatte ihm den vertrauensvollen Posten des Floßführers und -lenkers eingebracht. Alle hörten auf sein Kommando.

In den Tagen zuvor hatten sie die auf dem Polterplatz gelagerten Stämme in mühevoller Arbeit gerüstet, was Lukas wegen seiner nächtlichen Streifzüge ziemlich schwergefallen war. Zunächst wurden sie auf die Länge der einzelnen Gestöre gestutzt, damit sie später zueinander passen würden. Dann bohrten sie Löcher in die Enden. Durch diese wurden Wieden geschoben, wie man die aus schlanken Ruten hergestellten Holztaue nannte.

Da die Flößerei sinnvollerweise nur zwischen Georgi und

Martini stattfand, war dies eine Winterarbeit. Die Ruten wurden in Wasser eingeweicht und danach in speziellen Wiedeöfen erhitzt, um sie biegsam zu machen. Anschließend drehte man sie mit einem Wiedstock um die eigene Achse, bis ein dickes Seil entstanden war, das auch hoher Belastung standhielt. Bei Bedarf musste man die Wieden nur noch einmal wässern, konnte sie dann in die vorgebohrten Löcher einführen und das Holz auf diese Weise miteinander verbinden.

Dies geschah im gestauten Wasser des Weihers, in den sie die Stämme zuvor gewälzt hatten. In der Leichtigkeit des Wassers konnte man auch das schwerste Holz mühelos bewegen, und so entstanden dort die einzelnen Floßtafeln, die sie wiederum mit den stärksten Wieden untereinander verbunden hatten. Ein großzügiger Spielraum sorgte nun dafür, dass sich das Floß in der einschießenden Flut streckte und später so beweglich war, dass man es durch die Biegungen des Flusses manövrieren konnte.

Der Weiher war nun fast voll. Das Floß unter Lukas' Füßen schaukelte wie ein ungestümes Pferd, das es nicht erwarten konnte, endlich loszugaloppieren.

Thomas gab ein Zeichen und wies damit weitere Männer an, das Wehr zu öffnen.

»Abmähren«, rief er, nachdem der »Gamber« wie eine Wippe nach oben schwenkte und die Sperre entfernte. Das gestaute Wasser schoss durch das frei gewordene Fahrloch, nahm das Floß mit sich, bis es an der Wiede zerrte, die es immer noch am Ufer festhielt.

Lukas balancierte die Bewegungen mit den Beinen aus. Sein Körper spannte sich an. Er musste nicht nach hinten sehen, um zu wissen, was nun geschah. Mit einem kräftigen Hieb seiner Axt durchschlug Symon die Wiede. Das Floß nahm Fahrt auf.

Und der wilde Ritt begann.

Instinktiv passte sich Lukas den Schwingungen der aus dem Weiher schießenden Stämme an, benutzte die Stange, um sie auf Kurs zu halten, und dachte dabei an nichts anderes als an Johanna. Noch immer fühlte er ihren zarten Kuss auf seinen Lippen, die freudige Erregung, die seinen Körper wie ein plötzliches Fieber erfasst hatte. War es ihr ernst damit gewesen, oder spielte sie mit ihm? Er konnte sich keinen Reim darauf machen. Vielleicht war es nur ihre Art, ihm seine eigenen Ränke heimzuzahlen? Wenn ihr nur nichts passierte, solange er weg war. Irgendwo lief ein Unhold frei herum. Und er konnte nur hoffen, dass Johanna ihm nicht in die Hände fiel.

Vielleicht gelang es ihm wenigstens, die Worte des Spielmanns zu überprüfen. Wenn ihm das Glück hold war, würden sie heute Abend in Offenburg ankommen und dort übernachten. Und falls Thomas keine anderen Pläne mit ihm hatte, würde er in der »Linde« vorbeischauen.

22. KAPITEL

Johanna machte sich auf, um frische Kräuter zu sammeln. Jetzt gab es Baldrian und Beifuß, Kamille und Johanniskraut, den bewährten Spitz- und Breitwegerich in Hülle und Fülle, Brennnesseln und vieles mehr.

Da das meiste auf den Wiesen rund um das Städtle zu finden war, mussten Ida und die Wölfin zu Hause bleiben. Die vielen Tiere, die darauf weideten, wären eine zu große Versuchung für die Wölfin gewesen. Johanna würde sie nicht mehr schützen können, wenn sie eine Gans oder gar ein wenige Wochen altes Ferkel riss.

Ihr Korb war fast voll, als sie entschied, noch ein wenig am Waldrand entlangzuspazieren. Es war noch nicht einmal Mittag. Zeit genug, auch dort nach Kräutern zu suchen, die sie gut gebrauchen konnte. Während sie Blüten, Blätter und Wurzeln erntete, geriet Johanna immer tiefer unter das schattige Dunkel der Bäume. Nahe einem Hauptweg, der durch den Wald führte, hielt sie ihren Kopf suchend auf die Erde gerichtet. Es war wie eine Jagd. Nur, dass es sich dabei nicht um Tiere handelte.

»Johanna! Wie gut, dass ich dich hier finde. Ich hatte schon nach dir gesucht.«

Erschrocken fuhr sie in die Höhe. Der bunte Wagen des Spielmanns stand nur ein paar Schritte von ihr entfernt. Sie war so vertieft gewesen, dass sie das rumpelnde Gefährt gar nicht bemerkt hatte.

»Clewin! Was tust du hier?« *War er nicht der Meinung, dass wir uns nie mehr wiedersehen würden?*

»Eigentlich wollte ich nicht zurückkehren«, erriet er ihre Gedanken. »Aber die Dinge erfordern es.«

»Welche Dinge?«

»Ich bringe eine traurige Nachricht«, sagte Clewin bekümmert. »Von einem der Bauernhöfe, durch die ich kam, wurde ein Mädchen geraubt.«

»Was?«

Ihre eigene Betroffenheit spiegelte sich in der Miene des Spielmanns. »Du hast richtig gehört. Es passierte vorgestern, als sie auf einer hoch gelegenen Weide Kühe gehütet hat. Doch sie war nicht allein dort. Ihre jüngere Schwester war bei ihr. Sie war nur kurz hinter den Büschen, um sich zu erleichtern, weshalb sie der Unhold nicht bemerkte. Das Mädchen hat ihn gesehen, obwohl es nicht den Mut fand, der Schwester zu helfen. Ich dachte, das solltest du wissen.«

»Das ist sehr anständig von dir. Ich muss so schnell wie möglich mit dem Mädchen reden. Jetzt wo die Erinnerung noch frisch ist.«

Clewin grinste. »Ich war mir fast sicher, dass du das sagen würdest.«

»Wie finde ich dorthin?«

»Der Bauernhof liegt ein Stück weit von hier entfernt. Ich kann dich hinfahren, wenn du willst. Dann wirst du bei Einbruch der Nacht wieder zu Hause sein.«

Kann ich Ida und die Wölfin so lang allein lassen? Doch dann verwarf sie diesen Gedanken. Die beiden waren schon oft allein gewesen. Erst heute Morgen hatte sie frisches Wasser geholt, und wenn Ida etwas essen wollte, wusste sie inzwischen, wo es zu finden war. Nur die Tür hatte sie dieses Mal nicht verschlossen, doch sie glaubte auch nicht, dass sich jemand ins Haus traute, wenn Ida und die Wölfin da waren. Je eher sie aufbrachen, desto schneller würde sie wieder bei ihnen sein. Mit zügigen Schritten ging Johanna zum Wagen, schwang ihren vollen Korb auf die Ladefläche und setzte sich zu Clewin auf den Kutschbock. »Dann lass uns fahren.«

»Wie geht es deinem Verehrer?«, fragte er keck, während das Pferd anzog.

»Welchem Verehrer?«

»Na, dem jungen Flößer. Lukas heißt er, wenn ich mich recht erinnere. Er war recht zornig, als ich ihm das letzte Mal begegnet bin.«

Johanna betrachtete Clewin von der Seite. Erst jetzt fiel ihr auf, dass an seinem Kinn ein verblassender Bluterguss prangte. Sie konnte sich ein Schmunzeln nicht verkneifen.

»Hältst du ihn ebenso auf Abstand wie mich?«

»Das geht dich nichts an«, erklärte sie schnippisch. »Erzähl mir lieber von dem Mädchen. Hat ihre Schwester den Unhold erkannt?«

»Das nicht, aber ich hörte, dass sie ihn beschreiben kann. Allerdings hat man mich nicht zu ihr vorgelassen.« Sein Gesicht verzog sich zu einer spöttischen Maske. »Die meisten halten nicht viel von einem Spielmann. Ich war nicht vertrauenswürdig genug, um mit ihr zu reden.«

Johanna gab ein undefinierbares Schnauben von sich. »Wahrscheinlich ist sie immer noch sehr verängstigt.«

»Das denke ich auch. Einer Frau wird sie sich viel eher anvertrauen.«

»Wann sind wir da?«

Clewin brummte ungehalten. »Du musst dich schon ein wenig gedulden. Schließlich sind wir gerade erst losgefahren.«

Es dauerte noch ziemlich lange, doch der Tag war schön und Clewins Gesellschaft kurzweilig. Ein ums andere Mal lachte Johanna über einen Witz, den er zum Besten gab. Er verstand sich wirklich gut darauf, die Leute zu unterhalten.

Am südlichen Ausgang des Schiltachtales bog das Pferd in einen Weg ein, der sich wie eine Auffahrt in die Höhe wand. Kurz darauf bemerkte Johanna die eckigen Mauern einer Burg. »Wolltest du mich nicht zu einem Bauernhof bringen?«

»Nur Geduld. Der Hof liegt nicht weit von der Wehrmauer entfernt.«

Als sie weiterfuhren, entdeckte Johanna mehrere Bauernhöfe. An keinem der Höfe hielt Clewin an, stattdessen trieb er das Pferd immer weiter den ansteigenden Weg hinauf, direkt auf die viereckige Wehranlage zu.

Ein leises Misstrauen ballte sich in Johannas Brust. »Wo bringst du mich hin?«

»Keine Angst. Sie haben das Mädchen auf die Burg gebracht.« Clewins Hand vollführte eine beschwichtigende

Geste. Er hielt nun direkt auf das Burgtor zu, vor dem eine Hängebrücke über den Halsgraben führte. Die morschen Bohlen ächzten unter dem schweren Wagen. Johanna wurde himmelangst, als sie ein paar Löcher darin entdeckte, durch die das Wasser des Grabens zu sehen war. Sie atmete auf, als sie das Tor erreichten. Zwei Männer standen an seiner steinernen Begrenzung. Die beiden traten ohne ein Wort zur Seite und ließen den Wagen ein.

Seltsam, dachte Johanna, *allem Anschein nach scheinen sie Clewin zu kennen. Er muss schon einige Male hier gewesen sein.*

Der Wagen fuhr in den Zwinger der Burg und durch das Tor einer weiteren, höheren Mauer, das in den Burghof führte. Von irgendwoher drang das kurze Bellen zweier Hunde. Johannas Augen glitten zu dem imposanten Bergfried aus Buckelquadern. Er lag mehrere Schritte von der Mauer entfernt. Irgendwo dort drinnen mussten die Hunde sein. Einen Palas schien es hier nicht zu geben. Das ganze Anwesen wirkte alles andere als gepflegt, und die vier Männer, die scheinbar teilnahmslos an der Mauer lehnten, sahen nicht wie Knechte aus. Ihre Kleidung aus gehärtetem Leder unter groben, vernarbten Gesichtern deutete eher darauf hin, dass es sich um Wehrmänner handelte, die aus demselben Holz wie die Wachen geschnitzt zu sein schienen.

Johanna erschauerte. Noch ehe sie Clewin fragen konnte, was die Leute sich dabei gedacht hatten, das arme Kind ausgerechnet hierherzubringen, trat ein Mann durch den spitzbogigen Eingang des Bergfrieds. Die Sohlen seiner schweren Stiefel gaben einen dumpfen Ton von sich, als er gemessenen Schrittes die hölzerne Treppe herabkam. Etwas Herrschaftliches ging von ihm aus, obwohl die abgetragene Kleidung ebenso sehr wie die Burg eher von vergangenen glanzvollen Zeiten sprach. Das prächtige Schwert an seiner Seite wies auf seinen Stand als Ritter und Herrn dieser Feste hin. Seine Mannen stießen sich nun von der Mauer ab und eskortierten den Burgherrn. Johanna konnte den Blick nicht von ihm wenden. Es dauerte nicht lange, bis er neben dem Kutschbock stand.

»Willkommen auf Burg Schilteck, holde Maid.« Die kalten blauen Augen des Mannes betrachteten Johanna mit einer eisigen Ruhe, die sie frösteln ließ. Seine hohe, stattliche Gestalt ragte neben ihr auf. »Welch ein ersehnter Gast in meinem bescheidenen Heim.« Die Freundlichkeit seiner Worte erreichte seine Miene nicht.

»Ich verstehe nicht ganz«, wandte sich Johanna an Clewin, die endlich ihre Sprache wiedergefunden hatte. Wurde sie hier erwartet?

Clewin antwortete nicht und schaute stattdessen mit undurchdringlicher Miene auf den Boden des Kutschbocks.

»Das wirst du gleich«, antwortete der Ritter an seiner Stelle. »Ich habe ein schönes Gemach für dich bereitet.«

Zwei seiner Männer zerrten sie von ihrem Platz. Da begriff sie, dass das geraubte Mädchen nur ein Vorwand gewesen war. Johanna schlug und trat nach ihnen, versuchte zu beißen, doch die Männer lachten nur. Ihre Schuhe scharrten über den Boden, als sie sich mit steifen Beinen zu widersetzen versuchte. Es half alles nichts. Schon schleiften sie Johanna die Treppe hinauf.

Kurz bevor sie mit ihren Häschern den Eingang des Bergfrieds erreichte, sah Johanna noch einmal zurück, um Clewin mit einem vorwurfsvollen Blick zu strafen. »Du elender Lügner«, schrie sie.

Von der erhöhten Stelle aus streiften ihre Augen einen Galgen, den sie zuvor nicht wahrgenommen hatte. Die verwitterte Leiche eines Mannes hing daran. Seine Haut war schwarz wie das Leder, das ihn noch immer kleidete. Die leeren Augenhöhlen starrten sie vorwurfsvoll an.

Und da wusste Johanna, dass sie verloren war.

Ida saß zu Hause und wartete. Johanna war schon ziemlich lange fort. Allmählich wurde ihr langweilig. Um das ungebetene Gefühl zu vertreiben, tollte sie mit der Wölfin durch das Haus, riss Schemel und Bänke um. Vielleicht brachte diese

Unartigkeit die junge Frau zurück? Um sicherzugehen, sprang sie in einer wilden Verfolgungsjagd mit der Wölfin mehrmals über das Bett, hüpfte auf dem Strohsack auf und ab, bis tanzender Staub durch die Luft wirbelte. Doch nichts geschah. Langsam wurde sie wütend. Wie konnte Johanna nur so lange wegbleiben? Sie würde unartig sein, wenn diese nach Hause kam, und sie auf diese Weise strafen.

Das Herumtollen hatte sie durstig gemacht. Sie ging zu dem Kübel mit Wasser, den Johanna heute Morgen frisch aufgefüllt hatte. Als sie ihren Kopf darüberbeugte, erkannte sie das schwache Bild eines Gesichts auf der glatten Oberfläche. Inzwischen wusste sie, dass es Ida hieß und ihr eigenes war, wenn sie es auch immer noch nicht so ganz verstand. Sie streckte ihm die Zunge heraus, schnitt mehrere Grimassen und lachte belustigt auf, als das Spiegelbild unter ihr die Gesten wiederholte. Dann trank sie.

Das Floß fuhr nun in ruhigerem Fahrwasser. Lukas und seine Kameraden hatten die abschüssige Fahrt durch den Schwarzwald gemeistert. Was sie vor allem Thomas zu verdanken hatten, der sie sicher durch die Biegungen des Flusses gelenkt hatte. Ohne die Mühseligkeit, die Kinzig weiter oben stauen zu müssen, damit die miteinander verbundenen Stämme nicht in zu niederem Wasser stecken blieben, waren sie mit der Kraft der Strömung hinabgeglitten. Auch Symon und Burckhart hatten eine wichtige Position inne. Gemeinsam sorgten sie dafür, dass das Floß sich streckte. Wenn die Fahrt infolge des Gefälles zu rasant wurde, versenkten sie mit vereinten Kräften den Eichenstamm, der als Bremse diente, im Bachbett. So konnten die hinteren Gestöre nicht auf die vorderen auflaufen, was zu verheerenden Unfällen führte, wenn es doch einmal vorkam.

Unterhalb von Wolfach ging es nicht mehr so steil bergab. Ihre Fahrt wurde gemächlicher. Dennoch lag der größte Teil der Reise noch vor ihnen. Es war bereits Abend, als die Flößer dem Ziel des ersten Tages entgegensteuerten. Die Freie

Reichsstadt Offenburg lag in der großen Ebene des Rheintales. Immer mehr waren die Berge zur Seite gerückt. Nun zeigte sich das grüne sanft geschwungene Gebirge des Schwarzwaldes wie der geschuppte Rücken eines gewaltigen Lindwurms im Hintergrund.

Die Flößerei war hier unten nichts Ungewöhnliches. Hier gab es Plätze, die für Flöße bestimmt waren. So legten sie an einer der vorgeschriebenen Stellen an. Danach gab es nicht mehr viel zu tun.

Lukas schickte ein stummes Gebet gen Himmel, dass Thomas ihn nicht mehr brauchen würde, und als dieser ihm tatsächlich die Erlaubnis gab, verlor Lukas keine Zeit und brach zum Gasthaus »Linde« auf, um herauszufinden, ob der Spielmann die Wahrheit gesagt hatte. Der Rest der Flößer war entweder bei der wertvollen Fracht geblieben oder besuchte eine der Schenken in der Nähe des Anlegeplatzes. Nur ihn zog es ins Zentrum der ummauerten Stadt, wo die »Linde« zu finden war. Das große Gasthaus erinnerte ihn an das »Weiße Rössel«, nur dass im Hof eine große Linde stand, die vermutlich als Namensgeber der Wirtschaft gedient hatte.

Der Besitzer des eindrucksvollen Gebäudes erinnerte sich an den Spielmann aufgrund Lukas' Beschreibung. Er wusste sogar seinen Namen.

»Wisst Ihr auch noch, wann er das letzte Mal hier gewesen ist?«

»Das ist schon eine ganze Weile her«, entgegnete der wohlgenährte Wirt, dessen rötliches Haar die ersten Spuren des Alters zeigte. »Es muss im Frühling gewesen sein, aber genau kann ich es nicht mehr sagen.«

Lukas entging das kaum verhohlene Interesse der jungen Frau nicht, die hinter dem Ausschank Bier in Krüge füllte. Er saß nur zwei Armeslängen von ihr entfernt. Es hatte nur der Erwähnung von Clewins Namen bedurft, um sie abrupt aufschauen zu lassen. Ihre Wangen färbten sich rot, während sie sich Mühe gab, das Gespräch zwischen den Wortfetzen der anderen Gäste zu verstehen. Das musste die Wirtstochter sein.

Allem Anschein nach war sie sehr verliebt in den Spielmann. Bestimmt wusste sie ganz genau, wann er das letzte Mal hier gewesen war.

»Eure Tochter?«, wandte er sich wieder an den Wirt.

Der Mann nickte stolz. »Ein hübsches Mädchen, nicht wahr?«

»Da habt Ihr recht.«

»Du kannst dich an ihrem Anblick erfreuen, mehr nicht. In ein paar Wochen wird sie heiraten. Ich habe sie einem guten Mann versprochen – einem besseren als dir«, fügte er in gutmütigem Spott hinzu.

Lukas lachte. »Woher wollt Ihr das wissen?«

Der Mann winkte ab und ging wieder auf seinen Platz hinter dem Ausschank.

Kurz darauf brachte das Mädchen den Krug Bier, den er bestellt hatte.

Lukas schenkte ihr ein freundliches Lächeln. »Du hast gehört, was ich deinen Vater fragte?«

Die junge Frau schlug die Augen nieder. Eine tiefe Röte überzog jäh ihr Gesicht. Er musste daran denken, was der Wirt gesagt hatte. Bestimmt war sie nicht so glücklich wie ihr Vater, dass sie bald heiraten würde.

»Wann hast du Clewin das letzte Mal gesehen?«, fragte er sanft. Wenn es stimmte, womit der arrogante Wicht geprahlt hatte, würde es spätestens in der Hochzeitsnacht ein böses Erwachen geben.

»Es ist Anfang Mai gewesen«, wisperte sie.

»Bist du sicher?«

Das Mädchen nickte. Sie blinzelte in die Richtung ihres Vaters, der nicht bemerken sollte, dass sie mit ihm sprach. »Sagt ihm, dass er schon viel zu lange fort ist, wenn Ihr ihn das nächste Mal seht. – Er sollte sich sputen, falls ihm etwas an mir liegt.« Dann eilte sie davon.

Die Worte der Wirtstochter trafen Lukas wie ein Schlag. *Du warst es also doch, der Johanna diese Fallen gestellt hat*, dachte er. Weshalb sonst hätte der Spielmann lügen sollen?

War er auch ein Mörder? Lukas seufzte. Kaum hatte man eine Frage gelöst, kam eine weitere dazu.

Auf jeden Fall war Johanna in Gefahr. Noch immer lief Clewin frei herum und konnte tun und lassen, was er wollte. Allein der Gedanke daran schnürte ihm die Kehle zu. Wer wusste schon, was ihm als Nächstes einfallen würde?

Und er war hier und konnte nicht das Geringste dagegen tun!

Johanna war immer noch nicht zurückgekehrt. In einem Anfall von schlechtem Gewissen hob Ida den Schemel und die Bänke auf, schob den Tisch an seinen üblichen Platz und stellte alles wieder so ordentlich hin, wie sie es vermochte. Dann hockte sie sich erneut auf den Boden. Die Wölfin schmiegte sich an sie. Sie kraulte das weiße Fell, während sie auf die kleinen Fenster blickte, die wie die Augen eines Tieres in das Innere des Häuschens schauten. Beobachtete, wie sie langsam erblindeten.

Idas Magen knurrte, doch sie ignorierte ihn. Eigentlich hatte sie keinen Hunger. Das Rumpeln war nur ein Ausdruck dessen, wie sehr sie Johanna vermisste. Überrascht stellte Ida fest, dass sie das wirklich tat. Vor noch nicht allzu langer Zeit wäre sie froh darum gewesen, wenn die junge Frau sie endlich in Ruhe gelassen hätte. Nun musste sie sich eingestehen, dass etwas Neues an diese Stelle getreten war, von dem sie nicht so recht wusste, was es sein sollte.

Und noch nie war es geschehen, dass sie nachts nicht zurückkam. Seufzend legte sich das Mädchen auf das Bett. Die Wölfin schien den zusätzlichen Platz zu genießen. Das Tier streckte die langen Beine aus und grunzte wohlig. Ihr hingegen machte er keine Freude. Langsam bekam sie es mit der Angst zu tun. Wo blieb Johanna so lange?

Ida konnte nicht schlafen. Wälzte sich von einer Seite zur anderen, ohne die schmerzliche Leere zu vergessen, die auf der gegenüberliegenden Seite des Bettes klaffte. Irgendwann schlief sie dennoch ein. Ein Scharren holte das Mädchen aus einem leichten, unruhigen Schlaf. Hoffnung keimte in ihr auf, doch es war nur die Wölfin, die vor der Tür stand und hinauswollte. Schlaftrunken öffnete sie ihr.

Vielleicht brachte sie Johanna zu ihr zurück? Nun hatte sie das Bett ganz für sich allein. Es kam ihr viel zu groß vor. Vor allem aber fehlte das Gefühl der Geborgenheit, das sie normalerweise hier empfand. Wieder lag Ida wach und wartete. Früher war sie oft allein gewesen, doch nur selten hatte sie dieses schmerzliche Ziehen in ihrer Brust verspürt. Was hatte sie damals dazu gebracht? Irgendetwas musste es doch gewesen sein? Sie wusste keine Antwort darauf.

Kurz bevor der Morgen graute, kam die Wölfin zurück und enttäuschte die letzte zaghafte Hoffnung des Mädchens. Johanna war nicht bei ihr. Anscheinend hatte das Tier lediglich seinen Hunger gestillt. In seinem Maul hing der aufgebrochene Leib eines Feldhasen. Von den langen Löffeln tröpfelte Blut und verkleckerte den Boden. Normalerweise hätte es deswegen ein Donnerwetter gegeben. Nun blieb es quälend still, obwohl Ida das Geschimpfe der jungen Frau mit Freuden hingenommen hätte. Alles war besser als die schmerzliche Leere, die ihr schier das Herz zerdrückte. Sie hatte sich so sehr an Johannas Gesellschaft gewöhnt, dass sie sich mit einer Intensität nach ihr sehnte, die sie schon lange nicht mehr empfunden hatte. Sie vergaß den Hasen, vergaß den bohrenden Hunger in ihrem Magen und lugte stattdessen vorsichtig nach draußen.

Ein Hahn krähte in der Nachbarschaft. Sonst war alles ruhig und friedlich. Bloß das sanfte Rauschen des Flusses, das noch nicht von alltäglichen Geräuschen überlagert wurde, drang an Idas Ohr. Niemand war zu sehen. Wenn sie das Haus allein verlassen wollte, war jetzt der richtige Zeitpunkt dafür. Rasch fasste Ida einen Entschluss.

Wie immer folgte ihr die Wölfin auf dem Fuß, nachdem sie ihre Beute rasch unter einer der Bänke verstaut hatte. Mit eilenden Schritten steuerten die beiden auf den Wald zu. Hier musste sie irgendwo sein. Johanna hatte Ida so oft mit in den Wald genommen, dass sie sich gar nicht vorstellen konnte, dass sie woanders sein könnte. Sie erinnerte sich an die Menschen, die sie in der grünen lichtdurchfluteten Hülle des Waldes besucht hatten. Sollte sie es dort einmal versuchen? Noch immer scheute sie sich vor anderen Leuten. Bisher hatte sie es nicht gewagt, auf einen von ihnen zuzugehen. Doch jetzt ging es nicht anders. Wenn sie Johanna finden wollte, musste sie sich überwinden.

Ihre Orientierung ließ sie nicht im Stich. Bald darauf stand sie vor der palisadenbewehrten Siedlung der Leprosen. Zaghaft läutete sie die Glocke. Der helle Ton ließ sie zusammenzucken. Kurz darauf öffnete sich eine Klappe in der Tür. Das Gesicht eines Mannes erschien, den Johanna »Michel« genannt hatte.

»Was willst du?«, fragte er.

Das Mädchen riss die Augen auf. Daran, dass Michel nicht wusste, weshalb sie hier war, hatte sie gar nicht gedacht. Sie musste sich verständlich machen, damit er erkannte, was sie von ihm wollte.

»Nun?«, hakte Michel derweil nach.

Idas Atem beschleunigte sich. Etwas musste geschehen, sonst schlug er ihr die Klappe vor der Nase zu. Sie musste etwas tun! Irgendetwas! Widerstrebend öffnete Ida den Mund. Ein Wort drang daraus hervor, das wie ein Würgen klang. »Johanna.«

Michel schien es nicht zu verstehen. »Was hast du gesagt? Warum sprichst du nicht deutlicher?«

Ida nahm allen Mut zusammen und probierte es noch einmal. »Johanna!«

Dieses Mal zuckte Michel erschrocken zurück. Offenbar war sie zu laut gewesen. Immerhin hatte er sie verstanden.

»Johanna?«, fragte er. »Was ist mit ihr?«

An seiner Antwort erkannte Ida, dass er nicht mehr wusste als sie. Abrupt machte sie kehrt. Sie sah nicht mehr, wie Michel hinter ihr verärgert den Kopf schüttelte. Zu sehr konzentrierte sie sich auf ein weiteres Ziel.

Der Einsiedler, den sie als Nächstes aufsuchte, war gar nicht da, wie sie bald feststellte. Nachdem sie noch ein wenig gewartet hatte, verließ sie die Lichtung.

Johanna war fort, und irgendwie wurde Ida das Gefühl nicht los, dass sie nicht wiederkam. Was sollte sie nur tun?

Heiße Tränen stiegen in den Augen des Kindes auf. Kraftlos sank Ida zu Boden. Ihr kleines Herz fühlte sich wund und krank an. Die Wölfin drängte sich an sie. Schluchzend warf sie die Arme um das Tier und drückte es ganz fest. Johanna hatte sie verlassen! Die Wölfin fühlte ihre Traurigkeit. Sie warf den Kopf in den Nacken und heulte.

»Auuuuh!«, tönte es durch den Wald. »Auuuh!« Die wehmütigen Laute überwältigten das Mädchen. Heulend stimmte es mit ein.

Und bald klang es, als ob zwei Wölfe ihr trauriges Lied sangen.

23. KAPITEL

Johannas Gemach war eine dunkle Zelle im untersten Geschoss des Wehrturms. Auf drei Seiten wurde sie von dicken Mauern umgeben, die noch nie die Wärme des Sommers in sich aufgenommen hatten. Ein großes eisernes Gitter diente als Tür. Die Zelle lag am Ende eines Ganges, der von Fackeln erhellt wurde, als man sie hindurchgezerrt und unsanft hineinverfrachtet hatte. Jetzt flackerte nur noch eine einzige, und das spärliche Licht warf ein grausiges Bild auf das faulige Stroh, in dem es fortwährend raschelte. Am schlimmsten aber war der lebensfremde Geruch, der über allem schwebte. Kein menschliches Wesen leistete ihr Gesellschaft. Eine einsame Hilflosigkeit stieg in ihr auf und beschwor eine hoffnungslose Leere in ihrem Innern.

Im Gang, von dem weitere Zellen und eine schwere Tür abgingen, hörte sie die Stimmen zweier Wächter. Aus diesem Verlies konnte niemand entfliehen. Ohnehin lag Burg Schilteck mehrere Meilen von Schiltach entfernt, und außer ihren Häschern wusste niemand, wo sie war. Sie dachte an den erhängten Mann, den sie draußen gesehen hatte. Ob ihr das gleiche Schicksal beschieden war? Plötzlich fröstelte Johanna, und die Angst kroch wie kaltes Gewürm über ihre Haut.

Nun kannte sie den wahren Bösewicht, der hinter alldem Leid steckte, das andere durch ihn erdulden mussten. Doch die Erkenntnis nützte nichts mehr. Gewiss war es alles andere als Unbedachtheit, mit der sich der Ritter von Schilteck ihr vorgestellt hatte. Sie beide wussten, dass nur ihr Tod diese Erinnerung tilgen konnte. Am meisten frustrierte sie die Tatsache, dass Clewin mit ihm unter einer Decke steckte. Nach ihrer anfänglichen Skepsis hatte Johanna ihm vertraut, und nun kam es ihr vor, als ob sie eine Natter an ihrer Brust genährt hatte. Den Rest des perfiden Planes konnte sie sich nun mühelos zusammenreimen. Clewin hatte die Mädchen umgarnt und sie dann hierhergebracht. Das erklärte auch, warum man ihn ohne Weiteres eingelassen hatte. Die Männer hatten seine nächste Lieferung erwartet! Dieser elende Schuft! Er nutzte seinen Charme, um arglose Mädchen zu täuschen. Und sie war genauso dumm gewesen, auf ihn hereinzufallen! Lukas hatte ihm von Anfang an misstraut, doch sie war in ihrer Überheblichkeit davon ausgegangen, dass es Eifersucht war, die ihn zu seinen Äußerungen trieb.

Lukas! Ob er nach mir suchen wird? Doch wo sollte er anfangen? Sie war noch nie auf dieser Burg gewesen. Vermutlich würde er nicht einmal auf die Idee kommen, dass sie hier sein könnte.

Sie war und blieb verloren!

Ob die anderen Mädchen wohl ebenso große Angst hatten wie ich? Nichts anderes konnte sie sich vorstellen. Dann blieb immer noch die Frage, was der Ritter mit ihnen angestellt hatte. Ganz ohne Grund waren sie sicher nicht hier gewesen. Hatten sie den Tod als Erlösung empfunden? Trotz der Kälte hier unten brach Johanna der Schweiß aus. *Und was ist mit Clewin? Wird er sich an den Untaten des Ritters beteiligen?*

Konzentriere dich auf das Wesentliche, drängte sie die Stimme ihrer Mutter. *Es hat keinen Sinn, sich den Schrecken auszumalen, der womöglich ganz anders aussehen wird. Denke lieber darüber nach, was du ihm sagen könntest, falls er dich hier unten nicht einfach verrotten lässt.*

Es dauerte viele Stunden, bis ihre Fragen eine Antwort fanden. Vermutlich war es die Länge einer Nacht, die sie von hier unten nicht ausmachen konnte. Johanna hatte kaum geschlafen. Sie fühlte sich müde und zerschlagen, als der Ritter von Schilteck das Gitter vor ihrer Zelle öffnen ließ. Der Wächter, der ihn begleitete, führte einen großen Hund an der Leine. Das musste einer von denen sein, die sie gestern gehört hatte. Anders als die Wölfin besaß das schlanke, hochbeinige Tier ein kurzes hellbraunes Fell. Doch das wütende Geifern, mit dem es sie bedachte, verlieh ihm eine Bedrohlichkeit, die sie beim Anblick der weißen Wölfin schon lange nicht mehr empfand.

Ein undefinierbares Lächeln teilte den Bart des Ritters, als er Johannas Furcht vor dem Tier bemerkte. »Ich hoffe, du hast dich inzwischen etwas eingelebt.« Seine Stimme troff vor Ironie.

»Erspart Euch Eure Worte«, erwiderte Johanna aufgebracht. »Sagt mir lieber, warum ich hier festgehalten werde.«

Der Ritter lächelte noch einmal. »Oh, noch immer so ungestüm wie bei unserer Begrüßung? Mir scheint, ich habe eine echte Wildkatze gefangen.«

Die Wache hinter ihm lachte dröhnend auf, während der Hund zu knurren begann.

Der Edle drehte sich zu dem Mann um. »Nun, wir werden sehen, wie lange sie ihr aufbrausendes Temperament behalten wird.«

Johanna ignorierte seine Antwort. »Wollt Ihr mich auch hängen wie den Mann draußen?«

Der Ritter horchte auf. »Du meinst den Wächter, der so dumm war, eines der Mädchen laufen zu lassen? Wie ich hörte, hast du sie gefunden. Es kam mir sehr gelegen, dass Wölfe den Rest erledigten. Um die Untreue des Mannes habe ich mich selbst gekümmert.«

Johanna schluckte. Nach dieser harten Bestrafung würde keiner mehr auf den Gedanken kommen, einem weiteren Opfer zur Flucht zu verhelfen.

Angesichts ihrer bestürzten Miene verzog der Schiltecker seinen Mund zu einem kalten Lächeln. »Mit dir habe ich etwas Besseres vor.« Er gab dem Wächter einen Wink.

Der Mann packte Johannas Arm und zog sie mit sich. Wieder wurde sie durch den langen Gang geführt. Johanna wehrte sich nicht. Der Hund an ihrer Seite sah nicht danach aus, als ob er dabei friedlich bleiben würde. Sie beobachtete, wie der Ritter die schwere Tür aufschloss. Das Gemäuer, das sie nun betraten, war so düster wie alles hier unten. Kein einziges Fenster erhellte es. *Oder lässt irgendein Geräusch nach draußen*, dachte Johanna erbittert.

Der Edle entzündete mehrere Fackeln, die an eisernen Ständern in der Wand steckten. Jede Fackel enthüllte ein wenig mehr vom Innern des Gemäuers. Die Einrichtung glich der eines sakralen Gebäudes, in dessen Mitte ein großer, einem Altar ähnlicher Steintisch stand. Zwei der Wände wurden durch einen breiten gemauerten Sockel verstärkt, der als Ablage diente. Dort standen Kerzen, Schüsseln und Schalen und eine Reihe von Apparaturen, die einen beängstigenden Eindruck machten.

Plötzlich war Johanna hellwach. Aus den vier Ecken des steinernen Tisches ragten breite Lederriemen, die man wie Gürtel mit Schnallen versehen hatte. Auch in seiner Mitte war ein solcher Riemen befestigt. Die Erkenntnis hing plötzlich wie ein zäher Brocken in ihrem Hals. *Dieser Tisch ist für dich bestimmt!* Sie versuchte zu entkommen, doch der Wächter versperrte ihr den Weg. Er packte sie mit eisernem Griff, sie fühlte, wie sie emporgehoben wurde und unsanft auf der harten Oberfläche des Tisches landete.

Starke Hände langten nach ihren Armen und Beinen. Jeder Widerstand war zwecklos. Nach einem kurzen Kampf, den der Hund mit wütendem Gebell begleitete, lag sie ausgestreckt und gefesselt auf dem kalten Stein, wie ein Gefolterter auf einer Streckbank. Eine kochende Blase aus Angst stieg in ihrem Innern auf. »Was tut Ihr da?«, schrie sie.

Statt einer Antwort hob der Ritter ihre Röcke und griff zwischen ihre Beine, dort, wo noch niemand sie berührt hatte. Johanna wand sich, versuchte, seinen Fingern zu entkommen, doch die ledernen Riemen schnitten schmerzhaft in ihre Hand- und Fußgelenke. Es ging nicht! Heiße Wogen der Scham überfluteten sie. Er hatte nicht das Recht, sie so zu berühren!

Der gierige Blick des Wächters traf sie. Ohnmächtig schloss Johanna die Augen. Sie musste kein Prophet sein, um zu wissen, was als Nächstes kommen würde. Dann war sie für alle Zeit entehrt, und es gab nichts, was sie dagegen tun konnte.

»Du hattest recht. Sie ist immer noch eine Jungfer.« Der Ritter ließ zufrieden von ihr ab und wandte sich um.

Verblüfft öffnete Johanna ihre Augen und sah, dass noch

jemand an den Tisch getreten war. Clewin! Peinlich berührt senkte er die Lider. Seine Miene ließ eine zaghafte Hoffnung in ihr aufkeimen. *Vielleicht fasst er sich doch noch ein Herz und hilft mir.*

»Du hast deine Aufgabe erfüllt«, lobte ihn der Edle. »Hier ist dein Lohn.« Er reichte ihm einen Beutel mit Münzen.

Das ist also der Wert meines Lebens.

»Du kannst nun gehen«, fuhr der Ritter fort.

Clewin nickte und schickte sich an, den schrecklichen Ort zu verlassen.

»Clewin!«, rief Johanna ihm nach.

Er drehte sich nicht einmal um. Ihre verzweifelte Hoffnung sank mit jedem seiner Schritte, die ihn von ihr entfernten. Niemand würde ihr jetzt mehr helfen!

»Und du kannst wieder in deine Zelle zurück.« Der Ritter klang durchaus freundlich, als er das sagte. »Ich muss noch ein paar Vorkehrungen treffen. Dann werden wir uns wiedersehen.«

Der Wächter begann die Fesseln zu lösen, während der Edle sich über den Sockel beugte und dort seine Apparaturen und Instrumente begutachtete.

Johanna wagte nicht zu fragen, was er als Nächstes für sie bereithielt.

Clewin trieb das Pferd so schnell es ging den Berg hinunter, nachdem der Wagen die schadhaften Bohlen der Brücke verlassen hatte. Er musste fort. Fort von diesem Ort und seiner Scheußlichkeit, fort von Johanna und ihren anklagenden Augen. Die hohen Bäume des Schwarzwaldes umfingen ihn plötzlich mit einer Schwermut, die er kaum ertragen konnte. Er würde weiterziehen, nach Freiburg oder Basel oder wohin auch immer ihn die Reise führte. Es gibt noch so vieles zu entdecken, tröstete er sich. Solange es nur weit genug von dieser Burg entfernt lag.

Nie mehr würde er an diesen Ort zurückkehren!

Kurz darauf erreichte er Schramberg. Er hätte hier bleiben

und am Abend in einem der Gasthäuser spielen können, doch es trieb ihn weiter.

Den ganzen Tag über hielt Clewin nur an, wenn das Pferd eine Rast brauchte. Inzwischen hatte er viele Meilen zwischen sich und Burg Schilteck gebracht, doch seltsamerweise wurde ihm nicht wohler. Als das Zwielicht der Dämmerung heraufzog, lenkte er den Braunen zu einer am Weg liegenden Dorfschenke. Er tränkte das Tier am Brunnen, gab ihm etwas Hafer und band die Zügel an den Haltering einer Mauer. Dann betrat er das schlichte Gebäude, dessen Tür ein Strauß aus grünen Zweigen zierte, die darauf hinwiesen, dass hier ausgeschenkt werden durfte.

Ein muffiger Geruch nach Schmutz und ungewaschenen Leibern schlug ihm entgegen. Der Boden des Schankraums war schon eine ganze Weile nicht mehr gekehrt worden. Sein Blick glitt über die Tische, auf denen sich Fliegen zwischen den Hinterlassenschaften früherer Gäste tummelten. Clewin war es einerlei.

Auch den vier Trunkenbolden, die beieinandersaßen, schien es nichts auszumachen. Gerade lachten sie über einen dreckigen Witz. Er verspürte nicht den Drang, sich zu ihnen zu setzen, und steuerte einen der leeren Tische an.

»Bring mir Bier«, wandte er sich an den Wirt, einen Mann in den Vierzigern, der nicht besser als seine Schenke aussah. Sein aufgedunsenes Gesicht sprach vom reichlichen Genuss des Tranks. »Am besten ein ganzes Fass davon.«

»Kannst du bezahlen?« Immerhin schien er seinen Geschäftssinn noch nicht versoffen zu haben.

Clewin öffnete den Beutel an seinem Gürtel und warf ihm ein paar Münzen hin. Das Geld, das ihm der Schiltecker gegeben hatte, würde für mehr als nur einen Rausch reichen.

Der Wirt griff gierig danach und sorgte von nun an, dass sein Krug stets voll blieb. Immerhin war sein Inhalt besser, als Clewin es erwartet hatte. Er trank mit großen Schlucken, bis das Gebräu seine Sinne zu vernebeln begann. Doch selbst jetzt fand er keine Ruhe. Johanna ließ ihn nicht los. Immer wieder kreisten seine Gedanken um sie. Wie sie auf dem Tisch lag und sich unter den Händen des Ritters wand. Hilflos und beschämt! Das Bild rührte ihn, obwohl er gewiss nicht zimperlich war. Er hatte gewusst, dass der Schiltecker sie töten würde, sobald sie in seiner Gewalt war. In den Wochen zuvor hatte er ihre Schritte verfolgt, nachdem das Schicksal an jenem Tag, an dem Johanna das tote Mädchen gefunden hatte, sie miteinander verband. Er hatte sogar Fallen aufgestellt, in die sie hineintappen und sich dabei schwer verletzen sollte, obwohl er dies nur halbherzig getan und insgeheim gehofft hatte, sie möge davon verschont werden. Nebenbei hatte er den Eindruck erweckt, dass er in sie verliebt war. Er war sogar so töricht gewesen, sie zu fragen, ob sie mit ihm kam. Ihre schroffe Ablehnung hatte seinen Ehrgeiz angestachelt, bisher hatte er noch jede rumbekommen. Er konnte in viele Rollen schlüpfen. Die meisten Leute glaubten ihm, wenn er ihnen etwas vorgaukelte. Bei ihr war es nicht ganz so einfach gewesen.

Jetzt fragte er sich, ob er dies wirklich nur gespielt hatte.

War es mehr als verletzte Eitelkeit, die ihn zu diesem endgültigen Schritt trieb? Voller Unruhe nahm er einen weiteren tiefen Schluck. Nichts erschien mehr so wie zuvor. Er mochte Johanna, sogar sehr! Noch einmal durchlebte er in seinem Innern das, was er mitangesehen hatte. Was würde der Ritter mit ihr anstellen, bevor er ihr so viel Blut entnahm, dass sie vor Schwäche starb? Würde er sie schänden? Die Vorstellung hing wie ein bleierner Klumpen in seiner Brust. Dies würde nicht von heute auf morgen geschehen. Der Ritter ließ sich Zeit mit seinen Experimenten, das wusste er.

Er trug eine Mitschuld an all dem Leid, das sie erdulden musste! Dieses Mal leerte er den Krug bis zur Neige. Dienstbeflissen eilte der Wirt herbei, um ihn wieder aufzufüllen.

Nach weiteren Krügen war Clewin so benommen, dass ihm übel wurde. Auf unsicheren Beinen wankte er nach draußen. Er hatte noch den Türgriff in der Hand, als er sich in einem großen Schwall übergab.

»Dreckiger Saufbold«, brüllte der Wirt ihm nach. »Lass dir nur nicht einfallen, noch einmal hereinzukommen.«

Clewin ignorierte die Worte des Wirts und stolperte stattdessen zu seinem Wagen. Matt kroch er auf die Ladefläche, ließ sich zwischen Kochgeschirr und Bettzeug fallen, zu schlapp, um sich ein Lager zu bereiten.

Die Sorge um Johanna ließ Lukas auch an diesem Tag nicht los. Früh am Morgen ging die Fahrt nach Willstätt weiter. Jetzt trieb das Floß gemächlich durch das ruhige Fahrwasser der Kinzig, der es jedoch nicht an Biegungen fehlte. Endlich kamen sie im Weiher des Dorfes an. Die Lichtenberger, unter deren Herrschaft auch die umliegenden Siedlungen standen, hatten direkt gegenüber eine Tiefburg gebaut. Die Burg hatte das Dorf zu einem florierenden Marktflecken gemacht. Allerdings mussten die Flößer auch hier einen Zoll entrichten. Es war nicht das erste Mal, dass Thomas in Conrads Namen, der das Holz von den Schiltacher Herzögen gekauft hatte, seinen Beutel zücken musste. Unterwegs hatte er dies jedes Mal tun müssen, wenn die Herrschaft eines Gebietes endete und eine neue begann.

Es kostete die Männer den Rest des Tages, bis das Holz den Rheinflößern übergeben war, die es weiter zu den Käufern nach Straßburg bringen würden. Danach ging es zum »Adler«, einem Gasthaus, in dem die Flößer neben einer einfachen Mahlzeit einen gehörigen Schluck Wein bekamen. Auch der Lohn wurde im Schankraum ausbezahlt. Thomas lobte die gute Arbeit seiner Männer, bevor er jedem die verabredete Summe an Münzen reichte.

Dann begann der wohlverdiente Feierabend. Inzwischen wurde es schon wieder dunkel. Lukas hatte heute kein Interesse an einer trunkenen fröhlichen Runde und suchte sich in einer der großen Kammern ein Bett für die Nacht. Morgen in aller Frühe würde er aufbrechen. Allein, wenn es sein musste. Die anderen hatten es nicht so eilig wie er. Ihre Schritte würden um einiges gemächlicher sein, und nun, da die Münzen in ihren Beuteln klimperten, lockte noch die eine oder andere Trinkstube, bei der sie haltmachen konnten. Lukas hatte jetzt keine Zeit für solcherlei Vergnügen. Seit seinem Besuch in der Offenburger »Linde« fand er keine Ruhe mehr.

Als Ida in dieser Nacht in Johannas Bett lag, wurde die Einsamkeit schier unerträglich. Die Leere in ihrer Brust füllte sich mit einem schmerzhaften Ziehen, das ihr fast die Luft zum Atmen nahm. Selbst ihre Haut fühlte sich ganz wund an. Eng schmiegte sie sich an die Wölfin und schlang den Arm um sie. Der Brustkorb des Tieres hob und senkte sich beruhigend unter ihrer Hand. Wenigstens hier fand sie etwas Trost. Obwohl auch sie Johanna nicht zurückbringen konnte.

Was soll ich jetzt nur machen?, dachte Ida sorgenvoll, während sie dem friedlichen Zirpen der Grillen lauschte, das von draußen hereindrang. Wieder in den Wald gehen und so tun, als ob nichts gewesen wäre? Doch was vor Wochen noch ohne Weiteres möglich war, erschien ihr nun nicht mehr erstrebenswert.

Draußen flog kreischend eine Eule vorbei. Erstaunt stellte Ida fest, dass, obwohl Johanna fort war, alles seinen gewohnten Gang ging. Vielleicht kam sie ja doch noch zurück, wenn sie nur lange genug wartete? Aber das nicht enden wollende Fortbleiben passte nicht zu ihr. Irgendetwas musste geschehen sein.

Über all dem Grübeln schlief Ida schließlich ein. Der Verlust der Freundin ließ sie auch im Traum nicht los. Sie hatte schon einmal etwas verloren, auch wenn es ihr wie in einem anderen Leben vorkam.

Sie saß wieder in dem dunklen Gelass, stumpf und ohne Gefühl. So als ob sie schon gar nicht mehr lebte. Die feuchte Kälte ließ sie plötzlich frösteln und noch etwas, von dem sie zunächst nicht wusste, was es war. Es schien, als erwache sie aus einer dumpfen Taubheit, einem Schlaf, der sie alles vergessen ließ. Was war es nur, was sie vergessen hatte? Auf einmal wusste sie es. Das Jammern und Schreien hatte aufgehört – vor einer ganzen Weile schon. Waren es Stunden, Tage oder Wochen, seit sie dies das letzte Mal vernommen hatte? Die Stille legte sich wie ein stetes Rauschen über ihre Ohren.

Auch das Mädchen, das bisweilen die kalte Gruft mit ihr teilte, war nicht mehr zurückgekehrt. Es war viele Jahre älter als sie. Eine Jungfer, die gewiss bald heiraten und eine eigene Familie gründen würde. Eine jähe Erinnerung traf sie wie ein Schlag. Das Mädchen war ihre Schwester! Jedes Mal, wenn die Männer sie geholt hatten, war sie danach schwächer gewesen. Es schien, als würden sie das Leben aus ihr heraussaugen, doch sie verlor kein Wort darüber. Nur eines hatte sie wieder und wieder in ihr Ohr geflüstert: »Lauf weg, hörst du? Bring dich in Sicherheit, sonst wirst du sterben!«

Doch wie sollte sie das anstellen? Das Gitter war verschlossen, und die dicken Mauern umschlossen sie ohne den geringsten Durchlass.

Ein kratzendes Geräusch ließ sie plötzlich auffahren. Einer der Wächter hatte einen Napf durch das Gitter geschoben. »Hier, Kleine, iss etwas. Wenigstens du wirst es noch brauchen können.«

Aus den Worten des Wächters sprach Mitleid. Mit großen runden Augen sah sie ihn an, bemühte sich um ein zaghaftes, trauriges Lächeln. Sie hatte dies oft getan, wenn sie etwas angestellt hatte und Prügel drohten. Bei ihrem Vater hatte es seine Wirkung selten verfehlt. Ein herzerweichendes Flehen lag jetzt in ihrem Blick. Sie war noch ein Kind. Ein kleiner Mensch, der Schutz benötigte und nicht das, was ihr innerhalb dieser Mauern angetan wurde. Zufrieden stellte sie fest, dass ihre Miene den Wächter rührte.

Vielleicht gab es doch noch Hoffnung. Wenigstens für sie!

Die Wölfin regte sich neben ihr. Erschrocken fuhr Ida aus dem Schlaf. Der Traum stand ihr immer noch lebhaft vor Augen.

Konnte es sein, dass er etwas mit Johannas Verschwinden zu tun hatte?

24. KAPITEL

Als Clewin am nächsten Tag erwachte, hing die Sonne bereits seit Stunden am Himmel. Er spürte jeden einzelnen Knochen, und sein Kopf fühlte sich an, als ob ein Specht darin säße. Mühsam rappelte er sich auf und schleppte sich zum Brunnen. Dort zog er einen Kübel Wasser empor. Der Schmerz in seinem Schädel schwoll an, als er ihn hineintauchte.

Der Tag würde mühselig werden. Eigentlich hätte er es sich denken können. Gestern war ihm das nicht wichtig gewesen. Alles, was er wollte, war, die Gedanken in seinem Kopf zum Schweigen zu bringen. Nun, zumindest das hatte er geschafft. Heute ging es ihm so schlecht, dass er seine ganze Kraft darauf verwenden musste, ihn in die Höhe zu halten.

Er versorgte das Pferd, kaute selbst an einem Kanten Brot und spülte den pelzigen Geschmack in seinem Mund mit frischem Brunnenwasser hinunter.

Der Wirt warf ihm einen bösen Blick zu, als er aus der Schenke trat. »Wird Zeit, dass du endlich verschwindest.«

Clewin nickte nur. Es war überall das Gleiche. Er war nichts weiter als ein kleiner dreckiger Spielmann. Solange er keinen Einlass in die höhere Gesellschaft gefunden hatte und ihre feinen Kleider trug, würde man auf ihn herabsehen. Jetzt, wo er nie mehr zur Schiltecker Burg zurückkehren wollte, war er weiter denn je davon entfernt. Missmutig runzelte Clewin die Stirn, ließ es aber gleich wieder sein, als der Schmerz in seinem Kopf rebellierte. Er würde einen neuen Weg in die bessere Gesellschaft finden. Sein Traum, seine Kunst eines Tages vor Rittern und Edelleuten vorzutragen, würde sich erfüllen. Er musste es!

Als Clewin endlich auf dem Kutschbock saß, ließ er das Pferd einfach laufen. Den ganzen Tag über dämmerte er vor sich hin, war zu keinem klaren Gedanken fähig.

»Johanna, bist du da?«

Draußen klopfte es. Der Abend war bereits hereingebrochen, ohne dass sich irgendetwas ereignet hätte. Mutlos hatte Ida den ganzen Tag in dem kleinen Häuschen verbracht, in der gleichen dumpfen Taubheit, die sie ihre Zeit in dem düsteren Gemäuer ertragen ließ. Die ungewohnten Laute schreckten sie auf. Sie kannte die Stimme. Sie gehörte der Frau, die sie vor ein paar Wochen hierhergebracht hatte. Zaghaft erhob Ida sich, während das Klopfen draußen lauter wurde. Ihre nackten Füße tappten über den Boden, dann war sie an der Tür. Sollte sie öffnen? Noch immer konnte sie es nicht leiden, wenn sich andere Menschen in ihr Leben drängten, doch die Frau war immer freundlich gewesen. Und sie mochte Johanna. War es nicht besser, wenn sie wusste, was geschehen war?

Zögernd öffnete Ida die Tür einen Spaltbreit.

Elen hob die Brauen, als sie Ida erkannte. »Ach, du bist es. Ist Johanna nicht da?«, fragte sie und spähte durch die schmale Lücke in das Innere des Häuschens.

Ida schüttelte den Kopf. Mehr brachte sie nicht zustande, doch sie öffnete die Tür ganz, um Elen zu bedeuten, dass sie hereinkommen solle. Sie sah, wie diese stutzte, dann glitten ihre Augen zu der Wölfin, die sie mit aufgestellten Ohren betrachtete. Ida gab ihr mit einem Blick zu verstehen, dass von dieser Frau keine Gefahr ausging.

Vorsichtig trat Elen ein. »Wo ist sie denn? Bei einem Kranken?« Sie musterte Ida forschend, doch nicht ein Ton kam über Idas Lippen.

Elen schien nicht zu wissen, was sie davon halten sollte. »Nun gut, dann werde ich ein anderes Mal wiederkommen.«

Plötzlich bekam Ida es mit der Angst zu tun. Die Frau würde wieder gehen, ohne dass sie wusste, dass etwas geschehen war. Sie musste *reden*! Die Worte ballten sich in ihrem Kopf, formten sich am Grund ihrer Zunge. Ida holte tief Luft und stieß sie gewaltsam hervor. »Johanna – fort!« Dabei musste sie so jämmerlich klingen, dass Elen sie alarmiert ansah.

»Sie ist fort, sagst du? Nun, das ist nichts Ungewöhnliches, schließlich ist sie oft unterwegs.«

Ida sah traurig zu Boden.

»Allerdings habe ich sie schon eine ganze Weile nicht mehr gesehen. Ist sie schon lange fort?«

Ida nickte stumm. Erschrocken sah sie auf, als Elen sie bei den Schultern packte.

»Wie lange?«

Sie hörte die Sorge in Elens Stimme. Das war gut.

»Wie lange, frage ich dich?«

»Lange«, echote Ida.

Elen wiegte ratlos den Kopf. »So kommen wir nicht weiter.« Ihre Augen weiteten sich, als ihr plötzlich etwas einfiel. »War sie auch nachts weg?«

Ida nickte, während Elen die Kinnlade herunterklappte.

»Wie bitte?«, flüsterte sie. »Wie viele Nächte ist sie nicht mehr hier gewesen? Kannst du mir das sagen?« Ihr Ton klang nun drängend. »Eine Nacht oder mehr?«

Ida überlegte und streckte für jede Nacht einen Finger aus. Am Ende waren es zwei.

»Zwei Nächte schon? Du liebe Güte … und so lange bist du schon allein?«

Wieder nickte Ida. Sie sah, wie Elen fieberhaft überlegte. »Es wird ihr doch nichts geschehen sein?« Besorgt lugte sie durch die immer noch offene Tür. »Ich muss sie suchen, doch heute werde ich nichts mehr ausrichten können. Bald wird es zu dunkel dafür sein.«

Grübelnd legte Elen ihre Stirn in Falten. »Du musst völlig ausgehungert sein, du armes Ding. Ich gehe schnell nach Hause, hole etwas zu essen und sage meiner Mutter Bescheid. Dann werden wir gemeinsam auf Johanna warten. Womöglich machen wir uns umsonst Sorgen, und sie wurde nur irgendwo aufgehalten.«

Erst als der Schmerz in Clewins Kopf nachließ, wurde die Erinnerung an die letzten Tage immer drängender.

Johanna! Noch immer war sie in den Händen des Ritters. *Du darfst jetzt nicht in Mitleid versinken*, sagte er sich. Sie ist nur ein Weib. Du musst sie vergessen. Es gibt viele wie sie. Und es gab viele, die dumm genug waren, sich mit ihm einzulassen. Dennoch war Johanna etwas Besonderes. Möglich, dass es daran lag, dass sie sich ihm widersetzt hatte, aber da war noch etwas anderes. Sie war scharfzüngig und klug. Ihre Wünsche beschränkten sich nicht nur darauf, einen Ehemann und Kinder zu haben. Sie wollte den Menschen helfen. Und was tat er?

Seine morgendlichen Grübeleien kamen ihm wieder in den Sinn. Wenn er seinen Wünschen näher kommen wollte, durfte er nicht weiter an sie denken. Er musste sich von seinen Schuldgefühlen befreien.

Doch sosehr er sich auch dagegen wehrte, der Reigen in seinem Kopf drehte sich weiter. War nicht alles, was er tat, ein verzweifelter Schrei nach Liebe gewesen? Danach, dass die Menschen ihn ansahen, ihm das Gefühl gaben, dass er es wert war, auf dieser Welt zu sein? Dass sie mehr als den windigen Spielmann in ihm erkannten, bei dem es keine Rolle spielte, wenn er weiterzog? Als er noch ein Kind war, hatte er davon geträumt, alle Menschen mit seiner schönen Stimme zu beeindrucken, die seiner Mutter so sehr gefiel. Oft sang er für sie, wenn sie traurig war. Es hatte etwas Magisches an sich, wie sein Gesang sie wenigstens für ein paar Momente glücklich machte.

Doch am Ende ging es bei dieser Kunst nicht um Talent. Es ging darum, gute Beziehungen zu haben. Er hatte schon Spielmänner gehört, deren Vorträge er eher mittelmäßig nennen würde, dennoch hatten sie es fertiggebracht, in der Gunst eines reichen Ritters zu stehen. Und nur das zählte. Ihm hingegen blieb oft nichts anderes übrig, als seine Lieder vor Bauern und Flößern vorzutragen. Selbst den Urslinger hatte sein Spiel nicht sonderlich beeindruckt.

Clewin schnaubte entrüstet. Genauso gut könnte man ein köstliches Mahl den Säuen vorwerfen. Gewiss, auch er hatte einen Ritter gefunden, obwohl der Schiltecker eher zu den ärmeren Edlen gehörte und ohne großes Gefolge war. Aber dieser wollte etwas anderes als feinsinnige Kunst von ihm. Sein anfängliches Interesse war nur ein Vorwand gewesen, bevor er ihm andere Aufgaben übertrug. Um die Gunst des Ritters nicht zu verlieren, hatte er mitgespielt. Er hatte seinen Wagen abgestellt, wenn er sich im Wald mit ihm getroffen hatte, damit niemand eine Verbindung zwischen ihnen bemerkte. Nur die Jungfern hatte er direkt zur Burg gebracht. Und seit der Schiltecker ihn in einer launigen Stunde in seine Experimente eingeweiht hatte, hoffte er, dass etwas von dem Glanz auch ihn bescheinen würde, sobald dieser am Ziel seiner Wünsche war.

Auch Johanna erkannte seine Begabung nicht, teilte nicht die gleiche Leidenschaft, die er beim Vortragen von Gesang und Musik empfand. Dieses mystische Feuer, das dann in ihm brannte. Ihr Feuer brannte für etwas anderes. Deshalb hatte er sie zu dem Schiltecker gebracht. Er hatte geglaubt, dass sie es nicht anders verdient hätte, doch nun kamen ihm Zweifel. Er dachte an das Mädchen im Wald, das er mit Johanna geborgen hatte. Welch ein grausiger Anblick ihr aufgebrochener Leib gewesen war. Ihr verzerrter Mund schien noch im Tod ein stummer, entsetzter Schrei zu sein. Plötzlich schob sich Johannas Gesicht vor das des Mädchens. Ein Schauder lief ihm über den Rücken. Er konnte das Bild vor seinem inneren Auge kaum ertragen. Konnte er sie einfach so sterben lassen? War es nicht gerade Johannas Liebe, die er begehrte? Eine jähe Traurigkeit überflutete ihn und ließ ihn das Pferd mitten auf dem Weg anhalten.

»He, was stehst du hier herum?«, tönte es unvermittelt von hinten. »Mach, dass du weiterkommst, oder lass mich durch. Ich habe es eilig.«

Als Clewin zurückschaute, sah er einen Bauern auf einem Wagen. Vermutlich war er irgendwo auf dem Markt gewesen und wollte vor der Dunkelheit zu Hause ankommen. Clewin schnalzte mit den Zügeln und trieb das Pferd wieder an.

Immer weiter ging es. Seine Augen glitten blicklos über die Landschaft. Noch immer quälten ihn seine Gedanken.

Was war aus dem geworden, was er sich einst vorgenommen hatte? Aus dem Wunsch, seine Mutter auch nach ihrem Tod noch stolz zu machen? Und dann wusste er es. Es fiel ihm wie Schuppen von den Augen. Im Grunde war er immer noch derselbe. Ein verwundetes Kind, das träumte. Das sich nach Liebe und Anerkennung sehnte. Nur dass er sie bei den Falschen gesucht hatte. Irgendwann im Lauf der Zeit hatten sich die Dinge gewandelt, wie der missratene Sud eines Bierbrauers. Seine einst so edlen Absichten hatten sich ins Gegenteil verkehrt. Ohne dass er es beabsichtigt hatte, war er grausamer als sein Vater geworden. Seine Gier nach Anerkennung und einem Platz in der höheren Gesellschaft hatte all das Gute in ihm entstellt. Johanna hatte ganz recht mit dem, was sie sagte: Er war ein Lügner – und obendrein für etwas verantwortlich, das noch viel schwerer wog als das: die Ermordung unschuldiger Jungfrauen! Seine Mutter würde sich schämen, wenn sie davon wüsste!

Inzwischen war es fast Nacht. An einer geschützten Stelle bereitete sich Clewin ein Lager. Noch immer fühlte er sich matt und zerschlagen. Nur seine Gedanken arbeiteten unablässig weiter. Sie klagten ihn an, und dazwischen fühlte er Sehnsucht. Sehnsucht nach der Frau, die er wie ein Schaf zur Schlachtbank geführt hatte. Als er sich niederlegte, stand sein Entschluss fest: Morgen würde er umkehren. Er musste wiedergutmachen, was er verbrochen hatte.

Er musste Johanna retten!

Elen kam mit Brot und Käse zurück. Ida tat ihr den Gefallen und aß davon. Dann legte sie sich auf das Bett, während die junge Frau eisern auf einer der Bänke sitzen blieb. Wenigstens hatte sie jetzt jemanden, der ihr helfen konnte. Die Unruhe der beiden letzten Nächte forderte langsam ihren Tribut. Bald darauf fielen Ida die Augen zu. Ihr letzter wacher Gedanke bemühte sich um einen Traum. Sie wollte träumen. Sie wollte sich erinnern. Jetzt hatte sie keine Angst mehr davor.

Ihre Schwester kam nicht mehr zurück, und auch die Schreie hörte sie nicht wieder. Allmählich begriff sie, dass ihre Schwester verloren war. Bestimmt war sie tot! Ihr Herz füllte sich mit Trauer, doch die Worte ihrer Schwester klangen wie ein Vermächtnis in ihr nach.

»Lauf weg, hörst du? Bring dich in Sicherheit, sonst wirst du sterben!«

Nach einiger Zeit wurde der Wächter abgelöst. Nicht alle hatten Mitleid mit ihr, aber dieser hier war anders. Es war derselbe, der ihr vor ein paar Tagen das Essen gebracht hatte. Wieder tat sie, was sie schon zuvor getan hatte. Sie schenkte ihm einen flehenden Blick und ein trauriges Lächeln.

Der Wächter seufzte. »Schau mich nicht so an. Ich kann nichts dafür, dass du immer noch hier bist.« Ihre Augen füllten sich mit Tränen, was den Mann noch mehr in Bedrängnis brachte. »Wenn ich nur wüsste, was er mit dir vorhat.« Mehr sagte er nicht, aber mit jedem Mal, mit dem sie ihn sah, wurde er zugänglicher.

Schließlich hatte sie ihn so weit, dass er sie bei einer Frühwache, als alles noch schlief, aus dem düsteren Gelass holte, in dem sie so lange hatte ausharren müssen. Er führte sie durch den dunklen Gang, dann ging es eine Treppe hinauf und schließlich sah sie seit Langem den ersten Schimmer des Tageslichts, als sie ins Freie traten.

»Der Ritter und die meisten unserer Männer sind für ein paar Tage fort, aber wir müssen uns dennoch beeilen«, raunte er. »Die Feste wird bald erwachen.« Er führte sie an der hohen Mauer entlang, durch ein kleines Ausfalltor und von dort in die Freiheit. Wie ein gehetztes Tier war sie davongesprungen. Nur noch einmal wandte sie den Kopf und sah die hohen, feindlichen Mauern einer Burg, in der sie so lange gefangen war. Der Mann begleitete sie ein Stück. Dann trennten sich ihre Wege.

»Von nun an müssen wir uns allein durchschlagen«, sagte er. »Ich kann nicht mehr zurück, und du solltest nach Hause gehen.«

Nach Hause! Wenn sie nur wüsste, in welcher Richtung ihr

Zuhause lag. Sie war noch ein Kind und wusste so wenig. Sie würde es niemals finden. Ihre Eltern hatten in einer jämmerlichen Kate am Waldrand gewohnt. War es dieser Wald oder ein anderer? Bis zur Burg waren sie weit gefahren. Verzweifelt irrte sie zwischen Bäumen und Unterholz umher, ohne zu wissen, wo sie war. Hungrig und verlassen hatte sie begonnen, sich von Rinden, Käfern und Beeren zu ernähren. Bis die weiße Wölfin zu ihr stieß. Zuerst hatte sie sich geängstigt. Doch das Tier war ebenso allein wie sie, und seltsamerweise schien es ihre Einsamkeit zu spüren. Schon nach kurzer Zeit durfte sie von der Beute nehmen, wenn die Wölfin satt war. Sie aß das Fleisch roh, wie ein Tier, obwohl sie auch immer noch pflanzliche Nahrung zu sich nahm. So waren sie eine Gemeinschaft geworden. Ein Rudel.

Und bald begann sie zu vergessen, dass sie ein Mensch war.

25. KAPITEL

———————•◆◆•———————

Johanna wusste nicht, wie viel Zeit vergangen war. Die Wächter hatten mehrmals gewechselt, als Johanna ein weiteres Mal aus ihrer Zelle geholt wurde. In ihrer Verzweiflung hatte sie gestern die schmierige Oberfläche des Mauerwerks ertastet, das sie umgab. Ihre Finger glitten über Risse und Fugen, doch es gab nichts, was sich packen ließ. Nicht ein Stein war lose und ließ sich verschieben. Nirgendwo gab es ein Loch oder einen Hinweis darauf, wie man ungesehen entschwinden konnte. Es war hoffnungslos! Nicht einmal die Worte ihrer Mutter kamen ihr in den Sinn. Das Verlies lag so tief unter der Erde, dass nichts zu ihr durchzudringen schien. Sie fühlte sich wie lebendig begraben. Die kalte Dunkelheit erdrückte sie fast und lähmte ihre Sinne.

Zwei Männer, gegen die sie lächerlich klein und zart wirkte, führten sie in den großen Raum, den Johanna schon kannte. Wenigstens war heute kein Hund bei ihnen. Ihr Häscher erwartete sie bereits. In den kalten blauen Augen lag ein zuversichtlicher Schimmer. Er war nicht für sie bestimmt, das spürte sie. Dieses Mal leistete sie kaum Widerstand, als die beiden Männer sie an den Steintisch schnallten. Es gab nichts, was sie dagegen tun konnte.

»Du bist so friedlich heute«, schnurrte der Ritter. »Hast du eingesehen, dass es nichts nützt, wenn du dich wehrst?«

Johanna blickte stumm zur Seite.

Einer der Wächter ließ ein hohntriefendes Lachen ertönen. »Mit der Zeit werden sie es alle«, sagte er, bevor die beiden das düstere Gemäuer verließen.

Dieses Mal hatte der Schiltecker die Kerzen entzündet, die sich zwischen den Schüsseln und Schalen und jenen geheimnisvollen Apparaturen verteilten. Sie erhellten den Raum so feierlich wie eine Kirche.

Was hat ihn dazu bewogen? Unterstreicht er damit den Sinn dessen, was er vorhat? Aber was soll das sein? Der Ritter hatte ihr den Rücken zugewandt und hantierte mit etwas, das sie nicht sehen konnte. Ihre Augen glitten über die düsteren Wände und den Kerzenschein, der auf ihnen tanzte. Der Tisch in ihrem Rücken war hart und kalt. Und plötzlich wusste sie es. *Ein Opfer. Das muss es sein. Er bringt ein Opfer dar. Und diejenige, die er dazu auserkoren hat, bin ich!*

Ihre Vermutung bestätigte sich schneller, als ihr lieb war. Der Ritter drehte sich zu ihr um. Er hielt eine große Schale in den Händen, und darin lag ohne Zweifel ein Aderlassbesteck. Jähe Bilder drangen in Johannas Gedanken: das von Wölfen zerfleischte Mädchen. Die Quetschungen an Hand- und Fußgelenken, die wahrscheinlich von den ledernen Riemen stammten, die nun in *ihre* Haut schnitten, sobald sie sich wehrte. Die seltsamen Einschnitte in den Armbeugen, die sie gesehen hatte. Sie kamen von diesem Besteck! Das Grauen fuhr wie ein eisiger Guss durch ihren Körper. Die feinen Härchen auf ihrer Haut sträubten sich vor Entsetzen. Sie zerrte an ihren Fesseln, doch der Ritter kam unaufhaltsam näher.

»Sch, sch, sch«, sprach er begütigend auf sie ein, als ob sie ein kleines Kind wäre, das Trost brauchte. Dennoch hätte Johanna ihn dringend nötig gehabt, doch nicht von dieser abscheulichen Bestie, die sich nun über sie beugte. Sanft strich er das Haar aus ihrem Gesicht.

»Alles wird gut.« Eine unangebrachte Zärtlichkeit sprach aus seiner Stimme. »Nur ein kleiner Schnitt, dann ist es vorbei.« Er löste die Fessel in ihrem linken Arm und band ihn so fest, dass er ausgestreckt an ihrem Körper lag. Dann schob er den Ärmel ihres Unterkleids empor und legte die Aderpresse um den Oberarm.

»Nein … nein!« Noch immer zerrte sie an ihren Fesseln, die sich umso tiefer in ihre Gelenke schnitten. Die Finger ihrer linken Hand begannen zu kribbeln, weil ihnen das Blut fehlte. Der Ritter nahm das Aderlasseisen zur Hand und schlug es in die bläuliche Erhebung in ihrer Armbeuge, die dick hervorgetreten war. Ein brennender Schmerz durchzuckte sie an dieser Stelle.

»Und nun bleib ruhig liegen, sonst greife ich dir noch einmal unter den Rock. Hast du verstanden?« Die kalten Augen des Ritters musterten sie, während er die Aderpresse löste. Nun klang er nicht mehr freundlich.

Johanna zwang sich zu einem Nicken. Ihre Augen glitten zu der Wunde, die der Schiltecker geschlagen hatte. Ein dünnes Rinnsal lief daran herab. Von dort bahnte es sich seinen Weg durch eine schmale Rinne, die in den Stein geschlagen worden war. Überrascht hob sie die Brauen. In ihrer Angst hatte sie diese zuvor nicht bemerkt. Sie hörte, wie das Blut tropfend unten ankam. Dort musste er die Schale hingestellt haben. Entsetzt dachte Johanna daran, wie groß sie war. Auch auf der anderen Seite befand sich eine solche Rinne. Mit einem Mal war es also nicht getan. Vermutlich würde er ihr so viel Blut entnehmen, bis sie irgendwann starb. *Wenigstens wird es nicht wehtun*, versuchte sie, sich selbst zu trösten.

»Warum tut Ihr das?«

Der Ritter löste seine Augen nicht von der Schale, als er antwortete. »Du kannst wohl das Fragen nicht lassen? Selbst jetzt noch, wo es für dich keine Hoffnung mehr gibt.« Nun sah er sie doch an. Für einen kurzen Moment schien er zu überlegen, ob es angebracht war, ihr die Wahrheit zu sagen. Sein dunkler Bart teilte sich, als er den Mund zu einem Strich verzog. »Du wirst es ohnehin für dich behalten und scheinst mir etwas klüger als andere Weiber zu sein. Womöglich hast du es verdient, meine Motive zu kennen, bevor du stirbst. Nun gut, ich werde es dir erzählen: Ich hole mir zurück, was einst mir gehört hat. Und vielleicht bist du der Schlüssel dazu.«

Noch einmal senkten sich seine Lider, als er einen prüfenden Blick auf den Fortgang des Aderlasses warf. Es musste noch eine Weile dauern, denn er begann gemessenen Schrittes auf und ab zu gehen.

»Einst waren die Herren von Schilteck ein stolzes Geschlecht. Die Burg, in der du dich befindest, wurde von den Teckern erbaut, als man diesen Teil des Schwarzwaldes urbar machte. Bald darauf ging sie an meinen Ahnen Hug den Alten über. Ihre günstige Lage auf dem Bergsporn oberhalb des sich verengenden Ausgangs des Schiltachtales machte ihn reich. Von hier oben hatte er einen guten Überblick. Die Wagen der Händler mussten ebenso wie die Holz- und Erztransporte durch das Nadelöhr unter der Burg. Der Ritter von Schilteck kontrollierte sie und verlangte einen Zoll, wenn sie weiterfahren wollten. Auch das Dorf Schramberg unten im Tal war Eigentum des alten Hug, ebenso wie weitere Höfe, an denen du auf deinem Weg hierher vorbeigekommen bist. Doch ein ausschweifender Lebensstil und anhaltende Fruchtbarkeit führten zu sträflicher Sorglosigkeit und einem schlecht aufgeteilten Erbe. Der Streit darüber dauerte mehr als zwei Generationen, und die mit ihm einhergehenden Fehden, in denen es zu Entführungen, Lösegeldforderungen und einigen Todesfällen kam, kosteten mehr Geld, als die Herrschaft einbrachte. Am Ende war unsere Familie überschuldet und konnte sich das standesgemäße Leben nicht mehr leisten. So wurde der Besitz mehr und mehr verpfändet und verkauft. Selbst der Grund und Boden in Rottweil, Schwenningen und Tuttlingen ging in andere Hände über. Mein Erbe!« Sein Gesicht färbte sich rot vor Zorn.

Johanna fühlte, wie sehr ihm dies zu schaffen machte, auch wenn sie nicht das geringste Mitleid mit dem Mann verspürte, der vor den Trümmern seines Hauses stand.

»Immer mehr Güter schwanden dahin, was zu erheblichen Einbußen an den jährlichen Abgaben führte. Auch die Aufsicht über das Tal und die Herrschaft über das Dorf verloren wir. Jetzt gibt es einen Vogt, der in Schramberg wohnt und von dort aus die Geschäfte führt. Und schneller als meine edle Verwandtschaft es für möglich gehalten hätte, war aus dem stolzen Geschlecht der Herren von Schilteck ein verarmtes, überschuldetes Adelsgeschlecht geworden, von dem ich als Einziger noch hier oben wohne. Ich besitze keine Stadt, wie der Urslinger, dem es gelungen ist, in die Tecker Familie einzuheiraten, nicht einmal ein Dorf, weder Lehenshöfe noch Bauern, die für mein Auskommen sorgen.«

Seine Schritte wurden energischer, als ihm die Worte das ganze Dilemma seiner Lage vor Augen führten. »Anfangs habe ich es wie meine Verwandten gehalten. Selbst Teile der Burg musste ich verpfänden. Heute gehört mir kaum noch etwas davon, doch man wird es nicht wagen, mich von hier zu vertreiben. Noch immer halte ich meinen Posten als Teil der Verteidigungslinie, die durch den Burgenbau der Tecker in dieser Gegend entstanden ist. Die meisten wissen, wie gefährlich ich bin. Ich versuchte die Missstände auf meine Weise zu lösen, indem ich auf der Talstraße eine Gruppe Kaufmänner überfiel, sie als Geiseln nahm und für ihre Freiheit ein Lösegeld verlangte. Aber auch das brachte nicht den Reichtum, den ich mir erhofft hatte. Zu vieles liegt im Argen. Doch es gibt noch eine andere Lösung. Eine, für die man Blut braucht, den Lebenssaft einer Jungfer. Und wie ich feststellen konnte, bist du eine von ihnen.«

Er warf Johanna ein grimmiges Lächeln zu. »Dein Pech ist es, dass es nicht beim ersten Mal gelang. Ich muss experimentieren. Aber eines Tages wird es mir gelingen.«

Er schnaubte gedankenverloren. »Einmal ist mir eine entwischt, ohne dass ich den Mann bestrafen konnte. Damals waren es zwei. Zwei Schwestern. Eines der Mädchen war noch ein kleines Kind. Zu jung, um meinen Zwecken zu dienen. Dazu müssen sie erblüht sein. Ich behielt sie trotzdem, damit sie ihrer Schwester beistehen konnte, schließlich bin ich kein Unmensch.« Das Lächeln erreichte seine Augen nicht. »Ich vermute, dass auch sie bei dem Wächter Mitleid erregen konnte, so wie bei jenem, der nun im Hof hängt. Er konnte das Gejammer der Jungfer nicht mehr ertragen. Das Weib ist sündig und verschlagen. Ein missglückter Versuch Gottes, als er den Mann erschuf«, philosophierte er. »Damals konnte ich den Schuldigen nicht fassen. Womöglich kam er auch auf ganz andere Gedanken. Vielleicht bediente er sich ihrer und tötete sie anschließend selbst. Oder er hat sie im Wald ausgesetzt. Ich schätze, dass sie nicht allzu weit kam. Sie war noch zu klein, um allein zu überleben.«

In Johannas Kopf breitete sich langsam eine dumpfe Leere aus, dennoch keimte ein Verdacht in ihr. *Ist es Ida, von der er spricht?* »Ihr habt sie nie gefunden?«

Der Ritter schüttelte den Kopf. »Nein, nicht einmal ihren zerfressenen Leichnam.« Seine Augen wurden zu Eis. »Es wird nicht wieder vorkommen. Meine Männer haben gesehen, was geschieht, wenn sie mir die Treue brechen. Keiner wird dir helfen. Doch genug der Fragerei. Du hast reichlich Blut gelassen, und wir wollen doch nicht, dass du mir gleich beim ersten Mal wegstirbst.« Er drückte einen zusammengeknüllten Lappen auf die Wunde in Johannas Armbeuge. Dann legte er mit einem langen Tuchstreifen einen festen Verband an.

»Kommt herein«, brüllte er in die Richtung der Tür. »Sie kann wieder gehen.«

26. KAPITEL

—————•••••—————

Es dauerte weitere zweieinhalb Tage, bis Lukas bei Johannas Häuschen ankam. Den ganzen Heimweg über hatte er sich zur Eile angetrieben. Den Rest des Weges ging es noch dazu ein gutes Stück den Berg hinauf. Nun war er müde, und die Beine taten ihm weh.

Niemand öffnete auf sein Klopfen. Die Tür war verschlossen.

Nun gut, dann warte ich eben, beschloss er und setzte sich auf den Boden. Es tat gut, ein wenig auszuruhen.

Stunde um Stunde verstrich. Die Warterei zog sich endlos hin. Wo blieb Johanna nur so lange? Sollte er doch nach Hause gehen und sich auf dem Weg dorthin nach Neuigkeiten umhören? Nein, er würde hierbleiben und auf Johanna warten. Es gab keinen Grund, nach Hause zu eilen. Niemand wusste, dass er bereits in Schiltach angekommen war. Am Ende würde er sie noch verpassen.

Endlich sah er Elen den Weg heraufkommen. Das Mädchen und die Wölfin trotteten hinter ihr her. An ihren mutlosen Gesichtern erkannte Lukas, dass seine Sorge nicht unberechtigt war. Jäh sprang er auf und lief auf die drei zu. »Elen! Was ist passiert?«

Elens Augen ruhten kummervoll auf ihm.

»Nun sag schon. Und wo ist Johanna? Sie ist nicht hier.« Sein Blick fiel auf das Mädchen, das mit gesenktem Kopf hinter ihr stand.

»Genau genommen ist sie schon seit vier Tagen nicht mehr zu Hause gewesen. Ich weiß nicht, wo sie steckt.« Elens Lider senkten sich bekümmert.

»Aber das ist doch …«, setzte Lukas an. »Wir müssen sie suchen!«

»Das habe ich bereits getan. Ich habe überall nachgesehen, sogar im Wald, obwohl es mich dort nicht sonderlich hinzieht.

Nirgendwo gibt es auch nur die geringste Spur von Johanna. Seit zwei Tagen bin ich nicht mehr auf dem Markt gewesen. Ich habe hier übernachtet, damit die Kleine nicht so allein ist. Selbst bei Lenz habe ich vorgesprochen und nach einem Suchtrupp verlangt.«

»Und?«

»Lenz war der Meinung, dass es dafür noch zu früh sei. Du weißt ja, wie sie ist, hat er gesagt. Wahrscheinlich ist sie auf einem der entfernteren Höfe und pflegt einen Kranken. Sie wird sich vermutlich gar nichts dabei denken, wenn sie mehrere Tage dortbleibt.«

»Das darf doch nicht wahr sein.« Nun war es Lukas, der bekümmert den Kopf senkte. »Sie ist in Gefahr, das spüre ich!« Seine Augen irrten rastlos umher. Die Sorge war zur Gewissheit geworden.

»Burg«, sagte Ida plötzlich.

Lukas' Kopf fuhr herum, und auch Elen schaute die Kleine erstaunt an.

»Johanna – Burg.«

Die Worte klangen fremd. Dennoch konnte Lukas sie verstehen. »Du meinst, sie ist auf einer Burg?«

Das Mädchen nickte mehrmals heftig.

»Sie ist nachts sehr unruhig. Manchmal schreit sie sogar«, erklärte Elen. »Es müssen schreckliche Dinge sein, die sie träumt. Vielleicht weiß sie wirklich etwas und konnte es bisher nicht sagen? Du weißt ja, dass sie normalerweise nicht spricht.«

Lukas nickte. Nach dem, was sie auf Burg Schiltach in der Jauchegrube gefunden hatten, war der Gedanke gar nicht so abwegig. Wahrscheinlich wurde auch Gera dort festgehalten – falls sie noch lebte. Vielleicht war jemand dahintergekommen, dass sie ganz in der Nähe der Mauer herumgestochert hatten. *Und der Spielmann war ebenfalls für ein paar Tage zu Gast.* Möglicherweise fügte sich so alles zusammen. Er zeigte mit dem Finger nach oben. »Ist es diese?«

Enttäuscht bemerkte er, wie die Kleine den Kopf schüttelte. Nun gut, es gab noch mehr Burgen in dieser Gegend.

»Weißt du sonst noch etwas? Wie heißt die Burg, die du meinst?«

Ida blickte zu Boden. Kein Laut drang mehr aus ihrem Mund. Er hatte sie zuvor niemals sprechen hören. Vermutlich war das, was sie gesagt hatte, schon ein Wunder gewesen. Aber wenigstens hatten sie jetzt einen Anhaltspunkt, wenn er auch nicht wusste, ob es der richtige war. Immerhin war es besser, als die Hände in den Schoß zu legen und zu warten.

»Komm mit«, sagte er entschlossen. »Wir werden die Burg suchen, die du meinst.«

»Aber nicht jetzt«, fuhr Elen entschieden dazwischen. »Ich weiß, dass dir Johanna sehr am Herzen liegt, doch wir sind den ganzen Tag umhergelaufen, und du siehst auch nicht besser aus. Überdies wird es bald dunkel. Geh nach Hause und ruhe dich aus. Morgen werden wir gemeinsam auf die Suche gehen.«

Wütend warf der Schiltecker Ritter eine tönerne Schüssel zu Boden, wo sie krachend in mehrere Teile zersprang. Schon wieder hatte sein Experiment nicht das gewünschte Resultat erbracht. Langsam wurde die Zeit knapp. Der Urslinger und andere reiche Adelsgeschlechter sahen schon zu lange auf ihn herab. Darüber hinaus wurde er immer älter. Bald würde nicht mehr als Knochen und Staub von ihm übrig sein, zusammen mit dem Bewusstsein, dass er nichts Großes geleistet hatte. Furcht stieg in ihm auf. Mit aller Macht kämpfte er dagegen an.

Du wirst vollbringen, was noch niemand vor dir zuwege brachte, tröstete er sich im Stillen. Sein Schicksal würde sich wenden. Er stand kurz davor, das fühlte er. Die Alchemie hatte schon viele Dinge hervorgebracht. Und sie war es, der er sich verschrieben hatte. Es ging ihm nicht nur darum, aus unedlen Metallen Gold entstehen zu lassen. Ihn gelüstete nach mehr. Um Gold herstellen zu können, benötigte man eine Substanz, die auch der Stein der Weisen genannt wurde. Hatte man diese erst einmal geschaffen, konnte man ein Elixier brauen, das gesund machte und ewiges Leben schenkte.

Reichtum und Ewigkeit! Das war es, wonach es ihn verlangte. Es würde einen machtvollen Mann aus ihm machen. Einen gottgleichen Herrscher, der darüber bestimmte, wer leben und wer sterben sollte. Er würde herrschen, würde auslöschen, was geschehen war, und die Welt zu seinen Gunsten verändern! Für immer.

Um dieses hehre Ziel zu erreichen, brauchte es ein Opfer. Er hatte lange darüber nachgedacht, bis er darauf kam, dass es Jungfernblut war, das dafür benötigt wurde. In seiner Jugend hatte man viel Wert auf seine Bildung gelegt. Ohne es zu wissen, hatte sein Vater ihm einen Mönch zur Seite gestellt, der sich in aller Heimlichkeit den Praktiken der Alchemie verschrieben hatte. Später, als die Dinge noch besser standen, war er viel in der Welt herumgekommen. Immer wieder war er dabei auf Alchemisten gestoßen. Es war sein Schicksal, das sie zu ihnen führte, dessen war er sich sicher. Das Wissen der mystischen, oft verkannten Gelehrten faszinierte ihn. Von ihnen wusste er, dass Jungfern einen höheren Wert als Weiber hatten. Anders als Eva, durch die die Sünde in die Welt kam, machte die Jungfrau Maria den Weg zum Heil wieder frei. Das jungfräuliche Blut war edler als das eines sündigen Weibes, das bei einem Mann gelegen hatte. In vielen Geschichten, die er im Lauf der Jahre erfuhr, spielte dieses Blut eine herausragende Rolle. Nur aus ihm konnte etwas Edles hervorgehen. Deshalb fing er die jungen Mädchen. Der Spielmann umgarnte sie und brachte sie zu ihm, bevor sie erkannten, worauf sie sich eingelassen hatten. Darin war er wirklich gut, auch wenn man das von seiner Musik nicht behaupten konnte. Wenngleich der eitle Geck dies nicht wahrhaben wollte. Der Ritter lächelte in sich hinein. Er würde ihn und seine Musik noch so lange ertragen, bis seine Arbeit Früchte trug. Nur noch wenige Experimente waren dafür nötig. Die Anwendung war zu kompliziert, als dass sie bei den ersten Versuchen gelang, und das letzte Mädchen war allzu schnell gestorben. Die Heilerin musste länger durchhalten, obwohl er sich kaum noch beherrschen konnte.

Mit frischem Mut ging er zur Tür und öffnete sie. »Holt mir die Jungfer«, brüllte er in den Gang, wo sich die Wächter aufhielten. »Ich brauche sie.«

Lukas fühlte, wie die Verzweiflung ihn zu überwältigen drohte. Früh am Morgen waren sie aufgebrochen. Nachdem das Mädchen die Mauern der Schiltacher Burg nicht für die richtigen hielt, waren sie über die Schiltacher Steige zur Willenburg gewandert, einer früheren Festungsanlage, die den Teckern im Winter als Burgstall diente. Im Sommer hingegen stand sie leer und war deshalb ein gutes Versteck. Zu seinem Verdruss hatte die Kleine auch hier den Kopf geschüttelt. Immerhin hatten sie das verlassene Gebäude durchforstet, doch nicht die geringste Kleinigkeit deutete auf Johannas Anwesenheit hin.

Dennoch brachen sie zu einem weiteren beschwerlichen Weg auf, der sie zur Schenkenburg führte. Aber auch hier schüttelte Ida den Kopf.

Jetzt waren sie wieder unten im Tal und keinen Schritt weiter als zuvor. Die Sonne hatte ihren Höhepunkt schon längst überschritten, und nun zog sich auch noch der Himmel zu. Ein gezackter Blitz teilte ihn kurz darauf, dem ein so mächtiger Donner folgte, dass sein Widerhall von den Bergen schallte. Nach weiterem Blitzen und Grollen begann es mit aller Macht zu regnen.

»Es hat keinen Sinn, bei diesem Wetter weiterzusuchen«, schrie Elen gegen das Prasseln an. »Außerdem bin ich zu Tode erschöpft. Das lange Wandern war anstrengend.«

Also flüchteten sie unter einen Felsvorsprung, um auf das Ende des Gewitters zu warten.

Wie alle anderen hockte sich Lukas auf den Boden und barg für einen kurzen Moment sein Gesicht in den Händen. »Es ist aussichtslos. So finden wir Johanna nie.«

»Und wenn sie bereits tot ist?«, wisperte Elen.

»Nein«, entgegnete Lukas entschieden. Das durfte nicht sein. Ein eisiger Stachel senkte sich in sein Herz und hinterließ dort eine blutende Wunde. »Wenn das Wetter besser wird, suchen wir weiter.«

Bald darauf hatte der Regen den Himmel gereinigt. Die aufsteigende Feuchtigkeit hing wie Nebel zwischen den Bäumen. Lukas hielt sich nicht mit Erklärungen auf. Entschieden erhob er sich und trottete davon, ohne sich nach seinen Begleiterinnen umzusehen. Er würde einen Fuß vor den anderen setzen, immer weiter, bis er wusste, wo sie war. Mit grimmiger Genugtuung lauschte er den Schritten in seinem Rücken. Sie waren ihm also gefolgt.

Es mochten wohl zwei oder drei Stunden verstrichen sein, in denen sie nicht das Geringste entdeckt hatten. Doch Lukas hielt nicht an. Am Ende des Tales gab es weitere Burgen. Aber es würde dauern, bis sie diese erreicht hatten.

Es war kurz vor der Dämmerung, als Elen es wagte, das Wort an ihn zu richten. »Lukas!« Ihr Ton klang streng. »Komm endlich zur Vernunft! Es macht keinen Sinn mehr, heute noch länger zu suchen. Wir brauchen einen sicheren Unterschlupf für die Nacht.«

Lukas knirschte mit den Zähnen, als sich ein weiteres Geräusch hinzumischte. Was war das?

»Da kommt ein Wagen!« Dumpfes Hufgetrappel begleitete das hölzerne Knarzen und Quietschen. Es kam von vorn auf sie zu. Er bedachte die beiden mit einem warnenden Blick. »Schnell! Ab mit euch ins Gebüsch!«

Rasch schlugen sie sich ins Unterholz. Selbst die Wölfin folgte seinem Befehl. Lukas traute seinen Augen kaum, als er von seiner geschützten Stelle aus den Wagen des Spielmanns entdeckte. Er wartete, bis er auf gleicher Höhe mit ihm war, dann preschte er wie ein furchterregender Dämon aus seinem Versteck.

Lukas erwischte Clewin am Arm und zog ihn vom Wagen. »Du dreckiger Schuft«, brüllte er. »Was hast du mit ihr gemacht? Spuck es aus!« Er packte ihn mit beiden Armen und schüttelte ihn wie eine Ratte.

»Halt ein«, schrie Clewin, mühevoll darauf bedacht, sich

aus seinem eisernen Griff zu befreien. »Ich komme nicht in böser Absicht. Ich bin hier, um dich um Hilfe zu bitten!«

Verblüfft hielt Lukas inne. »Du?«

Beide atmeten schwer. Jetzt traten auch Elen und das Mädchen aus ihrem Versteck. Die Wölfin knurrte böse, worauf das Pferd ängstlich zu schnauben begann. Es war kurz davor durchzugehen. Rasch eilte Elen zu ihm und strich ihm beruhigend über die Nüstern.

Clewin hob beschwichtigend die Hände. »Lasst mich nur kurz verschnaufen, dann erzähle ich euch alles.«

Das tat Clewin dann auch. Sie setzten sich an den Wegesrand und lauschten stumm seinen Worten. Während die Wölfin suchend umherschnüffelte, gestand der Übeltäter mit zerknirschtem Gesicht seine Schuld. Erzählte, wie er Johanna getäuscht und zu dem Schiltecker Ritter gebracht hatte.

»Burg!«, flüsterte Ida mit angsterfüllter Stimme. Sie schien seine Worte zu verstehen, und ihre vor Schreck geweiteten Augen ließen Lukas und Elen darauf schließen, dass es sich womöglich dieses Mal um das richtige Gemäuer handelte.

Clewin musterte die Kleine erstaunt.

»Hast du sie etwa auch dorthin gebracht?«, fuhr Lukas ihn an.

»Nein, aber ich diene dem Ritter noch nicht lange. Es mag wohl etwas länger als ein Jahr sein, seit ich ihm das erste Mal begegnet bin, zuvor tat dies ein anderer.«

Dann fuhr er mit seiner Erzählung fort. Er gestand sogar, dass er es war, der Johanna die Fallen gestellt hatte.

Lukas war kurz davor, sich erneut auf ihn zu stürzen, doch er erkannte, dass dies mehr Schaden als Nutzen brachte. Clewin hatte einen Plan. Und dieser Plan war, wie Lukas sich eingestehen musste, der erste sinnvolle Gedanke seit Johannas Verschwinden. Es war ein riskantes Unterfangen, aber das einzig Denkbare, wenn sie auch nur den Hauch einer Möglichkeit haben wollten, Johanna lebend zu befreien.

»Warum tust du das jetzt?«, fragte er misstrauisch.

Clewin sah ihm direkt in die Augen. »Weil ich die Wahrheit

über mich selbst endlich erkannt habe.« Sein Gesicht verzog sich zu einer zerknirschten Miene. »Außerdem bedeutet sie mir mehr, als mir lieb ist.«

»Für eine solche Einsicht ist es reichlich spät«, sagte Lukas kalt. »Es könnte Johanna das Leben kosten.«

Clewin lächelte säuerlich. »Dieses eine Mal gebe ich dir recht. Ich will wiedergutmachen, was ich angerichtet habe. Deshalb war ich auf dem Weg zu euch. Allein schaffe ich es nicht.« Seine dunklen Augen sahen Lukas eindringlich an, als er weitersprach: »Aber ich warne euch. Wer sich gegen den Ritter stellt, wird hart bestraft werden. Schon seit Wochen hängt ein verwitterter Leichnam im Hof. Er war einer seiner Männer. Dies ist eine Warnung für alle, die sich dem Willen des Schilteckers widersetzen. Auch uns kann das geschehen.«

Clewin sah sich suchend um. Die Vögel waren bereits verstummt. Ein fast lautloser Friede legte sich über den Wald, den keiner von ihnen empfand. »Wir brauchen einen Platz für die Nacht. Der Plan muss gut durchdacht sein, und wir sollten uns ausruhen. Wir werden all unsere Kraft brauchen, um dieses Abenteuer zu bestehen.«

Elen atmete erleichtert auf und erntete einen flammenden Blick von Lukas dafür. »Johanna schwebt in großer Gefahr! Wir sollten sofort handeln!«

»Der Schlaf wird uns allen guttun«, widersprach Elen mit fester Stimme. »Ich bin es nicht gewohnt, solche Strecken an nur einem Tag zu bewältigen. Die lange Lauferei hat mich zu Tode erschöpft.« Ihre Augen glitten zu Ida, deren Gesicht einen gräulich müden Ton angenommen hatte. »Wie es aussieht, bin ich nicht die Einzige. Ich jedenfalls kann keinen Schritt mehr gehen.«

Lukas sah in die Mienen der anderen und fand überall dieselbe Antwort. Es war zu spät, um jetzt gleich aufzubrechen. Außerdem hatte Clewin recht: Der riskante Plan wollte gut durchdacht sein, und sie würden all ihre Kraft brauchen. Nichts durfte schiefgehen, zumindest am Anfang. Der Rest lag ohnehin in Gottes Hand.

Schließlich gab er widerwillig nach.

Wieder wurden Lukas' Nerven auf eine harte Probe gestellt. Er musste eine weitere Nacht ausharren, bis endlich etwas geschah. Dann aber würde niemand ihn daran hindern, Johanna zu befreien – und wenn es ihn das Leben kostete!

Hoffentlich war es noch nicht zu spät!

27. KAPITEL

Als die ersten bleichen Schlieren der Dämmerung heraufzogen, sprang Lukas von seinem Lager. Er hatte kaum geschlafen, so sehr hatte er sich den Kopf zermartert. Er hatte Clewins Plan nach Schwächen abgeklopft, nach irgendeiner List, mit der er sie womöglich alle ins Verderben stürzen würde. Anders als Elen traute er dem Spielmann nicht. Der Kerl hatte schon zu viele Lügen erzählt. Wenn er sie nun in eine Falle lockte, um alle auszuschalten, die etwas von der Sache wussten? Doch wäre es dann nötig gewesen, sie auch noch über das zu unterrichten, was ihnen gar nicht klar gewesen war? Vermutlich hätten sie nie herausgefunden, wo Johanna sich befand.

Lukas seufzte. Am Ende würde ihnen gar nichts anderes übrig bleiben, als ihm zu vertrauen und dem zu folgen, was Clewin vorgeschlagen hatte. Elen und er kannten das Innere der Burg nicht. Und selbst wenn das Wolfsmädchen schon einmal dort gewesen war, beschränkte sich ihre Sprache auf ein paar wenige Worte, die nicht sehr hilfreich waren.

Nach einem kurzen Frühmahl machten sie sich auf den Weg. Es würde noch einige Zeit dauern, bis sie ihr Ziel erreichten. Wenigstens konnten sie alle auf dem Wagen mitfahren, außer der Wölfin, die es vorzog, neben dem Gefährt herzutrotten. Ab und zu verschwand sie, um nach einer geeigneten Mahlzeit zu suchen, doch sie schien die Anspannung der Menschen zu spüren und hielt sich nie lange fern.

Johanna stieß ein unwilliges Brummen aus, als die Wächter erneut das Gitter aufstießen. Benommen begann sie sich in dem fauligen Stroh aufzurichten, das sie zu einem notdürftigen Lager zusammengeschoben hatte. Sie fühlte sich schwach und elend. Es war erst wenige Stunden her, seit man sie das letzte Mal auf den kalten Steintisch geschnallt hatte, um ihr Blut zu stehlen. Ihre Arme schmerzten noch immer von den Schnitten, die das Aderlasseisen geschlagen hatte. Ein dumpfer Schmerz lauerte hinter ihrer Stirn. Ihr Kopf fühlte sich leer an. Dennoch kroch sie instinktiv tiefer in die Schatten des Verlieses hinein, als die beiden Männer auf sie zukamen.

»Komm, Mädchen«, sagte einer der beiden in begütigendem Ton. »Der Schiltecker verlangt nach dir.«

»Schon wieder?«, murmelte Johanna.

Der kräftige Mann in mittleren Jahren setzte eine väterliche Miene auf. Fast hätte man meinen können, dass er nichts Böses im Schilde führte. »Es nützt nichts, sich seinen Befehlen zu widersetzen«, erwiderte er sanft.

Johanna zweifelte nicht an seinen Worten. Es war aussichtslos, auf Hilfe zu hoffen. Trotz alledem schlug sie die helfende Hand aus, die ihr der Wächter entgegenstreckte, und rappelte sich mühsam auf. Wenigstens ihren Stolz wollte sie sich nicht nehmen lassen. Ein leichter Schwindel überfiel sie, als die Männer sie den Gang hinabführten.

Die Tür zu dem Gelass, in dem der Ritter seine Experimente durchführte, stand offen. Der Schiltecker war bereits da. Ihr Herz begann schneller zu schlagen. Sein Gesicht war eine ausdruckslose Maske. Prüfend fuhr er an ihrem Körper entlang, musterte sie wie ein Stück Schlachtvieh. Dieser Mann kannte keine Gnade. Er war unempfänglich für das Leiden anderer. Eine tiefe Furcht ergriff Johanna, die bleiern in ihre Knochen drang.

Mit dem letzten Rest ihres Stolzes stemmte sie die Füße in den Boden, wehrte sich gegen den Griff der Männer, die sie an den harten Tisch fesselten. Sie kam nicht gegen sie an. Ein wütendes Schluchzen entrang sich ihrer Kehle, als der Schiltecker an ihren Armen entlangfuhr. Dann schob er ihre Röcke in die Höhe.

Johanna stockte das Herz. *Er wird doch nicht …?*

Außer diesem einen Mal hatte er es nicht wieder getan. Ängstlich betrachtete sie den Ritter. Er stand mit zusammengekniffenen Augen da, doch es lag kein Aufflammen von Lust in seinem Blick. Sie hätte genauso gut tot sein können. Er begutachtete sie wie ein Objekt, dass er auf seine Brauchbarkeit überprüfte. Schließlich wählte er ihr linkes Bein aus. Er setzte die Aderpresse unter dem Knie an und ließ die Blutgefäße an Wade und Knöchel hervortreten. Ein scharfer Schmerz durchzuckte sie, als das Eisen die empfindliche Haut unweit des Knöchels durchschlug.

Warum tut er das?, überlegte sie, um sich von ihrer hilflosen Lage abzulenken. Das Flackern der Kerzen lullte sie ein. Anders als bei dem Mädchen, das Johanna gefunden hatte, beschränkte sich der Ritter nicht nur auf ihre Armbeuge. Jedenfalls hatte sie bei der Toten keine weiteren Schnitte entdeckt, was aber auch an den Wölfen liegen konnte, die sich über ihren leblosen Körper hergemacht hatten. Er schien nach etwas zu suchen. Vielleicht nach einer Ader, die sich für seine Experimente eignete? Sie wusste, dass es mehrere Stellen im Körper gab, die sich für den Aderlass eigneten. Außer einer Krankheit konnten auch die Jahreszeit und der Stand der Sterne eine wichtige Rolle spielen. Doch sie war nicht krank und konnte nur ahnen, dass der Schiltecker die Astrologie in seine Überlegungen miteinbezog. Sie hatte ihn danach gefragt, aber seine anfängliche Bereitschaft für Erklärungen schien sich erschöpft zu haben. Er schwieg beharrlich. Vermutlich hielt er es nicht für möglich, dass sie seine Beweggründe verstehen konnte. Wahrscheinlich hatte er recht, doch es war nicht mangelnde Intelligenz, die sein Treiben in Zweifel zog. Ihr fehlte der Wahnsinn!

Es kam Lukas wie eine Ewigkeit vor, bis die Räder des Wagens endlich über die Hängebrücke rumpelten, die über den Halsgraben der Burg führte.

»Ruhig jetzt«, hatte Clewin zuvor nach hinten geraunt. »Jeder tut das, was ich gesagt habe.«

Lukas hatte sich mit dem Mädchen unter dem Bettzeug des bunten Wagens versteckt und das Verdeck heruntergelassen. Auf dem letzten Stück des Weges war die Wölfin zu ihnen auf die Ladefläche gesprungen. Nun lag sie verborgen neben der

Kleinen. Der Geruch des Raubtieres drang beißend in seine Nase, und sein Hecheln tönte viel zu laut in Lukas' Ohren. Er konnte nur hoffen, dass die Torwächter, denen sie gleich begegnen würden, nicht die Hunde mit sich führten, von denen Clewin gesprochen hatte. Normalerweise waren sie im Bergfried, aber man wusste ja nie.

Elen saß neben Clewin auf dem Kutschbock und spielte die unschuldige Jungfer, die von nichts eine Ahnung hatte.

»Zwei Wächter sind am Tor, zwei im Verlies. Manchmal haben sie einen der Hunde dabei. Wenn wir Glück haben, ist keiner dort, sobald wir hinuntergehen. Für alle Fälle habe ich Käse in meiner Tasche. Die Hunde bekommen nur wenig zu fressen, damit sie bei der Jagd nicht versagen. Zusätzlichem Futter werden sie nicht widerstehen können«, hatte Clewin erklärt. »Darüber hinaus gibt es zwei Männer auf der Wehrmauer. Sie behalten die Talstraße nach Schramberg im Auge. Hütet euch vor ihnen, wenn ihr den Wagen verlasst. Sobald ihr im Bergfried seid, ist es etwas sicherer. Das Verlies ist so weit unten, dass kein Geräusch heraufdringen kann.«

Lukas betete, dass sie unbemerkt hineinhuschen konnten. Dann hielt der Wagen an.

»Gott zum Gruße«, rief Clewin in gespielter Fröhlichkeit. »Ich hoffe, Euer Herr ist wohlauf. Ich habe ein Geschenk für ihn.«

Die Männer lachten.

Der Kerl spielte seine Rolle gut, das musste man ihm lassen. Clewin hatte ihnen versichert, dass noch nie jemand nachgesehen hatte, was sich auf dem hinteren Teil des Wagens befand, wenn er durch das Tor fuhr. Dennoch beschlich Lukas ein mulmiges Gefühl.

»Fahr nur hinein«, dröhnte eine tiefe Männerstimme. »Der Ritter ist im Bergfried.«

Dann zuckelte der Wagen weiter.

»Du kannst gleich hinabgehen«, rief ein anderer dem Gefährt hinterher. »Er ist unten und führt eines seiner *Experimente* durch.«

Lukas lief ein Schauer über den Rücken. Wenigstens schien Johanna noch am Leben zu sein.

Kurze Zeit später hielt der Wagen an. Er schaukelte, als Clewin und Elen vom Kutschbock stiegen. Nun war es still. Lukas gelang es kaum, seine Ungeduld zu bezwingen, doch er musste noch eine Weile warten, um den beiden einen Vorsprung zu verschaffen, damit die Wächter keinen Verdacht schöpften. Langsam betete er zehnmal das Vaterunser. Die stummen Worte dehnten sich wie die Zeit, die einfach nicht verstreichen wollte.

Dann hatte Lukas es endlich geschafft. Sacht streifte er die Decke vom Kopf und lugte durch einen Spalt des Verdecks hindurch. Tatsächlich standen nur zwei Männer am Tor der äußeren Mauer. Sie wandten ihm den Rücken zu. Sonst konnte er niemanden entdecken. Behutsam schob er sich aus seinem Versteck. Nach einem kurzen Blick die Wehrmauer hinauf, wo er ebenfalls niemanden sah, bedeutete er Ida, es ihm gleichzutun.

Jetzt war es Zeit zu gehen. Leise, ganz leise, krochen sie von der Ladefläche, vorsichtig darauf bedacht, das Holz des Wagens nicht zum Knarren zu bringen. Die Wölfin folgte ihnen mit einem geschmeidigen Sprung in den Burghof.

Lukas hielt die Luft an und schauderte, als seine Augen den verwesenden Leichnam streiften, der immer noch am Galgen hing. »Dies ist eine Warnung für alle, die sich dem Willen des Schilteckers widersetzen«, mahnte Clewins Stimme in seinem Innern. Lukas' Atem beschleunigte sich. Er durfte nicht daran denken, dass ihm das Gleiche blühen konnte. Rasch sah er weg, huschte auf die Treppe des Bergfrieds zu und wies die anderen mit einer Geste an, ihm zügig zu folgen. Ohne dass es jemand bemerkte, verschwanden sie durch die Eingangstür.

Geschafft! Erleichtert atmete Lukas tief durch, dann schlichen sie weiter. Clewin hatte ihnen erklärt, dass sie der steinernen Treppe nach unten folgen mussten. Auf leisen Sohlen nahmen sie Stufe um Stufe. Kein Geräusch drang zu ihnen herauf. Nicht einmal das Bellen eines Hundes. Entweder war ihnen das Glück tatsächlich hold, oder die beiden hatten das Tier bereits zum Schweigen gebracht.

Die Wölfin lief inzwischen voraus. Sie würde ihre stärkste Waffe sein. Ansonsten gab es nur zwei kurze, starke Knüppel, von denen Lukas einen in den Händen hielt, und ein Messer, mit dem Clewin sich bewaffnet hatte. Lächerlich wenig gegen das Schwert eines Ritters und die seiner Männer. Lukas konnte nur hoffen, dass es Clewin und Elen inzwischen gelungen war, die Wächter zu überwältigen. Sonst wäre ihr Plan gescheitert, bevor er richtig begonnen hatte.

Tatsächlich lagen zwei Männer gebunden und geknebelt auf dem Boden, als der kleine Tross im Gang ankam. Von einem Hund war nichts zu sehen. Lukas ließ erleichtert die Luft zwischen seinen Lippen entweichen. Das wäre geschafft. Und so, wie es aussah, hatte der Ritter nichts davon mitbekommen. Elen schwang triumphierend einen der Knüppel, die sie zurechtgestutzt hatten. Zwar waren sie keine Klinge, aber hart genug, um jemandem den Schädel damit einzuschlagen. Nach der blutenden Platzwunde am Kopf des einen Wächters zu urteilen, hatte sie zumindest ihm einen kräftigen Schlag damit versetzt.

Lukas warf ihr einen anerkennenden Blick zu, während die Wölfin an einem der besinnungslosen Männer schnupperte. Das hätte er der sanften Elen gar nicht zugetraut. Der andere Wächter hatte eine blutige, geschwollene Nase, die ihn außer Gefecht gesetzt hatte.

Die Männer waren mit Kurzschwertern bewaffnet. Er nahm eines an sich, während Clewin das andere nahm. Dann deutete dieser mit dem Kinn auf eine Tür. Lukas wappnete sich. Nun ging es um alles!

Erst jetzt fiel Johanna auf, dass unweit der Apparaturen ein Strauß Feldblumen auf dem gemauerten Sockel stand, der so gar nicht an diesen düsteren Ort zu passen schien. »Wofür sind die Blumen?«, flüsterte sie.

Ein kaltes Lächeln huschte über das Gesicht des Ritters.

»Nun, man könnte fast meinen, damit du noch etwas Schönes siehst, bevor du stirbst. Doch das ist nicht die Wahrheit. In Wirklichkeit sind sie wie ein Sinnbild für das Leben.« Seine Hand lenkte ihre Aufmerksamkeit auf den Strauß zurück. »Sieh dir die Blumen an. Sie sind wunderschön, nicht wahr? – Und dennoch sind sie tot. Wenn wir geboren werden, ergeht es uns nicht anders. Wir blühen, und unsere Mütter erfreuen sich an uns, doch in Wirklichkeit beginnen wir vom ersten Tag an zu welken. Zunächst unmerklich, dann immer schneller, bis es nicht mehr zu verbergen ist. Diese Blumen erleiden dasselbe Schicksal. In ein paar Tagen werden sie trocken und unansehnlich sein – und niemand wird sich mehr um sie scheren. So wie um dich! Es ist unaufhaltsam. Im Grunde tue ich also nichts Schlechtes. Ich helfe dem Unausweichlichen nur ein wenig auf die Sprünge. Das ist alles.«

»Bitte nicht! Verschont mich bitte.« In Johannas Stimme lag ein unterwürfiges Betteln, das nicht zu ihr passte. Ihr Stolz war vergessen. Doch im Angesicht des Todes veränderte sich so manches. Sie hatte nur dieses eine Leben, und diese Tatsache war es wert, alles daranzusetzen, es nicht zu verlieren. Allerdings erreichte sie nicht das Geringste damit.

In den Augen des Ritters glitzerte der Wahnsinn. Nicht fähig, Gut und Böse zu unterscheiden. Er hatte es schon zu oft getan. Hatte das Leiden seiner Opfer mitangesehen, ohne dass es sein Herz berührte. Er war gnadenlos und so teuflisch, wie nur Satan selbst es sein konnte. Einer, der sich nicht um das Elend anderer scherte.

Der Verlust des Blutes nagte an Johanna. *Ob sich Sterben so anfühlt?* Sie hörte ihr Herz schlagen. Laute, mühsame Schläge klopften gegen ihre Brust. Sie spürte, wie es plötzlich anfing zu flattern, als suche es nach der lebendigen Substanz, die ihren Körper verließ. Sie bäumte sich auf. Riss ein letztes Mal an ihren Fesseln, die in ihre Hand- und Fußgelenke schnitten. Der Ritter bemerkte es nicht einmal. Er hatte sich schon längst wieder seinen Apparaturen zugewandt und hing seinen Gedanken nach. Ihre Lider wurden schwer. Das Leben floss wie ein steter Strom aus ihr heraus. *Ist das der Tod, der auf leisen Sohlen näher kommt?* Sie wollte noch so viel tun – noch so viel lernen. Sie wollte in ihr Häuschen zurückkehren, sich um Ida kümmern, Lukas küssen, sich mit Elen unterhalten, Kranke heilen. Alles in ihr schrie nach der Normalität des Lebens. Doch niemanden kümmerte es.

Schmerzlich dachte sie an ihre Freunde. Was würden sie tun, wenn sie nicht wiederkam? Würden Ida und Lukas böse auf sie sein, ohne zu wissen, was wirklich geschehen war? Und Elen, die liebe Elen, sie vermisste sie schon jetzt. Johannas einziger Trost war ihre Mutter, die ihr schon vorausgegangen war.

Werde ich dich bald wiedersehen?, fragte sie stumm. Doch ihr Kopf war so vernebelt, dass sie keine Antwort spüren konnte. Ihre Gedanken hasteten weiter. Sie musste sich mühen, sie festzuhalten, bevor sie wie sich auflösender Nebel davonhuschten. Ihr Vater kam ihr in den Sinn. Sie kannte ihn nicht. Hatte ihn nie zu Gesicht bekommen. Ob sie ihn im Himmel erkennen würde – falls sie sich dort trafen?

Etwas Friedvolles legte sich über sie. War das die Hand Gottes, die nach ihr griff? »Sein Licht wird auch in tiefer Dunkelheit noch scheinen«, hatte Pius gesagt. Vielleicht war es das, was sie nun fühlte?

Was wird Gott tun, wenn ich tot bin?, überlegte Johanna, während das Bewusstsein mit dem Blut immer mehr aus ihr heraustropfte. War es so, wie die Priester behaupteten? Musste sie zuerst im Fegefeuer für ihre Sünden büßen? Oder erwartete Gott sie mit liebenden Armen? Womöglich war es auch ganz anders, und der Tod war nicht mehr als ein leeres Nichts, in das man haltlos hineinstürzte, um nie wieder daraus hervorzutauchen. *Bald wirst du es wissen*, dachte Johanna, und dann dachte sie nichts mehr.

Das laute Krachen, mit dem die Tür aulflog, riss Johanna aus ihrem Dämmerzustand. Sie öffnete blinzelnd ein Auge. Das Erste, was sie sah, war Clewin, dicht gefolgt von ... *Lukas*! Noch nie hatte sie eine derartige Freude durchflutet, wenn er plötzlich irgendwo aufgetaucht war. Noch einmal blinzelte sie, um sich davon zu überzeugen, dass ihre schwindenden Sinne ihr keinen Streich spielten. Doch Lukas war immer noch da und warf einen sorgenvollen Blick auf sie. Dann erkannte Johanna Elen, sogar Ida war hier – und die Wölfin, die knurrend in das Innere ihrer Folterkammer sprang. Die Erleichterung trieb ihr die Tränen in die Augen und weckte gleichzeitig in ihrem Körper etwas, das sie zunächst nicht zu fassen bekam. Was war es? Ein letzter Rest von Kraft, der in ihr aufstieg? Tränen verschleierten ihre Sicht, doch sie gewahrte die Drehung des Ritters, der seine Augen widerwillig von den Apparaturen löste.

Dann brach ein Tumult los.

Clewin hatte nur einen Moment Zeit, die Lage in dem von Kerzen erleuchteten Raum zu erfassen, bevor die Wölfin auf den Ritter zuschoss, dessen Gesichtszüge jäh entgleisten. Instinktiv schien sie zu fühlen, von wem Gefahr drohte. Die Hand des Ritters fuhr zu seinem Schwert. Doch die weiße Wölfin war schneller. Sie biss ihm ins Handgelenk. Der Mann heulte vor Schmerz auf. Jäh trat er dem Tier mit einem seiner schweren Stiefel in den Bauch. Der Tritt war so stark, dass es in eine Ecke des Raumes geschleudert wurde. Clewin sah, wie das kleine Mädchen zu seiner Gefährtin eilte und sich schützend über sie beugte. Dann geschah alles auf einmal.

»Du elender Mistkerl«, schrie Lukas außer sich vor Wut. »Ich werde dir zeigen, was ich mit Schurken wie dir mache.« Seine ganze Gestalt war voller Abscheu. Er drängte sich nach vorn und ging auf den Ritter los, während Elen zu Johanna eilte und begann, die Schnallen der Fesseln zu lösen, die sie am Tisch fixierten.

Geistesgegenwärtig zog der Ritter mit der unverletzten Hand sein Kurzschwert. Der freie Platz des Gelasses war ohnehin zu gering, um das Langschwert richtig einsetzen zu können. Doch Lukas war kein Kämpfer. Als Flößer hatte er nie gelernt, einen kampferprobten Mann außer Gefecht zu setzen. Seine wütenden Hiebe mit Kurzschwert und Knüppel waren ungelenk, hätten aber dennoch in einer Schenke für Ordnung gesorgt. Der Schiltecker hingegen war ein Ritter, der tägliche Übungen absolvierte. Allerdings musste er die Waffe mit der falschen Hand führen, was ihm nur mäßig gelang. Doch schon spritzte Blut auf, das aus einem Schnitt an Lukas' Unterarm tropfte. Ein weiterer Streich traf seine Rippen.

Clewin beobachtete, wie Lukas gerade noch zurückspringen konnte, um größeren Schaden zu vermeiden, aber der Schnitt hatte Kittel und Hemd zerteilt. Die Ränder sogen sich mit Blut voll.

Elen, immer noch damit beschäftigt, mit zitternden Händen Johannas Fesseln zu lösen, schrie entsetzt auf, als sie es bemerkte.

Dies alles hatte nur einen kurzen Augenblick gedauert, in dem Clewin nicht reagierte. *Am klügsten wäre es, den Kampf einfach laufen zu lassen, um auf diese Weise einen unliebsamen Konkurrenten auszuschalten*, schoss es ihm durch den Kopf. Sein Weg zu Johanna wäre frei, ohne dass er dabei einen Finger rühren musste. Wenn er den Schiltecker anschließend besiegte, würde sie ihm auf ewig dankbar sein. Ihre Rettung würde seine schlechten Taten überwiegen.

Niemand würde ihm mehr im Weg stehen – *wenn* er siegte. Doch auch er war nicht kampferprobt. Dann kam ihm ein Gedanke, der sich wie zäher Brei in seinen Eingeweiden festsetzte. Vielleicht war es das, was seine Mutter gesehen hatte? Lukas liebte Johanna und konnte ihr etwas geben, was er selbst niemals konnte: ein Leben in Geborgenheit und Anstand. Die Sicherheit eines Heimes und nicht das Los der Fahrenden, dem er sich verschrieben hatte. Nun, nachdem auch die Hoffnung, die er durch den Schiltecker gehegt hatte, wie Wasser durch seine Finger rann, würde er weiterhin von der Hand in den Mund leben müssen – von Lug und Trug. Von gedrechselten Worten, die selten der Wahrheit entsprachen. Vermutlich würde er niemals damit aufhören!

Lukas war inzwischen wieder zum Angriff übergegangen. Der Ritter versetzte ihm einen Kopfstoß, der ihn taumeln ließ. Er würde nicht mehr lange durchhalten.

Die Wölfin hatte sich inzwischen erholt und schlich um die beiden herum, doch auch sie erkannte die Gefahr, die von der blutigen Klinge ausging.

Clewin straffte sich. Mit seiner Schulter stieß er Lukas beiseite und zückte das Kurzschwert in seiner Hand. Der Ritter schenkte ihm ein kaltes Lächeln. »Du wirst doch nicht an dem Ast sägen, auf dem du sitzt? Überlege es dir gut.«

Er nutzte Clewins knappes Zögern, um anzugreifen. Erstaunlicherweise hielt Clewin dem Schlag stand.

»Warum nicht«, entgegnete er mit einem Lächeln, das einem Spielmann alle Ehre machte. »Vielleicht habe ich endlich begriffen, *wem* Ihr in Wirklichkeit dient. Und ich erkenne niemand anderen als den Teufel.«

Wutentbrannt ging der Ritter erneut auf ihn los. Sein Gesicht verzerrte sich zu einer hässlichen Fratze, während Lukas sich vor Schmerz krümmte. Clewin sprang vor, griff an, wich zurück. Es gelang ihm sogar, zu parieren. Langsam gefiel ihm dieses Spiel, obwohl es ihn auch enorm forderte. Bis Lukas, der inzwischen wieder sicherer auf den Beinen stand, erneut eingriff.

»Geh weg!« Clewin stieß ihn zur Seite und verlor dabei seine Deckung. »Kümmere dich um die anderen.«

Das war ein Fehler, denn in diesem ungeschützten Moment gelang es dem Ritter, die Klinge seines Kurzschwertes in Clewins Bauch zu treiben. Der Spielmann erstarrte. Schmerz zuckte durch seine Eingeweide und züngelte an seinem Beckenknochen entlang, gegen den die Spitze der Klinge gestoßen war. Er keuchte auf und holte zitternd Luft. Der Ritter hatte ihn durchbohrt. Er war ihm jetzt so nah, dass er den schlechten Atem des Mannes riechen konnte. Ein hämisches Grinsen verzerrte dessen Mund. »Damit hättest du wohl nicht gerechnet, was?«

Clewins Gedanken überschlugen sich. So durfte es nicht enden. Und dann tat er etwas, was er nie für möglich gehalten hätte: Er hatte die kurze Klinge in seiner Hand nicht losgelassen. Noch immer umklammerten seine Finger das Heft des

Schwertes. Er sammelte all seine verbliebene Kraft, hob mit einer ruckartigen Bewegung den Arm, während sein Gegner das Gewicht nach hinten verlagerte, um die Klinge weiter nach oben zu reißen.

Der Schiltecker wollte ihn zerstören. Wollte vervollkommnen, was er ihm angetan hatte. Der Schmerz drohte Clewin schier zu überwältigen. Mit aller Macht kämpfte er dagegen an. Nur noch eines musste er tun! Eine einzige Sache, dann konnte er schwach werden!

Seine klingenbewehrte Hand war jetzt in Höhe der Schulter des Ritters. Die Welt um ihn herum schien sich zu verlangsamen. Träge zog sie dahin, als ob sich der Sand in einem Stundenglas in eine zähe Masse verwandelt hätte. Tatsächlich verstrichen nur wenige Augenblicke. Clewin sah, wie seine Hand weiter vorstieß. Wie die Klinge an die Kehle des Ritters fuhr, der sich ganz auf sein eigenes zerstörerisches Werk konzentrierte. Wie sie dort Haut und Fleisch zerteilte.

Entsetzen breitete sich auf dem Gesicht des Schilteckers aus, fing sich in seinen Augen, während sein Blut in einem pulsierenden Schwall aus der klaffenden Wunde schoss. Er öffnete den Mund, um Luft zu holen. Doch nichts als ein feuchtes, ersticktes Würgen erklang.

»Nun habt Ihr … Euer Blut!«, zischte Clewin stockend durch die Zähne. Dann krachten beide zu Boden.

In dir steckt mehr, als du erahnen kannst. Etwas, das edel, kostbar und voller Größe ist. In meinen Träumen sehe ich es, flüsterte die liebliche Stimme seiner Mutter ihm zu. Und da wusste Clewin, was sie, die er so sehr geliebt hatte, vor so vielen Jahren in ihren Träumen erkannte. Es waren nicht seine Sangeskünste gewesen, die sie verzaubert hatten. Sie hatte gesehen, dass er eines Tages dazu fähig sein würde, sein Leben für das Glück anderer zu geben!

Die kleine Gruppe der Zuschauer starrte wie gebannt auf die beiden Männer. Keiner bewegte sich, als der Ritter würgend in seinem eigenen Blut ertrank.

Nach alldem Geschrei, dem Knurren und Stöhnen der

Kämpfenden war es plötzlich still. Elen fasste sich als Erste. Sie hatte Johanna endlich von ihren Fesseln befreit und einen Lappen auf die tröpfelnde Wunde unweit ihres Knöchels gedrückt, damit sie aufhörte zu bluten. Jetzt schlang sie einen Tuchstreifen darum und stürzte zu dem Spielmann.

»Clewin!« Elen fiel neben ihm auf die Knie. Er musste schreckliche Schmerzen haben. Schweißtropfen perlten von seiner Stirn, und die Farbe seines Gesichts erinnerte an verdorbene Milch. Dennoch blickten seine dunklen Augen verklärt in die Ferne. Er schien sie nicht wahrzunehmen. Tröstend strich Elen ihm das dunkle verschwitzte Haar aus der Stirn.

Ein Zittern durchlief ihn, dann richteten sich seine Augen auf sie. »Bist du nun … stolz … Mutter?«

Schlagartig wurde Elen bewusst, dass er sie nicht erkannte. Offensichtlich hielt er sie für seine Mutter.

»Clewin«, flüsterte sie. »Ich bin es, Elen.«

Er sah sie mit einem liebevollen Lächeln an, das ihr mitten ins Herz schnitt. Sein Mund öffnete sich, als ob er sprechen wollte. Irgendetwas schien ihn zu bewegen. Etwas, das er der Welt mitteilen wollte, bevor er sie verließ. Doch es gelang ihm nicht. Sie hörte das Rasseln seines Atems. Ein kleines Rinnsal Blut trat aus seinem rechten Mundwinkel.

»Stirb nicht – bitte!«, wisperte sie. Tränen traten in ihre Augen. Trotz alledem, was er Johanna angetan hatte, mochte sie ihn. Am Ende hatte er ein gutes Herz. Schließlich hatte er versucht, den Schaden wiedergutzumachen, den er verursacht hatte. Im Eifer des Gefechts hatte womöglich niemand begriffen, dass er sich schützend vor Lukas gestellt hatte. Er hatte sich geopfert! Die Wunde, die ihm der Ritter zugefügt hatte, war schrecklich! Sein Bauch klaffte, und da war viel zu viel Blut, das aus ihm strömte. Sie bettete seinen Kopf in ihren Schoß, während Lukas endlich zum Leben erwachte, einen Stapel Tücher nahm und sie auf die schreckliche Wunde drückte.

Lukas' Augen richteten sich auf Elen. »Er verblutet! Was sollen wir tun?«

Clewin stöhnte vor Schmerz, als seine Hand die von Lukas suchte. »Pass gut auf sie auf!«, flüsterte er. Dann lösten sich seine Züge. Seine Augen brachen. Sein letzter Atemzug war nicht mehr als ein leiser Hauch.

»Nein«, wimmerte Elen. Ihre Tränen benetzten Clewins Gesicht.

Doch der Tod war unaufhaltsam.

Johanna rappelte sich mühsam auf. Alles um sie herum drehte sich. Ihre Schwäche zog sie nach unten, zusammen mit dem drängenden Wunsch, sich wieder hinzulegen und nie wieder aufzustehen. Sie kämpfte dagegen an, stemmte sich Spanne um Spanne empor, bis sie endlich saß.

Ihr beharrlicher Wille brachte Johanna schließlich auf die Beine, wo sie mit zitternden Knien stehen blieb. Sterne tanzten an den Rändern ihres Gesichtsfeldes. Dennoch erhaschte sie einen Blick auf Ida, die sich in eine Ecke gedrückt hatte und mit schreckgeweiteten Augen auf die beiden sterbenden Männer starrte. Die Wölfin drängte sich schützend an sie. Schließlich wanderte die Aufmerksamkeit der Kleinen zu ihr. Johanna warf ihr ein liebevolles Lächeln zu. Ida löste sich aus ihrer Erstarrung. Sie sprang so jäh auf die Füße, dass die Wölfin einen erschrockenen Satz machte. Ida rannte die wenigen Schritte, bis sie Johanna erreicht hatte. Die kleinen Arme schossen vor, und Johanna fühlte die Zuneigung des Mädchens, als sie von ihnen umschlossen wurde und sich der Kopf der Kleinen an ihren Bauch drängte.

Johanna schluckte. Es hatte schon fast etwas Magisches an sich, wenn dieses Menschenkind sich zu solch einer liebevollen Geste hinreißen ließ. Ein gerührtes Schluchzen entfuhr Johannas Kehle. Nicht nur deshalb. Sie hatte nicht mehr daran geglaubt, Ida, Lukas oder Elen jemals lebend wiederzusehen. Und nun waren sie hier! Eine tiefe, unendliche Dankbarkeit durchströmte sie, die sich wie ein angenehmes Gewicht in ihren Bauch legte. Noch immer wusste sie nicht, wie sie alle hierhergekommen waren, doch sie hatten es getan – um sie zu retten.

Johannas eine Hand umklammerte haltsuchend den Steintisch, dessen verhasste Gegenwart sie kaum noch ertragen konnte, während sich die andere um Ida legte. Ihr Daumen strich liebevoll über den Nacken des Mädchens. »Wasser«, krächzte sie. Mehr Worte waren nicht nötig. Sie hatte ohnehin kaum Kraft dafür.

Ida verstand. Sie eilte davon, um auf dem gemauerten Sockel nach dem gewünschten Getränk zu suchen. Schließlich schnüffelte sie an einem Krug. Das zufriedene Gesicht des Mädchens klärte Johanna darüber auf, dass sie fündig geworden war. Sie stürzte den gesamten Inhalt des Gefäßes hinunter, das die Kleine ihr reichte. Jetzt ging es ihr etwas besser.

Doch dann überfiel Johanna erneut die Angst. Ein paar der Männer hatten ihre Freunde sicher überwältigt, vermutlich die, die sich hier unten befunden hatten, aber die ganze Besatzung der Burg konnten sie unmöglich außer Gefecht gesetzt haben.

Sie mussten schleunigst von hier verschwinden.

Johanna zwang sich, ihre Hand vom Tisch zu lösen, und wankte. Ida schien zu wissen, was sie vorhatte. Ihr Körper drückte sich gegen sie. Wieder stiegen in Johanna Tränen auf, als sie wahrnahm, wie die Kleine versuchte, sie zu stützen.

Mit der Hilfe des Mädchens wagte sie einen ersten prüfenden Schritt. Er war wacklig, aber es würde gehen, wenn auch nicht sehr lange. Sie konnte nur hoffen, dass ihre Kraft reichen würde, um diesem schrecklichen Ort zu entfliehen.

»Ich bin so froh, euch zu sehen«, sprach Johanna in die Stille hinein, als sie die wenigen Schritte zu Elen und Lukas geschafft hatte. Selbst jetzt, wo sich ihre Kehle nicht mehr ganz so ausgetrocknet anfühlte, klang ihre Stimme, als ob sich Sand darin befände.

Die anderen sagten kein Wort. Der Schiltecker und Clewin waren tot. Die flackernden Kerzen warfen ein unheimliches Licht auf ihre leblosen Körper. Alles war voller Blut. Johannas Erleichterung war groß, als sie begriff, dass ihr Peiniger wirklich tot war. Nicht einmal seine widerlichen Experimente konnten ihn wieder zum Leben erwecken. Er würde niemandem mehr Schaden zufügen. Ihr Blick fiel auf Clewin. Die Wunde in seinem Bauch hatte sein junges Leben brutal zerstört. Dennoch waren seine Züge friedlich, als ob er versöhnt aus dem Leben geschieden wäre. Fast tat er ihr ein wenig leid, doch sie konnte nicht vergessen, was er ihr angetan hatte. Ohne ihn wäre sie nie in diese schreckliche Lage geraten.

Noch immer hockten Elen und Lukas fassungslos neben dem Leichnam des Spielmanns. Sie wirkten wie gelähmt. Als wäre die Anstrengung zu viel für sie gewesen, und nun, da es vorbei war, entwich ihnen die Kraft wie Luft aus einer geplatzten Schweinsblase.

Doch es war noch nicht vorbei!

»Reißt euch zusammen. Wir müssen gehen, sofort!« Die Worte klangen hart angesichts dessen, was ihre Freunde für sie getan hatten. Sie musste sie wachrütteln.

Lukas' Atem war das einzige Geräusch, das keuchend die Luft zerschnitt. Johanna erschrak, als er sich bewegte, dabei zusammenzuckte und sich die Rippen hielt. Auch sein Arm war verletzt. Die blutende Wunde, die sie unter den Fetzen seiner Kleidung nur erahnen konnte, nässte Hemd und Kittel und machte ihn an dieser Stelle noch dunkler. An seiner Stirn begann sich eine dicke Beule zu bilden.

»Lukas! Du bist verletzt!«

Er sah von dem Toten zu ihr auf. »Ist nicht weiter schlimm.« Prüfend betrachtete er sie. »Was ist mit dir? Du bist ganz blass.« Ein sorgenvoller Blick aus gütigen haselnussbraunen Augen traf sie.

Johanna schluckte. Welch ein Gegensatz zu den kalten Augen des Ritters. Wie sehr sie diese Wärme vermisst hatte. Plötzlich erschien ihr Lukas' Fürsorge alles andere als einengend. Sie war weder gekünstelt noch gespielt. Die einfache, reine Zuneigung eines Flößers, aber deshalb nicht weniger kostbar.

»Wirst du laufen können?« Seine Stimme klang so rau wie ihre eigene.

Johanna nickte zustimmend. »Ein Stück wird es gehen,

wenn auch nicht sehr weit, doch wir dürfen keine Zeit verlieren.«

Elen starrte noch immer voller Kummer auf den Spielmann. Johanna berührte ihren Arm. Als ihre Freundin aufsah, deutete sie mit einem Nicken auf Clewin.

»Lass ihn hier.« Ihre Stimme klang kühler, als sie es beabsichtigt hatte. Sie sah, wie Elen litt. Es brach ihr fast das Herz, sie so zu sehen. Doch die Enttäuschung über den Verrat saß tief. »Es gibt keinen besseren Ort für ihn als in der Gegenwart dessen, dem er diente. Wir aber sollten zusehen, dass wir wegkommen.«

Im Stillen dankte sie dem Herrn, dass die Tiefe des Kerkers, aus dem kein Laut zu dringen schien, sie bis jetzt vor Entdeckung bewahrt hatte. Doch sie traute dem Frieden nicht. »Wie viele Männer habt ihr überwältigt –?«

»Wir können ihn nicht hier liegen lassen«, fuhr Elen sie an.

»Warum nicht?« Johanna war irritiert. War er wirklich so kostbar? Sie nahm Sterne am Rand ihrer Lider wahr. Einzig ihre Beharrlichkeit hinderte sie daran, dem Schwindel nachzugeben. Sich von der Unendlichkeit überspülen zu lassen, um danach in einer gnädigen Schwärze zu versinken. Dort lauerte noch immer der Tod. Sie war zu jung, um sich ihm kampflos zu ergeben. Sie wollte leben!

»Weil ihm viel daran lag, dass du gerettet wirst«, hörte sie Elen sagen. »Ohne ihn hätten wir dich niemals gefunden. Selbst der Plan für deine Befreiung stammte von ihm. Und falls du es nicht bemerkt haben solltest: Er hat Lukas vor dem sicheren Tod bewahrt. Er hat sich für ihn geopfert!«

Johanna fühlte die Wunde, die Clewins Tod in Elen geschlagen hatte. Spürte, wie etwas in ihr zerbrach, wie die Fassade ihrer Überzeugung zu bröckeln begann. War Clewin doch nicht so niederträchtig, wie sie vermutet hatte? Aber warum hatte er sie dann hierhergebracht? Später – sie würde später darüber nachdenken. Jetzt gab es Wichtigeres zu tun.

»Wir nehmen ihn mit«, entschied Lukas. »Ich werde ihn tragen. Kümmert ihr euch um Johanna.«

Es war nicht leicht, den toten Clewin nach oben zu schleppen. Wenigstens war er nicht so kräftig wie Lukas selbst, doch der leblose Körper wog mehr als ein voller Kornsack, als Lukas vor Anstrengung ächzend mit ihm die Treppe emporwankte.

Er hatte Johanna nicht ganz die Wahrheit gesagt. Seine Verletzungen machten ihm mehr zu schaffen, als er zugegeben hatte. Der Schnitt über seinen Rippen war glücklicherweise nicht tief, doch er brannte wie Feuer. Die Wunde am Arm war schlimmer, aber immerhin konnte er ihn noch bewegen, und die Erregung in seinem Körper schärfte seine Sinne bis aufs Äußerste.

Das Wichtigste aber war, dass sie Johanna aus den tödlichen Fängen des Schilteckers befreit hatten. So wie sie sich vor ihm über die Stufen quälte, waren sie gerade noch rechtzeitig gekommen. Doch solange sie die Burg nicht verlassen hatten, waren sie alle noch in Gefahr. Die beiden Wachen lagen immer noch gebunden und geknebelt im Gang. Einer von ihnen zerrte wütend an den Fesseln, während der andere in tiefer Ohnmacht lag.

Sie würden noch einmal ihre ganze Kraft brauchen, um ungesehen zu entkommen!

Das Trio vor ihm kam abrupt zum Stehen. Sie hatten vereinbart, dass Elen überprüfen sollte, ob die Luft rein war, sobald sie oben angekommen waren. Die Wölfin gab einen ungeduldigen Ton von sich, als Elen mit leisen Schritten entschwand. Die Hände des Mädchens umklammerten für einen Moment die lange Schnauze des Tieres, um ihm zu zeigen, dass es still sein musste. Jetzt war nur noch Johannas Atem zu hören. Sie keuchte wie ein altes Weib. Lukas' Magen verkrampfte sich. Hoffentlich starb sie ihnen nicht unter den Händen weg! *Dann wäre alles umsonst gewesen*, dröhnte es in seinem Kopf. Nein! Das durfte unter keinen Umständen geschehen!

Elen kam zurück. Es wurde aber auch Zeit. Das Gewicht auf seiner Schulter schien ihn schier zu erdrücken. Mit einem

Nicken bedeutete sie ihnen, dass sie weitergehen konnten. Wenigstens das schien zu funktionieren.

Leise schlichen sie nach draußen. Die Sonne blendete sie, als sie im Hof ankamen. Wie alle anderen blinzelte Lukas. Tief unter der Erde war es düster gewesen, doch hier draußen war es immer noch heller Tag. Nur sie hatten die Tiefen der Dunkelheit erfahren, während die Sonne die Welt mit ihrem unbeschwerten Schein erhellte. Würde er sich jemals wieder so an ihr erfreuen können, wie er es früher getan hatte? Im Moment konnte er sich das nicht vorstellen.

Die beiden Männer, die immer noch Wache schoben, lehnten gelangweilt am steinernen Bogen des Tores. Ihre Aufmerksamkeit war nach draußen gerichtet, ohnehin waren sie durch den Vorbau des Zwingers ziemlich weit weg. Sie ahnten nicht, dass die Gefahr innerhalb der Burg lauerte. Sonst war niemand zu entdecken.

Jeden Schritt, der nun folgte, hatten sie in der Tiefe des Bergfrieds besprochen. Mit vereinten Kräften legten sie Clewins Leichnam leise auf die Pritsche des Wagens. Damit niemand sie bemerkte, mussten auch sie dort hinein. Johanna schleppte sich in eine Ecke zwischen Clewins Utensilien, obwohl sie das kaum konnte, und sank in sich zusammen. Ihre Lippen waren fast so blass wie ihr Gesicht. Lukas warf ihr einen besorgten Blick zu. Nur er würde auf dem Kutschbock Platz nehmen, damit der Anschein gewahrt blieb. Doch dort lag das Problem. Er war nicht Clewin. Sein helles Haar und seine Statur würden ihn verraten. Das Einzige, was Lukas einfiel, war, Clewins Mantel überzuziehen, der beim Bettzeug lag. Er zog die Kapuze tief in sein Gesicht. Bei dem schönen Wetter war es zwar etwas ungewöhnlich, doch mit etwas Glück würden die Wachen nichts merken.

Er lächelte die anderen aufmunternd an, bevor er das Verdeck sorgfältig schloss. Sie schauten ihm mit verkrampften Gesichtern entgegen. Alle Hoffnung lag jetzt auf ihm. Er durfte sie nicht enttäuschen.

Langsam näherte sich Lukas dem Kutschbock, obwohl er

am liebsten gerannt wäre. Das bis zur Unkenntlichkeit verwitterte Gesicht des Gehängten schien ihn vorwurfsvoll anzustarren. Als er endlich auf dem Kutschbock saß, schnalzte er mit den Zügeln. Das Pferd zog an und beschrieb einen großen Bogen im Hof, damit der bunte Planwagen hinausfahren konnte. Das Geräusch ließ die beiden Männer nach hinten sehen.

Lukas' Herz klopfte wie ein Hammer in seiner Brust, als er ihnen mit scheinbar gleichgültiger Miene zunickte.

»Du willst schon wieder gehen?«, rief einer der beiden. Plötzlich stutzte er.

Lukas sah die Erkenntnis, die in seinen Augen aufflammte. Die Hand des Mannes fuhr an sein Schwert. »Wo ist der Spielmann?«

Lukas fackelte nicht lange. Er ließ die Zügel auf den Rücken des Pferdes knallen. Das Tier machte einen Satz und schlug eine schnellere Gangart an. Einer der Männer stieß einen warnenden Pfiff aus. Mit hastigen Zügelschlägen trieb Lukas das Pferd zur Eile an, was die Wächter dazu veranlasste, in sicherer Entfernung zu bleiben. Sie hatten den offenen Bogen nun fast erreicht, doch auf der Höhe des Tores kam ihm einer der Kämpen gefährlich nahe. Lukas schlug dem Mann die Zügel mitten ins Gesicht. Das Pferd hatte nun endlich begriffen, dass es galoppieren sollte. Der Wächter taumelte an ihm vorbei. Dann waren sie durch.

Die Hufe des Pferdes schlugen donnernd auf die Brücke. Lukas riss die Augen auf, als er sah, wie marode sie war. Er sandte ein kurzes Gebet gen Himmel, dass das Holz halten möge, bis sie in ihrer wilden Fahrt wieder festen Boden unter den Füßen hatten. Kurz darauf lag die Brücke hinter ihnen. Doch der Weg nach unten war in diesem Tempo nicht minder gefährlich. Hinter sich hörte er Hundegebell und das Gebrüll der Wachen. Die Frauen im Wagen kreischten, als er waghalsig eine Kurve nahm und der Wagen sich bedrohlich auf die Seite neigte.

Jäh schoss der Bolzen einer Armbrust an seinem Kopf vorbei. Vermutlich hatte nun auch der Rest der Recken begriffen, was hier vor sich ging. Lukas duckte sich, wagte es aber nicht, das Pferd noch mehr anzutreiben. Wenn er den Wagen umwarf, waren sie verloren. Endlich kamen die ersten Bäume in Sicht, und schon waren sie unter ihnen verschwunden. Geschafft!

Er glaubte nicht, dass man sie verfolgen würde. Die Männer würden ihren Herrn suchen, und sobald sie entdeckten, dass ihr Brotgeber tot war, würden sie sich in alle Winde zerstreuen, um einem neuen Ritter ihre Dienste anzubieten. Sich wegen einem wie ihm in Schwierigkeiten zu bringen, war der Mühe nicht wert.

Jetzt konnte sie niemand mehr aufhalten!

EPILOG

»Lukas!« Johannas Miene erhellte sich, als er zur Tür herein-
schlenderte, die sie eben auf sein Klopfen geöffnet hatte.

Lukas schenkte Johanna ein warmes Lächeln, das ihr einen
angenehmen Schauer über den Rücken jagte. »Ich bin gekommen, um zu sehen, wie es dir geht.«

Seit acht Tagen war sie nun wieder zu Hause. Niemand hatte
Nachforschungen angestellt, nachdem ihnen ihre waghalsige
Flucht geglückt war. Auch sie hatten es vermieden, irgend-
welche Fragen zu stellen, die den Schiltecker Ritter betrafen.
Schließlich wollten sie keine schlafenden Hunde wecken.

Lukas' neu erworbene Rolle des Helden schien ihm zu gefallen, und auch Johanna fand ihn durchaus anziehend darin.
Seine eigenen Verletzungen heilten langsam ab. Es war ein
Wunder, dass er seinen Arm noch gebrauchen konnte, so tief,
wie der Schnitt durch das Fleisch gedrungen war.

Clewin hatten sie zu Pius gebracht. Nachdem Johanna erfahren hatte, wie ehrenvoll er sich am Ende verhalten hatte,
lag auch ihr etwas daran, dass er ein anständiges Begräbnis bekam. Und wer wäre besser dafür geeignet als ein Mönch? Nun
ruhte Clewin am Rand der Lichtung vor Pius' Höhle. Elen
hatte bittere Tränen um ihn vergossen. Auch das Pferd und
der Wagen befanden sich dort. Das bunte Gefährt hatten sie,
so gut es ging, unter den Bäumen versteckt und mit Zweigen
abgedeckt. Pius würde sich um das Tier kümmern, bis ihnen
eine bessere Lösung einfiel. Es hätte zu viele unangenehme
Fragen aufgeworfen, wenn sie es mit nach Hause genommen
hätten.

»Es geht mir jeden Tag ein bisschen besser«, beantwortete
Johanna den forschenden Blick, den Lukas ihr zuwarf. Er kam
oft, um sich von ihrer Genesung zu überzeugen.

Anfangs hatte sie sich schwach und elend gefühlt, aber Ida
hatte sie umsorgt, nachdem Elen wieder nach Hause zurückge-

kehrt war. Sie war so durstig wie ein Fisch auf dem Trockenen gewesen. Doch mit Wasser verdünntes Bier und regelmäßige Mahlzeiten, die Elen und Lukas täglich beisteuerten, befähigten ihren Körper dazu, das fehlende Blut zu ersetzen, das sie im Verlies des Schilteckers gelassen hatte. Noch immer musste sie viel liegen, doch sie fühlte, wie ihre Kraft langsam zurückkam. Jeder Tag war wie ein weiterer Schritt, der sie vom Schlund des Todes entfernte.

Ein warmes Gefühl strömte durch Johannas Körper, als ihre Augen Ida streiften. Wie üblich hatte sie es sich mit der weißen Wölfin auf dem Boden gemütlich gemacht. Doch ihr Gesicht wirkte nun offen und freundlich. Etwas, das Johanna nie für möglich gehalten hätte. Sie sprach immer noch wenig, aber jeden Tag wurde es ein bisschen besser. Inzwischen wuchs die Zuneigung zwischen ihnen. Es fühlte sich immer mehr danach an, als ob sie eine kleine Familie wären. Auch die Freundschaft zu Lukas und Elen hatte sich gefestigt. Nun waren sie eine eingeschworene Gemeinschaft, die Bande zwischen ihnen stark und unauslöschlich.

Noch immer war Johanna bestürzt über das, was sie erfahren hatte. Es war unfassbar, wozu Menschen fähig waren. Auch sie experimentierte hin und wieder bei ihren Behandlungen und ging dabei oft nicht zimperlich vor. Dennoch diente alles dem Wohl der Kranken und nicht eigenen teuflischen Zielen. Eine tiefe Dankbarkeit durchströmte sie, dass sie unbeschadet aus dieser Sache herausgekommen war. Gera war es viel schlechter ergangen. Sie hatte sie nicht retten können, und die Tote im Wald würde wohl immer eine Unbekannte bleiben.

Es war gut, dass der Schiltecker nun keinen Schaden mehr anrichten konnte. Seine Männer hatten sich wahrscheinlich davongemacht, nachdem sie seinen Leichnam entdeckt hatten. Hatten sie ihn in irgendeinem Loch verscharrt? Oder lag er noch in seinem Verlies und verrottete dort langsam? Obwohl sie wusste, dass es nicht richtig war, konnte sie ihre Genugtuung über das unrühmliche Ende des Ritters nicht unterdrücken. Er hatte seine Strafe redlich verdient. Sein Leib würde zu Staub zerfallen, und die Erinnerung an ihn würde im Strudel der Zeit untergehen.

Gegen die vor Jahren verübten Verbrechen des alten Teckers konnten sie nichts tun. Es würde sie alle nur in Gefahr bringen. Die Stadt war im Besitz der Schiltacher Herzöge, während sie dem einfachen Volk angehörten. Sie standen unter dem Schutz, aber auch unter der willkürlichen Allmacht des Adelsgeschlechts. Und für das, was unlängst geschehen war, traf diese nicht die geringste Schuld.

Und sie? Sie würde weitermachen, und vielleicht wurde die Welt ein wenig besser dadurch.

»Ich bin froh, dass du noch am Leben bist«, unterbrach Lukas ihre Gedanken. Er hob die Hand an ihre Wange und strich mit dem Daumen den Schwung ihres Jochbeins nach. Seine Finger fühlten sich hart und schwielig an, dennoch war die Berührung unerwartet sanft. »Überanstrenge dich nicht«, sagte er mit einer Stimme, die von liebevoller Sorge sprach. »Noch immer hast du dunkle Schatten unter den Augen.«

Johanna schenkte ihm ein Lächeln, das die Wärme in ihrem Körper zum Ausdruck brachte. Sie hatte nicht viel von dem Kampf mitbekommen. Doch sie hatte Lukas' Wut gesehen. Seine Entschlossenheit. Er hätte sein Leben für sie gegeben.

Johanna fühlte, wie ihre Kehle eng wurde. Die Veränderung, die sie in sich spürte, war nur für sie erkennbar. Sie hatte Lukas nie wirklich ernst genommen, hatte ihm nie ganz vertraut, doch bei alldem waren seine Worte weiser gewesen als ihre Gedanken. Er hatte gekämpft, damit sie leben durfte, auch wenn Clewin es gewesen war, der am Ende dafür sorgte, dass Lukas überlebt hatte. In Zukunft würde sie seinen Worten trauen. Und vielleicht wurde eines Tages mehr daraus als das? Inzwischen zog es sie zu ihm hin. Mehr, als sie es einst für möglich gehalten hätte. Er war immer ehrlich zu ihr gewesen, und sie hatte gesehen, dass er kühn und mutig sein konnte, ganz zu schweigen von seiner unerschütterlichen Treue zu ihr. Hatte sie das überhaupt verdient?

»Warum lächelst du so versonnen?« Lukas hob fragend die Brauen.

»Ooch, mir war gerade danach.« Noch war sie nicht so weit, zu gestehen, dass sein Kuss ein sehnsüchtiges Kribbeln in ihrer Magengrube hervorrief, sobald sie daran dachte.

»Denkst du, dass jetzt, wo das Schicksal der armen Mädchen endlich aufgedeckt ist, eine gemeinsame Zukunft für uns möglich wäre?«, durchbrach Lukas die Stille. Seine sanften braunen Augen trafen die ihren. Ein Ausdruck aus Hoffen und Bangen lag darin.

Sacht legte sie eine Hand an seine Wange.

»Ich hätte auch nichts dagegen, wenn du weiter eine Heilerin bleiben möchtest«, fuhr er fort.

Johanna musterte ihn eingehend. Die vollen Lippen, sein junges, hübsches Gesicht und die hellen kurz geschnittenen Haare. Selbst sein Geruch zog sie an. Er roch nach Frieden, nach Zuhause, nach süßer Verheißung. Das Innere des Häuschens verschwamm zu einem belanglosen Hintergrund. Selbst Ida und die Wölfin kümmerten sie nicht. Dann klärte sich ihr Blick. Sie war noch nicht bereit. Noch nicht.

»Möglicherweise«, erwiderte sie. »Vielleicht eines Tages, wenn die Zeit reif dafür ist.« Und dann lächelte sie auf eine so vielsagende Art und Weise, dass ein hoffnungsvolles Leuchten in die Augen des jungen Flößers trat.

Liebe Leserin, lieber Leser,

wie schön, dass Sie meinen Roman gelesen haben! Herzlichen Dank dafür! Ich hoffe, Sie hatten beim Lesen spannende Stunden und klappen mein Buch mit einem Gefühl von Zufriedenheit zu.

Die Handlung des Romans ist eine fiktive Geschichte vor einem historischen Kontext, der allerdings nicht immer der Wahrheit entspricht. So gab es zwar die Schiltacher Herzöge, die damals tatsächlich zu dritt auf der Burg wohnten. Zu ihrer Ehrenrettung muss ich allerdings gestehen, dass das schmähliche Treiben des alten Teckers meiner eigenen Phantasie entsprungen ist.

Auch die Schiltecker hat es gegeben, von ihrer Verarmung wird in historischen Quellen berichtet. Doch ein Schiltecker Ritter, der jungen Mädchen Blut für seine alchemistischen Versuche entnahm, wird nirgendwo erwähnt.

Alle weiteren Personen dieser Geschichte sind frei erfunden.

Die heidnische Felsgruppe werden Sie ebenfalls nicht in der Umgebung von Schiltach finden. Ansonsten habe ich mein Möglichstes getan, um die historischen Begebenheiten jener Zeit so korrekt wie möglich nachzuzeichnen.

Wer mehr über die Schiltacher Flößer wissen möchte, dem empfehle ich »Holz im Fluss – Flößerei im oberen Kinzigtal« mit Erzählungen der Autorin Gabriele Beyerlein. Über die Herrscher von Schiltach gibt es ebenfalls ein Büchlein: »Die Herzöge von Urslingen und Schiltach« von Hans Harter. Von ihrer Feste ist, im Gegensatz zur Schiltecker Burg, leider nicht mehr viel übrig.

Falls Ihnen der Roman gefallen hat, würde ich mich über eine kurze Rezension bei Histo-Couch, LovelyBooks, Amazon oder einer anderen Leserplattform freuen.

Neuigkeiten über mich und meine Romane erhalten Sie auf meiner Homepage www.heidrunhurst.de sowie bei Facebook und Instagram. Dort erfahren Sie auch etwas über anstehende Buchprojekte und bevorstehende Lesungen.

Danksagung

Mein besonderer Dank gilt meinem Ehemann Jochen Hurst, für die stete Begleitung, Unterstützung und Geduld für jedes meiner Buchprojekte. Zusammen mit meiner lieben Freundin Ilona Hurst liest er noch immer Zeile für Zeile des unvollständigen Werkes, und von beiden erhalte ich wertvolle Tipps und Anregungen, um die Geschichte runder zu machen.

Meiner Agentin Diana Itterheim von litmedia.agency danke ich für die tatkräftige Unterstützung bei der Verwirklichung meiner Projekte.

Dem Team von Emons und Christine Derrer für die angenehme Zusammenarbeit während des Lektorats und das kontinuierliche Aufspüren meines Lieblingsworts.

Auch der Historiker Dr. Hans Harter aus Schiltach war mir eine große Hilfe. Gern erinnere ich mich an die Stadtführung zurück. Seine Erklärungen über das Flößerhandwerk und die historischen Begebenheiten sowie das Versorgen mit der nötigen Fachliteratur und der regelmäßige Mailkontakt – das alles war sehr wertvoll für mich.

Danach besuchte ich noch etliche Male die Stadt, um die Gegend zu erkunden und die Museen zu besichtigen, die Schiltach zu bieten hat. Das freundliche Museumspersonal war gern bereit, auf meine Fragen zu antworten. Auch ihnen gilt ein herzliches Dankeschön.